東海大学文学部叢書

『大かうさまぐんき』を読む

太田牛一の深層心理と文章構造

東海大学文学部叢書

『大からうさまぐんき』を読む

太田牛一の深層心理と文章構造

小林千草著

東海大学出版部

目次

はじめに

私が研究を生涯の仕事と決めたころ、その専門分野は「国語学」と呼ばれており、大学院では国語学的手法をさまざまな形で学ぶことになった。書誌的な考察も、文学的な考察も、資料として歴史史料も扱うことなども、その一つであった。時は流れて、国際的な視野からも、JAPANESE LINGUISTICSは「日本語学」と呼ぶのがふさわしいとなり、学会も国語学会から日本語学会となった。そのかなり前から、大学の多くの学科が国文学科という名称をあらため、日本文学科になっていたから、自然の流れであったかもしれない。

ただ、従来の「国語学」の守備範囲とその手法が、現今の「日本語学」の研究対象や手法とそのまま一致するかというと、微妙な問題が生じてくる。古き時代に学んだ私にとって、現今の「日本語学」の新鮮な切り口や社会性・将来性はまばゆきものであるとともに、古き良き時代の職人芸的手法も捨てがたい味をもつ。

前著『『天草版平家物語』を読む　不干ハビアンの文学手腕と能』（二〇一五年七月　東海大学出版部刊）では、「日本語学」において重要な口語資料として使われる『天草版平家物語』につき、従来の国語学的研究の成果を踏まえて新たな成立論を展開し、「『天草版平家物語』は日本語教科書としていかに読まれた（朗読された）か」という素朴な疑問から、中世における「語り」の実態をかえりみ、具体的に文章として残された能の詞章と間（アイ）の詞章から「と申す」「と聞こえた」という同趣表現を見出していき、結論に導いた。また、『天草版平家物語』の本文と原拠本の本文とを微細に対照考察することによって、そこに、口訳者不干ハビアンの文学手腕を見出し、彼が日本の文芸として強く意識していた同テーマをもつ能（謡曲）との表現論的な相異にも言及していった。これは、日本語学・日本語教育・能楽論・表現論など広範囲にかかわるものであったが、今回、この広域にわたる研究法を『大かうさまぐんき』という『天草版平家物語』とは性格の異なる資料（史料）で試みたいと思う。

今回、『『大かうさまぐんき』を読む　太田牛一の深層心理と文章構造』と名づけた本書では、前著とは色合いのいくぶん異なる国語学の方法論を最大限に生かして、歴史史料であり、軍記文学である太田牛一自筆『大かうさまぐんき（のうち）』（慶應義塾図書館蔵）を読み解こうと考えている。その方法論は、私に「応用国語史学」と呼ぶもので、〝日本語の歴史における当該語・当該表現の総合的な把握〟を歴史史料の読解に積極的に応用することである。歴史学がその史料（資料）の読み解きにきわめて有益なるごとく、国語史学上の知見を総動員させて読み解くことができれば、その史料（資料）の読み解きはより確実な〝真実〟に読み手を近づけさせるものだという思いに基づいている。

このような国語史学的なアプローチの可能性については、

i　『原本「信長記」の世界』（一九九三年九月　新人物往来社刊）

ii　『応仁の乱と日野富子』（一九九三年一〇月　中公新書　中央公論社刊）

iii　『太閤秀吉と秀次謀反――『大かうさまぐんき』私注』（一九九六年一〇月　ちくま学芸文庫　筑摩書房刊）

iv　「『原本信長記』巻一の原文と表記・用語考（一）――個人における「情報」の文章化と表現の実態を追って」（二〇〇〇年三月　成城大学短期大学部『国文学ノート』第三七号）

v　「『原本信長記』巻一の原文と表記・用語考（二）――個人における「情報」の文章化と表現の実態を追って」（二〇〇二年三月　成城大学短期大学部『国文学ノート』第三九号）

vi『伊達政宗、最期の日々』（二〇一〇年七月　講談社新書　講談社刊）

などで公にしてはきたが、ⅰは作家としての分身千　草子（せん・そうこ）との共著の形をとり読み物的性格が全面に出、ⅱ・ⅲ・ⅵは、文庫の性格上、注などが思うように付けられず、ⅳ・ⅴは未完の状態である。そこで、本書では、文学部叢書という性格は尊重しつつも、注などを丁寧につけて、従来の国語学的手法と、新たな日本語学的手法の可能性をこめて、ⅲで取り扱った〈秀次謀反〉につづく段である『大かうさまぐんき』〈条々天道おそろしき次第〉の本文を読み解いていこうと思う。各章各節で「私注」という語を使ったのは、恩師大塚光信先生の御高著『キリシタン版エソポのハブラス私注』（一九八三年三月　臨川書店刊）に倣ったものである。大塚先生は、中世文学を斬新的解釈で再構築されていた佐竹昭広先生とおなじく、夙に歴史史料を国語資料として積極的に使われていたし、その重要性を常に説いてくださっていた。いまだ私は『大かうさまぐんき私注』と銘打った完成形を示す余裕はないが、ⅲや本書を足がかりに少しずつ大きな形あるものに近づいていきたいと願っている。

第一章　『大かうさまぐんき』と著者太田牛一について

一・一『大かうさまぐんき』について

『大かうさまぐんき』は、慶應義塾図書館蔵『大かうさまくんきのうち』（原題）一冊をさす。太田牛一自筆で、汲古書院刊[注1]の慶應義塾大學附属研究所斯道文庫編『大かうさまくんきのうち』に影印が収められており、本書でも、その影印を底本として、以下、考察を進める。

影印より原文を引用するにあたっては、本章一・三節にあげた私の凡例に従っている。丁数表示の必要な場合は、丁の表を「オ」、裏を「ウ」として算用数字とともに表示する。

『大かうさまぐんき』（以下、このように略称）の表紙には、本文同筆で、直接、

①大かうさまくんきのうち　大たいつ□□

と書きつけられている。□部分は、手擦れ、および経年の劣化によって墨字が読みとれなくなっている。

1オの冒頭（本文に入る前の余白）には、本文同筆で、

②大たいつミこれをつゞる

と記されている。

154丁のオで本文は終わり、154丁ウの左から三行分、および155丁オの一行分を使って、

③此一くわん　太田いつミのかミ　ぐあんをかへリミす／これをつゞる　せうこくハおハリのくに　のぶなが／こうの　しんか也　たいれい　すでに　しゞまつて／せうがんをのごい　とくひつをそむるもの也（／は改行を表わす。原文表記のママ）

と記されている。③は、この冊子の作者である太田牛一の最小限度の自己紹介であるが、成立年代、書写年代にかかわる情報は明記されていない。傍線部によって、老齢に達していることが判明する。中風を患ったためと思われる手のふるえも筆はこびに反映しており、作品そのものの成立年代はずっと遡るものの、牛一自身の手になる〝書写〟ということを考えた時、岡山大学附属図書館蔵池田家文庫『信長記』(注2)として現存する写本と相前後する頃のものと考えられる。

岡山大学附属図書館蔵池田家文庫『信長記』（他と区別するために、「原本信長記」と略称することがある）には、後補されたと思われる巻十二(注3)（第十二帖）を除くと、

④第一巻末（20オ）

信長公　天下十五年被二仰付一候　不レ顧二／愚案一十五帖ニ認置也　予　太田和泉／生國尾張國住人　信長公ノ臣下也／及二八旬一ニ頽齡已ニ縮拭二渋眼一染二禿／筆一者也　　丁亥牛一　花押

⑤第二巻末（17オ）

信長公天下十五年被仰付候　不顧愚案ヲ／十五帖ニ如此笑草認置也　予太田和泉／及八旬頽齡已縮拭ニ渋眼染禿筆／　　丁亥牛一　花押

⑥第三巻末（39ウ）

信長公天下十五年被仰付候　不顧／愚案十五帖ニ如此認置也　予生國尾張國住人　信長公之臣下也　及八旬／頽齡已縮拭渋眼染禿筆者也／　　太田和泉丁亥八十四歳　花押

⑦第四巻末（12オ）

信長公天下十五年被仰付候　不／顧愚案笑草記置也　太田和泉守／丁亥八十四歳　牛一　花押

⑧第五巻末（17ウ）

信長公天下十五年被仰付候　不顧愚案／十五帖世間之笑草認置也　予太田和泉／生國尾張國　信長公之臣下

也　及八／旬頽齢已縮拭渋眼染禿筆者也／　丁亥八十四歳　（花押）

⑨第六巻末（47オ）

信長天下十五年被仰付候　不顧愚／案笑草記置也　太田和泉守／　丁亥八十四歳牛一　（花押）

⑩第七巻末（22ウ）

信長十五年天下被仰付候　不愚案／顧如此笑草記置也　太田和泉守／　丁亥八十四才牛一　（花押）

⑪第八巻末（57ウ）

信長天下十五年被仰付候　不顧愚／案如此記置也　八十四歳太田和泉　作／牛一　（花押）

⑫第九巻末（24オ）

信長天下十五年被仰付候　不顧愚／案か様御笑草記置也　太田和泉守／　丁亥八十四歳牛一　（花押）

⑬第十巻末（28ウ）

信長十五年天下被仰付候　不顧憚如此記置也／　太田和泉守／　丁亥八十四歳牛一　（花押）

⑭第十一巻末（56ウ）

信長天下十五年被仰付候　不顧愚案／如此染禿筆於（注4）　太田和泉守／　丁亥八｜四才牛一　（花押）

⑮第十三巻末（61オ～61ウ）

一巻（注5）太田和泉守牛一生國尾張國春日郡安食／住人　頽齢已縮拭（注6）澁眼《ヲ》雖尋老眼之通／路不顧愚案《ヲ》心

緒浮所染禿筆訖　予／毎篇日記（注7）之次《イテニ》昏載《スルモノ》自然成集《ト》也／　曽非私作私語《ニ》直不除有《コトヲ》不添

無ㇳヲ／儻一点昏ㇾ虚則ンハ天道如何ン　見ン人者啻一笑ヲ／シテ令メ下シメ玉ヘ一笑ヲ一見上ㇾ実ヲ(注8)／

太田和泉守

慶長十伍二月廿三日　牛一　花押

丁亥八十四歳

⑯第十四巻末（76オ）

信長公天下十五年被仰付候　不顧／愚案笑草綴置也　八十四歳太田和泉／　牛一　花押

⑰第十五巻末（107オ）

太田和泉守／　八十四歳牛一　花押

のように識語が記され、最も詳細な第十三巻末（⑮）より、慶長十五年二月二十三日に八十四歳の太田和泉守牛一により奥書された自筆本であることがわかる。「丁亥八十四歳」というのは、「丁亥生まれの今年八十四歳」という意味である。干支は六〇年で一めぐりするから、「八十四」ということは、一めぐり以上前、つまり、「大永七年」（一五二七）生まれをさす。戦乱の世を慶長十五年（干支は「庚戌」。一六一〇年）まで生きのびられたという思いが、「丁亥八十四歳」にはこめられている。

『信長記』巻十三の識語⑮と『大かうさまぐんき』の奥書③との共通辞句（⑮の点線部）、および、『信長記』巻一の奥書④と『大かうさまぐんき』の奥書③との共通辞句（④の二重線部）に注目すると、太田牛一が「八旬」（八十歳）に達した慶長十一年（一六〇六）～八十四歳になった慶長十五年（一六一〇）頃、『大かうさまぐんき』が自筆で清書されたと見なせる。ただ、その元となった初稿本は、『大かうさまぐんき』に記録されている年次の最終が「けいちやう三ねん　つちのへいぬ（略）三月十五日（略）」のごとく、慶長三年（一五九八）三月の醍醐花見の件であるから、それ以降のある時期に成立していたと考えなければならない。

もちろん、『大かうさまぐんき』の初稿本が出来る頃には、『信長記』〈原本信長記〉の初稿本も、『信長公記』巻一～巻十五の初稿本も、「是ハ信長御入洛無以前の双帋也」と書き出された一冊（角川文庫『信長公記』では首巻扱い）の初稿本も、すでに成立していたと推定する（推定の根拠は、本書第三章「「天道おそろしき」表現の系譜――『信長記』から『大かうさまぐんき』へ――」で明らかにする予定である）。岡山大学附属図書館蔵池田家文庫『信長記』として現存する写本に、本文清書より幾分年を経て奥書をつけたのが④～⑰の「慶長十一年～十五年」であり、牛一の手のふるえの少ない巻の本文部分の成立は、慶長十一年～慶長十五年よりもある程度早い時期を想定しても大過ないと考える。

一・二　『大かうさまぐんき』の著者太田牛一について

『大かうさまぐんき』の著者太田牛一については、本人が自筆にて、その本の奥書に③と記しており、「太田いつミのかミ」と称される人で、「せうこくはおハリのくに　のぶながこうのしんか也」ということ、「たいれいすでにしゞまつてせうがんをのごい」と表現するにふさわしい老齢に至った人物であることがわかる。これに、前節で引用した同じ牛一の手になる『信長記』巻十三の識語⑮を合わせると、

i 太田和泉守牛一

ii 生國（出身地）：尾張国春日郡安食

iii 丁亥（大永七年）生まれで、奥書を入れている慶長十五年二月二十三日には八十四歳となっていること

iv織田信長公の臣下であることが判明する。

『信長記』に「信長公ノ臣下也」（④）と記すことは尤であるが、豊臣秀吉の軍記を記す際も――この頃、牛一は、秀吉の側室松の丸殿（京極竜子）付きである――、「のぶながこうのしんか也」と記しているところに、太田牛一の究極のアイデンティティー、誇りが見出せる。

太田牛一については、吉川弘文館刊『国史大辞典』第二巻625頁「太田牛一」項（岩沢愿彦氏担当）が詳しく、牛一本人の著作から得られる情報の他に、

v足軽衆として織田信長に仕え、「弓三張之人数」に抜擢され、弓技をもって武功をたて[注9]

vi一時、丹羽長秀の与力ともなったらしい

vii天正九年（一五八一）頃には近江のうちで奉行を勤めた

viii本能寺の変以後は一時加賀松任《まっとう》に隠棲

ix天正十七年（一五八九）頃、豊臣秀吉に仕えて検地奉行ならびに山城の蔵入地代官を勤め、淀城付近に居住した

x文禄の役には秀吉らに扈従して名護屋に駐留、伏見・醍醐の花見の宴にも秀吉の側室松丸殿（京極氏）の警固に任じた[注10]

xi嫡子牛次も直属軍七手組の青木一重の組下に属している

xii秀吉の没後豊臣秀頼に仕えたがやがて隠退し、大坂玉造に居住して織田信長・豊臣秀吉・同秀次・同秀頼・徳川家康の軍記述作に専念した

xiii 彼は慶長十五年（一六一〇）八十四歳の老齢に及んでなお述作に励んでいるが、この年以後の奥書を有する軍記が発見されていないから、この年を去ること遠からぬ時期に没したものであろう

xiv 法号功源院静巌良栄

が述べられている。岩沢氏の解説末尾には、参考文献として、桑田忠親・小島広次・石田善人・谷森淳子・田中久夫各氏の論考名も挙げられており有益である。

なお、岡山大学附属図書館蔵池田家文庫『信長記』巻十三の識語である例⑮には、「儻一点昏レ虚則ンハ天道如何ン」という文言が出、ここに「天道」という語が用いられているが、このような物言いは、『信長記』の初期のもの、つまり〈原本信長記〉の段階ではなかったものと推測する。本書第三章で考察するように、「天道」という語が、会話引用や慣用句引用ではなく牛一の思索の中で〝形〟をとるのは、かなり後――少くとも〈原本信長記〉以降であると考えられるからである。ちょうど、例⑮の「慶長十五年」あたりだと、すでに「天道」の語が牛一の思索の中で〝形〟を成している。

一・三　『大かうさまぐんき』釈文、および本文引用にあたっての凡例

本書第二章では「『大かうさまぐんき』〈条々天道おそろしき次第〉私注」と題し、二・一章「三好実休」、二・二章「松永弾正久秀」、二・三章「斎藤山城道三（その一）」、二・四章「斎藤山城道三（その二）」、二・五章「明智光秀」、二・六章「柴田勝家」、二・七章「神戸三七殿」、二・八章「北条左京大夫氏政事」、二・九章「北条左京大夫氏政の最期」と読み進めていくが、「釈文」の作成および原文を引用する際には、次のような私の

凡例に従っている。

「釈文」は、ひらがな主体に記された原文に最もふさわしい漢字を当てて読みやすくすることを意図したものである。『大かうさまぐんき』については、すでに『大かうさまくんきのうち』（慶應義塾大学附属研究所斯道文庫編　汲古書院刊）において、影印（本稿の底本）とともに大沼晴暉氏の翻刻がなされ大いに益をこうむっているのであるが、原本（底本）に忠実な翻刻であるがゆえに、意味の取りにくい部分がそのまま残されている。本書では、国語学的考察によって、その部分を補いたいと考えている。なお、釈文にあたっては、次のような基本方針をとった。

一　底本の漢字の略字・異体字等は、通用の正字体に改め、仮名の異体字（「大たいつミ」「たい一ニ」「かつうハ」などのカタカナ表記も含めて）も通用の字体に改める。

二　底本において小字で記されているもの（「さんやニ」「御ざなきゆへニ候」）なども、特別の意味づけを見出されないものについては、他と同じ大きさの活字を用いる。

三　底本の仮名は適宜漢字に改める。その場合は、もとの仮名は振り仮名として残し、原文の形がわかるように配慮する。

四　底本における漢字は、きわめて少ないのであるが、難読の漢字には、右傍に（　）を入れて、旧仮名遣いで読《よ》みを示す。

五　底本において、漢字にもともと振り仮名のある場合には、〈　〉で示す。

六　仮名遣いは、底本のままとし、今日の常識と大きく異なる場合には、「私注」において言及を行なう。

七　濁点は、適宜新たに付したが、一々断らず、問題になりそうなものについてのみ、「私注」において言及を行なう。

八　反復記号の部分に漢字を当てる場合、漢字一字分の反復については現在の慣例に従い「々」を使う。

九　読みやすさを考慮して、新たに句読点を加える。改行や意図のある空白部については、できるだけ、底本である太田牛一自筆本のリズムを伝えるように努める。

十　誤字・宛字《あてじ》・衍字などは、（マヽ）と一旦示し、「私注」において言及を行なう。

「釈文」は右の基本方針によっているが、「私注」等において本文を引用するにあたって、論述上、原表記が必要となるところでは、原表記のままを引用する。

「私注」については、国語史的観点からの言及や文章心理学的な分析を最優先し、同じく太田牛一の著作になる『信長記』（岡山大学池田家文庫本）[注11]『信長公記』（陽明文庫蔵）などと重なりのある部分については、適宜引用の上で触れることとする。歴史上の人物については、『国史大辞典』（吉川弘文館）・『戦国人名事典』（新人物往来社）から、歴史的地名については、『日本歴史地名大系』（平凡社）の該当巻より、多くの有益な知識を得ている。また、ことばに関しては、『日本国語大辞典』（小学館。第二版）・『時代別国語大辞典　室町時代編』（三省堂）・『日葡辞書』（訳については、岩波書店刊『邦訳日葡辞書』に拠る[注12]）から基礎的なおさえ、かつ発展的な多くのヒントを得ることが出来た。深く学恩に感謝する次第である。

なお、本書は、旧著『太閤秀吉と秀次謀反』（ちくま学芸文庫　一九九六年一〇月刊）とともに、『大かうさまぐんき』研究の一環をなすものである。

注

（1）一九七五年二月刊。「解題・翻字」は、大沼晴暉氏の手になる。

（2）底本は、福武書店刊（一九七五年七月）の影印である。石田善人氏の詳細な解説が付されている。

（3）その詳細は、注2所引の石田善人氏の解説参照。

（4）石田善人氏の「解説」では、「赧」と読まれているが、「於」か「訖」であろう。「於」ならば「禿筆於《を》染むる」の心づもり、「訖」ならば⑮にもある形である。

（5）『大かうさまぐんき』例③には、アイオウエカの順で共通辞句が登場する。

（6）石田善人氏の解説では「竭」と読まれているが、児玉幸多編『くずし字用例辞典』（近藤出版社）でも確認したところ、「縮」と読みなせる。

（7）この部分、牛一自身が書きなぞりを行なっており、きわめて読みにくい。石田善人氏の解説では、「自」と読まれているが、「日」と推定される。決め手は、同一行内の「自然」の「自」と比べた時、口の中の横棒が一本しかなく「日」と認識されるからである。なお、角川文庫『信長公記』解説477頁において、岩沢愿彦氏は、すでに「日記」と読んでおられる。

（8）この部分において、牛一は、「見ン人者《は》　啻《ただに》　一笑ヲするのみならず一笑ヲシテ　実《まことを》　見令《せ》シメ玉《たま》ヘ」の心づもりであったと思われる。ただし、「ただ〜のみならず」の構文ならば、「不啻一笑ヲ」と書かねばならない。そこを「不」を入れわすれたために、意味がわかりにくくなった。その上、「為テ二一笑ヲ一」の下に「令下シメ玉ヘ見上実」と書けばよいところを、命令を表わす「令」の挿入場所が良くないために、さらに破綻した漢文となってしまったと見られる。

いずれにしろ、「この『信長記』第十三を読む人は、つまらない著作だとただ単に一笑に付するのではなく、笑いつつもよく読んでそこに記録された「実」（真実）を読みとって下さい」という牛一の想いを伝えんとするものである。

（9）そのことは、『信長公記』首巻——正確には「是は信長御入洛なき以前の双紙なり」一冊にも、

○又六人衆と云事定られ／弓三張之人数／浅野又左衛門　太田又介　堀田孫七／已上／鑓三本人数／伊藤清蔵　城戸小左衛門　堀田左内／已上／此衆ハ御手まハリに在之也

（陽明文庫蔵　55オ〜55ウ）

○御諚の如くたえ松を打入二の丸を焼／崩し候へハ天主構へ取入候を二の丸の入口／おもてに高き家の上にテ　太田又助　只一人／あかり黙《あだや》矢もなく射付候を　信長　御覧し／きさじに見事を仕候と三度迠預御使御／感有て御知行重て被下候キ

（同右　99オ）

と記されている。牛一が、わが軍功を信長の記録に入れこむのは、正規の『信長記』〈原本信長記〉十五巻（十五帖）が成ったのち、『信長公記』を完成させ、かなりの年月が経ち、若き日の信長を描こうと思ったからであり、牛一にとって、若き日の信長の側に居た自己を語ることが〝記録としての客観性をそこなわない〟と感じられるようになった年齢でもあり、〝なつかしさ〟や〝よき思い出〟を最優先させた結果である。

（10）「文禄の役」「醍醐の花見」については『大かうさまぐんき』の後半に、牛一は詳しい記録を残している。

（11）以下、本書では、正式表示とは別に、伝承に注目して、このように略記することがある。また、陽明文庫蔵『信長公記』と対照的に言及する時には、「池田家文庫本」とさらに略記することもある。

（12）念のため、「邦訳」を確認する際は、UNGAR社の『MICHAELIS PORTUGUÊS E INGLÊS DICIONÁRIO』を使って、一旦英語を介して『日葡辞書』原文のポルトガル語を把握している。大学院生であった昔、この方法をアドバイス下さったのは、大学時代の恩師大塚光信先生である。

第二章　『大かうさまぐんき』〈条々天道おそろしき次第〉私注

二・一章　三好実休

はじめに

本章は、『大かうさまぐんきのうち』（一冊。太田牛一自筆。慶應義塾図書館蔵）における「条々、天道恐ろしき次第」として書き出されたものの最初の条である「三好実休」条についての「釈文」「私注」（注釈・考察）からなる。釈文における「本文五―一」というのは、私にほどこした『大かうさまぐんきのうち』（以下、『大かうさまぐんき』と略称する）の区切り番号で、『太閤秀吉と秀次謀反』（ちくま学芸文庫）所収の釈文「本文一」から数えてのものである。

釈文【本文五―一】

条々《ぢやう〳〵》、天道恐《たうおそ》ろしき次第《しだひ》

一、三好実休《みよしじつきう》、四国《こく》の主《あるじ》にてましまし候細川讃州《ほそかわさんしう》を聟《むこ》に取り、なだめ申、勝瑞《せうずひ》といふ所《ところ》にて、三月五日に、讃州《さんしう》を無下《むげ》に生害《しやうがい》候。

その後《のち》、実休《じつきう》、和泉《いづみ》の国《くに》久米田《くめだ》といふ所《ところ》に一年《とせ》、在国《ざいこく》候。

根来《ねごろ》、雑賀《さいが》、紀伊《きゐ》の国衆《くにしゆ》、

　三月五日に捕《と》り詰《つ》め、すでに生害《しやうがい》候。

その時《とき》、実休《じつきう》、辞世《じせい》の歌《うた》也。

草枯《くさか》す霜《しも》又けさの日に消《き》えて
報《むく》ゐはつゐにのがれざりけり

と、はんべり候ひし。月日もかはらず、
三月五日に腹《はら》を切《き》られ、天道恐《てんたうおそ》ろしきの事。

私注一　条々天道恐ろしき次第

太田牛一は、『大かうさまぐんきのうち』（一冊。慶應義塾図書館蔵）を記すにあたって、その主人公たる「大かうさま」、つまり豊臣秀吉の事蹟を一貫した眼で描こうとした。主人公にする以上は、著者が好意的なまなざしを向けるであろうことは想像にかたくない。しかし、その死までを（最終執筆時点でのことであるが）見届けた時、どうしても不可解な出来事があった。その一つが、文禄元年（一五九二）から慶長三年（一五九八）にかけて行なわれた朝鮮出兵、もう一つが、豊臣秀次謀反事件であった。

前者については、国際的事件であっただけに時代の制約を受けて、牛一自身どれだけその全貌をつかめていたか問題の残るところであるが、日本側の動向についてはかなり詳しく記す立場を貫くことによって、戦《いくさ》によって〝何を得られるか〟ではなく、これだけの人材を投入した〝むなしき戦《いくさ》〟の表層を伝えることには成功している。もちろん、羅列された人名を含む語句を追ってゆく限り、牛一の内面のとまどいを見出すことは、かなりむずかしい。挿入された秀吉の母の死（これについては、NHK出版『豊臣秀吉』(注1)所収の「母を想う心と秀吉」で触れる機会をもった。本書の「おわりに」二に再録）、その前後の秀吉の言動を重ねることによって、やっと〝暗い影〟を見出せる状態である。

ところが、文禄四年（一五九五）七月三日に発覚した秀次謀反事件に関しては、牛一本人の心の乱れを反映した文章表現上の〝たゆたい〟が散見し、その内面を解析することはそうむずかしいことではない（ちくま学芸文庫『太閤秀吉と秀次謀反』参照）。

本書で取り組む「条々、天道恐ろしき次第」は、秀次やその臣下が自害を余儀なくされた後、その妻子が三条河原で極刑に処された様子を描写し、

「かやうに、いづれも、根《ね》を絶《た》ちて、葉《は》を枯《か》らしつゝ、御成敗《せいばひ》。御憤《いきどをり》は、余儀《よぎ》ぞなし。一陣敗《いちぢんやぶ》れて、残党《ざんとふ》全《また》からずとは、此節《せつ》也。天道《てんたう》、恐《おそ》ろしき事」

として、閉めくくった次に展開する章段である。

原文も、丁があらためられている上、左右・天地の余白を十分にとって「ちやう〳〵天たうおそろしきしたひ」としたためられており、前段との区切りが感じられるとともに、「天道恐ろしき」という語句の〝重ね〟により、前段との質的関係が密《みつ》であることが予告されている。

つまり、本条々は、豊臣秀次一人だけではない、謀反者の系譜を記す段なのである。なぜ、過去にさかのぼってこういう系譜をたどらねばならなかったか。それは、『太閤秀吉と秀次謀反』においても度々ふれたように、秀次の謀反事件の認定・その処罰の正当性が、信長の臣下をスタートにして戦国乱世の筋道を見きわめてきたつもりの牛一にさえ解《げ》せなかったからである。そこで、人倫の価値判断をこえた天命——天道の裁断を想定し、その厳重なるさまを描くことが、「天道、おそろしき次第」だったのである。

「次第」を『日葡辞書』（イエズス会長崎学林一六〇三～四年刊。岩波書店『邦訳日葡辞書』に拠る）で引くと、「＊[注2]順序、また、調和、あるいは、規律」という意味しか見出されないが、キリシタン文献の一つである

『仏法之次第略抜書』(注3)の書名のあり方、また、日本側の資料である『蓮如御文』文明十七年十一月二十三日条の「サラニソノハヾカリナク仏法方《ブチポフカタ》ノ次第《シダイ》ヲ顕露ニ人ニカタルコト、シカルベカラザル事」（『岩波日本思想大系17』90頁）などから、筋道だててあることを説こうとする場合使われることばであることが知られる。それがいくつか箇条書きにされるから、「条々」となる。

牛一が「天道恐ろしき次第、条々」としなかったことは、手短に事例をあげてゆこうという意識が、書きはじめようとする直後強かったためである。

私注二　三好実休

「条々、天道恐ろしき次第」という章題でくくられた具体的条々のうち、最初に出る「三好実休《みよしじっきゅう》」について触れる。

三好実休は、三好義賢《よしかた》（一五二六〜一五六二）のことで、入道して実休と号した人物である。父は筑前守元長《もとなが》であり、兄は、第十三代室町将軍足利義輝《よしてる》を追放して京都を管領のごとく支配したことで、あるいは、松永弾正久秀《ひさひで》の主人であったことや連歌の達者な一流の知識人として有名な三好長慶《ながよし》であった。(注4)

「四国《こく》の主《あるじ》にてましまし候」は、連体修飾格となって「細川讃州」にかかるものである。『大かうさまぐんき』を逸早く原文表記のまま翻字され学界に貢献された大沼晴暉氏の「翻字篇」（汲古書院）(注5)では、「三よしじつきう、四こくのあるじにて、ましまし候。ほそかわさんしうを、むこにとり……」と、句点「。」でいったん文を切っているが、これだと、「三好実休が四国の主《あるじ》にていらっしゃいます」となり、太田牛一の表わそうとするところとは異なってくる。しかも、「ましますす」などという敬語は、三好実休程度の人物にはいまだ不似合いなのである。伝統ある室町幕府管領ゆかりの細川讃州にこそふさわしい。『日葡辞書』に「Qiŭxŭ」（九州）は載るが、阿波・讃岐・伊予・土佐を総称する「四国」の語は見えない。キリシタン関係者の使用頻度の差を反映するものと思われるが、キリシタン版の字書『落葉集《らくようしゅう》』（注6）には「四国《しこく》」とある。ここは、「四国《しこく》の主《あるじ》」で、「四国守護」を示し、「まします」という敬語表現を付加することによって、旧体制（信長体制以前の室町幕府の流れを引くもの）下での官職であることを象徴し、かつ、下剋上という戦国の実状が臣下の三好実休によってもたらされるということへの伏線となっている。牛一のことばづかいに無駄はない。

私注三　細川讃州を聟に取り

さて、「細川讃州《さんしゅう》」であるが、阿波守護家の出である細川持隆《もちたか》のことで、「讃岐守」と通称されたので、牛一は、「讃州」と記す。「讃州」という語は、『易林本節用集《えきりんぼんせつようしゅう》』（注7）にも「讃岐　讃《サン》州」と出ている。

細川讃州のことは、以下、具体的に記されるのであるが、

「永正九年（一五一二）正月、父之持の死去により家督を継ぎ、阿波守護となる。享禄四年（一五三一）三月、阿波から和泉堺に出陣し、細川晴元を助けて細川高国を討つ。天文八年（一五三九）十月、播磨守護赤松政村の要請をうけて備中に出陣し、尼子詮久の軍と戦ったが敗退。足利義澄の孫義栄を擁して入京しようとしたが、三好義賢（実休）の反対に遭い、同二十二年、義賢に殺された」（『戦国人名事典』）

という事蹟を持つ人である。

「三好実休……細川讃州を聟《むこ》に取《と》り」――先に「細川讃州を」という目的語がきているので「聟に取る」とな

っているが、普通は「聟を取る」(Mucouo toru. 1, mucodoriuo suru.『日葡辞書』)である。現代の感覚とはずれのある中世の「聟入《むこい》り」「聟取《むこと》り」については、『原本「信長記」の世界[注8]』(新人物往来社)・「本を重ねると何が見える?」(『月刊言語』平成四年七月号)において言及したことがある。この「ずれ」を見落とすと、、戦国武将の男としての面子《メンツ》や意地が十分くみとれないことになる。

なお、三好実休が自分より年齢の高い細川讃州を娘聟にした事実は未確認。あるいは、細川讃州の子息・細川真之《さねゆき》のことと混同したものであろうか。『三好記《みよしき》』(続群書類従22下)上巻四には、細川讃岐守入道徳雲院を討ったのち、その愛妾・小少将《こしょうじょう》の局《つぼね》を妻とした実休(当時は豊前守義賢)に、千代松丸(のちの長治《ながはる》)、孫六郎(在《まさ》保《やす》)という「公達《きんだち》二人」と「女子一人」ができたことが記されている。この記述の方が年齢的に見ても自然である。

「なだめ申」の「なだむる」とは、「Nadame, uru, eta. *和らげる、あるいは、緩和する。Fitono cocorouo nadamuru. 人を和らげる、あるいは、慰撫する」(『日葡辞書』)という意味であるが、ここはさらに、「なだめすかす」「なだめたらす」の意を持っている。

「勝瑞《せうずひ》といふ所にて」――「勝瑞」は、阿波国の勝瑞城下(徳島県板野郡藍住町)をさす。「三月五日に、讃州を無下《むげ》に生害」ということにつき、『三好記』は、

《天文廿一壬子ノ年八月十九日ニ自害有テ。法名徳雲院ト号ス》(476頁)

と記す。しかし、史実は、『三好記』の記述とも異なり、天文二十二年(一五五三)六月のことで[注9]、牛一の記憶ちがいと思われる。ただし、本条末尾の「月日もかはらず、三月五日に腹を切られ」と運命的に呼応する部分であり、牛一の内面にあっては〝事実〟として存在していたことであった。「条々、天道恐ろしき次第」における

条々のうち、唯一、牛一が関知しない人物の事蹟であるので、伝聞にのみ頼った結果が出たものと思われる。

小瀬甫庵《おぜほあん》がその著『太閤記』(注10)の「凡例」に「彼泉州、素生愚にして直なる故、始聞入たるを實《まこと》と思ひ、又其場に有合せたる人、後に其は虚説なりといへども、信用せずなん有ける」と、泉州(太田牛一)を非難しているのも、このような点に関してであろう。

「無下《むげ》に生害」――「無下に」という副詞が入っていることで、細川讃州を死に追いやった三好実休の過酷さ・非道さが読者に伝えられる。牛一が『信長記』を語ったように、『大かうさまぐんき』も〝語る〟という要素を密《ひそ》かに持たされている。〝語り〟の場で多くの人の共感を得るためには、微に入り細に入りの描写より、最大公約数をポンと投げ出す方が効果的である。たとえば、「無下に」という副詞一個与えられるだけで、

「＊みじめに、同情の念を催すほどに、また、無法に。例、Mugueni corosareta. その人は無法に、残酷に、みじめに殺された」(『日葡辞書』)

という共通意識が個々人に生まれ、それぞれの心の中で具体的映像として場面が浮かぶのである。おしきせではないだけ、こちらの方が心はより大きく振幅する。

以上は、牛一の文体に添った読み解きであるが、その時の様子を『三好記』は次のように記している。

《讃岐守ハカヤウノ事可シレ有トハ思寄ヒ不レ給。勝瑞ノ北ナル龍音寺ヘ御慰ニ御出アリ。御供小勢ニシテ御茶ナド初ル處ニ。豊前義賢ヲ大将ニテ。諸軍勢詰来リ。龍音寺ノメグリヲ人数三千余騎ニテ取巻。鮫浪《トキノコヘ》ヲアグル。讃岐守驚給ヒ。御馬廻百余人ニテ馳出給ヒケレ共。敵ハ多タ勢味方ハ無勢ナレハ難レ叶。先ツ見性寺ヘ御入有テ。加勢ノ體ヲ見玉ヘ共。何方ヨリモ御身方申来ル武士モナシ。無フシテレ力天文廿一壬子ノ年八月十九日ニ自害有テ。法名徳雲院ト号ス》(475〜476頁)

さすが、『三好記』と限定された軍記（記録）であるだけ詳細である。

私注四　その後、実休

その後、三好義賢が「実休」と号すようになった事情を『三好記』は、

《今日ハ引カエテ。阿波。讃岐。伊予。淡路。和泉。河内。摂津。大和。山城。伊賀。近江。備中。十二箇國豊前守ノ分國ト成テ。三好家ヨリ自然《ジネン》ニ執《リ》天下ノ権柄《ヲ》。勢ヒ漸ク欲《スント》覆四海ニ。然《レ》共主君ヲ弑スル事天命ノ恐ヲ重ンジ給ヘルニヤ。豊前守廿七歳ニシテ自髪ヲ落《シ》。以徹実休居士ト改名《メウ》シ。勝瑞ニ在城シテ。諸国ヲ守護ス》（476頁）

と、綴っている。この文中にある「然共《しかレども》主君ヲ弑《しい》スル事天命《てんめい》ノ恐《おそれ》」は、太田牛一の『大かうさまぐんき』における「天道恐ろしき」に通ずる思想である。

「和泉《いづみ》の国《くに》久米田《くめだ》といふ所《ところ》に一年《とせ》、在国候《ざいこく》」というのは、永禄三年（一五六〇）十一月、三好長慶の命によって高屋城主（大阪府羽曳野市）となり河内一国の支配を任されていた義賢が、翌永禄四年七月、六角義賢・畠山高政が挙兵したため危機に陥り、その後、畠山・根来寺《ねごろじ》軍と対峙し、和泉久米田（大阪府岸和田市）に陣を張ったことをさしている。この戦線は翌五年三月まで膠着状態が続いた（『国史大辞典』13巻545頁参照）ので、「一年、在国」という表現をとったものと思われる。

「久米田に」と言いきらないのは、牛一がその土地を知らないことを示すのではなく、読者（〝語り〟に注目すると、聞く者）へのあたりをやわらかくしようとする心くばりである。先に出た「勝瑞といふ所にて」も同様であるが、「勝瑞」「久米田」を知らない人間も、「といふところ」をつけ足されたことによって、末尾音の「とこ

ろ」が印象づけられるために、現実感を呼びおこすことができる。

私注五　根来、雑賀、紀伊の国衆

しかし、敵にあたる根来《ねごろ》（和歌山県那賀郡岩出町にある新義真言宗本山・根来寺〈大伝法院〉の僧兵を母体とする軍事集団）、雑賀《さいが》（紀州鷺森御房《さぎのもりごぼう》を中心に結束した本願寺門徒をさすが、紀ノ川の水運にたずさわる武装集団とも重なる）、紀伊《きい》の国衆《くにしゅ》（根来衆・雑賀衆と連動する紀伊国に住む豪族・地侍や農民たち）の軍力がまさり、ついに永禄五年（一五六二）三月五日にたまたま手薄になっていた城に乗りこみ、三好実休を追いつめて捕《と》らえ、とうとう自害をさせてしまった。

その時の実休の辞世は、

草枯《くさから》す霜《しも》又けさの日に消《き》えて報《むく》ゐはつゐにのがれざりけり

というものであった。この和歌の心は、

「春になり若草が萌《も》えいでてきていたのだが、もどり霜《じも》が今朝《けさ》おりたために、せっかくの若草が見るかげもなく消え消《ぎ》えとなってゆく。思えば、昔、自分は細川讃州守を自殺に追いこめたのだが、月日もかわらず、今度は自分がその目に遭《あ》っている。讃州をあやめた報いは、やはりのがれられないものだったのだなあ」

と読みとることができる。

「報ゐはつゐにのがれざりけり」、これは、戦国乱世を長く生き抜くことによって身をもって「天道恐ろしき事」を感じていた牛一の心と一致している。しかも、こちらの方が渦中の人物の今《いま》わの際《きわ》の真情吐露として迫力がある。『大かうさまぐんき』を書きついでいこうとする作家太田牛一の構想として、この歌は、ここに不可欠のものとなっている。「条々、天道恐ろしき次第」という段の幕あけにあたって、三好実休を選んできた動機はここにあると言っても過言ではない。「はんべり候ひし」という、およそ今までの文体とは不似合いな王朝のなごりを思わせる「はべる」を使ったことも、そのような執筆意欲の高揚をちらと反映しているものであろう。

秀次謀反事件の場合、牛一は、「八日」「十五日」という数字の一致に運命の糸を感じていたが、三好実休の場合、「月日もかわらず、三月五日に腹を切られ」という、さらに一致度の高い現実となった（ただし、讃州自害の日については、本章私注三参照）。この一致に恐れをいだきつつ、牛一は、「天道恐ろしきの事」と本条の筆をおさめることになる。

注

（1）一九九五年一二月刊。
（2）土井忠生・森田武・長南実編訳『邦訳日葡辞書』（一九八〇年五月岩波書店刊）の邦訳を引用する印として、「＊」を用いる。
（3）岩波日本思想大系『キリシタン書　排耶書』所収の翻刻に拠る。
（4）『国史大辞典』（吉川弘文館）『戦国人名事典』（新人物往来社）など参照。以下、。印を付した略号を用いることがある。
（5）一九七五年二月刊。書名は『大かうさまくんきのうち』で、解題・翻字は大沼晴暉氏の手に成る。
（6）勉誠社文庫『キリシタン版落葉集』の影印に拠る。
（7）日本古典全集『易林本節用集』影印に拠る。
（8）小林千草・千《せん》草子《そうこ》著。一九九三年九月刊。なお、初出は、平成四年（一九九二）『歴史読本』一月〜十二月号に「中世を読む――太田牛一『信長記』より」として連載したものになる。
（9）『国史』13巻544頁「三好義賢」条参照。

（10）　桑田忠親校訂の岩波文庫『太閤記』上・下に拠る。

二・二章　松永弾正久秀

はじめに

本章は、太田牛一著『大かうさまぐんきのうち』（一冊。太田牛一自筆。慶應義塾図書館蔵）における「条々、天道恐ろしき次第」という章題でくくられた具体的条々のうち、「三好実休」(注1)につづく「松永弾止久秀」条についての「釈文」と「私注」（注釈・考察）からなる。

釈文【本文五―二の①】

一、松永弾正久秀《まつながだいじやうひさひで》、一僕《いちぼく》の身上《しんせう》に候を、三好修理大夫《よししゆりのだいぶ》匠作《せうさく》、取《と》り立《た》て、万端《ばんたん》まかせ置《を》かれ候ところに、大機《〈だい〉き》の望《のぞ》み胸中《きやう》に含《ふく》み、修理大夫《しゆりのだいぶ》を天下《てんか》の主《ぬし》となすべきの間《あひだ》、松永《まつなが》申ごとく御同心《どうしん》なさるべき旨《むね》、御誓紙《せいし》候てくだされ候へと、堅約《けんやく》にて、ある時《とき》、在《ざい》京候て、清水詣《きよみづまうで》と号《かう》し、人数《にんじゆ》を寄《よ》せ、二条公方《ぢようくばう》の御構《かまへ》取り巻《ま》き、光源院《くわうげんゐん》殿、御腹《はらめ》召させ、同《おなじ》く、三番《ばん》めの御舎弟《しやてい》、鹿苑院《ろくおんゐん》殿、これ又、取りかけ、討《う》ち奉《たてまつ》り、その後《うち》、修理大夫弟《しゆりのだいぶおとゝ》に、安宅《あた木》摂津守《つのかみ》と申（まうす）仁《じん》候き、逆心《ぎやくしん》をかまへらるゝの由《よし》、ありくと讒訴《ざんそ》を申かけ、安宅《あた木》を生害《せうがい》させ、又、主《しう》従《ぐ》の恩顧《おんこ》をかへりみず、情《なさ》け無《な》く、三好《みよし》に毒害《どくがい》をいたし、殺《ころ》し、さて、天下《てんか》の主我《あるじわれ》なりと、満足《まんぞく》候ところに、織田上総《おだのかづさの》かみ信長《のぶなが》、御入洛《じゆらく》あつて、天下仰《てんかおほ》せつけられ候間《あひだ》、松永《まつなが》、天下《てんか》の望《のぞ》み相果《あひは》て、こゝにて、上総《かづさの》かみ信長《のぶなが》を頼《たの》み奉《たてまつ》り、天下無双《てんかぶさう》の名物《めいぶつ》、九十九髪《つくもがみ》、不動国行《ふどうくにゆき》、薬研藤四郎《やげんとう》、進《しん》上候ところに、大和国《やまとのくに》、半国下《はんごくくだ》され候。

私注一　松永弾正久秀

松永弾正久秀（牛一は、原文において「だいじやう」と仮名書きしている。「だんじやう」が正しい語形であっても、巷《ちまた》では「だいじやう」と訛《なま》って言われたこともあった事実を反映したものとみられる）の事蹟を述べるにあたって、あくまで「条々」の一つという意識で牛一は簡潔に単語を並べていったのであるが、そううまくはいかなかった。牛一の腕のせいではない。久秀の動きが複雑で、重要人物《キーパーソン》が一人ならず関係し、しかも、牛一にとって忘れえぬ人――信長までがからんでくるのである。

　しかし、牛一もさるもので、一度たりと文を切ろうとはしない。「修理大夫を天下の主となすべきの間、松永申ごとく御同心なさるべき旨、御誓紙候てくだされ候へ」という会話、「天下の主《あるじ》我なり」という心中思維、また、「修理大夫弟に、安宅摂津守と申仁候き」という挿入句をものみこんで、「大和国、半国下され候」まで文章は一気になだれおちる。

　牛一の胸の高まりは当然であろう。この『大かうさまぐんき』より先に清書本が成立したと考えられる（粗稿としてのメモ・短篇ならば完全にさらに古く）『信長記』の冒頭は、現在岡山大学附属図書館池田家文庫に蔵される太田牛一自筆本が示す通り、

「先公方　光源院義照　御生害、同御舎弟　鹿苑院殿、其外諸侯之衆歴々討死之事　其濫觴三好天下ノ依レ為二執権一、内々三好ニ御遺恨ヲ可レ被二思食と兼而存知、被レ企二御謀叛一之由、申掠、寄レ綺お左右一、永禄八年五月十九日、号シ二清水参詣一と、早朝より人数をよせ、則、諸勢　殿中へ乱れ入、数度切崩シ、　公方

様雖二御働候一多勢二不レ叶、御殿二火を懸、終に被レ成二御自害一訖　同三番目之御舎弟　鹿苑院殿へも平田和泉を討手二さし向、同刻二御生害」（巻一・1オ〜2オ）[注2]であり、松永弾正久秀の介入をのぞけば、本条とほぼ重なる内容をもつからである。

蓬左文庫蔵『大田和泉守記』（太田牛一自筆本）[注3]の末尾に、牛一は、

「　自元
内大臣信長公之　　臣下也。其後
大閤秀吉公之　　臣下。今又
右大臣秀頼公　　臣下也。
将軍家康公
関白秀次公
五代之軍記如此、且、世間笑草綴置之。
　丁未九月十一日　太田和泉
　　　　　　　　牛一（花押）」

と記す（「丁未」は慶長十二年〈一六〇七〉）。信長・秀吉・家康と天下が渡りきて――慶長五年九月関ケ原合戦を経由――、今《いま》豊臣のともしびが消えかかりつつある時、頂上に立たんと争いあい滅《ほろ》んでいった者の事蹟とその背後にある天の定めをあらためて見つめなおしたいと考える牛一にとって、信長こそ、常にゆりもどされる源であった。だから、本条でも、「信長」まで一気に言及してきたのである。

私注二　三好修理大夫匠作

さて、牛一の文章心理は心理として、私たちは、文献に記された内容を正確に読みとる必要がある。

身分の低い従僕であった（「Ichibocu. Fitorino ximobe. ＊一人の下男」『日葡辞書』[注4]）松永久秀を「取《と》り立て」（「Fitouo tori tatçuru. ＊人を立派にしてやる、あるいは、一人前の人間にする」）たのは、三好修理大夫匠作であった。

「三好修理大夫匠作」は、三好長慶《ながよし》（一五二三〜一五六四）のことで、阿波国芝生城主から発して、天文十六年（一五四七）には室町幕府における軍事的中枢に立つぐらいに急成長。将軍足利義輝と対立・和睦をくりかえす中で天文二十一年、摂津国芥川城を本拠として畿内の独自支配体制（三好政権）を築く。その後、三好義賢（実休）や安宅冬康などの兄弟や松永久秀らの家臣を結束させ、ますます支配力を強めていくのである（『戦国』）が、その際、「万端まかせ置かれ候」というほどの信頼を、松永久秀は得る。

久秀は、これを幸いと、人知れず胸中に「大《だい》きの望み」を抱いていたと言う。その具体化が、次にくる「修理大夫を天下の主になすべき」ということではない。これは、あくまで、主人である三好長慶に取り入るための口実である。久秀がわが主人に言ったことば「天下《てんか》の主《ぬし》」こそ、久秀自身の「大《だい》きの望み」なのである。大いなる望み、野望である。

原文「大《だい》き」について、『天正事録』[注5]が当てる「大機《だいき》」に従ったが、『唐書』権徳輿伝の例「帝又自用、李絳参㆓賛大機㆒」[注6]などにしか出ない「天下の政務」「大政」を、牛一がここに使う可能性は低く、

「就中御子息ト御台トハ、鎌倉ニ留置進セラレン事、大儀ノ前ノ少事ニテ候ヘバ、強ニ御心ヲ可㆑被㆑煩ニ非

ズ。

（略）兎モ角モ相模入道ノ申サン儘ニ随テ其不審ヲ令レ散、御上洛候テ後、大儀ノ御計略ヲ可レ被レ回トコソ存候へ」（岩波古典文学大系『太平記』一280〜281頁）

にあるような「大儀《たいぎ》」が、意味的にはよりふさわしく思われる。『太平記』のこの場面は、足利尊氏が「反逆ノ企、已ニ心中ニ被二思定一テゲレバ」と描写されるところであり、文脈的にも、松永久秀の「大《だい》きの望み」と合致する。

「大機《だいき》」と「大儀《たいぎ》」が、当時、音と意味のコンタミネーションを起こしていた姿を反映するものであろうか。

その手はじめに、久秀は三好長慶に、こう申し出た。

「あなたさまを天下の主（天下人）にいたしたいと思いますので、私松永の言うとおりするという約束の証明となる誓紙を書いて下さい」

中世の「誓紙」（起請文）について、イエズス会宣教師ジョアン・ロドリゲスは、その著『日本大文典』[注7]（一六〇四〜八年長崎刊）の「日本の誓紙（XEIXI）、即ち、文書による誓約に就いて」という章において、「起請」に始まり「此の内若し一事たりといふとも、曲折を存じ、聊違犯せしめば、梵天、帝釈、四大天王、惣じて日本国中六十余州の大小の神祇、別して伊豆、箱根両所権現三島大明神、八幡大菩薩、天満大自在天神、部類眷属神罰冥罰各罷り蒙る可き者也、仍て起請件の如し」におわる「式目」（土井忠生氏注では『群書類従本御成敗式条』が比定されている）の実例をあげている。ヨーロッパから来日したキリシタン関係者にとっても、日本の習慣になじむために、この「誓紙」のあり方を熟知する必要があった。逆に言うと、それほど頻繁に誓紙をかわさねばならないほど、人間関係の不安定な時代だったのである。

原文の「けんやく」は、「堅約」とも「兼約」(注8)ともとることができる。前者ならば、堅い約束であったことを強調していることになるし、後者ならば、兼《か》ねてから約束していたということになる。なぜ、このような前もっての堅い約束が必要であったか。久秀にとって、これからのサクセス・ストーリーは、三好長慶のためではなく、自分のために創《つく》られ実演されていかなければならないものであり、途中で変だぞと思われ言う通りにしてくれなかったら細部のくみたてがこわれてしまうからである。

「ある時」――いつ、幾日《いくか》と記すことも十分可能であるが、牛一は、わざとぼかす。牛一がその日時を知らないわけでないことは、本章「私注一」に引いた『原本信長記』巻一・1オの記述で知られよう。ぼかした理由は、ここは、あくまで、「天道恐ろしき次第」ということがぴったりする人物の事蹟を条々に分けてさらりと述べ立てていこうとするためである。

ここに一つの問題が横たわっている。以上は、三好修理大夫匠作と称される三好長慶と松永久秀の交渉にかかわるものであったのだが、以降、牛一が述べんとする事件は、三好長慶が永禄七年（一五六四）七月二十四日病没したあとの永禄八年五月十九日に生じ、主役は同じ「三好」一族でも「三好義継《よしつぐ》」（「義重」とも称し、官職「右京大夫」をもっても呼ばれた）であることである。

三好長慶と、その弟十河一存《そごうかずなが》の息子であり長慶の家督をついだ義継との混同――牛一におけるこの勘ちがいは、すでに『信長記』の段階で生じていた。つまり、『原本信長記』では「三好天下の執権たるに依つて」「内々三好に御遺恨を思食さるべきと兼ねて存知」と、どちらの三好をさすか顕在化していなかったものが、増補系の『信長公記』では、

「其濫觴は三好修理大夫天下依㆑為㆓執権㆒、内々三好に遺恨可㆑被㆓思食㆒と兼て存知、被㆑企㆓御謀叛㆒之由、申

掠、寄二事ヲお左右一、

永禄八年五月十九日に、号二シ清水参詣一ト、早朝より人数をよせ、則、諸勢殿中へ乱入 雖下被レ成二御仰天一候上ト、無二是非一御仕合也」（巻一・2ウ〜3オ）(注9)

のように、第一例が「三好修理大夫」（=長慶）と明示されているからである。

『信長公記』の翻刻を収める角川文庫の巻一補注一（437〜438頁）に、すでにそのことが指摘されている。(注10) 牛一が混同した大きな理由の一つは、三好長慶も、三好義継も、松永久秀が「天下の主となるべき」ともちかけ、意のままにあやつっていたからである。

ある時、久秀と義継は「在京」（Zaiqiŏ. ＊都、すなわち、国の首府に居ること）――京都に滞在し、清水 詣《まうで》（清水社参詣）と称して、多くの人数を集め、二条にある室町公方の御屋敷を取り巻いた。「御構《かまへ》」は、塀・堀などをめぐらした要塞をもつ屋敷であることを示しているが、多人数の敵にもちこたえられず光源院殿（足利義輝。牛一は『信長記』において「義照」と表記）は切腹に追いつめられた。また、同じく、三男にあたられる弟・鹿苑院殿（周暠《しゅうこう》）の屋敷を襲い（Toricaqe, uru, eta. ＊敵にぶつかって行く、あるいは、敵に攻めかかる）、討《う》ち果たす。

牛一は、室町将軍兄弟に対して、「御構」「御腹召させ」「御舎弟」「討ち奉り」など敬語をもって遇している。

私注三　その後修理大夫弟に安宅摂津守と申す仁

「その後」のできごととして報告される「安宅摂津守生害事件」も、年次的には牛一の勘ちがいを反映している。安宅摂津守冬康は、たしかに三好修理大夫弟である。三好家を出でて淡路水軍として名だたる安宅氏を継いだ人である。

「安宅摂津守と申仁候き」と、牛一は「仁」という語を使用しているが、『信長公記』においても、

○備後殿ハ取《とりわけ》分器用之仁にて、諸家中の能者被レ成二御知音一（首巻・4ウ）

○か様に、平手中務ハ借《かりそめ》染にも物《ものごと》毎に花《きやしや》奢成仁にて候し（首巻・11オ）

のように、また、当面の『大かうさまぐんき』中でも、

○雀《さゝ》部《べ》淡路守《あわぢのかみ》、御介錯《かいしやく》つかまつり候て、その後《のち》、主《ぬし》も、御脇差《わきざし》國次《くにつぐ》をくだされ、腹《はら》をつかまつり候 若輩《じやくはい》乃仁《じん》に候へども、総下知《そうげぢ》をつかまつり候て、前後《ぜんご》、神妙《しんびよう》の働《はたら》き、高名《かうめう》比類《ひるい》なし。（本文四―七）（注11）

のように、牛一がその人となりに感服した場合にのみ用いられている。

冬康の「大徳寺の大林宗套に参禅。歌と書にすぐれ、茶の湯を好み、堺の津田宗達らと茶会を催した」（『戦国』）という経歴は、たしかに、文武にすぐれた名将をイメージさせる。

その安宅冬康が、兄三好長慶に対して「逆心――謀反をかまえておられる」と、久秀は「ありありと（注12）」讒訴したと言う。『日葡辞書』の「Ariarito itçuariuo yŭ. アリアリト イツワリヲ 言フ ＊いかにも本当らしく嘘をつく」、「Fitoni zanguenuo mŏxicaquru. 人に讒言ヲ申シカクル ＊人に対して虚偽の証言を提起する」という語釈は、ここの原文を理解する上で有益である。牛一の生きた時代と『日葡辞書』成立時期の重なりの妙味を覚える。

明白なる謀反の廉《かど》で、安宅冬康は殺された。これについて牛一は年次を明かさないが、永禄七年（一五六四）五月のことであった。その頃、兄長慶は病の床にあり、十分な検証もできず久秀の言のまま実弟生害の決断をなしたと思われるが、その翌々月の七月二十四日、長慶自身も死出《しで》の旅に立つ。書きこめば戦国の無常（無情でも

ある）感に深く沈みこむところを、牛一はあっさりと気持ちを切りかえ、久秀の次なる悪行の描写にかかる。

接続詞「又」で導かれた文の主体は久秀であるが、言及される対象は、三好義継である。久秀は、「主従の恩顧」を無視して、自らが後見すべきであった主君三好義継を毒殺した。「情け無く」は、「無情にも」という意味で動作主体の非情さを表わすとともに、「毒害された」という事実そのものを、第三者に、「残念で悲しむべき事」という心情をもたせる表現法である。『大かうさまぐんき』の別箇所——本能寺の変を伝える部分にも、

「信長《のぶなが》御父《ふ》子《し》御一族《ぞく》、歴々《れきく》甍《いらか》を並《ならべ》しも、京《〈きやう〉》本能寺《ほんのふじ》におゐて　六月二日に情《なさ》け無《な》く討《う》ち奉《たてまつ》り訖《をはむぬ》」（本文五—四の①）

と「情け無く」が使われており、下剋上の最たる謀反——主討《う》ちを伝える文脈などにおいて生きてくる形容詞であった。

「どくがい」について、『天正事録』は「三好ニ毒害イタシ殺シ」（127頁上）とするが、太田牛一は『信長公記』において、

「次郎殿を聟に取、宥申、毒飼《ドクカイ》を仕奉レ殺」（首巻・80オ～ウ）

のように「毒飼」を用いている。

中世の古辞書では『運歩色葉集』に「毒飼《ドクガイ》」と出、『甲陽軍鑑』に、

「善万坊無学之いじにて、『でし弟のりんせつにまけたる』と口惜くがをたて、悪儀をはたらき、必りんせつにどくがひなど有におひては、もつたへなき事ならん」（巻十八・31ウ～32オ）

と「毒飼」を連想させる仮名書き表記が見える以外は、『太平記』(注13)（岩波古典大系所収古活字版）・『文明本節用集』・『毛詩抄』『蒙求抄』など多くの文献が「毒害」の方を使っている。『日葡辞書』の字釈「Docugai. すなわ

ち、documite corosu.」も「毒害」を意図するものであろう。したがって、標準的には「毒害」の方が正しい表記であり、「毒で害す」には「毒で飼《か》う」ことが長くつづく（注14）ことから、「毒飼」の意味的意識が生じ、ハ行転呼音現象でドクガヒ→ドクガイ　となることも作用して、太田牛一など戦国武士間で急速に混同がひろまったものと推測される。ただし、本稿の釈文においては、標準形と目される「毒害」を採《と》った。

「さて、天下の主我なりと、満足候ところに」——「ところに」という、いわば事態の急展開を内面に含みもつ接続助詞の上部を今問題としよう。

「さて」という接続詞は、久秀が三好義継を毒殺したという文と次の文とをつづける接続詞であるとともに、「さても天下の主我なり」と同価値の感動詞「さて」のニュアンスも担っている。「さてさて」とくりかえされると、まさに感動詞である。

久秀がわが主人であった三好長慶や義継にささやく詞《ことば》は、「天下の主《ぬし》となすべき」であったが、今や久秀自身が「天下の主《あるじ》」なのである。「大《だい》きの望み」が叶って久秀は大いに「満足」していた。ところがである。先に述べた「〜ところに」という表現が、次に大展開をはかる。

私注四　織田上総かみ信長

織田上総かみ信長が「御入洛《じゅらく》あつて」(Gojuracu aru, 1, nasaruru. ＊公方様 *Cubŏsama* とか、その他天下 *Tenca* の主君のような貴い人とかが都 *Miyaco* に入る)、天下のことを全て命じられたので、松永久秀は、「天下の望み」(天下の主《あるじ》となり、天下仰せつけること)がすっかり消えはててしまった。

「ここにて」——そこで、久秀は考えた。この際、上総かみ信長をわが主君として憑《たの》もう。自分が滅ぼした室町将軍家の生き残りである足利義昭を新将軍として擁立している信長にとり入るにあたって、彼は負《ふ》のイメージを払拭すべく、芸術家の一面をもつ信長が最も好む物を献上することにした。

「天下無双《てんかぶさう》の名物《めいぶつ》」――天下に二つとない名品、これは、直接には唐物《からもの》の茶入《ちゃい》れとしての「九十九髪《つくもがみ》」にかかるものであろうが、「不動国行《ふどうくにゆき》」「薬研藤《やげんとう》四郎」という名刀にも表現の余波は及んでいる。

信長をはじめ当代の人々が名物収集家と認める松永久秀の生命にかえても惜しくない名品をゆずられ、その心意気にめでた信長は、大和国の半国を久秀に与えたのである。

このことは、『信長記』にも記録されている。

「（永禄十一年）十月二日ニ池田筑後守、楯籠《たてごもる》當城へ大軍ニ而推詰《おしつめ》……五畿内隣國皆以て被レ任ニ御下知一松永は我朝無双之名物つくもかミ進上申され」（巻一・10オ〜11オ）

「元亀四年癸酉

去年冬、松永右衛門佐、御赦免ニ付而、多聞之城相渡 則、山岡対馬守、為ニ定番一多聞にをかせられ、正月八日、松永弾正、濃州岐阜へ罷下、天下無双之名物、不動国行進上候て、御礼被申上、已前も代に無隠薬ヤ研《ゲン》藤四郎、進上候キ」（巻六・1オ〜ウ）

第二例の内容につき、角川文庫『信長公記』は、

「元亀三年冬は誤り。三好義継と松永久秀・久通父子は、元亀四年（一五七三）三月将軍義昭から前将軍義輝を殺した罪を赦免されて入京した（『尋憲記』）。義昭の信長にたいする背信行為である。久秀らが再度降伏するのは、十二月二十六日。二年正月八日久秀は岐阜に行く」

と注をほどこす。この詳細については、十分な調査ができていないが、『信長記』では、

○（元亀元庚午）三月五日御上洛　上京驢庵ニ至て御寄宿　畿内隣国之面々等、自ニ三州一徳川家康郷（卿）、是又、御
在洛候て、門前成レ市事也
爰《ここに》天下無隠名物、
　天王寺屋宗及　菓子の繪　所持候
並《ならびに》
　薬師院　小松嶋
　油屋常祐が　柑子口
　松永弾正（が）　鐘乃繪
何れも覚《おぼえ》乃一種共候。被ニ召置一度乃趣、友閑・丹羽五郎左衛門御使にて被仰出候　非レ可レ申候間、無ニ異
儀一進上候　則、代物以ニ金銀一被仰付候キ（巻三・2ウ〜3ウ　（　）内の「が」は、原本では抹消された
跡がうかがわれる）
○四月十四日、公方様御構御普請造畢之為ニ御祝言一、観世大夫・今春大夫、立合ニ御能被仰付、役者共之事、
不及申、天下之名仁、馳集綺羅を瑩《みがき》たる御事也
飛弾（驒）国司姉小路中納言殿
伊勢国司北畠中将殿
三州之徳川家康郷（卿）
畠山殿
一色殿

三好左京大夫殿
松永弾正
永岡兵部太輔
近衛殿
二条殿
摂家・清花御衆、畿内隣国之面々等群集、晴かましき見物也（巻三・3ウ～4ウ）

あたりでは、信長は久秀に対して茶道具や儀式を通じて交流をはかっており、

○（元亀三年）（注15）去程に、三好左京大夫殿非儀を思食立《おぼしめしたち》、松永弾正・息右衛門佐父子と被二仰合一、對二畠山殿一、既被レ及二鉾《ム》楯一候　安見新七郎居城交野《かたの》へ差向、松永弾正取出を申付候　其時乃大将とし而、
　山口六郎四郎・奥田三河
両人、三百計にて取出ニ居城候
信長より後巻御人数
　佐久間右衛門・柴田修理亮・森三左衛門子・坂井右近子・蜂屋兵庫・斉藤新五・稲葉伊豫・氏家左京亮・
　伊賀平左衛門・不破河内・丸毛兵庫・多賀新左衛門
此外、五畿内・公方衆も相加、為二後詰一御人数被出、取出を取巻、しゝ垣結《ゆひ》まハし取籠被レ置候處、風雨乃紛切抜候也
三好右京大夫殿ハ、若江に楯籠、松永弾正ハ、大和乃内、信貴乃城ニ在城也
松永右衛門佐ハ、奈良乃多門ニ在レ之

(巻五・4ウ〜6オ)

という危機を通過するものの、結果的には、久秀は信長の軍門に下るということであり、牛一は『大かうさまぐんき』においては、なりゆきのみを一括して記そうとしたものと見られる。

牛一がひらがな表記をする「つくもがみ」については、私は「九十九髪」を宛てているが、『茶道古典全集』をひもとくに「作物《つくも》」と表記されている場合がある。たとえば、同全集10所収の『茶話指月集』(注16)では、

○信長公へ宗易、此ノ肩衝御挨拶申《ス》耳ニアラズ、是ヨリ向《サキ》、公、作物《ツクモ》ノ御茶入ノ袋ヲ易ヘ迎付ラレシ時、此作物ノ記ヲ相國寺惟高和尚書タリシト聞《ク》、汝《ナンヂ》知ズヤト宣《ノタマ》ヘバ、サン候、松永弾正茶の會席《セキ》ニテ一覧申ツルガ、天正五年ノ乱ニ信貴城《シキノ》ニ於テ焼失仕《シ》、其ノ写堺ニ御座候トテ取寄セ差上《サシアゲ》侍ル(226頁)

のようになっている(この文は、「つくもがみ」に付随したものであった「作物ノ記」〈惟高妙安の記したもの〉が、久秀より信長に進上されていなかったことを伝える)。

「つくもがみ」は、「つくもがみのなすび」とも「つくもなす」とも称されたが、その伝来について『山上宗二記』(注17)(茶道古典全集6所収)は、次のように記す。

○ツクモ茄子　金襴ノ帒《(袋)》ニ入、内赤ノ盆ニ居ル、惣見院殿御代ニ本能寺ニテ滅ス、此茄子ハ珠光見出シテ御物ニ成ル、其後、方々へ傳リ、越前朝倉太郎左衛門五百貫買フ、其次ハ越前ノ府中小袖屋千貫買フ、越前國一乱ニ京ノ袋屋預ケ置候處、京ノ法華宗乱ニ失フト云テ不出、松永分別シテ取出シ二十年所持、其後、信長公へ上ル、此茄子滅ト云トモ、土薬、ナリ、コロ、口ノ作り、古人天下一ノ名物ト云ハツクモヲ云也(86頁)

松永久秀の手にあった「つくもがみ」が、信長の手に移ったことを如実に語る茶会記録がある。それは、茶道古典全集7所収の『宗達他会記』(注18)『宗及他会記』である。

○（永禄三年）二月廿五日朝　松永殿御会五ツ半時前四ツ之後ニ罷立

一床　なすひ、つくも、四方盆ニ、袋白地《うすかう》金蘭、アサギ尾、（宗達他会記　77頁）

○天正参亥十月廿八日之朝

上様御会　　堺ヨリ御見廻申たる衆

一床ニ暮鐘繪、前ニ三日月壷、白地金襴、袋ニ入テ、

一棚ニ上ニつくも、白地金襴袋ニ入テ、内赤之盆ニ、　（宗及他会記　245頁）

「上様」とは、信長をさす。

「不動国行」について、角川文庫『信長公記』の注は「山城（京都府）の刀鍛冶不動国行の作品。現存」とするが、『信長公記と摠見院』（昭和三六年六月　総見院発行）（注19）では、

「豊臣秀吉からの総見院宛の寄進状に、その目録の第一番目に、「一、御太刀一腰不動国行　摠見院殿永代可レ為ニ御校割一事」とある。これは不動国行という太刀が、信長公ゆかりの永代の御宝物として保存されるべく、秀吉より寄附されたことを示すものである。しかも寄進状の中で最初に書かれていることよりしても、その重要性を察することが出来る。

不動国行という太刀は、小振ではあるが、鎌倉時代の京の名工来国行の作った絶品で、その中に不動明王の像が彫ってある。最初足利将軍家の重宝とされていたが、松永弾正を経て、信長公のものとなり、公は多くの名刀の中でも特にこれを愛用しておられた。本能寺の変後一時明智光秀の手にわたったが、彼が誅せられると堀久太郎等の尽力によって豊臣秀吉に献ぜられた。秀吉は信長公の葬儀の際には、この不動国行を携えて悠々と式に臨んだ（注20）のであるが、式後公遺愛のこの名刀を総見院に納めて、故君信長公のための永代の宝物となした

のである」（29頁）

と述べたあと、「然るに現在総見院に不動国行がないので、此の間の事情がどうなっているのかわからない」と結んでいる。

さて、目を「かづさのかみ信長」までもどすことにしよう。

牛一は、「かづさのかみ」と記す。これをそのまま翻字すると「上総守」となる。しかし、上総国守は代々「かづさのすけ」である。「すけ」であると、「上総介」と宛てることになるのだが、牛一は「ひたちのすけ」の場合も「ひたちのかみ」と記していた。つまり、牛一をはじめ当時の一部の人々は、「かづさのかみ」「ひたちのかみ」と言い慣れていたのではないか。天文二十三年十一月十六日付の「尾張祖父江五郎右衛門宛判物」（奥野高広『増訂織田信長文書の研究上』所収）において、信長自身が「上総守　信長」と称していることも、この推測を裏づけることができよう。

その後、信長は「上総介」と署名し（実は「尾張祖父江五郎右衛門宛判物」の四日後の十一月廿日付の「尾張安斎院宛判物」では、「上総介　信長」に改めている。有識故実に詳しい者から指摘されたものとみられる）、牛一も『信長記』では「上総介」と記すが、語る時は、「かづさのかみ」と思わず出てしまうという現状ではなかったか。『大かうさまぐんき』のここも、その現われとみたい。

釈文【本文五―二の②】

これを不足《ふそく》に存《ぞん》じ、大坂《さか》と信長《のぶなが》、御敵対《てきたい》なかばの刻《きざみ》、又、御厚恩《こうをん》を忘《わす》れ、大坂《さか》と松永《まつなが》、一味《いちみ》の逆意《ぎやくい》をさしはさ

み、和州志貴《わしうしぎ》の城《しろ》へ、松永弾正《まつながだいじやう》、息《そく》

右衛門佐《ゑもんのすけ》、父子《ふし》・一類楯籠《いちるいたてごも》り候。

時《とき》日を移《うつ》さず、信長公《のぶながこう》の嫡男《ちやくなん》秋田城介《あいたじやうのすけ》殿、御取《と》りかけ候。さるほどに、先年《せんねん》、松永《まつなが》しわざをもつて、三国《ごく》隠《かく》れなき大伽藍《だいがらん》奈良《なら》の大仏殿《ぶつでん》、十月十日の夜《よ》、既《すで》に灰盡《くわひじん》となす。その報《むく》ゐ、たちまち来《き》たつて、十月十日の夜《よ》、月日時刻《じこく》も変《か》はらず、松永《まつなが》父子《ふし》・妻女《さいぢよ》・一門歴々《いちもんれきく》、天守《てんしゅ》に火《ひ》をかけ、平蜘釜《ひらぐものかま》うち砕《くだ》き、焼《や》け死《し》に候。まことに、欲火胸《よつくわむね》をこがすとは、此《(この)》節《せつ》也。天道恐《たうおそ》ろしき事。

私注五　これを不足に存じ

「これ」、つまり、信長より「大和国、半国」を安堵されたことを、まだ「不足」に思って、久秀は、大坂（石山本願寺）と信長が対立抗争を続けているまっ最中に、又、主である信長の「御厚恩」(注21)を忘れ、ある行動に出た。「又」という副詞は、すでに、足利義輝・安宅冬康・三好義継など主すじの人に対して久秀がとった行動のくりかえしだからである。

久秀は、こともあろうに大坂（石山本願寺）と「一味」となることを決意した。それは信長に対しては、「逆意」（Guiacui. ＊反逆）の心をもったことになる。主人に従順な以前の心の流れから言うと、たしかに「さしはさむ」という状態で「逆意」は生じてくる。

そして、和州（大和国、奈良県）の志貴（山）城へ、松永弾正久秀と息子右衛門佐久通《ひさみち》、この父子《おやこ》はじめ一類が立て籠もった。「たてごもる」は、『易材本節用集』の「楯籠《タテゴモル》」の表記が代表するように当時「楯籠」と記されることが多く「Tategomori, u, otta. ＊ある城とか、防壁や防柵のついている建物とかの中に引きこもって守り固める」（日葡辞書）でも知られるように「ゴモル」と濁音を含んでいた。これが他動詞化すると「たてこむる」と清音のままであり、「Tatecome, uru, eta. ＊人を外に出さないように、ある家を軍勢で取り囲む」（『日葡辞書』補遺篇）の意味となる。

久秀のこの間の動きを『信長記』に求めると、

「（天正五年）御敵大坂付城、天王寺為定番、松永弾正・息右衛門佐、被置候處に、八月十七日、企謀叛、取出を引拂、大和之内《うち》信貴之城へ父子楯籠候　何篇之子細候哉、存分申上候ハ、、望《のぞみ》を可被仰付之趣、宮内郷《卿》法印を以而被成御尋候へ共、挿《さしはさみ》逆心候之間、不罷出候」（巻十・14オ〜ウ）

のようになっている。同じ牛一の手になるものなので、語句の重なりが容易に指摘できる。

その報を受けるや（「時《とき》日を移さず」）、信長公の嫡男秋田城介殿（織田信忠《のぶただ》。一五五七年生まれ。天正三年〈一五七五〉、美濃岩村城攻略の戦功によって秋田城介に任じられる。牛一は、「あきた」を「あいた」（注22）と訛る）が、信貴城に攻めこんだ――『大かうさまぐんき』は、このようにこまかな過程をとばしているので、かえってダイナミックに聞こえる。しかし、現実には、『信長記』にあるように、信長はしばらく松永の出方を待っていた。それは、先に引いた「何篇之子細候哉、存分申上候ハ、、望を可被仰付之趣、宮内郷法印を以而被成御尋候」が示している。

いつまでも松永が信長の申し出を無視しているので、

○九月廿七日、城介殿御人数被出、其日は江州飛弾城蜂屋兵庫頭所に御泊。

○廿八日、安土、惟住五郎左衛門所へ御出。翌日御逗留。

○九月廿九日戌刻、西に当而希《まれに》有之客星出来候也　松永一味之御敵、片岡之城ニ、森ノゐびな、楯籠候
永岡兵部太輔・維住日向守・筒井順慶・山城衆
○十月朔日、片岡之城取懸被攻候（略）城主森ゐびな、初とし而歴〳〵百五十余討死候
○十月朔日、秋田城介殿、安土を立せられ、山岡美作所御泊　翌日、真木嶋御陣取
同三日、信貴之城へ推詰、御陣を居《すゑ》られ、城下悉《ことごとく》御放火候て御在陣也
○十月十日之晩に、城介殿、佐久間・羽柴・維任・惟住、諸口被仰付、信貴之城へ被攻上、夜責《よぜめ》にさせられ
（以上、巻十・16オ～19オ）

という流れが、信長より取られてゆく。

『大かうさまぐんき』における「さるほどに」という接続詞は、そういう省略をも暗示しつつ、牛一がここまで書ききたって気づいたある重大な一致を、「さて」とあらたに語りおこす効果をも担わされている。その一致とは、「先年《せんねん》、松永《まつなが》しわざをもつて、三国《ごくかく》隠れなき大伽藍《がらん》奈良《なら》の大仏殿《ぶつでん》、十月十日の夜《よ》、既《すで》に灰盡《くわひじん》となす。その報《むく》ゐ、たちまち来《き》たつて、十月十日の夜《よ》、月日時刻《じこく》も変《か》はらず、松永《まつなが》父子・妻女《さいぢょ》・一門《いちもん》歴《れき》々〳〵、天守《てんしゅ》に火をかけ、平蜘釜《ひらぐものかま》うち砕《くだ》き、焼《や》け死《け》に候」であった。

関白秀次謀反事件を伝える**本文四―八**（『太閤秀吉と秀次謀反』195～196頁）でも、また、三好実休の事蹟を伝える**本文五―一**（注23）（本書**二・一**章）でも、滅亡の日時と同じ日時に、その因としての出来事が生じているととらえるのが、牛一のパターンである。逆に言うと、悪行の因と果というパターンでしかとらえようのない、戦国武将の変転きわまりない生涯なのである。

久秀は、三好一族との兵乱の際、奈良東大寺の戒壇院・大仏殿をはじめ諸堂舎を「灰燼」となしてしまった。

『平家物語』においても、大仏殿を戦火で焼亡させてしまった平重衡《しげひら》に対して「南部の大衆《だいしゆ》」は、

「抑《そもそも》 此重衡《このしげひら(の)きやうは》卿者大犯《だいぼん》の悪人《あくにん》たるうへ、三千五刑《ぜんけい》のうちにもれ、修因感果《しゆゐんかんくわ》の道理《だうり》極卜《ごくじやり》せり。佛敵法敵《ぶつてきほうてき》の逆臣《げきしん》なれば、東大寺《とうだいじ》・興福寺《こうふくじ》の大垣《おほがき》をめぐらして、のこぎりにてやきるべき、堀頸《ほりくび》にやすべき」（覚一本平家物語　巻十一　岩波日本古典大学大系33　375～376頁）

と責め、重衡自身も、

「いま重衡《しげひら》が逆罪《ぎやくざい》をおかす事《こと》、ま(ツ)たく愚意《ぐい》の発起《ほつき》にあらず、只世《たゞよ》に随《したが》ふことはりを存《ぞんずるばかり》斗也。（略）理非《りひ》佛陀《ぶつだ》の照覧《せうらん》にあり。抑《そもそも》罪報《ざいほう》たちどころにむくひ、運命只今《うんめいたゞいま》をかぎりとす。後悔千万《こうくわいせんばん》かなしんでもあまりあり」（377頁）

と懺悔をしているように、諸人の信仰厚き仏殿仏閣を烏有に帰することは、恐ろしき大罪であった。「その報ゐ」が「たちまち来たつて」、天正五年十月十日の夜、月日も時刻も変わらず、松永久秀親子・妻女・一門および主《おも》だった家来たちが天守閣に火をかけ焼け死んでしまった。その際、久秀は天下一の名物であった「平蜘釜《ひらぐものかま》」(注24)を打ちくだいている。

このことを報告すると同時に、牛一は、「欲火胸をこがす」とは、このような事例をさすのだと言いきる。信長が久秀の助命とひきかえに所望するつもりであった名物「平蜘釜」をうち砕いたのは、久秀の決意のほどを表わすものであるが、牛一はその美にかける葛藤の方はさしおき、所有欲、天下欲のみを見つめる。そして、「天道恐ろしき事」と手短に結論づけてこの条をとじている。

編年的に記述するためゆとりのある『信長記』では、

「奈良之大佛殿、先年松永云為《(しわざ)》を以て、三国に無レ隠大伽藍、事故《(ことゆゑ)》なく為《ナス》二灰燼一ト其因果忽歴然二而、誠鳥

獣モ足を可立地ニ非す高山嶮《サカシキ》所を、輙《たやすく》、城介殿鹿之角《つの》之御立物《たてもの》ふり上く攻させられ、日比案者《ひごろあんじゃ》ときこへし松永無レ詮企《くはたて》し而、己《ヲノ》れと猛火之中ニ入、部類眷属一度ニ焼死候　客星出来、鹿之角之御立物ニ而責させられ、大佛殿炎焼之月日時刻不替事、偏《ひとへに》　春日明神之所為歟」（巻十・19オ～20オ）

と記し、攻めこんだ信忠の方に春日明神の御加護があったことを強調している。

しかし、その信忠も、五年後、本能寺の変で死を余儀なくされているのであるから、『大かうさまぐんき』において、「春日明神の所為」云々はもはや意味をなさない。

何が悪くて、何が良いのか。多くの武将はよいこともわるいこともその人生において縄のようにあざなってきている。人によってはそのまま天寿を全うする人もあるし、悲運の死を迎える人もある。そのちがいはどこにあるのか――それを見きわめるのが、『大かうさまぐんき』の一つの大きな目的であった。

関白秀次の滅亡をじっくり描いても、いまだその明快な答えを得られない牛一は、「条々、天道恐ろしき次第」と題して、三好実休、松永弾正久秀というように、策を弄して権勢をきわめながら謀反の結果滅亡していった人たちのことを報告する。

報告の末尾はいつも「天道恐ろしき事」となるのであるが、それは、人対人とのかけひきや戦事《いくさごと》の是非ではなく、もっと大きな〝天〟という存在がその人の運命を左右しているという予感でもある。

滅亡という結果から、その人物の悪行を洗い出せても、平穏な死を迎えた場合の悪行は、どういう風に考えるべきなのかと、一方で私たちに投げかけている構図でもある。

注

（1）この件については、拙稿「条々天道恐ろしき次第――三好実休」（新人物往来社刊『歴史研究』平成九年一月号。本書二・一章として所収）参照。
（2）福武書店刊『信長記』影印によるが、旧年、原本調査を行なっているので原本丁数を記す。
（3）汲古書院刊『大かうさまくんきのうち』における大沼晴暉氏の解題81頁には、「蓬左文庫蔵「関原御合戦双紙」奥書（次に、志水小八郎殿／参る」という宛書あり）」と記されているが、これは、蓬左文庫蔵『大田和泉守記』の誤記ではないかと思われる。
（4）土井忠生・森田武・長南実編訳『邦訳日葡辞書』（岩波書店）に拠るが、論述の流れ上、＊印を付して直接引用することがある。
（5）『大かうさまぐんき』の本文ときわめて密接な関係にある『天正事録』については、『続群書類従30上』所収のものを使用。
（6）『日本国語大辞典』（小学館。第二版）参照。
（7）土井忠生訳『ロドリゲス日本大文典』（三省堂）に拠る。
（8）「Qenyacu. Cataqi yacusocu. 固い約束、または、協定」、「Qenyacu. Caneteno yacusocu. 以前に結んだ約束、または、協定」のごとく『日葡辞書』には両語載せられている。『天正事録』には、「けんやく」の語を使った表現なし。
（9）奥野高広・岩沢愿彦氏により角川文庫『信長公記』として翻刻・校注がなされているが、この度、陽明文庫蔵の原本にあたり精査させていただく機会をもったので、直接原本の丁数を記す（ただし、目次にあたる目録から「一オ」と数えられているため、本文冒頭が二オより始まる）。これを含み『信長記』への言及は、平成八年度成城大学短期大学部特別研究助成〈語学・文学資料としての「信長記」の基礎的研究〉の筆者担当研究成果の一部である。
（10）教育社刊『原本現代訳　信長公記』（榊山潤訳）では、
「その事の起こりというのはこうである。(a)三好修理大夫（長慶）が天下の実権を握ってしまったので、「将軍は心中うらめしくお思いになっているにちがいない」と、三好一族はかねてから将軍の心を推察し、(b)謀反を企てていることなど、うまくごまかし、言いつくろって、その日清水寺参詣といつわり、早朝から軍兵を寄せ集め、たちまちに彼らが将軍御所へ乱入したのである」（上132頁）
と訳されているが、(a)(b)につき誤訳をしている。新人物往来社刊『現代語訳　信長公記』（中川太古訳）では、(a)は「三好長慶」

とするものの、そのあとを、

「後を継いだ三好義継《よしつぐ》は、そのことを前から承知しており、(b)三好一族が将軍に謀反《むほん》を企てているという風説に対しては、あれこれと言いまぎらかし、言を左右にしていた。

永禄八年五月十九日、三好義継は清水寺《きよみずでら》参詣と称して早朝から兵を集め、たちまちのうちに将軍御所に乱入した」（上101頁）

のように「三好義継」と訂して話を進めており改良が見られる。ただし、(b)については依然誤っている。原文「御謀反を企てらるゝの由、申掠」は、「御謀反」の「御」と「らるる」に注目すればわかるように、「先公方」である義照（義輝）の行為なのである。つまり、義輝様が三好一族をうらみに思って謀反を企てられている――こういう風に、三好義継が「申し掠《かす》め」たのである。

「申し掠むる」とは、「Mǒxicasume, uru, eta. 物事を言いくらます。例、Vaga ayamariuo mǒxicasumuru. 自分の過失を、言いわけして隠す」と『日葡辞書』が説明する通りの意味で、三好義継は、わが三好一族の主だった者や、いざとなると協力してくれそうな幕府用人、および世論に対して、嘘の情報を流したのである。

また、原文「寄二事ヲお左右一」は、原本『信長記』の「寄レ綺お左右一」が参考となるように、「義輝様からの御命令で清水参詣をするかに見せかけて」の意味であると考えられる。

（11）小著『太閤秀吉と秀次謀反』（ちくま学芸文庫）において、私にほどこした『大かうさまぐんき』の区切り番号であり、本章の「釈文」における〔本文五―二の①〕〔本文五―二の②〕も同様である。

（12）室町時代の「ありありと」のもつ表現内客については、拙稿「中華若木詩抄の評語「アリアリト」」（『成城国文学』第一〇号、一九九四年三月）参照。

（13）『太平記』巻十九「金崎東宮并将軍宮御隠事」条には、「毒害」の様子が詳細に記されているので、必要な部分のみ抜萃引用する。

尊氏卿・直義朝臣大《オホキ》ニ忿《イカツ》テ、「……若《モシ》只置奉ラバ、何様《イカサマ》不思議ノ御企《クハタテ》モ有ヌト覚《オボユ》レバ、潜《ヒソカ》ニ鴆毒《チンドク》ヲ進《マヰラセ》テ失《ウシナヒ》奉レ」ト、粟飯原《アヒハラ》下総守氏光《ウヂミツ》ニゾ下知《ゲヂ》セラレケル。……氏光薬ヲ一裏《ツツミ》持テ参リ、「イツトナク加様《カヤウ》ニ打籠《ウチコモツ》テ御座候ヘバ、御病気ナンドノ萌《キザ》ス御事モヤ候ハンズラントテ、三條殿ヨリ調進《テウシン》セラレテ候、毎朝一七日《ヒトナヌカ》聞食《キコシメシ》候ヘ」トテ、御前ニゾ閣《サシオキ》ケル。氏光罷《マカリ》帰テ後、将軍宮此《コノ》薬ヲ御覧ゼラレテ宣《ノタマヒ》ケルハ、「……是《コレ》ハ定《サダメ》テ病《ヤマヒ》ヲ治《ヂ》スル薬ニハアラジ、只命ヲ縮《シジム》ル毒ナルベシ」トテ、庭へ打捨《ウチステ》ントセサセ給ケルヲ、東宮御手ニ取《トラ》セ給テ、「抑《ソモソモ》尊氏・直義等《ラ》、其《ソレ》程ニ情《ナサケ》ナキ所存ヲ挿《サシハサ》ム者ナラバ、縦《タトヒ》此《コノ》菓ヲノマズ共《トモ》遁《ノガル》ベキ命カハ。是《コレ》元来所願成就也。此毒ヲ呑《ノミ》世ヲハヤウセバヤトコソ存《ゾンジ》候へ。……悪念ニ犯《ヲカ》サレンヨリモ、命ヲ鴆毒ノ為ニ縮《シジメ》テ、後《ゴ》生善処《シヤウゼンシヨ》ノ望《ノゾミ》ヲ達《タツセ》ンニハシカジ」ト仰ラレテ、毎日法華経一部アソバサレ、念仏唱《トナヘ》サセ給テ、此鴆毒ヲゾ聞召《キコシメシ》ケル。将軍ノ宮是《コレ》ヲ御覧ジテ……諸共《モロトモ》ニ此《コノ》毒薬ヲ七日マデゾ聞食《キコシメシ》ケル。軈《ヤガテ》春宮ハ、其《ソノ》翌日ヨリ御心地《ココチ》例《レイ》ニ違《チガ》ハセ給ケルガ、御終焉《ジユウエン》ノ儀閑《シヅカ》ニシテ、四月十三日ノ暮《クレ》程ニ、忽《タチマチ》ニ隠《カクレ》サセ給ケリ。将軍《ノ》宮ハ廿日余《アマリ》マデ御座アリケルガ、黄疸《ワウダン》ト云《イフ》御イタハリ出来《イデキ》テ、御遍《ヘン》身黄《シンキ》ニ成《ナラ》セ給テ、是《コレ》モ終《ツヒ》ニ墓《ハカ》ナクナラセ給《タマヒ》ニケリ。

……カクツラクアタリ給ヘル直義朝臣ノ行末、イカナラント思ハヌ人モ無《ナカ》リケルガ、果シテ毒害《ドクガイ》セラレ給フ事コソ不思議ナレ」（二　280～282頁）

(14)　「毒殺」という語は、『伽羅先代萩《めいぼくせんだいはぎ》』（一七八五年上演正本）の「第八」に「明衡妹政岡と心を合せ。鶴喜代君を毒殺《どくさつ》に及べし。定食事は。某存る旨有レば宜敷事を計ラはん」（日本古典文学大系『浄瑠璃集　下』369頁）と見られる。近世も後半、毒の即効性が高まり、「殺」という意識が強くなったため、「毒害」「毒飼」にかわって主として使われるようになったものと考えられる。ただし、同作品の「第六」では、「有難や。〳〵。是といふのも此母が。常〳〵教て置た事。稚心に聞訳て、手詰になった毒害《どくがい》を。よふ心見て給もったのふ」（352頁）のように、「毒を与えられること」の意味で「毒害」が共存している。

(15)　日時的には、「三月廿四日」と「五月十九日」の間の記事。角川文庫『信長公記』注には、「三好義継と松永久秀らは畠山昭高の将安見新七郎を河内交野城に攻めたので、四月十七日信長は新七郎を助けさす」とある。

(16)　「藤村庸軒（元禄十二年〈一六九九〉没）が、その師である千宗旦（一五七八～一六五八）から親しく聞いたことを、さらに同門の疎安に物語り、これを疎安が筆録して置いたものであり、さらにこれに加うるに、疎安が親しく宗旦から聞いたことも、同時に織りこまれている」（同書解説）。

(17)　「天正十八年庚寅三月日　瓢庵宗二　」と奥書があることから、宗二の死（四月十一日、秀吉の命により惨殺さる）の間際に成立したと考えられている。なお、天正十八年は一五九〇年。

(18)　詳細は、同書解説参照。

(19)　平成八年（一九九六）八月、調査のため同院を訪れた際、恵与されたものである。

(20)　この様子は、小瀬甫庵の『太閤記』（岩波文庫）に、「御位牌は公《きみ》の八男御長丸、御太刀は秀吉卿奉《これをもちたてまつる》レ持レ之。即不動國行《ふどうくにゆき》也」（上142頁）と描かれている。

(21)　牛一は、「ごこうをん」と表記し、『天正事録』も「御厚恩」と記すので、今、「御厚恩」をあてておく。しかし、規範としては「かうをん」と表記されるべき「高恩」の可能性もなくはない。特に、この文脈は、主人から与えられる「恩」であるから。なお、『日葡辞書』は、「高恩」に関して、「Cŏuon. Tacai von. 大恩。例、Cŏuon fôjigataxi. ＊大恩には報いることができない」と記し、補遺篇に、「Atçui　von. ＊大きな恩恵」と注しながら標記は「Cŏuon.」と誤記した――正しくは、Côvon. あるいはCŏuon.――「厚恩」をあげている。

(22)　当時の発音を可能な限り写そうとしたキリシタン文献の表記に従うと、「あきた」は「Aqita」となる。「A-qi-ta」と発音する際に、広母音aにはさまれた「qi」の子音〔q〕がスリップさせられると、「A-i-ta」という音が生ずる。牛一の訛り「あいた」は、それを忠実に反映するものであろう。

(23)　**本文四―八、本文五―一**は、注11に記したところの私の区切り番号である。

(24)　生前、久秀が「平蜘釜」を使って茶会を行なっていた記録を、一、二紹介する。

○(永禄六年)

一於多門山御茶湯 癸亥正月十一日朝　六畳敷、北向、右カマへ

　主人松永弾正少弼殿　　　　　　　　　成福院　医道三〔曲直瀬〕　久政　堺宗可〔若狭屋〕　竹内下総守〔秀勝〕

御床ノ上、軸ハツレニ長盆ニ二置ナリ、ツクモ、金ランノ袋ニ入、フクロノヲアサキ、

松本天目、数ノ台、上ニ同シ地付ノ内ニ、朱ニテ梅ノ字ト一文字アリ、七ノ内、極上也、

屏風ノ中、台子四組ノ御餝也、(餌畚)ヱフコ水指、フタニ八葉〳〵十六葉ナリ、柄杓指、合子 天下一也・平蜘釜 フロニ、柄杓指ハ

鹿苑院殿〔足利義満〕御物也、

(『久政茶会記』茶道古典全集9　51頁)

○永禄六癸亥年

同十一月五日朝　松永霜臺御會　人数　達〔宗達〕　久〔宗久〕　可〔宗可〕

一タイス 六帖敷ニ而　平釜《ひらくも》　水指《えふこ》　合子箃柄杓立、箸指テ、

一床　ゐんさなすひ、四方盆ニ、袋カントウ、

一 床　絵懸、茶之前ニ、ゑんしのはんせう（遠寺晩鐘）、

（『宗達他会記』茶道古典全集7　106～107頁）

二・三章　斎藤山城道三（その一）

はじめに

本章は、太田牛一著『大かうさまぐんきのうち』（一冊。太田牛一自筆。慶應義塾図書館蔵）における「条々、天道恐ろしき次第」という章題でくくられた具体的条々のうち、「三好実休」「松永弾正久秀」(注1)につづく「斎藤山城道三」条についての「釈文」と「私注」（注釈・考察）からなる。ただし、その前半部であり、「その一」と題する所以である。

釈文【本文五―三の①】

一、美濃国《みのゝくに》、斎藤《さいとう》山城道三《しろだうさん》は、元来《ぐわんらい》、五畿内《きない》山城国西《しろのくにゝし》の岡《おか》の松波《まつなみ》と申一《〈いち〉》僕《ぼく》の者《もの》也。美濃国《みのゝくに》へ罷《まか》り下《くだ》り、長井《なが》藤左衛門《とうざへもん》を頼《たの》み、西村《にしむら》を名《な》のり奉公《ほうこう》いたし、与力《よりき》をもつけられ、身《しん》上《〈せう〉》なりたち、ほどなく主《しう》の首《くび》を切《き》り、長《なが》井新《しん》九郎と名《な》のる。

藤左衛門《とうざへもん》、同名《どうめう》・親類《しんるい》の者《もの》ども、野心《やしん》を推《お》し、取《と》り合《あ》ひなかばに候。此《（この）》時《とき》、土岐頼芸公《ときのよりのりこう》、大桑《くわ》に御在城《ざいじやう》候。

長《なが》井新《しん》九郎、土岐《とき》殿へ懇望《こんばう》申につゐて、別条《べちぢやう》なく御荷擔《かたん》候。ゆへをもつて、存分《ぞうぶん》に達《たつ》し、こゝにて、斎藤《さいとう》山城道三《しろだうさん》と名《な》のる。

土岐《とき》殿御息《そく》、二郎殿、八郎殿とて、御兄弟《きやうだい》これあり。かたじけなくも、二郎殿を聟《むこ》に取《と》り、宥《なだ》め申、毒害《どくがい》を致《いた》し、殺《ころ》し奉《たてまつ》り、その後《のち》、又、御舎弟《しやてい》、八郎殿を聟《むこ》に取《と》り、これ又御腹《はらめ》召させ、大桑《くわ》を乗《の》つ取《と》り候き。こゝにて何者《なにもの》のしわざやらん、落書《らくしよ》に云《いわ》く、

主《しう》を切《き》り聟《むこ》を殺《ころ》すはみのをはり
昔《むかし》は長田今《おさだいま》は山城《しろ》

と書《か》いて、七曲《まが》り百曲《まが》りに立《た》て置《お》き候《さふら》いし。山城《しろ》は、小科《せうくわ》の輩《ともがら》をも、あるひは、牛裂《うしざ》きにし、あるひは、釜《かま》を据《す》ゑ置《を》き、その親子《おやこ》・妻子《さいし》・兄弟《きやうだい》どもに火《ひ》を焚《た》かせ、人を煎《い》り殺《ころ》し、事すさまじき成敗《せいばい》也。

私注一　美濃国斎藤山城道三は

美濃国の「斎藤山城道三」は、元来（もともと）「五畿内」のうちである「山城国」――その西岡《にしのおか》に住む「松波（庄五郎）」と称する身分の低い者であった。

「条々、天道恐ろしき次第」の幕あけとして登場した「三好実休」は、三好一族という武家の出であったが、次に出た「松永弾正久秀」については、牛一は「一僕の身上に候を」と描き出していた。そして、この条において、また、「一僕の者」が乱世という時空で立身出世をなし（注2）、ついに滅亡してゆく過程を描こうというのである。

松波（『天正事録』は、「松浪與市」と記す）という者が京より美濃国へ下り（注3）、「長井藤左衛門」という人を主人と頼んだ。そこで「西村」という姓を名乗って奉公するうち、与力（Yoriqi. ＊軍隊の中で、また、重立った主君への奉公を勤めるのに、他の人に従属している者）も付けられるほどの身代となった。かくして、扶持米《ふちまい》もつき、「身上」（暮らし向き）が成り立った。

それから「ほどなく」、主人である長井藤左衛門の首を切り、つまり、殺害して、主家をのっとり「長井新九

郎」と名乗った。藤左衛門と「同名」（Dômiǒ. ＊同じ名前、または、同じ名字）――同姓の一族や親類の者どもも、それぞれ野心をつのらせ、互いに自分こそ亡くなった主人の跡目だと言って、取り合いとなった。

この「取り合ひなかば」という表現は、同じく太田牛一の手になる『信長公記』にも、

○一、三郎五郎殿、御敵之色を立《たて》させられ、御取合半候　御迷惑成時、見次《みつぐ》者ハ稀《まれ》也（首巻・50オ）

のように見られ、両者互角で、抗争が膠着状態にある時をさす。

長井新九郎は、美濃国の守護家である土岐殿の次男で、大桑に在城していた「土岐頼芸公」（注4）に泣きついた。原文は、「こんばう」とある。『日葡辞書』は「Conbǒ. Nengoroni nozomu. ＊身を低くして許しを乞い、あるいは、憐れみを乞うこと」と説明する。「Nengoroni nozomu.」という字釈により、「懇望」という漢字表記も同時に示されている。すると、土岐殿は、特にむずかしい条件もつけず（注5）、「御荷擔《かたん》」――お味方になって下さった。

ここで、道三の運が開けるわけであるが、牛一はそのことには言及せず、「故《ゆへ》をもつて」――土岐頼芸公の御助力をいいことに、「存分《ぞうぶん》に達し（注6）」（わが思いのままにふるまうようになり）、ここで、「斎藤山城道三」と名乗ったと、最も世間に知られた名を紹介して印象的に打ち切る。

以上、牛一は、「松波」という在所に住むから「松波」と呼ばれた一介《いっかい》の下人が、「西村」（西村勘九郎正利（注7））、「長井新九郎」、「斎藤山城道三」へと数次名乗りを変えつつ立身出世していった跡を略記する。

自ら名乗りを行なう不敵さは、牛一の主人であった織田信長にもうけつがれており、『信長公記』の首巻には、

○三郎信長公ハ、上総介信長と自官に任せられ候也（首巻・16オ）

と記されているほどである。

山城道三も信長も、名乗りに応じた力量がそなわってくるのが常《つね》の人とはちがう点で、このゆえに、他人はそ

のことを批判できないのである。

さて、この部分につき、『信長公記』にほぼ同文が出ている。『大かうさまぐんき』とちがい、こちらには多くの漢字があてられているので、意味がとりやすいところがある。


「一、斎藤山城道三ハ、元来、山城國西岡の松波と云者也　一年下国候て、美濃國、長井藤左衛門を憑ミ、扶持を請、余力をも付けられ候　折節、無レ情、主の頸を切、長井新九郎と名乗　一族同名共發二野心一、取合半之刻、土岐頼芸公、大桑に御在城候を、長井新九郎、奉憑候之處、無別条御荷擔候　其故を以て達二存分一」（首巻・79ウ〜80オ）

私注二　土岐殿御息

土岐殿（頼芸。一五〇二年生まれ）の「御息《そく》」（御子息）に、二郎殿、八郎殿という御兄弟があった。道三は、かたじけなくも二郎殿を娘聟にとった。家来が主人の子息を聟にとるから、「かたじけない」のである。聟にとったあと、「宥《なだ》め申」、つまり、なんやかやと言いくるめて自分の言いなりにさせ、「毒害《どくがい》」をした。「どくがい」は、「条々天道恐ろしき次第——松永弾正久秀私注」（『国文学ノート』第三四号。本書二・二章として所収）で記すように、毒殺であるので「毒害」の表記が正しいが、当時、毒薬をもってしばらく「飼う」という意識があるため「毒飼」と記される場合があった。牛一は、『信長記』ではこの漢字表記をとっている（本書二・二章「私注三」末尾参照）。

最終的に毒殺してしまったのであるが、「どくがいをいたし」「ころしたてまつり」と、謙譲語がちりばめられている。

道三は、その後、弟でいらっしゃる八郎殿を聟にとった。この行為は二度目なので「又」という副詞を先導させているが、死に追いやるという事態も同じく生じたので、「これ又御腹召させ」と記される。

こうして、道三は、美濃の守護大名土岐殿の所有する大桑城を乗っ取ってしまった。

冒頭からずっと現在時制で報告されていたものが、ここではじめて、過去形で投げ出される。原表記も「大くわをのつとり候キ」であり、突然のカタカナの印象がきわめてシャープである。

私注三　こゝにて何者のしわざやらん

この時、何者かが落書を記した。

「しうをきり　むこをころすハ　みのをハり　むかしハおさた　いまハ山しろ」

落書は、おそらく、この通り、かなで記されていたものと思われる。「美濃・尾張」を「身の終わり」に掛《か》けるためには、漢字表記では不十分である。

主人を斬り殺し、聟に取った主の息子を殺すことは、美濃と尾張に起こった事件。その張本人は、昔は、長田忠致であったが、今は、山城道三だ。

落書に言う「昔」は、かなり昔の事件であり、角川文庫『信長公記』67頁脚注に示すように、

「長田忠致が尾張知多郡野間庄で主君源義朝を殺した」

ことをさしている。

某人は、落書をしたためると、美濃国の巷《ちまた》、巷に、「立て置」いたという。「のつとり候キ」が従来の終止形を

とっているのに対し、ここは「たてをきさふらいし」と連体形終止をとって、余韻をもたせている。この余韻は、「キ」という終止形終止よりかえっておとなしい感がある。「xi」と「qi」という音のもつちがいであるし、視覚上のひらがな「し」――特に、牛一は、「し」を極端に縦長にして直前の文字の左脇にデザイン的に添える傾向がある――と、カタカナ「キ」の印象の差である。

　山城道三は、「小科《せうくわ》」（Xôqua. Sucoxiqi toga ＊小さな罪科）の「輩《ともがら》」――たいした罪状のない連中をも、「牛裂《うしざ》き」にしたり、「煎《い》り殺《ころ》し」にしたと、牛一はつけ足す。

　「牛裂き」は、二頭の牛に罪人を引かせ、それぞれの牛を逆方向に力一ぱい走らせて体を裂く刑である。また、「煎《い》り殺《ころ》し」は、鉄釜を据え置いて、罪人の親あるいは子・妻や兄弟たちに火をたかせ、熱で煎り殺す刑である。「煎《い》り殺す」の「煎《い》る」であるが、今も「豆を煎る」ということばが残っているように、「＊火にかけて炒《い》る」ことである。『日葡辞書』は「イリコブ」（炒昆布）に「＊炒るか油で揚げるかしたある種の海藻」、「イリモチ」（煎餅）に「＊鍋などに入れて煎るかあぶるかした小さな餅」と訳をあてているから、空煎《からい》りも油で揚げることも含まれている。いずれにしろ、すさまじい。(注8) 角川文庫『信長公記』では、「人を煎《に》殺《ころ》し」と校訂者ルビが付けられているが、同じ牛一の手になることを思えば、「人を煎殺《いりころ》し」と読むべきであろう（後述の引用文参照）。『大かうさまぐんき』において、道三の行なった二つの刑を紹介して、牛一は、「事(注9)すさまじき成敗《せいばひ》也」と結ぶ。従来からの流れを知る者（読者や〝語り〟を聞くもの）に、この残虐な行為の報いを、そのうち道三が受けるのではと予測させる効果をもつ。

　一方、『信長公記』の記述は詳細である。「御腹召させ」た様子や大桑城を乗っ取った状況も彷彿とさせる文体であるので、次に引いておく。

「其後、土岐殿御子息、次郎殿、八郎殿とて御兄弟在之　忝も、次郎殿を聟に取、宥申、毒飼《ドクカイ》を仕奉レ殺、其娘を又御席《ムシロ》直しにをかせられ候へと、無理に進上申候　主《ヌシ》は、稲葉山に居申、土岐次郎（注10）殿をは山下に置申、五、三日一度つゝ参り、御縁に畏、御鷹野へ出御も無用、御馬なとめし候事、是又無勿躰候と申つめ、籠の如くに仕候間、雨夜之紛に忍出、御馬ニて尾州を心かけ御出候処、追懸御腹めさせ候

父土岐頼芸《ヨリノリ》公、大桑ニ御座候を、家老之者共ニ属託をとらせ、大桑を追出し候。それより土岐殿ハ尾州へ御出候て、信長之父の織田弾正忠を憑ミなされ候

爰にて何者の云為哉覧、

落書に云、

主をきり聟をころすは身のおハりむかしはおさたいまハ山しろ　と侍り、七まかり、百曲に立置候らひし

蒙レ恩テ不レ知ルハレ恩樹鳥似レ枯レ枝　山城道三ハ小科之輩をも牛裂ニし、或釜を居置、其女房や親兄弟に火をたかせ、人を煎殺し事冷敷成敗也」（首巻・80オ〜81ウ）

『信長公記』において、牛一は、「恩ヲ蒙リテ恩ヲ知ラザルハ樹鳥枝ヲ枯ラスに似タリ」という感慨をもらしているが、『大かうさまぐんき』では、あえて呑みこむ。「天道、恐ろしき事」ということを、読者や聞く者たちに納得させるもっと大きな流れとうねりを構想しているからである。

釈文【本文五―三の②】

さるほどに、一男新《なんしん》九郎、二男孫《なんまご》四郎、三男喜平次《なんきへいじ》とて、兄弟《きやうだひ》、三人これあり。惣別《さうべち》、人の惣領《そうれう》たる者《もの》は、かならずしも、心《こゝろ》が悠々《ゆふ〳〵》として隠当《をんとう》なる物に候。道三《だうさん》は、知恵《ちゑ》の鏡《かゞみ》も曇《くも》り、新《しん》九郎は、耄物《ほれもの》とばかり心得《こころへ》、

弟《おとゝ》二人を、小賢《こざか》しく利口《りこう》の者《もの》かなと崇敬《さうきやう》して、三男《なんき》喜平次《へいじ》を、一《〈いつ〉》色《しき》右兵衛太輔《ひようゑのたゆふ》になし、居《ゐ》ながら官《くわん》を進《すゝ》め、これによつて、弟《おとゝ》も勝《かつ》に乗《の》つて奢《おご》り、
新《しん》九郎を、なひがしろにもて扱《あつか》ひ候。よその聞《き》こえ無念《むねん》に存《ぞん》じ、
十月十三日より作病《さくびやう》を構《かま》へ、奥《おく》へ引《ひ》き入《(いり)》、平臥《へいぐわ》候《さふら》いし。山城父子《しろふし》四人ともに、稲葉《いなば》山に居城《ゐじやう》也。
十一月廿二日、山城道三《しろだうさん》、山下《さんげ》の私宅《したく》へ下《お》りられ候。こゝにて、伯父《おぢ》にて候《(さうらふ)》長《なが》井隼人止《はやとのりけ》と談合《だんかう》を相究《あひきは》め、重病時《ぢうびやうとき》を待《ま》つ事に候、二人の弟《おとゝ》に対面《たいめん》候て、一《〈いち〉》献《こん》申《(まうし)》たき事候、入来《じゆらい》候へかしと、申《(まうし)》送《をく》り候。
長《なが》井隼人《はやと》、巧《たく》みをめぐらし、御兄弟《きやうだい》、此時《とき》に候間《あひだ》、御見舞《みまひ》もつともと、申候ところに、即《すなはち》同心《どうしん》にて、新《〈しん〉》九郎私宅《したく》へ、二人ながら罷《まか》り来《き》たる也。
長《なが》井隼人《はやと》、次《つぎ》の間《ま》に刀《かたな》を置《を》く。これを見《み》て、同《おな》じごとく次《つぎ》の間《ま》に刀置《かたなを》く。さて、奥《おく》の座敷《ざしき》へ入《(いる)》也。わざと盃《さかづき》をと候て、振舞《ふるまひ》を致《いた》し、その時《とき》、日根野備中《ひねのびつ》、名誉《めいよ》の物切《き》れの太刀《ふとがたな》、作手棒兼常《さくてぼうかねつね》、抜《ぬ》き持《も》ち、上座《せうざ》に候《さふらふ》つる孫《まご》四郎を切《き》り臥《ふ》せ、又、右兵衛太《うひやうゑのた》輔《ゆふ》を切《き》り殺《ころ》し、年来《ねんらい》の愁眉《しうび》を開《ひら》き、山下《さんげ》の山城道三方《しろだうさんかた》へ右《みぎ》の趣《おもむき》申《(まうし)》つかはすところに、仰天限《ぎやうてんかぎ》りなし。

私注四　さるほどに一男新九郎

「さるほどに」、この接続詞は、斎藤道三個人の事蹟から、彼の子どものことへと話題を転換させる役割を果たす。現代語なら「さて」というところである。

道三には、一男《いちなん》（長男）新九郎、二男《じなん》（次男）孫四郎、三男《さんなん》喜平次という三人の息子がいた。

「惣別」を『日葡辞書』に求めると、「＊Sôjite（惣じて）に同じ。一般に、あるいは、すべてに」と説明され

ているが、発音は、「Sôbet」と表記されている。最終の子音「t」は、語尾をのみこむように発音するもので、現代の私たち（九州には、いまだ、こののみこむような発音がのこされている地域がある）は、狭母音「u」を添えて「ソウベツ」と発音している。この時、狭母音「i」を添えると、「ソウベチ」となり、牛一の記す語形が得られることになる。

「人の惣領《そうれう》たる者《もの》は、必《かなら》ずしも、心《こゝろ》が悠々《ゆふ〳〵》として隠当《をんとう》なる物に候」――「必ずしも」は現代語ならば「必ずしも……ではない」と否定表現となるものであるが、ロドリゲス『日本大文典』（一六〇四～八年長崎刊。三省堂刊の土井忠生博士訳本に拠る）に、

「Canarazu（必らず）。Canarazuximo（必らずしも）。疑もなく確実に」（292頁）

とあるように、「必ず」の意味を「しも」（副助詞「し」＋係助詞「も」）でさらに強めた語感をもっていた。

「ゆふ〳〵と」（Yŭyŭto）は、「＊ゆったりと、あるいは、のんびりと」(注11)、「をんとう」（Vontŏna）は、「＊おだやかで静かな（人）」であるから、

「長男たる者は、たいがい、性格がのんびりとして穏やかなものである」

と、牛一は述べていることになる。このことばで思い出す慣用句に「総領の甚六《じんろく》」とあるのがそれで、長男・長女は、夫婦にとって初めての子どもであるので、弟や妹に比べて、何かに過保護にされるため、お人好しで少々鈍感な人物になるというのである。用例的には、『浮世床』（一八一一年成立）あたりから見られる(注12)が、牛一のこの記述から、中世でも同趣の説が行なわれていたことが知られる。

ただし、牛一は、この説をマイナスイメージで引用しているのではない。「惣領」という語に付随する一般論を提示し、その一般性の背後にかくれた事例を父親である道三が見ぬけなかったと、結びつけてくるのである。

「大だわけ」（信長公記・首巻16ウ）と世評のあった信長に富田で会見した道三は、通常の「たはけ」（牛一は「たハけ」「たわけ」と表記）ではない信長の非凡さを看破した。しかし、わが息子新九郎を表面のみで評価してしまったのである。

そのことを、牛一は、「道三《だうさん》は、知恵《ちゑ》の鏡《かゞみ》も曇《くも》り」と表現している。「さすがの道三もやきがまわった」とでも言うのであろう。

道三は、新九郎は「ほれもの（注13）」（馬鹿者）とばかり心得る。一方、弟二人——孫四郎・喜平次を「小賢《こざか》しく」「利口《りこう》の者《もの》」かなと崇敬した。

「崇敬」（Sôqiŏ）——「崇」は合音で仮名表記は「そう」でなければならないが、牛一は『さう』と開音に記す——とは、『日葡辞書』の字釈が「Tattomi vyamŏ」（タットミ　ウヤマウ）となっているように、「＊人を尊敬しあがめる」ことである。わが子であるが、臣下が道三の後継者として尊敬するような待遇を与えたことを示している。

その待遇の一つが、喜平次を「一色右兵衛太輔」に任じたことである。これは、室町幕府の四職の一つであった一色氏との縁故をもつものではなく、御料所であった美濃国の一色庄、そこの荘官に任じたという意味あいであろう。京の宮廷よりの任命というより、道三の経済力でかちとったものと考えられる。一色右兵衛太輔（大夫）を名のらせるだけの財政的・人材的な援助を、道三はしてやったものとみられる。戦功によるものではないこの措置を、牛一は、「ゐながら官を進め」とシビアな視線で描いている。「ゐながら」は「居ながら」で、「じっとしたまま」の意である。

父道三のこのようなやり方によって、弟である喜平次自身、調子にのって威張るようになり、兄である新九郎を「なひがしろ」に扱うようになった。

小学館『故事・俗信ことわざ大辞典』には、「総領は稲荷様《いなりさま》の位《くらい》がある」の慣用句をあげ、「昔の家族制度で、長男は兄弟の中で抜きんでて高い地位をもっていたということ」という説明をほどこしている。それを引くまでもなく、中世における嫡男（長男）の地位はゆるぎないものであった。

俗説に、新九郎の母小見《おみ》の方は土岐頼芸の愛妾であったものが道三に与えられたわけで、新九郎は実は土岐頼芸の子であるというものがある。また、主人の御愛妾を譲りうけたにしろ、正室は別にいたから「嫡男」ではなかったとする説もある。しかし、牛一の描き方、牛一のとらえた事実は、あくまで、新九郎は道三の「一男《なん》」であり「惣領《そうれう》」である。その事実が根源にあってこそ、のち（本文五—三の④）に出る、

「さすが道三《だうさん》が子《こ》にて候。美濃国《みの〻くに》治《おさ》むべき者《もの》也」

が、かなしいほど生きて響くのである。

「ないがしろ」という語は、現代でも使う。この語と同じ意味のものとして、当時使われていたものに「蔑《べっ》如《じょ》(注14)」がある。実は、牛一は、『信長公記』首巻においては、この「蔑如」を使用している。

「山城子息、一男新九郎、二男孫四郎、三男喜平次、兄弟三人在之　父子四人共に稲葉山ニ居城也　惣別、人之総領たる者は、必しも心が緩〱として穏当成物候　道三ハ智慧之鏡も曇り、新九郎ハ耄者と斗《(ばかり)》心得て、弟二人を利口之者哉と崇敬して、三男喜平次を一色右兵衛太輔になし、乍レ居官を進められ、か様に候間、弟共勝に乗て奢《ヲゴリ》、蔑如に持扱《(もてあつかひ)》候」（首巻・81ウ〜82オ）

『信長公記』の方が、「か様に候間」で象徴されるような変体漢文脈が濃厚なので、「なひがしろ」という和語よりも「蔑如」という漢語をふさわしいと牛一がみなした結果であろう。また、変体漢文脈にマッチする「蔑

如」という語の方が、武士の書きことばとしてはより一般的であった（注15）こともある。

方向的には逆ながら、同じことが、「信長公記』における「緩〳〵と」（角川文庫の校訂者ルビにある通り、〃ゆるゆると〃と読むべきもの）に指摘することができる。変体漢文脈には『大かうさまぐんき』にあるような「悠々《ゆふ〳〵》と」という漢語の方が合いそうであるが、牛一は、性格を表わすことばとして当時より世俗的であった「ゆるゆると」（注16）を、ここで使っている。この際、基調とする変体漢文脈と「緩《ゆる》〳〵《ゆる》と」の間に落差が生ずるが、それがかえって、『信長公記』という語りの世界にリアリティーを与えることになることを計算しているかのようである。

「軍記」というジャンルの枠組の中で、本書『大かうさまぐんき』には、ときおり、武士社会の話しことば・書きことばというよりむしろ、武士とは縁のない女性にも違和感のない一般的で優雅な語彙が選ばれていることがある。「なひがしろ」「悠々《ゆふ〳〵》と」もその一例で、本書が、読者層、あるいは語りとして聞く層の中に、女性をかなり意識している証拠であると考えられる。

私注五　よその聞こえ無念に存じ

「よその聞《き》こえ」——外聞を長男新九郎は気にした。気にすればするほど、父のやり方が無念でたまらない。そこで、あることを計画した。

このような時、いいことを考え出すわけはないということを読者も暗黙のうちに了解している。だから、牛一もことさら、そのことを語句には示さないで、「十月十三日」より「作病《さくびやう》」（仮病）をかまえて、屋敷の奥に引きこみ「平臥《へいぐわ》」（床にふせる）していたと、直接、事実のみを伝えてゆく。

さて、当時、「山城父子《ふし》」、つまり道三・新九郎・孫四郎・喜平次四人は、一緒に（中世の表記ならば「一所に」）稲葉山城に住んでいた。ところが十一月二十二日、山城道三は稲葉山の山下《さんげ》（ふもと）の「私宅《したく》」へおりていった。(注17)

さあ、チャンス到来である。「こゝにて」ということばが、BGM（バックグラウンド・ミュージック）のように、そのことを示す。

新九郎は、伯父である長井隼人正《はやとのすけ》と綿密な計画をうちあわせ（「談合《だんこう》」は「ダンゴウ」とは濁らない。もともと「談《かた》り合《あ》はする―相談」の意味だったが、この場合のように、わるい相談の事例が中世以降ふえてゆき、現代語におけるニュアンスをもつに至る）、二人の弟に次のように申し送った。

「私、新九郎は重病に臥し、もはや死の時《とき》を待つばかりです。二人の弟に対面して、生涯の別れとしての酒盛《さかもり》りをいたしたく思います。どうか、こちらへいらして下さい」

長井隼人は、前もって巧《たく》み（もちろん、わるだくみ）をめぐらしていた通り、

「御兄弟の縁というのも、死期のせまっている時こそ強く感じられるものですから、最後のお別れとしてお見舞いをなさるのが人倫の道でしょう」

などと言い出す。すると、孫四郎と喜平次は、すぐさま同心――同意して、新九郎の私宅（稲葉山城の郭《くるわ》の一画にあった）へ、二人そろってやって来た。

牛一は、ここを「まかりきたる也」と「まかり来《く》」ではなく、「まかり来《き》たる」、つまり、「来＋至る」という現在完了的なニュアンスをもつ動詞を選んだ上で、「のである」の意味合いの「也」をつけ足している。このため、行為の結果を強調する文体となっている。

長井隼人は、新九郎の寝ている次の間に、刀を置いた。これを見て、つられるように、孫四郎も喜平次も刀を置く。

そして、新九郎の寝ている奥の座敷へ入る。

「まかりきたる也」の次からは、現在形で文がつづく。脚本（シナリオ）のト書きのようである。耳で聞く者には、ことさら、スピード感があろう。

「わざと」は、それ以前から、「盃」の用意がなされていたことを表わす。別れの盃を取って、「ふるまひ」——酒をつぐなどの儀式をしていた。おそらく、実際に動くのは、伯父の長井隼人であったろう。あくまで新九郎は、死の床に臥せっているはずであるから。

「そのとき」——儀式のまっ最中、日《ひ》根《ね》野《の》備中《びっちゅう》（弘就《ひろなり》）(注18)が、名代《なだい》の切れ味《あじ》抜群の太刀《ふとがたな》（作、手棒兼常）を抜き持って、上座にいた孫四郎をやにわに切り臥せ、また、右兵衛太輔（喜平次）を切り殺した。

ここまでは、長井隼人や日根野備中が主語として働いていたが、「年来《ねんらい》の愁眉《しうび》を開《ひら》き」の主体は、新九郎である。

別れの儀式に刀は不要とて、次の間に置くということで、長井や日根野も刀は身につけていなかったはず。

「手棒兼常」と銘打たれた名刀は、おそらく、新九郎の臥す衾《しとね》の下に隠されていたものであろう。

「よその聞《き》こえ無念《むねん》に存《ぞん》じ」ていたことが、「愁眉」（Xŭbi. ＊悲しみ）の大因であった。これで、美濃国斎藤家の跡目は自分の物となった。

そこで、新九郎は、事の顛末を山下《さんげ》の父山城道三方へ申し伝えたところ、道三は驚くこと限りがなかったと記されている。

新九郎が跡目になるどころか、道三の生命《いのち》までねらっていると判断したからである。

当然、大きな場面の展開が見られる。そのことを一語で推察させる力のあるのが、次段冒頭の接続詞（的用法）「こゝにて」である。

釈文【本文五―三の③】

こゝにて、まづ螺《かい》を立《た》てよと候て、人数《にんじゅ》を寄《よ》せ、四方町末《はうまちずゑ》より火《ひ》をかけ、悉《ことごと》く放火《はうくわ》し、裸城《はだかじろ》になし、長良《ながら》の川《かわ》を越《こ》し、山県《やまがた》といふ山《さん》中へ引《ひ》き退《の》き、父子《ふし》、取《と》り合《あ》ひ也。国《こく》中に知行所持《ちぎやうしよぢ》の面々《めん〳〵》等《とう》、皆《みな》、新《しん》九郎義竜方《よしたつかた》へ馳《は》せ集《あつ》まり、山城道三人数《しろだうさんにんじゅ》、次第《しだい》〳〵に手薄《てうす》になる也。これにより、明《あ》くる年《とし》、四月十八日、国《こく》中、稲葉《いなば》山の三里乾《いぬい》に、つるやまとて、高山《こうざん》これあり。此山へ取《と》りあがり、四方《はう》を見下《みくだ》し、居陣《ゐぢん》也。

織田上総《おだのかづさの》かみ信長《のぶなが》も、山城道三《しろだうさん》の聟《むこ》にて候間《あひだ》、御手合《てあ》はせとして、木曽川《そがわ》、飛騨川《ひだがわ》の大河《だいが》、打《う》ち越《こ》し、茜部《あかなべ》口《ぐち》へさしかゝり、大良《おほら》の戸嶋東蔵坊構《としまとうぞうばうかま》へに至《いた》つて御陣《ぢん》をするゐられ、こゝに、希代《きたひ》の事あり。屋敷《やしき》のうち、堀《ほり》、くねまでも、銭瓶《ぜにがめ》、あまた掘《ほ》り出《い》だし、こゝもかしこも、銭《ぜに》を敷《し》きたるごとく也。

私注六　こゝにてまづ螺を立てよと候て

次に新九郎がねらうのは、父親である自分だと察した道三は、

「まづ、螺《かい》を立《た》てよ」

と命令した。

「Caiuo narasu, l, tatçuru.」と『日葡辞書』にあるように、「かいを立《た》つる」とは、「かいを鳴《な》らす」と同じこ

とば（『天正事録』は「螺吹テ」）である。つまり、道三のまず命じたことは、出陣を全軍に知らせる法螺貝《ほらがい》を吹き鳴らすことであった。

法螺貝を聞きつけた家来たち（人数《にんじゅ》）が集まり、稲葉山城下の四方を町末（中心部からもっとも遠い辺鄙な所）から火をかけ、全ての家屋や草木に放火をした。その結果、稲葉山城は「裸城《はだかじろ》」になってしまった。

「裸城」（Fadacajiro）について、『日葡辞書』は、「＊むき出しの城。すなわち、濠も石垣などもない城」とし、「Fadacajironi natta. 裸城ニナッタ」という文例をあげ、「＊石垣も濠もない、打ちこわされた城になった」という周到な説明をほどこしている。戦国の生活者としての辞書編集者の見識がうかがわれる。

稲葉山城は、山城《やましろ》であるから、麓の火が山の樹木や下草を伝ったなら、『日葡辞書』の記述とはやや趣きを異にするものの、まる見え状態となって無防備きわまりない。町屋があるから、詰まり詰まりに敵兵を追いこめ進路をはばむこともできるが、焼土となってしまっては、四方八方からの進入を許すことになる。町がなくなるということは、経済機能・生活機能がストップすることである。

「裸城《はだかじろ》」になした道三のねらい、戦略はここにあった。

そこまで見届けて、道三は長良川をわたって、山県という山中へ引き退いたのだが、これ以降、父子互いに争う関係となった。

「山県」は岐阜県山県《やまがた》郡で、「山中」と記すのは大桑村《おおがむら》が丘陵地であり、北を占める四〇七・五メートルの山（注19）（古城山・金鶏山）に大桑城があったからである。『大かうさまぐんき』本文五―三の①（本章の第一番目の釈文）に

「此時《とき》、土岐頼芸公《ときのよりのりこう》、大桑《くわ》に御在城《ざいじやう》候」

「斎藤《さいとう》山城道三《しろどうさん》……大桑《くわ》を乗《の》っ取《と》り候き」
と記されていた「大くわ」が、それである。現在「おおが」と発音されているが、当時は、牛一の表記からして「おおくわ」である。

「とりあう」ということばは、現代では具体的な〝物〟をとりあうことに使うことが多いし、「おもちゃのとりあい」「座席のとりあい」など、子供でなければ子供っぽい行動に使われる。しかし、戦国時代、「城」や「国」をとりあうのは歴《れっき》とした大人の仕事であり、『日葡辞書』は「＊互いに戦う、あるいは、喧嘩する」と記している。名詞形の「toriai」（トリアイ）には、当然、「＊喧嘩、または、戦闘」なる説明がつく。

美濃の国中に、知行（＊Riōchi に同じ。領地）を持っている人々は、それぞれ、皆、新九郎義竜の方へ馳せ集まった結果、山城道三の人数《にんじゅ》（部下）が次第次第に手うすになっていった。

これでは危険だと察した道三は、翌弘治二年（一五五六）四月十八日、同じく美濃国、稲葉山から三里ほど乾《いぬい》（＊西北の方角）にある「鶴山《つるやま》」に登り（Toriagari, ru, atta. ＊城のような高い所へ登る）、四方を見下す形で、そこに陣をすえた。

文中、「国《こく》中、稲葉《いなば》山の三里乾《いぬい》につるやまとて高山《こうざん》これあり」は、はさみこみのような形で、牛一の脳裏にうかんだものである。牛一は、このような時、さからわずに文を記しゆくタイプである。その一因として、人とか所とかを新たに読者（あるいは聞く者）に紹介し、印象づけたい時は、「これあり」と言い切る文体が当時かなり広く行なわれていたことが考えられる。決して、「悪文」とのみ評価する現象ではないのである。

なお、「鶴山《つるやま》」という地名は『岐阜県の地名』（日本歴史地名大系21　平凡社）に見えない。角川文庫『信長公記』六八頁の注は、「鶴ケ峯か。しかし『美濃明細記』では、道三と義竜父子が濃州鷺山で戦ったとある」とする。

私注七　織田上総かみ信長も

「織田上総《おだのかづさの》かみ信長《のぶなが》も、山城道三《しろだうさん》の聟《むこ》にて候間《あひだ》」——ここにおける「も」は、信長が「御手合《てあ》はせ」として道三軍に参戦したということを伝える係助詞（副助詞）である。

のちのち天下一統をなし得る人物であっても、この時点（弘治二年）では、清州城に進出し、いよいよ尾張国を統一する段階に入った一城主にすぎない。力関係では、道三が上である。しかも、道三の娘の連れ合いならば、中世社会では、「聟」と呼ぶし、当然、通過儀礼としての「聟入り」（舅と聟がはじめて対面する儀式）も経験しなければならない。

従来の歴史家が見おとしていた通過儀礼としての「聟入り」から見た、聖徳寺における対面前後の道三と信長のかけひきについては、すでに『原本「信長記」の世界』（新人物往来社刊）でふれている。（注20）「聟入り」狂言が室町狂言において一つの大きなジャンルを構成している（補注1）ように、それは、社会的にも、個人の人生においても重要な節目であった。

それを無事パスした男が、社会生活上の「大人」とみられるわけで、「元服」にまさるともおとらぬ比重をもっていた。

「聟」は、舅にとって、娘を通じた新たなる血縁者である。わが実の息子と敵対するような危機が生じた場合、唯一頼れる存在となって浮上する。

「手合《てあ》はせ」について、『日葡辞書』は、「Teauaxe. ＊二つの部隊の遭遇。また、一方の人々と他方の人々とが合体して一緒になること」と説明する。最初の意味ならば、遭遇したことによって生じる勝負・合戦をさし、後者の意味ならば、『大かうさまぐんき』のここの例に合致する。将棋や囲碁などゲーム系の趣味が一致した時、「いつかお手合わせを願いたいものですね」と現代語においても使うのは、最初の意味の流れに属する。「手合わせ」の用例をさかのぼると、

「此日臨時相撲（略）手合一両度之後、文時申レ障被レ免」（権記　長保二年八月十二日条）

「加様手合は、さのみぞ候。不レ依二此事一候也」（古事談　六・相撲伊成弘光力競事）

に至り、相撲という勝負のとりくみのあり方を濃厚に反映していることになる。

尾張国に住む信長は、木曽川、飛騨川という大河を渡って、あかなべ口にやって来た。あかなべは、現岐阜市茜部《あかなべ》周辺をさし、「赤名部」と表記されることもあったが、太田牛一自筆の『大田和泉守記』（蓬左文庫蔵）では、「拂暁に茜部《アカナベ》を打越、岐阜近所に陣を取」（24ウ）と記されているので、牛一の表記としては、これを採るべきであろう。

現代のように架橋技術も高くなく、ほとんどが小舟（渡し舟、渡り舟）により川越《かわご》えをしていた当時、木曽川、飛騨川などの大河川《かせん》は、まさに渺々たる「大河《だいが》」（Daiga. 牛一の原文も「だいが」と濁点が付されている）であった。この大河に軍馬・軍兵をわたすこと自体、難儀なわざであるのに、それをいとわず舅道三を援《たす》けるために動く信長は、人格描写がなくとも、「信義にあつい人」のイメージを読む者・聞く者に与える。

信長は、「おほら」（『信長公記』『天正事録』は「大良」、『太田牛一雑記』は「多羅」と表記）にある「戸嶋東《としまとう》蔵坊構《ぞうぼうかま》へ」、つまり、戸嶋東蔵坊という寺の一つで、かつ、砦をかねたしっかりした屋敷に本陣を据《す》えた。「構《かま》へ」を『日葡辞書』で引くと、「＊囲い、防壁、または、設備」とある。

ところが、ここで、不思議なことに出会った。出会ったのは信長であるが、その不思議は、客観的には衆人の眼前にあることであるから、「こゝに、希代《きたひ》の事あり」と、文章はつづけられている。

希代とは「Qitai. すなわち、Yomi marena coto. 奇異なこと、あるいは、めったにない、不思議なこと」で、具体的には、この屋敷の敷地内、敵の進入を防ぐために深くほられた堀、敵の直進をはばむためにわざと小高くしたくね（竹を編んだ垣、いけ垣ともなる）から、銭《ぜに》の入った瓶《かめ》を数多くほり出したことをさす。

それらを並べたところ、屋敷のあちこちに銭を敷きつめたようであった。

この一件を、牛一は、『信長記』にも、次のように記している。

「信長も道三聟にて候間、為二手合一木曽川・飛弾川　舟渡、大河打越、大良の戸嶋東蔵坊構に至て御在陣銭(注21)亀爰もかしこも銭を布たる如く也」（陽明文庫蔵本　首巻・83ウ）

若干の銭瓶《ぜにがめ》ならば、福を天から授かるという奇蹟に恵まれた〝信長像〟を、信長自ら演出したと考えることも可能であるが、ここは、「あまた」であり「こゝもかしこも」である。この屋敷に以前住んでいた人が、宋銭や明銭をたくわえ地中に隠していたとみる方が自然であろう。「金銀」は高価であるが、すぐ流通させられるものではない。すぐ市《いち》に行って役立つ銭が出たところに、信長の運の強さがあり、のちのちの信長の活動に、これらの銭が軍資金、軍用品として活用されてゆくことを暗示している。

「掘《ほ》り出《い》だし」とあるのは、戸嶋東蔵坊構《かま》えを陣地として整備するために——信長の御座所、台所、兵の宿泊所、馬小屋などの建物、堀・くね等を、あらたに仮設・造成してゆく途中で、以上の奇蹟が起こったことを示すものと思われる。

歴史考古学の立場から、「備蓄銭」「大量出土銭」「一括出土銭」などと呼ばれるものが、手つかずのまま大量に、なぜ戸嶋東蔵坊構えから発見されたかは、興味ある問題であるが、〈銭が語る中世　中　埋蔵――「土中に大量」なぜ、学界で10年近く論争〉（朝日新聞夕刊、一九九七年四月八日付）でも指摘されているように、他の事例を見るに、いまだ定説を得ていないようである。そこで本稿でも将来への課題となしておきたい。

盗掘という形ではなく、公然と土地をゆずりうけた上で出土した銭は、天、あるいは地主神よりの授かり物である。泥やさびを洗い清めて、ござやむしろの上に並べて、天日《てんび》にかわかす。牛一の原文「こゝもかしこも、銭《ぜに》を敷《し》きたるごとく也」は、あるいは、このような情景をも重ねて表現したものであるかもしれない。

このような景気のよい話は、すぐさま美濃国中に広がった。道三につくか、息子新九郎につくか迷っている侍たちの耳にこの話が入った時、戦後の論功行賞を考えたらどちらにつこうとするか、明白であろう。

道三は、果報な聟をもったことになる。

なお、牛一は、本段において、「おだのかづさのかみのぶなが」と記しているが、「上総」は、「常陸」同様、親王任国であり、その長官は「かづさのすけ」でなければならない。牛一が、「介」とあるべきところを「守」と誤って覚えていたことについては、『太閤秀吉と秀次謀反』（ちくま学芸文庫）129頁ですでに指摘している。

牛一は、『大かうさまぐんき』の巻末に「頽齢《たいれい》己《すで》に縮《しじ》まつて渋眼《せうがん》を拭《のご》い禿筆《とくひつ》を染《そ》むるもの也」と記している。この文飾・表現が、「八旬ニ及」云々と記されている同人の『信長記』（自筆本・巻一）と共通していることから、『大かうさまぐんき』も、牛一、八十余歳の清書本と考えられる。とすると、「かづさのかみ」「ひたちのかみ」という誤った記憶は、かなり長く尾を引いていることになるし、自筆本の伝わらない『信長公記』首巻が「上総介」（「三郎信長公ハ上総介信長と自官に任ぜられ候也」……陽明文庫蔵本　首巻・16オ）と正しく表記しているのは、書写者が誤記を改めた可能性が高くなる。

もっとも、当の信長自身、初名乗りの当時、

「俵子船壱艘之事、諸役等令免許上者、無異儀可往反者也、仍状如件、

天文廿三

十一月十六日　　　　　　　　　　　　　　　　上総守

　　　　　　　　　　　　　　　　　　　　信長（花押）

祖父江五郎右衛門殿　　　　　　　　　　　　　　」

（『増訂織田信長文書の研究　上巻』一五番文書）[注22]

と記し、四日後の「十一月廿日」付の判物では「上総介」（一六番文書）と誤りを正している[注23]という現状を見ると、有職故実や公卿宮廷制度をことさらもち出さない限り、それらの情報にうとい民間人には、「国守」はみんな「〇〇守《のかみ》」という思いこみが一般にあったことがしのばれる[補注2]。

注

（1）前稿として、⑴「条々天道恐ろしき次第――三好実休」（新人物往来社刊「歴史研究」平成九年一月号。本書二・一章として所収）、⑵「「条々天道恐ろしき次第――松永弾正久秀」私注」（成城大学短期大学部「国文学ノート」三四号、平成九年三月。本書二・二章として所収）がある。

（2）『国史』の「斎藤道三」項担当の福田栄次郎氏は、『春日力氏所蔵文書』をもとに、『大かうさまぐんき』や『信長公記』の伝える以外の可能性を紹介している。

（3）『日葡辞書』の引用は、土井忠生・森田武・長南実編訳『邦訳日葡辞書』（岩波書店）に拠るが、論述の流れ上、＊印を付して直接引用することがある。

（4）『大かうさまぐんき』において、牛一は、「ときのよりのり」と仮名表記しているが、『戦国』は「ときよりあき　土岐頼芸」として立項している。牛一自筆本は現在伝わらないが、自筆本より写したとされる陽明文庫本『信長公記』首巻81オには「土岐

頼芸《ヨリノリ》」と原ルビまで付された状態で存在するので、「ときよりのり　土岐頼芸」で立項すべきものであろう。なお、陽明文庫は、原本精査の機会を与えられたので、直接原本の丁数を記す。これを含み『信長記』への言及は、平成九年度、成城大学短期大学部特別研究助成〈語学・文学資料としての「信長記」の基礎的研究〉の筆者担当研究成果の一部である。

(5)　「別条《べちぢやう》なく」の「別条」について、『日葡辞書』は、「Betgiô. Bechinocoto. ＊（別の事）別の条章、あるいは、ほかの異なった事柄」とし、補遺篇にも「Betgiô. ＊他の条章」と説明する。

(6)　『大かうさまぐんき』における牛一の仮名表記は「ぞうぶん」であるが、『日葡辞書』に「ゾウブン」はなく、「Zonbun. ゾンブン（存分）＊意見、判断、または、意志」が、ある。「ゾウブン」が牛一の誤記でないことは、『甲陽軍鑑』巻十七28ウに「存《ゾウ》分《ブン》だて」があることで知られる。

また、牛一は、本書において、「ぞうぶんにたつし」とニ格を取らせている。同趣文脈をもつ、同じく牛一の著作である陽明文庫蔵『信長公記』首巻80オは「達㆓存分㆒」と送り仮名を送っていないが、牛一の心づもりは「存分に達す」であった可能性が高く、現行の角川文庫の読み「存分を達す」は問題がある。『天正事録』（続群書類従30上所収）も「達存分」と変体漢文表記で、当時の読みを伝えない。前嶋深雪『大かうさまくんきのうち文節索引』（同氏私家版）所収の東京大学史料編纂所蔵『太田牛一雑記』（二〇四〇・四―一一〇）では、「達シ㆓存分ヲ㆒」と、ヲ格をとっている。これら、書写者の言語介入をも含む「存分ニ達ス」「存分ヲ達ス」については、今後の課題としておきたいが、一応、連用修飾語的に用いられて「思いのまま」「思い通り」の意味を表わす場合、「存分ニ」と表現するのが当時の一般的用法であったのではないかと推察している。『ロドリゲス日本大文典』の「助辞NI（に）、NITE（にて）、DE（で）に就いて　助辞NI（に）就いて（略）○付則二　奪格に使ふものに関して（略）7. Zonbunni, 1, mamani itasu（存分に、又は、ままに致す）」（土井忠生訳　三省堂刊　545頁）は、その一支証となろう。

(7)　『国史』の「斎藤道三」項参照。

(8)　『甲陽軍鑑』の品四七に、「早々、搦捕《カラメトリ》、かみの城戸《キド》にて、見こらしみのため、彦助を、いりころし、あるべく候、と仰出され」（巻十七・41オ　勉誠社刊『甲陽軍鑑』四・1899頁）とあり、武田信玄も、「当家法度《はっと》の式目《しきもく》」を守らず「奉行共に、雑言仕る事」の科として、落合彦助を「いりころせ」と命じている。小科、大科を問わず、中世に行なわれた刑罰の一つであったことは、この事例で知られる。

(9)　ここのところ、原文は「人をいりころし事すさましきせいはひ也」となっている。筆のつづけ具合は、「いり」「ころし」「事」「すさまし」「き」「せいはひ也」とみなせ、「事」は、「いりころし事」ととるよりも、「事すさましき」ととるべきように思われる。しかし、「隠し事」「泣き事」のような現代にも残る表現をあげるまでもなく、中世では「連用形＋ゴト」の用法が存在し（土井洋一「抄物の一語法――『動詞連用形＋ゴト』の用法をめぐって――」「国語国文」昭和三二年九月号参照）、「いりころし事」の可能性も否定できない。『信長公記』では「煎殺」「し事」〈文末にきたため改行〉「冷敷成敗也」とあり（首巻・81ウ）、「煎殺し事」の可能性が逆に強くなっている。角川文庫『信長公記』では、「人を煎殺《にころ》し、事冷敷《ことすさまじき》成敗なり」という校訂者の読みがルビとして再現されている。

『太田牛一雑記』（注6所引）では、「煎殺事《ニス》、冷キ《スサマシ》成敗也」と記されており、近世的読みをうかがうことができる。

(10) ここは、「八郎殿」でないと、文脈が通らない。牛一は『大かうさまぐんき』で正しい記述をしているので、陽明文庫本『信長公記』のミスであろう。角川文庫において、校訂者の注記がほしいところである。

(11) 『日葡辞書』は、原文「ゆふ〱として」と同形の「Yŭyŭto xite」も、並べて立項している。

(12) 文献上の近代例として、「大きな丈をして小さな弟に打たれて泣出す甚六《ジンろく》」（内田魯庵『社会百面相』変哲家）がある。夏目漱石の『倫敦塔』『薤露行』『坊っちゃん』『草枕』『三四郎』『それから』『門』『彼岸過迄』『行人』『こころ』には用例がない（索引による）。

(13) 『日葡辞書』は、「Foremon. Foreta fito（耄れた人）に同じ。分別のなくなった人、あるいは、老いぼれた人、または、卒中とか中風などの病気のために、判断力が完全でない人。また、馬鹿、あるいは、愚か者」とする。

(14) 『日葡辞書』には記載がなく、中田祝夫編『古本節用集六種研究並びに総合索引』に拠ると、「伊京集」に、「蔑如《ナイガシロ》 アナヅル」とある。逆に言うと、「明応五年本節用集」「天正十八年本節用集」「饅頭屋本節用集」「黒本本節用集」「易林本節用集」の五種には載録されていないことになる。念のため、中田祝夫・根上剛士編『印度本節用集和漢通用集他三種研究並びに総合索引』を検するに、「和漢通用集」には例なく、「村井本」に「蔑尓《ベツジ》――賤如《イルカセ》」、「慶長九年本」に「蔑尓《ベツジ》――賤《セン》如」とあり、日常会話レベルの語ではなかったことが推察される。

(15) これは、注14に指摘したことと矛盾はしない。「蔑如」などという事態を、相手に書簡で書き送るケースの特殊性を、十分、考えておかねばならない。

(16) 『日葡辞書』の「Yuruyuruto」項に、「Cocorono yuruyuruto xita fito gia.」があり、「ゆったりとして穏やかな人」と説明されている。

(17) 越前一乗谷の朝倉館のあり方を想起するとわかりやすい。ただし、朝倉館は、完全なる平地に建てられてはいない。

(18)「?〜一六〇二（?〜慶長七）はじめ斎藤道三に属す。天文十一年（一五四二）、土岐頼芸を大桑城に襲い、その後斎藤義竜・竜興に仕えた。安藤守就・氏家卜全・竹腰尚光らとの連署状が多い。永禄六年（一五六三）、織田信長と稲葉山城に戦い、のちに浅井長政に拠った。天正元年（一五七三）、浅井十郎を殺害し信長に帰した。その後秀吉に仕えた。（以下略）」（『戦国』より）

(19)『日本歴史地名大系21　岐阜県の地名』（平凡社）の「大桑城」項参照。同書は、「おおが」とルビをふるが、牛一は、『大かうさまぐんき』において、「大くわ」と表記しており、中世末当時は「おおくわ」と発音されていた可能性が高い。末尾二音節「kuwa」のw音がu音となり、「ku」のu音と融合し、それが早口に発音されると、「ka」（kuwa→kuua→ka）に鼻濁音がかぶさったような音となる。その「ŋa」を文字で表記したのが「おおが」ではないだろうか。

(20)同書（平成五年九月刊）Ⅰ―（一）「信長と道三」章参照。

(21)陽明文庫蔵本では、「銭亀」の「亀」の字に濁音符をふり、「かめ」ではなく「がめ」と濁って読むべきことを示している。

(22)奥野高広編、吉川弘文館刊。

(23)注22所引の書、37頁、39頁において、すでに指摘がなされている。

補注1　「狂言「獅子聟」と信長の聟入り」（『国文学』二〇〇三年九月号　学燈社刊）参照。なお、同論文は、『ことばから迫る狂言論――理論と鑑賞の新視点――』（二〇〇九年一月武蔵野書院刊）に所収したが、本書での理解を深めるために「おわり」の第三節に再収録する。

補注2　平安時代の言語生活を反映する紫式部著『源氏物語』に、すでに「ひたちのすけ」を「ひたちのかみ」と日常会話で言うことがあったことを、『絵入簡訳源氏物語』全三巻（平凡社より二〇一三年一〇月、二〇一四年一月、同四月に刊行。ペンネーム千　草子と共著の形をとる）執筆中に気づいたので、ここに補足しておく。つまり、「東屋」巻において、浮舟の義理の父である「常陸介」に関して、「守《かみ》の子どもは、母《はゝ》なくなりにけるなどあまた、この腹《はら》にも、姫《ひめ》君とつけて、かしづくあり」（岩波古典文学大系『源氏物語』五131頁）のごとく、物語の語り手によって語られているのである。

二・四章　斎藤山城道三（その二）

はじめに

本章は、太田牛一著『大かうさまぐんきのうち』（一冊。太田牛一自筆。慶應義塾図書館蔵）における「条々、天道恐ろしき次第」という章題でくくられた具体的条々のうち、「斎藤山城道三」条についての「釈文」と「私注」（注釈・考察）からなる。ただし、その後半部であり、「その二」と題する所以である。（注1）

釈文【本文五―三の④】

四月廿日、卯《う》の刻《こく》、新《〈しん〉》九郎義竜《よしたつ》、乾《いぬゐ》へ向《む》かつて、道三《だうさん》居陣《ゐぢん》の鶴《つる》山へ人数《にんじゆ》をいだし、道三《だうさん》も、長良《ながら》川《〈がわ〉》きわまで、駆《か》け向《む》かひ、在々所々《ざいくしよく》に、けぶりをあげられ、しかるところに、竹腰道塵《たけのこしだうぢん》、六百ばかり、まん丸《まる》になん《(つ)》て、川《かわ》を越《こ》し、道三《だうさん》旗元《はたもと》へ、切《き》りかゝり、山城《しろ》も、あひ掛《か》かりに掛《か》かりあひ、しばらく戦《たゝか》ひ、物《もの》の数《かず》ともせず切《き》り崩《くづ》し、竹腰道塵《のこしだうぢん》を打《う》ちとり、道三《だうさん》、床木《せう》に腰《こし》をかけ、ほろをゆすり、満足《まんぞく》候ところに、又、二番《〈ばん〉》鑓《やり》に、新《〈しん〉》九郎義竜《よしたつ》、大軍《たいぐん》にて、どつと川越《かわこ》し、道三《だうさん》と人数《にんじゆ》、立《た》て合《あ》はせ候。さるほどに、哀《あは》れなる事あり。只今《たゞいま》の鑓前《やりまへ》に、道三《だうさん》、敵《かたき》の新《〈しん〉》九郎　を賞《ほ》められ候。勢《せい》の使《つか》ひ様《やう》、武者配《むしやくば》り、人数《にんじゆ》の立《た》て様《やう》、残《のこ》るところなき働《はたら》き也。さすが、道三《だうさん》が子にて候。美濃国《みのゝくに》治《おさ》むべき者《もの》也。とかく、我々《われく》あやまりたるよと、申され候。これを聞《き》く者《もの》、鎧《よろひ》の袖《そで》を濡《ぬ》らさずといふ者《もの》なし。

私注一　四月廿日卯の刻

弘治二年（一五五六）四月二十日の卯《う》の刻《こく》（午前五時〜七時）、新九郎義竜は、乾《いぬい》（北西）の方向へ向かって、つまり、道三が本陣をすえる鶴山へ向かって軍兵をさしむけた。

一方、道三も、早速、長良川のきわまで軍兵を出した。そのスピーディーな応戦が、「駆け向かひ」(補注1)という一語に反映されている。

道三の作戦は、長良川沿岸の村々のいたる所（「在々所々《ざいざいしょしょ》」……Zaizai xoxo. ＊在所在所や村々(注2)）に放火をし、人心攪乱に出ることであった。四月二十日、旧暦であるので今の感覚ならば五月末頃にあたろうか。梅雨入り前の快晴つづきであるならば、火のまわりは早い。煙をまさに〝煙幕〟として神出鬼没な駆けめぐり方をしたことと思われる。なお、「けぶりをあぐる」を、「土けむりをあげる」の意味のみにとることも可能である。この場合、在々所々で、騎馬武者による激戦がなされたことを描写していることになる。

そのうち、ふと気がつくと、敵の竹腰道塵（牛一の本書での表記は、「竹之こしたうぢん」で、「ぢん」は濁っている。陽明文庫蔵『信長公記』首巻84オでは「竹腰道塵《ヂン》」。『戦国人名事典』は「竹腰道鎮《たけこしどうちん》」で立項）が、六百騎ばかり一団となって長良川を越して来るではないか。「まん丸《まる》になつて」の部分、原文は、「まんまるになんて」である。促音便表記・撥音便表記のいまだ固定していなかった時代における牛一の〝ゆれ〟であり、本人は「なつて」と表記したつもりであるので、(補注2)釈文翻字ではそれを（つ）と傍記することによって反映させている。

不意をつかれた形になって、道三のすぐ近くに道塵が迫って来た。「旗元《はたもと》」とは、一軍をひきいる大将の旗印《はたじるし》のあるところであり、つまりは、大将の所をさす。

成瀬家蔵長篠合戦図屛風・小牧長久手合戦図屛風など合戦図で知られるように、大将の側には家名を表わす旗印をつけた（多くは、手に持つのではなく、腰や背中にさしこむ工夫がされている）歩兵がおり、この場合も、道三を守るために、この兵も応戦したことであろう。

山城道三も、思わぬこととは言え、そこは戦《いくさ》上手のこと、竹腰道塵を待ちうけていたかのようにその刀にきりむすび、しばらく戦っていたが、やはり、道塵など物の数ではなく、その率いる軍を切りくずしてしまった。「掛《か》かりあふ」の語は、『日葡辞書』にも載せられている。「Cacariai, ŏ, ŏta. ＊二つの軍勢が互いに攻めかかる、すなわち、衝突する」。「切り崩す」もある。「Qiricuzzuxi, su,uita. 刀などをもって敵を打ち破り、敗走させる」。切り崩した時点で、道塵はドーッと馬から落ちたのであろう。そのあと、道塵の首を打ちとるわけである。牛一の筆は、それらを一語一語丁寧に描写している。

そのあと、道三は、床机に腰をかけて、背後にせおっていた母衣《ほろ》をゆさゆささせて、なりゆきに満足していた。ここも、「ほろをゆする」という慣用句を用いつつ、びんぼうゆすりのごとく足元をカタカタ言わせて、その振動を受けて体まで揺れてくるという精神の昂揚を、うまく描写している。

そこへ、「二番鑓《ばんやり》」――攻撃二番手として、新九郎義竜が大軍にて「どっと」川を越して攻めのぼって来《き》、道三の兵とぶつかりあう。

「立《た》て合《あ》はす」（Tateauaxe, suru, eta.）とは、「＊他人と戦ってぶつかり合う」ことである。

現代において、歴史小説としてこの場面を描く際にも、「ぶつかりあう」と現在時制を使わねばならないほどの〝リアルタイム〟を牛一は再現している。

四月二十日、卯の刻から始まった戦《たたかい》が、ここまで途切れなく、現在時制のつみかさねで進んできている。それを一度も区切りのない牛一の文章が表わし、その長い長い一文がはじめて休止を受ける時も、「立て合はせ候」と、現在時制なのである。

牛一の筆を止めたものはなにか。

それは、〝心〟であり、〝感慨〟である。リアルタイムで流れてきた戦況に、ここで回想としての余情が入りこんできたのである。牛一は、わが心にさからわない。正直と言えば正直である。

牛一の心を支配していた感情をそのまま口に出す。

「あはれなる」という感情語彙が、それである。

私注二　さるほどに哀れなる事あり

「さて、哀れなる事があった」と、現代語なら過去ないしは完了の助動詞を使うところが、「さるほどに、哀《あは》れなる事あり」と現在時制になっているので、牛一の感情を入れこんでも、戦場での〝時〟はリアルタイムのまま進行しているというメリットが、いかんなく発揮されている。

「只今《ただいま》の鑓前《やりまへ》に」――「Yarimaye.」とは「＊槍で突きかかる時期、好機」であるから、「いざ決戦の寸前に」という意味になる。そんな非常事態にあって、道三が敵の新九郎義竜をほめられたと言うのである。

「軍勢の使い方、武者の配置、人数分配などあらゆる点において完璧な大将ぶりだ。さすが、わが子である。この美濃国《みののくに》の主《あるじ》として治むべき力量をもったやつだ。とにかく、おれは、人を見あやまってしまったよ……」

このようにとらえられることばを、道三は吐く。

父が子に攻められるということ自体、戦国の世の非情である。互いに利害が対立し、にくしみあって戦《いくさ》に入っているのであるから、にくしみのまま攻め攻められ、結果としてのいずれかの死がある。しかし、ここで、道三のにくしみは賞讃に変わっている。わが子の目のさめるような攻めぶりに、ほれぼれとしている。

こんなかなしい父親がいるであろうか。こんな皮肉な運命があるであろうか。

「鬼」と世間にうたわれた道三の、これが真情であった。それを全く知らず、にくしみを原動力に攻めあげる息子義竜。この二人を見つめていると、人の世の不条理がひしひしと胸にせまってくる。

まして、義竜は、土岐頼芸《よりのり》の愛妾であったわが母小見《おみ》の方が、頼芸の子として自分を身ごもりつつ道三に嫁《とつ》がされたと思いこんでいるから、道三を〝父〟と思って攻めていない。むしろ、我が真《まこと》の父頼芸を美濃より追い出し流浪を余儀なくさせた張本人であると思っている。

しかし、道三は、この期《ご》におよんで何と言ったか。「さすが、道三が子にて候」。

義竜の疑うような状況で小見の方は道三に与えられたのであるが、まちがいなく、その腹の子は道三の子どもであった。のちの小説家が何と脚色しようと、牛一の『大かうさまぐんき』は、そのように伝えている。

道三が義竜をうとんじたのは、わが子ではないためではなかった。ただ偏《ひとえ》に、正室の生んだ弟二人より武将としての器量に欠けていると思ったからである。それを、義竜は、本当の子ではないから、おれにはこう冷たいのだと思いこむ。そして、その思いこみを助長させる周囲の動きがあった。一人一人はちょっとした意地悪のつもりであったかもしれないが、それら言動が、若者義竜の心に、疑心暗鬼を通りこしたはっきりした虚像をつくっていった。おれは、道三に美濃国を略奪された守護大名土岐頼芸の御曹子である。

血のうたがいは、武将であるなしにかかわらず、当時もあったし、現代もある。その真実は、父が知り、母が知る。まったくプライベートなものであるが、牛一は、道三のことば「さすが、道三が子にて候」で全てを証明したつもりなのである。

道三のこのことばを聞いて、まわりにいた全員が涙を流した――この状況描写も、牛一の見解の正しさを裏付けているのではないだろうか。いや、道三のこのことばで、もしかしたらと内心思っていた道三づきの武士たちも、真実を知りハッとした。そして、真実はそうでありながら、子に疑われ、それが動機になってそむかれた父の哀しみが、人々の胸をおそってきたのである。

斎藤道三については、本条冒頭（**本文五―三の①**(注3)）（本書二・三章所収）は、

「山城《しろ》は、小科《せうくわ》の輩《ともがら》をも、あるひは、牛裂《うしざ》きにし、あるひは、釜《かま》を据《す》ゑ置《を》き、その親子《おやこ》・妻子《さいし》・兄弟《きやうだい》どもに火を焚《た》かせ、人を煎《い》り殺《ころ》し、事すさまじき成敗《せいばい》也」

などと、残酷非情な為政者としての情報を牛一は与えているが、『信長記』での聟信長との対面や、ここの息子義竜との戦《いくさ》を通して、牛一は、戦国の典型的な「父と息子《こ》(注4)」を描いていると、私は考えている。

実は、「さすが、道三が子にて候」のあと、まだ道三のことばはつづく。「美濃一国を治むべき器量（才能）をもつ者である。おれは、人を見あやまったよ」と。ここの「我々《われ〳〵》」は、自分一人をさすとみてよい。複数形をとった謙辞である。しみじみとことばを述べる時、その人の我《が》がおれ、聞き手に対するへりくだりの思いが自然に生じる。そのため、このような表現が生じるのであって、太閤秀吉も、

「われ〳〵は小《（子）》ほしく候はず候まゝ、其心へ候べく候。大かうこ《（子）》は、つるまつにて候つるが、よそへこし候まゝ、にのまる殿ばかりのこ《（子）》にてよく候はんや」（文禄二年五月二十二日付、名護屋陣中から北政所に与えた自筆の消息『太閤書信』(注5)より）

などと、使っている。

ここも、「おれは子など今さら欲しくないので淀殿（原文「にのまる殿」）だけの子にしたらよい」と、淀殿懐妊の報をもたらした正室お禰《ね》に対して言わんとしている（補注3）ところであるが、丁寧なことばづかいで、複雑な心境にあるであろうお禰への心づかいを示したものである。

「私は人を見あやまってしまったよ」――道三の場合、もはやとりかえしのつかない後悔なのである。迫りくる死とひきかえの後悔なのである。このことばを聞いた側近衆のうち、泣かなかった者はいなかったという。

「四月廿日辰尅、戌亥へ向て、新九郎義龍、人数を出し候。道三も鶴山をおり下り、奈加良川端迄《まで》、人数を出され候。一番合戦に、
竹腰道塵《ヂン》、六百斗《ばかり》真丸に成て、中の渡りを打越、山城道三の幡元へ切かゝり、散々に入みだれ相戦、終に、竹越道塵、合戦に切負、山城道三竹腰を討とり、床木に腰を懸、ほろをゆすり満足候処、二番鑓に、新九郎義龍、多人数噇と川を越、互に人数立備候」（陽明文庫蔵本　首巻・83ウ〜84オ）

は、牛一の『信長公記』の同一箇所である。

本書（『大かうさまぐんき』）にある、

「さるほどに、哀《あは》れなる事あり。只今《たゞいま》の鑓前《やりまへ》に、道三《だうさん》、敵《かたき》の新《しん》九郎を賞《ほ》められ候。勢《せい》の使《つか》ひ様《やう》、武者《むしゃ》配《くば》り、人数《にんじゆ》の立《た》て様《やう》、残《のこ》るところなき働《はたら》き也。さすが、道三《だうさん》が子《こ》にて候。美濃国《みのゝくに》治《おさ》むべき者《もの》也。とかく、我々《われ〳〵》あやまりたるよと、申され候。これを聞《き》く者《もの》、鎧《よろひ》の袖《そで》を濡《ぬ》らさずといふ者《もの》なし」

がないことが、大きな相違である。

道三の非道をあばき、「天道、恐ろしき事」とまとめていく姿勢はかわらなくとも、いや、それだからこそ、最終的にそのような評価をされねばならなかった不運の武人の人間的な一瞬を、『大かうさまぐんき』に描き残

してこうとする牛一のバランスのとれた深い洞察を、ここに見出すことができる。

釈文【本文五―三の⑤】

さて、新《〈しん〉》九郎義竜《よしたつ》、そなゑの中より、武者《むしゃ》一騎《き》、進《すゝ》みいづる。これは、長屋《なが》甚右衛門《〈じんへもん〉》と申《(まうす)》者《もの》也。又、これを見《み》て、山城道三人数《しろだうさんにんじゅ》のうちより、柴田角内《しばたかくない》と申《(まうす)》者《もの》、走《はし》り出《い》で、まん中にて、たゝき合《あ》ひ、長屋《なが》を押《お》し臥《ふ》せ、首《くび》を取《と》る。柴田角内《しばたかくなひ》、晴《は》れがましき功名《こうみやう》也。

さ候ところに、双方《さうはう》より、どつとかゝり合《あ》ひ、鑓《やり》を打《う》ち合《あ》はせ、黒煙《くろけぶり》立《た》つて、鎬《しのぎ》を削《けづ》り、鍔《つば》を割《わ》り、火花《ひばな》を散《ち》らし、あひ戦《たゝか》い、こゝかしこにて、思《おも》ひ〳〵の働《はたら》きあり。

さるほどに、長井忠左衛門《ながちうざへもん》、山城《しろ》にわたし合《あ》はせ、道三《だうさん》が討《う》つ太刀《たち》を押《お》しあげ、むずと抱《いだ》きつき、道三《だうさん》を生《い》け捕《ど》りに仕《つかまつ》らんと、言《い》ふところへ、小真木源太《こまきげんだ》、走《はし》り来《き》たり、山城《しろ》が脛《すね》を薙《な》ぎ切《き》り、押《お》し伏《ふ》せ、首《くび》を取《と》る。忠左《ちうざ》衛門《へもん》、後《のち》の証拠《せうこ》の為《ため》にとて、鼻《はな》をそいで退《の》きにけり。

新《〈しん〉》九郎義竜《よしたつ》、合戦《かせん》にうち勝《か》つて、首実検《くびじつけん》のところへ、山城《しろ》が首《くび》、持《も》ち来《き》たる。身《み》より出《いだ》たせる科《つが》なりと、得《とく》道《だう》をこそしたりけり。これより後《のち》、新《〈しん〉》九郎、范可《はんか》と名乗《なの》る。昔《むかし》、唐《もろこし》に范可《はんか》といふ者《もの》、親《おや》の首《くび》を斬《き》る。それは、父《ちゝ》の首《くび》を斬《き》つて孝《こう》となる也。今《いま》の新九郎義竜《よしたつ》は、親《おや》の首《くび》を斬《き》つて、恥辱《ちじよく》、不孝《ふかう》となる也。道三《だうさん》は、名人《めいじん》の様《よう》に申候へども、慈悲心《じひしん》なく、五常《じやう》をそむき、無道盛《ぶたうさか》んなるゆへに、諸天《しよてん》の冥加《みやうが》にそむき、子《こ》に故郷《こけう》を追《お》い出《いだ》され、子《こ》に鼻《はな》をそがれ、子《こ》に首《くび》を斬《き》られ、前代未聞《ぜんだいみもん》の事《こと》ども也。天道《てんたう》、恐《おそ》ろしき事。

私注三　さて新九郎義竜そなゑの中より

さて、涙にしずんでいられないのが戦場。攻めくる敵には勇然と向かわねばならない。運があれば、義竜軍を切り破ることができるかもしれないのである。

新九郎義竜の率いる一隊より、武者が一騎進み出る。この武者は、長屋甚右衛門という人物である。また一方、これを見るや山城道三の軍勢の中より柴田角内という者が一騎駆けいだし、ちょうど中間地点でぶつかりあった。「たたきあふ」という語は、『日葡辞書』に、「Tataqi ai, ŏ, ŏta. ＊互いに棍棒で叩き合う、または、手でなぐり合う」とあるように、素手ないし棒状のものを連想するが、ここは、刀であろう。フェンシングではないが、技が互角で、刀の叩き合う金属音のみが戦場に響く。敵・味方、息を呑んで、この二人を見つめている。そういう情景《シーン》を一語に凝縮させたことば選びである。

ついに、長屋が防ぎきれず、落馬する。そこをすかさず押し伏せて(注6)、首を切りとった。

柴田角内の晴れがましい功名である。

ここを、〝柴田角内の晴れがましき功名であった〟と過去形にしていないところに注目したい。つまり、原文が、「しばたかくなひ、はれがましきこうみやうなりき」となっていないことを。ここは、戦《いくさ》の成り行きを現在時制で牛一がドキュメントしているところなのである。はさみこまれたこの文とて例外ではない。

なお、原文「こうみやう」に対して、開音合音の別を重んじるならば「功名」が想定されるが、同趣本文を有する牛一の『信長公記』は、「柴田角内、晴がましき高名也」とする。『天正事録』も、「柴田晴々敷高名也」で、中世軍記・辞書の多くが、このような文脈では「高名」の表記を使う。ともに意味がきわめて近く、開音合音の

中世末期からの混同とも相まって、牛一内部にあっても、表記のゆれていた語の一つである。(注7)

「さ候ところに」は、「そんなところに」の意で接続詞的に働くものである。長屋甚右衛門と柴田角内の一騎打ちの結果が出たところで、道三軍と義竜軍双方よりどっと一勢に掛かり合い、鑓を打ち合わせ、あるいは、まっ黒に土けむりを立てて馬上戦が展開された。

「鑓を打ち合はせ」の主体は、第一手《て》の徒歩《かち》の雑兵たちである。「黒煙《くろけぶり》立つて」は、馬上の武士たちの奮戦を実写するとともに形容するもので、「黒煙を立てて」と表現するよりも、自然現象的に生じたかに思わせることで戦場の迫力を出そうとしたものである。牛一の筆勢として瞬時に出た語形であっても、深層にはそのような言語認知過程が想定される。

「鎬《しのぎ》を削《けず》り、鍔《つば》を割《わ》り、火花《ひばな》を散らし」というのは、敵味方の刀がぶつかりあう際の現実であり、固定的表現でもある。『日葡辞書』補遺篇には、「Xinoguiuo qezzutte qirivŏ.（鎬ヲ削ッテ斬リ合フ）」の文例があがり、「＊刀で斬り合って、または、打ち込みをして、互いに刀（catanas）をすり合わせる」という訳がつけられている。

このような激戦のさなか、あちこちで、敵味方とも「思ひ〱の働き」――それぞれがそれぞれにふさわしいと納得のゆく戦いぶりがなされていた。

ここまでは、両軍「互角」であった。しかし、と牛一の文は流れてくる。「流れ」をつなぐ接続詞に、「さるほどに」という順接を使っていることが、切ない。「さて」とも「そうこうするうちに」とも訳しうる古語であるが、今までの流れをぶつ切る大展開をはらんでいる。時の無常性、天運の非情を、さりげなく示す文章構成である。

長井忠左衛門は山城道三にとびついてきた。ここの「わたしあはせ」がくせものである。「わたす」とは橋や梯子を「わたす」で知られるように、距離のあるものの間をつなぐことである。したがって、この語は、『日葡辞書』にあるように、「Vataxiauaxe, suru, eta. ＊互いに出会う、または、互いに斬りつけ合う」(注8)を基底に含むものの、長井忠左衛門が、わが馬上から、馬上の道三にとびかかり、うまく道三の体をつかみえたことを一語で描写したものと受けとりたい。

つづく文を読んでみると、このことは十分納得がいこう。長井忠左衛門は、とびかかりざま、道三が降りおろす太刀を押しあげるようにはねのけ、その胴体にむずと抱《いだ》きついた。道三を「生け捕り」にしようという心づもりであった。

そこへ、こまき(『信長公記』は「小真木」、『天正事録』は「小槇」と表記)源太が走り寄って――「走り来たり」とあることで、この事態を一早く気づき、あっという間に駆け寄ったことが知られる――、長井のはがい締めからのがれようともがく道三の脛《すね》(注9)を薙《な》ぐように切った。

そのあとが、微妙である。「押し伏せ」て道三の「首を取《と》る」主体がどちらだったか。長井忠左衛門は、馬上の道三に「抱《いだ》きつき」、「生け捕りに」しようとしていた。そこへ、小真木源太が走って来て道三の脛を薙ぐように切った。道三の体はどしんと大地に落ちる。抱きついていた長井も、その反動で投げ出されるはず。すると、道三を押し伏せて首を取れるのは、小真木の方である。

この一連の動作から見ると、小真木は騎馬ではなく、徒歩《かち》で薙刀《なぎなた》を持って戦《いくさ》にのぞんでいたものと推測される。「駆け来る」ではなく「走り来たり」とあるのも、その事実の反映かもしれない。

忠左衛門は、多少損な役まわりを演じたことになる。そこで、「おれがまず肉弾戦で道三に組みつき動きを止めたから、お前は首を取れた。これは、共同による勝利だ」というわけで、小真木の手に下げられた道三の首から鼻をそぎ、小真木が唖然としている間にパッといなくなってしまった。

もちろん、敵のふところ深く長居は危険であるので小真木も退《ひ》いたわけであるが、長井との間に数秒の差があったことを想定することができる。牛一の文章の妙であろう。

首が何らかの理由で持ち帰られない時、その鼻をそいで「後《のち》の証拠《せうこ》の為《ため》」とすることは当時まま行なわれたことであるが、ここは、手柄を二分するための工夫であることが、おかしい。殺伐たる戦場《いくさば》において、ちゃっかりとも言える味方武士間のやりとりは、軍記物語に一条の明るさを伝えるものとして、時々とりこまれる。『平家物語』の「宇治川の先陣」（巻九）における佐々木四郎高綱《たかつな》と梶原源太景季《げんだかげすえ》との先陣争い、畠山重忠《しげただ》に助けられ岸の上へ投げ上げられたおかげで「徒歩《かち》立《た》ちの先陣ぞや」と名のることができた大串《おおくしの》次郎重親《しげちか》の話など、その好例である。

私注四　新九郎義竜、合戦にうち勝って

道三は討たれた。

新九郎義竜は、父との合戦にうち勝った。しかし、牛一は、この時点で新九郎は父が討たれたことは知らなかったふうに描写している。たしかに、戦場はどさくさしており、勝ち色は見えても、総大将であった父道三が死んだかどうかは不明であったろう。あるいは、どこかに落ち行っている可能性も高く、それはそれで見のがすか、追いうちをかけて討ち取るかの判断を次にすることになる。

義竜は、次々に示される敵軍の首級を「首実検」していた。総大将にとっては、敵の要《かなめ》的人物を消したとい

う安心を得る行為であるとともに、部下にとっては、わが軍功をアピールするビジネスの場面でもある。そこへ、小真木源太・長井忠左衛門二人が山城道三の首を持ってやって来た。

それを見るやいなや、義竜は、父のまごうかたなき死を確認する。ないがしろにされた子としての憎しみ、あるいは、本当の父ではないと思いこましてきた自分のある種のけなげさに対するあわれみが、ごちゃまぜになって目をくもらす。気がつくと、それは涙であった。

「さすが、道三が子にて候。美濃国治むべきもの也。とかく、我々あやまりたるよ」

道三の最後のことばを伝え聞く前に、義竜は、道三が実の父であったことを本能的に悟ったのである。「身《み》より出《いだ》せる科《とが》なり」のことばが、それを如実に物語っている。自分が、実の子でないと父を憎み、父に反撥し、そのため結局父にうとまれてこのような戦争になったこと――全て自分が至らなかったためである。科《とが》は、あやまちであり、義竜は、罪の意識をもつ。

中世という時空において、科におち罪の意識をもったものが現実的に救われる道は、出家することである。「得道《とくだう》をこそしたりけり」は、そのことを表わしている。

ここを牛一はずい分な思い入れをもって記している。その理由は、「こそ」という強調の係助詞である。『源氏物語』『枕草子』などに代表される平安時代の規範では、「こそ」を使った文末は必ず已然形で結ばれるが、牛一の生きた戦国時代は、その規範が大きくゆるみ消え去りつつある段階にあたっている。(注10) だから、ここも、「したりけれ」と已然形結びとはなっていない。しかし、こういう時期にこそ(今、私は、くしくも、現代語に残る「こそ」の強調表現の残照を口にした)、「こそ」を使おうとした書き手の強い感動をしのばなければならないのである。「感ずる」だけではなく「しのぶ」ことによって、かぎりなく牛一の執筆段階に近づくことができるのである。

「これよりのち、新《〈しん〉》九郎、はんかとなのる」――この時以降、新九郎義竜は、「はんか」と名乗った。現在なら、「た」を使って、過去の叙述と言わないまでも、現在完了形にするところを、「なのる」と現在形でシャープに言い切る。ドキュメントの生々しさを、時には、古文の方が伝えやすいのである。

「はんか」――それ、何？　ここを耳で聞く人、あるいは、原文のひらがな表記を読む人は思うにちがいない。その反応を見こんで、牛一は、名前の由来を説明しだす。

「昔《むかし》、唐《もろこし》にはんかといふ者《もの》、親《おや》の首《くび》を斬《き》る。それは、父《ちゝ》の首《くび》を斬《き》つて孝《こう》となる也。今《いま》の新九郎義竜《よしたつ》は、親《おや》の首《くび》を斬《き》つて、恥辱《ちじよく》、不孝《ふこう》となる也」

昔の中国の話である。范可（『美江寺文書』弘治元年十二月附禁制〈角川文庫『信長公記』脚注一二所引〉に拠る。陽明文庫蔵『信長公記』は「はんか」と仮名表記するのみ。『天正事録』は「飯賀」、これだと「はんが」と濁るか）という人がいて、親の首を結果としては取るという事態となった。でも、それは、父の首を斬ることが、大局としては父への孝となったというのである。

それにひきかえて、「今《いま》の新九郎義竜《よしたつ》は」――ここは重要なポイントである。「現代の義竜は」という意識である。これを見落とすと、牛一のせっかくのことばが死ぬのみならず、牛一の史観を見落とすことになる――、親の首を斬ったことが、本人にとっては生涯の「恥辱」、親に対しては「不孝」となったというのである。

義竜自身の述懐（中世の発音は「シュックヮイ」。『日葡辞書』の表記に従うならば「Xucquai.」）を紹介するような形をとりながら、いつか牛一を含む世評となっているのが巧妙である。このように、牛一は一旦義竜を責める側に与《く》みしたが、視野の端《はし》に、道三自身の非を見出しているわけで、というか、本条そのものが「天道恐ろしき次第」という事例として道三のことを言い出したものであるから、最後は、やはりこのことに収斂してゆく。「道三《だうさん》は、名人《めいじん》の様《よう》に申候へども」以下が、それである。「名人」を『日葡辞書』で引くと、「Nano aru fito. ＊何らかの技芸、あるいは、才能で名の知られた人」とある。「名医《めいい》」に対して「Mejiino cusuxi」、つまり「名人の医《クスシ》」を当てる感覚から推すと、ここは、「戦《いくさ》上手」と読みかえればよいであろう。あるいは、戦国の世を生きる「天才」ととるべきであろうか。

近時、秋山駿氏の『信長』(注11)は、天才としての信長をとらえて評判となったものであるが、同時代人の牛一は信長を決してそのようにはとらえていないし、私自身、『原本「信長記」の世界』以来、牛一の眼に従っている。

当時の「天才児」は、この道三であったのである。ただし、「名人」ならば人心をも把握してこそ「名人」であるのに、道三は「慈悲心《じひしん》なく」「五常《じやう》をそむき」（五常とは「Gojŏ. ＊すなわち、Iin, gui, rei, chi, xin.（仁、義、礼、智、信）シナ人および日本人が説く道徳と礼儀上の五つの良い行跡、または、善徳」である。当時は、「～にそむく」と同時に「～をそむく」という言い方があった(注12)）、「無《ぶ》道盛《たうさか》んなる」（Butŏ. ＊非理、不正、邪悪）状態であったから、天の加護を受けられなくなった。

牛一が、「諸天」(注13)と記していることは興味深い。「天」は一つであって、一つでないことが、これで知られよう。「仏」と「諸仏」が人々の心に重なって存在しているのと似ているし、「捨てる神あれば拾う神あり」という慣用句が人生の一場面で実感された人には、そうむずかしい概念ではない。

日本人のゆるやかで包容力のある信仰形態とも言えるこの把握、戦国時代のようにやむをえず殺戮や略奪にかり出されなければならなかった中・下層の人々を救う逃げ道としても効果があったと思われる。軍神《ぐんしん》(注14)という神もあるのだから。

ところが、道三の場合、諸天の与えたまう「冥加《みやうが》」(補注4)(Miŏga. ＊よい運命)からも洩れ、わが実の子に故郷を追い出され、鼻をそがれ、首を斬られてしまった。これは前代未聞の話である。ああ、天道おそろしき事よ――

こう、牛一はまとめるのである。

子《こ》に故郷《こけう》を追《お》い出《いだ》され
子《こ》に鼻《はな》をそがれ
子《こ》に首《くび》を斬《き》られ

三回くりかえされる「子」ということばは、戦国の世にまま起こった似たような話を、聞く人々に想い出させるリフレインのようでもある。また、天才と言われた人の家庭という単位での悲劇をバラすことにより、人の世のはかなさを詠じているようでもある。

なお、**本文五―三の⑤**の部分を、牛一の『信長公記』は、次のように記している。

「義龍　備之中ヨリ武者一騎　長屋甚右衛門と云者進懸る　又、山城人数之内より、柴田角内と云者、唯一騎進出、長屋に渡し合、真中にて相戦、勝負を決し、柴田角内、晴かましき高名也　双方よりかゝり合、入乱れ、火花をちらし、相戦　しの木をけつり、鍔をわり、爰かしこにて思ひ〳〵の働有　長井忠左衛門、道三に渡し合、打太刀を推上、むすと懐付、山城を生捕に仕らんと云所へ、あら武者の小真木源太、走来、山城が脛《スネ》を薙切、推臥、頸をとる　忠左衛門は、後の証拠の為にとて、山城が鼻をそひで退にけり　合戦に討勝て、頸実検の所へ、道三が頸　持来　此時、身より出せる罪成と、得道をこそしたりけり　是より後、新九郎はんかと名乗　古事有　昔、唐にはんかと云者、親之頸を切　夫は父の頸を切て為ナルレ孝と也　今の新九郎義竜ハ、不孝重罪恥辱と成也」(首巻・84オ～85ウ)

若干の異同については、先の私注でも言及しているが、『信長公記』のこの部分を後年深めて至ったものが、『大かうさまぐんき』に記された「道三《だうさん》は、名人《めいじん》の様《やう》に申候へども、慈悲心《じひしん》なく……子《こ》に首《くび》を斬《き》られ、前代未聞《ぜんだいみもん》の事《こと》ども也。天道《てんたう》、恐《おそ》ろしき事」なのである。

『信長公記』は『信長記』より後に編まれた増補系であるが、『大かうさまぐんき』がさらにそれより後に記されたものであることが、物語の主人公の活躍年代をひきあいに出さずとも明白になる部分である。

釈文【本文五―三の⑥】

先手《さきて》の様体《やうだい》、相聞《あひき》こへず、信長《のぶなが》は、右《みぎ》の仕合《しあ》はせも御存知《ぞんじ》なきところに、尾張国上郡岩倉《おはりのくにかみごほりいわくら》にこれある織田《おだの》伊勢守《かみ》、御敵《てき》の色《いろ》を立《た》て、信長《〈のぶなが〉》御居城《ゐじやう》、清須町口《きよすまちぐち》まで、人数《にんじゆ》を寄《よ》せ、下之郷《しものごう》と申《（まうす）》ところ、放火仕《はうくわつかまつ》り候由《さふらふよし》、追々《おい〱》御注進《ちうしん》、これあり。さ候て、御人数《にんじゆ》入《い》れられ候はん御存分《ぞんぶん》にて、さう馬《ば》、人足《にんそく》、河《かわ》を越《こ》させられ、御人数《にんじゆ》も少々《せう〱》河《かわ》を越《こ》し申候ところに、新九郎義竜《よしたつ》人数《にんじゆ》、大良《ら》口《ぐち》へ相働《あひはたら》き候。すなはち、大良《おほら》より二十町《ちやう》ばかり懸《か》け出《い》で、および河原《がはら》にて取り合《あ》ひ、一戦《せん》に及《およ》び、鑓下《やりした》にて、山口《ぐち》取手介《とってのすけ》、土方彦《ひぢかたひこ》三郎、討《う》ち死《じ》に。森《もり》三左衛門《ざへもん》と、千《せん》石《ごく》又一、馬上《ばじやう》にて切《き》り合《あ》ひ、三左衛門《ざへもん》、膝《ひざ》の口《くち》を切《き》られ、退《ひ》きしりぞき、これより、御敵《てき》も人数《にんじゆ》を備《そな》へ、罷《まか》り来《き》たらず。信長《のぶなが》御人数《にんじゆ》、河《かわ》を越《こ》し候を見《み》申《（まうし）》、足軽《あしがる》ども少々《せう〱》懸《か》け来《き》たり候。信長《のぶなが》と、織田酒造正《おだのさけのせう》、御残《のこ》り候て、信長《〈のぶなが〉》、鉄炮《てつぽう》を打《う》たせられ、こゝにて、退《ひ》きしり、さて、河《かわ》を越《こ》させられ、すぐに、岩倉口《いわくらぐち》へ、御馬寄《むまよ》せられ、近辺《きんぺん》御放火《はうくわ》なされ、これより、岩倉《いわくら》と清洲《きよす》、御取《と》り合《あ》ひ始《はじ》まる也。

私注五　先手の様体相聞こへず

道三の悲劇性を「天道恐ろしき事」として取りあげた牛一には、するべきことがあった。それは、

「織田上総《おだのかづさの》かみ信長《のぶなが》も、山城道三《しろだうさん》の聟《むこ》にて候間《あひだ》、御手合《てあ》はせとして、木曽川《そがわ》、飛驒川《ひだがわ》の大河《だいが》、打《う》ち越《こ》し、茜《あかな》部口《べぐち》へさしかゝり、大良《おほら》の戸嶋東蔵坊構《としまとうぞうばうかま》へに至《いた》つて御陣《ぢん》をすゑられ」

と、すでに**本文五―三の③**(注15)で述べた信長のその後の動きを伝えることであった。

本文五―三の③に立ちもどれば知られるように、戸嶋東蔵坊構《かま》えに陣を据えた信長は、銭瓶《ぜにがめ》をあちこち掘り出して、運のついたことを喜びつつ、道三の要請次第、動くつもりになっていた。

ところが、「先手《さきて》」である道三から様子の伝達もなく、したがって、信長は以上述べたような道三の成《な》り行《ゆ》き(「しあはせ」は「仕合はせ」で、「＊よい結果、あるいは、悪い結果」ともに含む)も知らなかったところに、

「尾張国上郡岩倉《おはりのくにかみごほりいわくら》にこれある織田《おだ》伊勢守《のかみ》、御敵《てき》の色《いろ》を立《た》て、信長《〈のぶなが〉》御居城《ゐじやう》、清須町口《きよすまちぐち》まで、人数《にんじゆ》を寄《よ》せ、下之《しもの》郷《ごう》と申《〈まうす〉》ところ、放火《はうくわ》仕《つかまつ》り候《さふらふ》」

という伝令が入ってきた。

「織田伊勢守」とは、織田信安《のぶやす》のことである。

『信長公記』首巻は、

「去程尾張国八郡也　上之郡四郡、織田伊勢守、諸侍手に付進退して、岩倉と云処ニ居城也」(陽明文庫蔵本4オ)

という文章で始まるが、まさにその冒頭に出る人物で、尾張半国を支配する守護代であった。信長の父織田弾正

忠信秀は、下の郡四郡を支配した織田大和守（注16）に仕えた三奉行の一人にしかすぎないから、出自上、信長は臣下の礼をとらねばならないほどの差がある。

しかし、信秀や信長の勢力が拡大するにつれ、信安は不安定な立場に追いやられていった。そこで、信長一族の内乱を目論《もくろ》み、

「上総介信長公の御舎弟勘十郎殿、龍泉寺を城に被成御 拵《こしらへ》候 上郡岩倉の織田伊勢守と被仰合、信長の御台所入篠木三郷 能《よき》 知行にて候是を押領候ハんとの御巧みにて候 （略）柴田無念ニ存、上総介殿へ又御謀叛思食立《おぼしめしたつ》之由、被申上候 是より、信長、作病を御構候て、一切面へ無御出 御兄弟之儀（に）候間、勘十郎殿御見舞可然と、御袋様 并《ならびに》 柴田権六異見申に付て、清洲へ御見舞に御出、清洲北矢蔵天主次之間にて、

弘治四年戊午霜月二日、

河尻、青貝に被仰付、御生害なされ候」（陽明文庫蔵本 首巻・69ウ〜70ウ）

という大事件の引き金《がね》ともなってゆく人物である。

今回は、信安は美濃の義竜と手を組み、信長に反旗をひるがえした。清洲城主信長の出張中をねらって、清洲の近所下《しも》の郷《ごう》（愛知県西春日井市春日《はるひ》村下之郷）という村に放火をしたというのである。

「追々《おいおい》」、ここは、副詞的に使われているが、『日葡辞書』には、「Voivoino chŭxin.」（追々ノ注進）という例語があげられ、「＊主君の許に引き続いて次々にもたらされる情報や伝言」という適訳がなされている。

さあ、次々ともたらされる情報に対して、信長は、それならば、こちらも後巻きとして軍兵を清洲方面へ進発させようというお考え（「御存分」）で、雑馬《ぞうば》・人足《にんそく》など、河《かわ》（「木曽川」「飛驒川」などの大河をさすと思われる）を渡らせて、つづいて、信長の軍勢も少々、河を渡った。

ちょうどその頃、新九郎義竜の軍勢が大良口へ攻め入って来た。大良の戸嶋東蔵坊(注17)には信長の本陣があった。信長の軍勢を、清州方面と、本陣居残りとの二つに割り、弱体化させようという戦略である、織田伊勢守と義竜の連携プレーのなせる技《わざ》である。

「御人数《にんじゅ》も少々《せう〳〵》河《かわ》を越《こ》し申候」

「新《しん》九郎義竜《よしたつ》人数《にんじゅ》、大良《ら》口《ぐち》へ相働《あひはたら》き候」

両軍の別個の行動を並立させておいて、これを「ところに」という語で一文にまとめることによって、両軍の激突を次に記そうというのである。

なお、原文の「さうば」を、「雑役《ざふやく》」（荷運び）に使う「馬」の意と解して「雑馬《ざうば》」と翻字したいが、他に類例なく、(注18)(補注5)問題が残る。「早馬《はやうま》」（急用の使者が乗る馬）を音読みした「さうば」と見ることも(注19)、連続する「人足《にんそく》」とのかねあいから不自然であるし、「葬馬《さうば》」（葬送の時の引き馬）、「痩馬《そうば》」（やせた馬）と見なすことも、文脈に合わない。一つの仮説として、牛一自身は、「きうば」、濁点符をつけ足すならば「ぎうば」（牛馬）と記すつもりであったが、ケアレスミスで、「き」が「さ」となり、気づかぬままに終わったことが考えられる。この仮説の支証として、『信長公記』における、

「爰にて、大河隔《へだつる》事候間、雑人・牛馬悉《ことごとく》退させられ」（陽明文庫蔵本　首巻・86オ）

があげられる。「雑人」は「人足」と同義で、これをさしひくと、「牛馬」が残る。

私注六　すなはち大良より二十町ばかり懸け出で

「すなはち」という接続詞は、前に述べたこと（「新九郎義竜人数、大良口へ相働き候」）をあらためて説明す

るものとして、ここで使われているのではない。先にちらと触れたことのつづきを、すぐさま描写してゆきますよという展開的にも働いているし、信長のすばやい対応を表現したものとみると、きわめて副詞的でもある。

新九郎義竜の軍勢は、大良の近くまで来た。一方、信長は、大良より二十町ほど懸け出して行ったのだから、この両者は、および河原(注20)でまっ正面からぶつかり合うこととなった。

「取《と》り合《あ》ふ」(Toriai, ŏ, ŏta.)とは、「*互いに戦う、あるいは、喧嘩する」意で、小ぜり合いを越えて記憶に残るべき戦《いくさ》になったことが、「一戦《せん》に及《およ》び」の語で知られる。

戦《いくさ》のさなか(「鑓下《やりした》」〈Yarixita.〉とは、「*また、戦闘の真最中」)、信長方の山口取手介、土方彦三郎が討ち死にした。森三左衛門(森可成《よしなり》。森蘭丸らの父で、当時三十四歳)は、義竜方の千石又一と、馬上で切り合う形となり、三左衛門の方が「膝《ひざ》の口《くち》」(注21)(ひざがしら、ひざ小僧《こぞう》)を切られて、退《ひ》きしりぞくこととなった。

このままだと、信長軍が敗色《まけいろ》であるのだが、牛一はさすが軍記作者である。そのような気配はおくびにも出さず、「これより、御敵《てき》も人数《にんじゅ》を備《そな》へ、罷《まか》り来《き》たらず」という、信長軍にとってはラッキーな事実のみをつけ足す。もし、追い討ちされれば、信長軍は危機を迎えたであろう。

かと言って、信長は何の手も打たなかったわけではない。わが軍勢を退却させておいて、自ら居残り、一矢《いっし》を報いようと考えていた。そのことを、敵の義竜軍は知らないわけであるから、

「信長《のぶなが》御人数《にんじゅ》、河《かわ》を越《こ》し候を見《み》申《(まうし)》、足軽《あしがる》ども少々《せう〱》懸《か》け来《き》たり候」

という行動を取った。

「足軽ども少々」しか懸け来たらなかったのは、義竜が深追いをする気がなかったためと、どの程度のダメージを受けての退却か計ろうとしたためと思われる。思ったより信長軍のダメージが大きければ、即、攻撃という

戦術にきりかえる心づもりであったであろう。

ところが、全軍を河渡《かわわた》しさせて、居残っていたのが、信長と織田酒造丞（注22）（信房《のぶふさ》）のみ。一団となって走り懸かってきた敵の足軽たちは、視野に入ったこの光景に、一瞬足がすくんだであろう。敵の御大将自ら、殿《しんがり》をつとめるという常識やぶりのもたらす無気味さ。

最前列の足はとまっても、後続の雑兵たちに押されて、前に進むほかはない。それを待っていたように、信長は、鉄炮を撃ちこむ。至近距離に近づいた一まとまりの頭目と思われる人物をねらい撃ちにすることなど、

「橋本一巴師匠として鉄炮御稽古」（陽明文庫本『信長公記』首巻・12オ）

と、若き日の行状を特筆されている信長にとっては、たやすいことである。

敵の足軽の一団は、もろくも崩れた。退却し、遠まきに様子をうかがうのみである。

信長は、織田酒造丞とともに、一艘のみ残しておいた舟にゆっくりと乗りこみ、静々と河を越す。

本来的には、「退《ひ》く」（退却）行為（注23）であり、敗退に近いのであるが、信長のこの一策により、対等感を、敵にも味方にも与えることができた。いや、敵には、信長の底の知られぬ恐ろしさを印象づけ、味方には、部下を守り矢面《やおもて》に立ってくれた信長に対する熱き感謝の念を与えつつ。

『大かうさまぐんき』のこの場面は、斎藤道三の「無道《ぶとう》」、そして、その父を討った義竜の「非道《ひどう》」を描くものであるが、道三の聟として介在してくる信長を、牛一は、惜情をおさえて、点描する。「公《こう》」という敬称もとっぱらって「信長」と描写する時、牛一の心の中に、「御残《のこ》り候て」何事かをなさんとする青年武将への思い入れは、逆にあふれんばかりであったと考えられる。『原本信長記』を著わし、増補した形での『信長公記』を完成さしても、本能寺の変で「天道」に見離された信長の生涯を、いまだ解けないでいるのである。他の敗れ去った

武将のように、「天道、恐ろしき事」の一語にくくれない、また、その敗れ去った武将に共通して存在する「悪逆無道」「非道」「無慈悲」のみで色づけられない、何かを、個としての信長が持っていた所以《ゆえん》でもある。

信長は河を渡りきると、すぐさま、反乱を起こした織田伊勢守の居城のある岩倉――その町口まで騎馬軍を進め、その周囲に放火をした。

「織田《おだの》伊勢守《のかみ》、御敵《てき》の色《いろ》を立《た》て、信長《〈のぶなが〉》御居城《ゐじやう》、清須《きよす》町口《まちぐち》まで、人数《にんじゆ》を寄《よ》せ、下之郷《しものごう》と申《（まうし）》ところ、放火《はうくわ》仕《つかまつ》り候」

とあったことへの、報復である。敵に被害をこうむった分を、経済的にも、民衆生活のレベルでも、やり返したのである。

「この時より、岩倉と清洲、つまり、織田伊勢守信安と信長の、尾張一国支配に向けての対立抗争が始まったのである」と、牛一はこの段を言いおさめる。

これが、『信長公記』になると、「こんなことがあって、本来なら信長に友好的であったはずの下群《しものごおり》半国のうち、過半まで、信長の敵となってしまった」と結ぶ。舅道三の敗死、義竜軍の優勢、義竜の友軍としての織田伊勢守の優位の結果が、信長に与えた深刻な事態を素直に記したものと言えよう。

このように、『信長記』と『大かうさまぐんき』は、視点の軽重やちがいを持ちつつ、微妙に交差する。以下、この段に関連する『信長公記』の本文をあげておく。

「軍終、頸実検して、信長　御陣所大良口へ人数を出し候　則、大良より三十町斗懸出、および河原にて取合、足軽合戦候て、

山口取手介　討死
土方彦三郎　討死
森三左衛門、千石又一に渡し合、馬上にて切合、三左衛門、脺《ヒザ》の口きられ引退
山城も合戦に切負、討死之由候間、大良御本陣迠、引入也　爰にて、大河隔事候間、雑人牛馬悉退させられ、殿ハ、信長させらるへき由候て、惣人数こさせられ、上総介殿めし候御舟一艘残し置、おの〳〵打越候処、馬武者、少々川はたまて懸来候　其時、信長、鉄炮をうたせられ、是より近〳〵とハ不参　さて、御舟にめされ御こし也　然處、尾張国半国の主《アルシ》織田伊勢守、濃洲の義龍と申合、御敵の色を立、信長の館清洲の近所下之郷と云村、放火之由、追々注進在之　御無念に思食、直に岩倉口へ御手遣候て、岩倉近辺之知行所、焼拂、其日、御人数御引取　如此候間、下郡半國も過半、御敵に成也（陽明文庫蔵本　首巻・85ウ〜86ウ）

なお、『信長公記』の「馬武者、少々川ばたまで懸け来たり候」と、本書の「足軽ども少々懸け来たり候」のくいちがいであるが、河を越して逃げゆく敵を追うには、「馬武者」の方がふさわしい。
先の「および河原」での「足軽合戦」の際も、「馬上にて切り合ひ」とあるから、馬に乗った足軽も混じっていたと解釈すれば、どちらに主眼を置いて描いたかのちがいのみとなる。

釈文【本文五―三の⑦】

さるほどに、斎藤新《さいとうしん》九郎義竜妻女《よしたつさいぢよ》は、一条《ぢやう》殿御娘《むすめ》、息《そく》、御曹子《ぞうし》とて、これあり。ある時《とき》、野干《やかん》、憑《つ》き候て、奇異《きゐ》の煩《わづら》ひあり。百座《ざ》の護摩《ごま》、千座《せんざ》の護摩《ごま》、万座《まんざ》の護摩《ごま》を焚《た》かせ、様々《さま〴〵》祈禱《きとう》候へども、つゐに、平癒《へいゆう》なく、父《ふ》子《し》三人病死《びやうし》。天道《てんとう》、恐《おそ》ろしき事。

私注七　さるほどに斎藤新九郎義竜妻女は

冒頭の「さるほどに」は、まさに、「さて」という意味合いである。

ともすれば、若き日の信長へ向かう追憶をふりすてて、牛一は、斎藤新九郎義竜の妻子について、あることを伝えねばならない。

義竜の「妻女《さいぢょ》」（Saigio. ＊結婚した女）は、京都の公卿一条殿（注24）の「御娘《むすめ》」で、息子は、「御ぞうし」と呼ばれていた。

いまだ当主にならない部屋住みの身をさす「御曹子《ぞうし》」（注25）が、時に、「若君」の固有名詞のように扱われることがあることは、御伽草子などに見うけられ、どちらかというと、貴族的なかおりがする。

ある時、この母子《おやこ》が、「野干《やかん》」（Yacan. Qitçune に同じ。狐）が憑いたとしか思われない、「奇異《きゐ》」の病気となった。

「奇異」について、『日葡辞書』は、「＊すなはち、Fuxiguina coto. 不思議な驚くべきこと。Qijna coto. 同上」と説明する。

常人とはちがう「奇異な言動」、それは、多くが、「心の病《やまい》」によるものであり、中世では、「狐」のしわざによるものとみなされた。

豊臣秀吉が「稲荷大明神に奉った朱印状」として、『太閤書信』に収められている次の文書も、当時の俗信をうかがう上で参考となろう。

「備前中納言女ともに付、障物之気相見へ候。兎角狐の所為に候。何とて左様に見入候哉。曲事被㆓思召㆒候得共、今度者被㆓成㆓御免㆒候。若此旨相背、むさとしたる儀於㆑有㆑之者、日本之内年々狐猟可㆑被㆓仰付㆒候。一天下に有㆑之有情無情之類迄、御意不㆑重候哉。速に可㆓立除㆒候。委曲吉田之神主可㆓申渡㆒候也。

卯月十三日　　　　朱印

稲荷大明神殿」

備前中納言宇喜多秀家の妻となった豪姫《ごうひめ》（もと、秀吉養女。前田利家の第四女）に憑いて、姫に「むさとしたる」言動をさせた狐を退治せんと、伏見の稲荷大明神に対して〝お達し〟を出したもので、秀吉のユーモアと、その裏にひそむ権力の誇示を示すユニークな文献（注26）である。慶長二年（一五九七）のものと推定されている。

妻子の「煩《わづら》い」の元凶を折伏《しやくふく》しようと、義竜は、「百座の護摩」「千座の護摩」「万座の護摩」を焚かせ、さまざまな祈禱を試みた。

大蔵虎明本狂言に、「ふくろう」というのがある。この中で、兄なる人は、山伏に対して、

「私がおとゝのかなぼうしが、此程さん〱わづらひまらする程に、御むつかしながら御出なされて、かぢ有てくだされひ（注27）」

と言い、弟に憑いたとみられる「梟《ふくろう》」を加持祈禱によって落としてくれと頼んでおり、義竜の試みと共通している。

狂言「ふくろう」の場合、未熟者の山伏であったため、折伏できず、依頼主の兄や、この山伏にまで、梟が取り憑いてしまう。義竜の場合も、「つゐに、平癒《へいゆう》なく、父子三人病死《びやうし》」という結末を迎える。牛一は筆をはしょっているが、「奇異の煩い」は、義竜にまで及んだと見てよいであろう。

狂言「ふくろう」の場合、兄、弟、山伏が「ほゝん、のりすりおけ」という梟の鳴き声を発するおかしみを笑

っていられるが、義竜三人の場合、「天道、恐ろしき事」と言うほかはなかった。

「護摩」に対して、キリシタンの立場に立つ『日葡辞書』は、

「Goma. ＊真言宗僧（Xingonjus.）が悪魔に対して祈禱しながら行なうある種の儀式。例、Gomauotaqu（護摩を焚く）胡麻（Goma）の油と樒《しきみ》の皮などを火にくべながら、この儀式を行なう」

と説明している。

なお、「へいゆう」は、「平癒《へいゆ》」の末尾音をのばしたものであるが、当時、一般に使われていた語形である。『日葡辞書』には、「へいゆ」の語型はなく、「へいゆう」（Feiyŭ）のみ出ているのも、その証左となろう。「つゐに、へいゆうなく」と、その発音のままを記した牛一の語り口が、そのまま残されていて、貴重である。

この段に記されたことは、牛一の『信長記』に見出されない。『天正事録』は、

「今ノ新九郎義龍ハ親ノ頭ヲ伐恥辱不孝ト成也」（129頁上）

のあと、信長と義竜の一戦を伝えることなく、すぐさま、

「新九郎ノ妻女一條殿御娘御曹子ト云テ有之。或時。野干ツキ希有ノ働有之也。狐狩ヲシ或ハ百座ノ護摩。千座護摩ヲ焼。祈禱アリト云ヘトモ無平愈。終ニ父子三人病死也。道三ハ名人ノヤウニ申セトモ。慈悲心ナク五常ヲ背キ無道ノ故。諸天ノ冥加盡果。子ニ故郷ヲ追出サレ。頭ヲ刎鼻ヲ扮レ前代未聞ノ消息也」

として、「一　美濃國斎藤山城道三者。元来山城國西岡ノ松波興市一僕之者也」で始まった条を言いおさめる。

『天正事録』は、『太田牛一雑記』（水府明徳会彰考館蔵）（注28）を経由して、本書『大かうさまぐんき』に至ると推定され、本書とかかわり深いものであるが、その文体——漢字カタカナまじり文に象徴されるような堅さが残る。

『大かうさまぐんき』が、ひらがな文として、生まれかわる時に、牛一の心のリズムが、聞く者に感動を呼ぶ表現に結晶していったものと考えられる。

注

（1）本稿に至るまでに、⑴「条々　天道恐ろしき次第――三好実休」（新人物往来社刊「歴史研究」平成九年一月号　本書二・一章として所収）、⑵「「条々天道恐ろしき次第――松永弾正久秀」私注」（成城大学短期大学部「国文学ノート」三四号、平成九年三月　本書二・二章として所収）、⑶「明智光秀（その一）」（「歴史研究」平成九年五月号　本書二・五章前半部として所収）、⑷「明智光秀（その二）」（「歴史研究」平成九年八月号　本書二・五章後半部として所収）、⑸「柴田勝家」（歴史研究　平成九年一一号　本書二・六章として所収）などを発表している。

（2）『日葡辞書』の引用は、土井忠生・森田武・長南実編訳『邦訳日葡辞書』（岩波書店）に拠るが、論述の流れ上、＊印を付して直接引用することがある。

（3）私にほどこした『大かうさまぐんき』の段落を表わす区切り番号である。

（4）『毛利家文書』も、戦国の父と息子の関係を考える好資料である。

（5）桑田忠親著。昭和一八年地人書館刊。

（6）『日葡辞書』補遺篇には、「Voxifuxe, suru eta. ＊力ずくで人・ものを地面に押し倒す」とある。『天正事録』は、当該箇所を「推臥」と記し、別個所ではあるが、『信長公記』も「推臥」（首巻・85オ）と記すので、「推し臥せ」の表記の方がよいかとも思うが、『易林本節用集』などは「押寄《ヲシヨス》　押並《ナメテ》　押殺《コロス》　押懸《カクル》　押取《トル》　押物《モノ》　押置《ヲサヘオク》」（日本古典全集　63頁）であるので、今、そのままとする。

（7）当該部分「しはたかくなひ、はれかましきこうみやう也」のこともあり、**本文四―七**の「かうめう」にも「功名」を当てた（ちくま学芸文庫『太閤秀吉と秀次謀反――「大かうさまぐんき」私注』）。しかし、ちくま学芸文庫を丁寧にお読み下さった大塚光信先生より、**本文四―七**の「かうめう」は開音表記に従って「高名」を当てるべき旨の御教示を得た。

なお、『大かうさまぐんき』のさらに後半に、「したいくにこうめひのほまれをあけさせられ」（斯道文庫影印235頁）と出るものには、意味的にも「功名」がふさわしいと考えている。「高名」「功名」の語誌については、『日本国語大辞典』（小学館。第二版）の「高名」「功名」それぞれの語誌が参考となる。

（8）『日葡辞書』には、「渡り合ふ」という語も採録して、「通行する物が出会う。ただし、それよりも、敵に出会って互いに斬りつけ合うことに言うのが本来の正しい言い方である。例、Teqini vatariyǒ（敵に渡り合ふ）」と、説明をほどこす。

（9）原文の「すね」に「脛」を当てたが、『信長公記』は「脊《スネ》」と表記する（首巻・85オ）。『古本節用集六種研究並びに総索引』を検すると、天正本・易林本が「腨《スネ》」と表記。「スネアテ」という熟語になると、伊京集・明応本・黒本本・易林本・饅頭屋本が「臑當《スネアテ》」、天正本が「腨當《スネアテ》」の表記をとる。

（10）中世期における係助詞コソの様相については、「コソの拘束力」（『国語国文』昭和五五年一月号）「コソの領域」（『国語国文』平成四年一月号）ほか、安田章氏に一連の論考がある。

（11）平成八年、新潮社刊。

（12）山田みどり「「～を、そむく」と「～に、そむく」」（『成蹊国文』一四号 昭和五五年一二月）および、信太知子「「～をそむく」から「～にそむく」――動作の対象を示す格表示の交替」（『国語語彙史の研究』二号 昭和五六年五月）参照。

（13）「諸天」につき、『日本国語大辞典』は「仏語。欲界の六欲天・色界の十七天および無色界の四天の総称。また、その天上界の神々」とする。これら仏教語としての把握に対応するように、『日葡辞書』は「Xoten. Moromorono ten. *すべての天」と記す。一方、補遺篇には、「Xotennin. Moromorono tennin.」の項を設け、「*すべてのアンジョ（*Anjos* 天使）〔天人〕。時として文書ではXoten（諸天）という」と説明し、仏教語の「天上界の神々」を表わす「諸天」をもって、キリシタンの「諸天人」（すべての天使たち）を示す場合が文書語としてあることを注記している。

ただ、注意すべきは、天人・天使は複数でありえても、キリシタンの言う「天」は「天主」「天帝」と表現するにしろ、本語（原語）デウスを使うにしろ、〝唯一の存在〟をさし示していた。「天」および「天」のつく「天道」「天理」などについても、『日葡辞書』は、このような根本的相違に非常に気をくばっている。そのことは、

○Ten. *天空。また、書物の中では、Tentǒ（天道）と同じ意味で、天の秩序または運行と支配とを言う。ある人々は、この語〔天道〕によってデウス（*Deos* 神）、すなわち、天の支配者を表わすと理解しているようである。

○Tentǒ. Temmo michi. *天の道、すなわち、天の秩序と摂理と。すでに我々はデウス（*Deos* 神）をこの名で呼ぶのが普通であるけれども、ゼンチョ（*gẽtios* 異教徒）は上記の第一の意味〔天の道〕以上に考え及ぼしていたとは思われない。

○Tenri. *この世界が治められている法則、あるいは、秩序、すなわち、肉眼では見えない道理ときまりと。

などの語訳からも明白で、カトリック信仰（キリシタン）の神がデウス御一体であるのに対し、日本の神・仏が複数であることの認識が、ヨーロッパの宣教師たちにゆきとどいていたことがうかがわれる。「Miŏcan.」（冥感）には「＊神（*Camis*）、あるいは、仏（*Fotoques*）が是認すること」、「Miŏdŏ.」（冥道）には「＊はかり知れない神（*Camis*）や仏（*Fotoques*）の内心、または、意志」と説明する際、「神」「仏」を複数形で表現していることも、軌を同じくしたものである。

（14）当時の発音は、『日葡辞書』に示されているように「Gunjin.」。ポルトガル語による説明は、「＊マルテの神、すなわち、戦争の神（*Cami*）」。訳本に付された「訳注」に拠ると、「原文は、*Marte.* ローマ神話で戦の神。マルス」。「軍神《ぐんじん》」は、「いくさがみ」（Icusagami.）とも言われた。なお、『日葡辞書』は、「Gunjin.」の項でも「Icusagami.」の項でも、「Matsuri, u, utta.」の項における例文「Icusagamini chio matsuru.（軍神に血を祭る）」のところでも、「戦争の神（*Cami*）」と単数扱いである。それは、ヨーロッパ人宣教師の意識において、マルス神一人をさしていたからである。

（15）本書二・三章に本文掲載。

（16）「文明十年（一四七八）八月大和守敏定は兄の家に代わり、又代（まただい、守護代の代官）から尾張守護代になる。敏定ははじめいまの名古屋市西区山田町中小田井に住んでいた。その東雲寺内に宝永二年（一七〇五）織田敏定碑が建てられた。県史跡。」（角川文庫『信長公記』補注　四二四頁）

（17）「大良」の表記については、別稿（本書二・三章をさす）の「私注七」で言及したが、現在地は、「羽島市正木町《まさきちょう》大浦《おおうら》・正木町上《かみ》大浦・正木町大浦新田《しんでん》」をさす。旧大浦村《おおうらむら》。「東蔵坊」については、「天正一二年（一五八四）四月、織田・徳川両軍と対峙した羽柴秀吉は大浦城に伊藤牛介を詰めさせ、二九日には〝大良ノ寺内戸島東蔵房カ構〟を砦とし、秀勝を置いた。五月初めには秀吉もこの砦に駐屯している（武徳編年集成）」ことが知られる。大良は、永正年中まで「聖徳寺《しょうとく》」のあった所で、のち、寺は冨田村に移された（以上、『日本歴史地名大系21　岐阜県の地名』参照）。移された聖徳寺について、太田牛一の『信長公記』は、「冨田の寺内正徳寺まで可罷出候間」（陽明文庫蔵本　首巻・16オ～ウ）と言及する。斎藤道三と信長が、初めて聟・舅の対面をした寺である。聖徳寺（正徳寺）の移転経緯、大浦村周辺の浄土真宗（一向宗）の勢力範囲を考えると、「戸嶋東蔵坊（房）」も、もと、一向宗系の寺院であったか。当時の一向一揆の状態を考えると、寺や坊が「構え」「砦」化することは十分考えられる。

（18）雑役車を「雑車」と表現したものに、「輜車は輜重を載る雑車ぞ」（『史記抄』十四。『新潮国語辞典』所引）がある。ただし、同辞典の読みは「ゾウぐるま」、仮名遣いは「ざふぐるま」となっている。

(19)「『大かうさまくんきのうち』文節索引」(私家版)の編者前嶋深雪は、「サウバ(早馬)」として載録。

(20)『信長公記』にも「および河原にて取合」と出てくるのであるが、角川文庫七〇頁の脚注は「未詳」とする。『岐阜県の地名』(注17所引)の索引にも、該当語が見えない。「および」が「指」の古名だとすると、「指河原」と表記される地であった可能性がある。

(21)『日葡辞書』において、「膝《ひざ》の口《くち》」は「膝口《ひざぐち》」の言いかえとして出る。つまり、「Fizaguchi. すなわち、Fizano cuchi. 同上」というふうに。ここで「同上」と記すのは、その直前に、「Fizagaxira. *ヒザガシラ(膝頭)膝頭の皿(膝蓋骨)」があるからである。同じ部位を「Fizano sara. ヒザノサラ」とも言ったことが『日葡辞書』で知られる。

(22)「織田信房　生没年不詳。(造酒丞)尾張の豪族。織田信秀に仕え、天文十一年(一五四二)、信秀が今川義元と戦って勝利した三河国小豆坂(あずきざか)の一戦に奮戦した。ついで織田信長に仕え、弘治二年(一五五六)、信長と弟信行が尾張国稲生で戦ったときも信長に属して戦功をあげた」(『戦国人名事典』より)。

(23)原文「ひきしり」は、「ひきしりぞき」を縮めた俗語であろうか。『日葡辞書』は「Fiqixirizoqi, u, iota.」と正形のみを載せる。あるいは、『太平記』十六・新田殿湊河合戦事にある「先に一軍《ひといくさ》して引しさりたる両方の勢共」のような「ひきしさり」の「sa」音脱落現象であろうか。

(24)一条房通(一五〇九〜一五六五頃)をさす。

(25)「Vonzôxi. 屋形(*Yacata*)や大身の主者の子息」

(26)千《せん》草子《そうこ》「逃げた古文書——稲荷大明神に対する秀吉の書状」(「交詢雑誌」三八三号、平成八年三月)参照。

(27)臨川書店刊『大蔵家伝之書古本能狂言　二』167頁。

(28)「『大かうさまくんきのうち』文節索引」(注19所引)所収。

(初出時の付記)　私注五で扱った「さうば」に関して、「草馬」の可能性もある。それは、『ビブリア』第一〇八号(平成九年一一月刊。ただし、一二月末に配送)掲載の山田俊雄氏「日本のことばと古辞書」を読むことで得られた。山田氏は、『今昔物語集』巻二十九の第三十六話、巻三十一の第五話における、「菅笠ヲ着テ草馬ニ乗テソ有ケルカ」「栗毛ナル草馬ヲ乗物ニシテ」の訓みを求める過程で、『大漢和辞典』を引用されている。

『大漢和辞典』には、「草馬　サウバ①牝馬。騲馬。日知録、巻三十二に見ゆ。」として、『爾雅』『魏志杜畿伝』『晋書』『新方言』

などの漢籍からの用例が示されており、この漢語「草馬」を、牛一が、雑役にたずさわる牝馬の同義語として使用した可能性が出てきたのである。

山田氏は、「牝馬」という意義から、「メマもしくはメウマと訓ずべき」という卓見を導かれてゆくのであるが、私は、太田牛一の生きた時代、漢語「草馬《さうば》」が日常語として使われた可能性を、逆に、示唆されることとなった。キリシタン版『エソポ物語』（一五九三年刊）の「御馬屋《おんうまや》に召し置かれた雑役が、バビロニヤの駒のいばふを聞いて、胎《はら》うでござるごとく」における「雑役《ざうやく》」について、「和らげ」に「メウマ」とあることなどをあげつつ、雑役の任にあたる牝馬に言及されたのは、大塚光信氏である（角川文庫『キリシタン版エソポ物語』。のち、『キリシタン版エソポのハブラス私注』臨川書店）。『エソポ物語』『日葡辞書』の成立年代は、牛一の生きた時代と重なる。たくましく荷馬として活躍する牝馬を、「雑役《ざうやく》」と言い、「草馬《さうば》」と言った時期や人々があったと考えて、今後、「草馬《さうば》」の実例を増やしてゆきたいと思う。

（初出の初校時に）

補注1　「かけむかふ」につき、『日葡』は、

○Caqemucai, ŏ, ŏta. *突進[a]して行って打ちかかる。例、Icqi vôjeini caqe mucŏ.（一騎大勢に駆け向ふ）一人の騎士が多くの[b]軍勢に立ち向かう。

としている。bは例文中に「一騎」とあることを反映して、ポルトガル語訳でも〝馬で〟あるいは〝馬に乗って〟であることが明らかであるが、aには、〝馬〟の語がない。しかし、「Caqe-」（駆《か》け）を語根に含む「Caqeai.」「Caqeba.」「Caqechigaye, uru, eta.」「Caqechiraxi, su, aita.」「Caqedaxi, su, sita.」「Caqede, zzuru, eta.」「Caqefazzuxi, su, uita.」「Caqefusagari, ru, atta.」「Caqeire, uru, eta.」「Caqeiri, u, itta.」「Caqe mauari, u, atta.」「Caqemauaxi, su, aitta.」「Caqemidare, uru, eta.」「Caqemusubi, u, unda.」「Caqenarabe, uru, eta.」「Caqenayamaxi, su, aita.」「Caqenoqe, uru, eta.」「Caqenuqe, uru, eta.」「Caqesugui, uru, ita.」「Caqesuye, uru, eta.」「Caqetate, tçuru, eta.」「Caqetçuqe, uru, eta.」「Caqetouoxi, su, oita.」「Caqeyaburi, ru, utta.」「Caqeyori, yoru, yotta.」「Caqeyoxe, suru, eta.」など前後二六語に、〝馬で〟あるいは〝馬に乗って〟というポルトガル語訳が添えられているので、(a)も、〝馬で〟〝馬に乗って〟の意味を第一義とすると見てよい。もちろん、喧嘩いさかいの際、棒などをもって走って行き相手に打ちかかる場合も使われた語であろうが、原義は〝馬で〟〝馬に乗って〟である。

『大かうさまぐんき』には、当該例の他に、

○秀吉公《〈ひでよしこう〉》　御うしろまきとしてかけむかわせられしづがだけにてとりあひ御一せんをとげられすたうちとり（影印本137頁）

があるが、ここも騎乗して敵との一戦に向かうのである。牛一は、駆け向かった先を、「長良川きわ」あるいは「しづがだけ」と明示する文体をとる。「駆け出す」「駆け出る」のではなく、「駆け向かふ」という語が目的地を必要とするのである。

補注2　『大かうさまぐんき』における促音便表記・撥音便表記の〝ゆれ〟については、夙に前嶋深雪氏が『『大かうさまくんきのうち』文節索引』（一九九五年三月。私家版）所収の「『大かうさまくんきのうち』における牛一の仮名づかい」の末尾に置かれた「「補足」『大かう』の仮名字体」で触れている。「つ」の変体仮名に五種類あって、開音節・濁音節仕様と、促音節・入声音仕様とがあり、「偶然ではなく、確実に使い分けがなされて」いることなど有益な指摘がなされているが、促音便「っ」を「ん」と表記した他資料の例示がなされておらず、惜しまれる。

補注3　「淀殿」の呼称の変遷や淀殿の懐妊前後の様相については、小林千草『淀殿　戦国を終焉させた女』（二〇一一年八月洋泉社刊）参照。

補注4　太田牛一の生きた時代と少し重なるが、一五六七年生まれで一六三六年まで生きた伊達政宗の使った「冥加」については、小林千草『伊達政宗、最期の日々』（講談社現代新書、二〇一〇年七月刊）70〜71頁や83〜84頁参照。

補注5　初稿執筆時も、「初出時の付記」でも見落としていたが、『時代別国語大辞典　室町時代編三』（三省堂）の「ざふば［雑馬］」項に、

○雑役に使う駄馬。「雑馬《ざうば》」（落葉）「痩馬《ヤセ》、または、ザウバ。――駑馬、小さい弱い馬」（羅葡日 Caballus）「人の作を、乗馬にても雑馬にても、はなれ候[て]くふ事有」（結城氏新法度）

とある。キリシタン版『落葉集』には語釈がないが、日本側の『結城氏新法度』の場合、

○一　人の作を、乗馬にても、雑馬にても、はなれ候□（て？）くふ事有、それを作人馬の尾をきりたゝきころすなとする事、第一のとか（咎）にて候（岩波書店刊『中世法制史料』三　241頁）

のように、騎乗用の「乗馬」と対比させて、雑役に供せられる馬を「雑馬」と書記しており、『大かうさまぐんき』の当該「さうば」が「雑馬」である可能性をより高めている。

二・五章　明智光秀

はじめに

本章は、『大かうさまぐんきのうち』（一冊。太田牛一自筆。慶應義塾図書館蔵）における「条々、天道恐ろしき次第」という章題でくくられた具体的条々のうち、「明智光秀」についての「釈文」と「私注」（注釈・考察）からなる。

釈文【本文五―四の①】

一、明智《あけち》日向守《ひうがのかみ》光秀《みつひで》、小身《せうしん》たるを、信長公《のぶながこう》、一万《まん》の人持《も》ちにさせられ候ところに、いくほどなく御厚恩《こうおん》を忘《わす》れ、欲《よく》にふけり、天下《か》の望《のぞ》みをなし、信長《のぶなが》御父子《ふし》、御一族《ぞく》、歴々《れき〱》、甍《いらか》を並《なら》べしも、京《きやう》本能寺《ほんのふじ》におゐて、六月二日に、情《なさ》けなく、討《う》ち奉《たてまつ》り訖《をはむぬ》。

私注一　明智日向守光秀

明智日向守光秀は、もともと小身（『日葡辞書』「Xôxin. ＊また、知行の少ない人」）であったのを、織田信長が一万人の部下を領する武将に取り立ててあげられたのに、間もなくその御厚恩（御高恩）を忘れて、私欲をもっぱらとし、天下人になりたいという野望をいだき、信長父子（信長と長子信忠）やその一族・重臣たちを、京都本能寺において討《う》った。

天正十年（一五八二）六月二日早朝の本能寺の変（注1）が、手短に語られている。手短とは言え、牛一の筆は一度も区切れを持たず、「討《う》ち奉《たてまつ》り訖《をはむぬ》」までつづく。

したがって、「信長御父子、御一族、歴々」の下にある「甍《いらか》を並《なら》べしも」は、挿入文のようになって、一気に現代語訳しにくい。「甍を並べる」というのは、『日葡辞書』にも「Iracauo naraburu. ＊多くの家々が壮観を呈して、その屋根を並べている」と説明するごとく、権勢を誇る屋敷がつらなる様子を描写したもので、「さしも盛んであった信長父子、およびその一族や重臣たちが、やられてしまった」という思いを、牛一が文章として挿《さ》しはさむにあたって取りこまれた表現である。

この段に先んずる「斎藤山城道三」の条では、信長には「公」がつけられず、この条にいたって「信長公」と記されているのは、『信長記』（『原本信長記』、岡山大学附属図書館蔵池田家文庫）におけるのと同様、事件の発生する時の信長の勢力範囲を正直に牛一が反映させようとしているためである。天下人となった信長は「公」と遇するにふさわしい。

なお、「討《う》ち奉《たてまつ》り訖《をはむぬ》」の「をはむぬ」は、「終《をは》りぬ」の撥音便「終《をは》んぬ」に対する牛一の個性的な表記（仮名づかい）であり、漢字表記するなら「訖」である。

釈文【本文五―四の②】

その頃《ころ》、筑前守《ちくぜんかみ》秀吉公《〈ひでよしこう〉》、中国《ごく》、備中《びっちう》、高松《たかまつ》の城《しろ》、水攻《みづぜ》めに仰《おほ》せつけられ候ところに、毛利《もり》、吉川《きっかわ》、小早川《こばやかわ》、十か国《こく》を催《もよを》し、罷《まか》り出《い》で、御対陣《たいぢん》なかば、この事、注進《ちうしん》これあり。驚《おどろ》き思召《おぼしめ》す事限《かぎ》りなし。しかりと云《い》へども、此《この》まゝ御引《ひ》きはらひ候はゞ、敗軍《はひぐん》のやうに取《と》り沙汰《ざた》あるべき御賢意《けんい》を加《くわ》へられ、いよ〳〵水攻《みづぜ》め、船《ふね》を引《ひ》き入《（いれ）》、攻《せ》めさせられ、昨日《きのふ》までの御陣廻《ぢんまは》り、五十騎《き》、百騎《き》づゝ、美々《びゝ》しき御伴《とも》也。今日《こんにち》は、いかにも御冷《ひ》やしなされ、いつもの御唐傘《からかさ》、御馬《むま》じるし、御馬《むま》とりばかり、無人《ぶにん》にて御陣廻《ぢんまは》りなされ、こゝにて狂歌《きやうか》を遊《あそ》ばし、毛利家《もりけ》の陣《ぢん》へ遣《つかは》さる。

両川《〈れうかわ〉》が一つになりて流《なが》るれば
毛利《もり》・高松《たかまつ》は藻屑《もくづ》になる

と御詠吟《ゑいぎん》也。さるほどに、城主《しろぬし》、清水長左衛門《しみづちやうざへもん》、申やうに、腹《はら》を仕《つかまつ》り候はん間《あひだ》、そのほかの士卒《じそつ》、御助《たす》け候やうにと、歎《なげ》き申候。御同心《どうしん》のところに、筏《いかだ》に取《と》り乗《の》り罷《まか》り出《い》で候て、

清水長左衛門《〈しみづちやうざへもん》、辞世之歌《じせいのうた〉》也
君《きみ》がため　名《な》を高松《たかまつ》に残《のこ》しをき
さはりもなくて清水流《しみづなが》るゝ

と詠《よ》みて、清水長左衛門《しみつちやうさへもん》、兄《あに》の
月清《げつせい》聖《ひじり》　入道《〈にうだう〉》　兄弟《きやうだひ》
腹《はら》を仕《つかまつ》り、毛利右馬守輝元《もりうまのかみてるもと》より、難波伝兵衛《なんばのでんびやうゑ》、小早川左衛門佐隆景《こはやかわさへもんのすけたかゝげ》より、末近左衛門尉《すゑちかさへもんのぜう》、城中《じやう》の警固《けいご》として入をかれ候つる。これも、両人《〈れうにん〉》、腹《はら》を仕《つかまつ》り、此上《うへ》にて、

蜂須賀彦右衛門《はちすかひこへもん》、安国寺《あんこくじ》、出会《いであ》ひ、両人《〈れうにん〉》、才覚《さいかく》をもつて、御国《くに》五か国《こく》、進上《しん》候て、御手《て》に従《したが》ふべき堅約《けんやく》にて、御和談《わだん》なされ、御神妙《しんびよう》の御

働《はたら》き、御名誉是非《めいよぜひ》に及《およ》ばず。

私注二　その頃筑前守秀吉公

本能寺の変のあった当時、筑前守秀吉公（『大かうさまぐんき』では、秀吉が主人公であるので、筑前守羽柴秀吉という段階でも「公」をつけているが、『信長記』では一切の敬称を欠く）は、中国地方の備中（岡山県）高松城を水攻め(注2)にする戦略(注3)の指揮をとっていた。「仰せつくる」は、『日葡辞書』にも説明するごとく、「＊ある事を言いつける、あるいは、命ずる」の意をもち、単に「言う」の敬語にとどまらなかった。

毛利（輝元）、吉川《きつかわ》（元春）、小早川（隆景）の連合軍が中国地方有力十か国を仲間に引きこんで（Moyouoxi, su, oita. モヨヲシ、ス、イタ　＊そそる、または、うながす Ninjuuo moyouosu. 人数ヲ催ス　戦争などのために、軍勢をうながし準備をする）、戦《いくさ》にのぞんできた。

こうして対陣しているさなか、「この事」、つまり、「明智日向守光秀（が）、信長御父子、御一族、歴々（を）本能寺におゐて、六月二日に、情けなく、討ち奉り訖」が、早馬で「注進」されたのである。秀吉の驚きたるや言語を絶するものであった。現代の若者ならば、「超《ちよう》〜〜」とでも表現するところを、当時の文芸では、「〜〜事、限《かぎ》りなし」でまかなっていた。その淵源は、説話物語である『今昔物語集』などに求められるのであるが、このようなパターン化した表現を使うことによって、読者や聴衆は、かえってわが脳裏に、そのおどろきの状態を自由に描くことができ、物語を自分の内部に取りこむことができることになる。

秀吉のショックは大きかった。しかし、勝負を決さぬ状態で軍を引くと、「敗軍」とみなされることは必須で、それは、敵軍に勢いを与える口実となるとともに、味方にとっても士気を落とすことになりそうであった。そのあたりの秀吉の見通しを、牛一は、「御賢意」と賞《ほ》めたたえている。

そこで、いよいよ「水攻《みずぜ》め」を厳しく行なうことにして、軍兵を乗せた船を堀に引き入れ、執拗な攻撃をくりかえした。

昨日まで、秀吉が自軍内部を指揮してまわる際は、五十騎、百騎とまとまりつつ、武者装《よそお》いも見事な（「美々《びび》しき」＝Bibixij. ＊見事である、華麗である、きらびやかである）伴回りが付きしたがったのであるが、今日は、すっかり地味な様子であった。「いかにも御冷《ひ》やしなされ」の副詞「いかにも」は、秀吉の深きおもんばかりを表わすものとして、ここでは働いている。「ひやす」は、当時の流行語で、漢字をあてると「冷やす」である。華美の反対語であるが、そこに〝趣《おもむ》き〟が見出される時、用いる。したがって、「質素な」とは、また多少ちがいを有する。「ひえ」「さび」などと言われる美に通ずる「ひやす」(注4)である。

唐傘をさしかける役、馬印（Vmajiruxi. ＊陣中で、部将たちがそれぞれ誰であるかを見分けるための標識）を表わすのぼりを持つ役、そして秀吉の馬の口を取る役の者ばかりに限定し、本当に人少なな状態で（「無人《ぶにん》」は、「人の全くいないこと」ではない）、秀吉は陣内を見てまわり、一巡するとそこで一つの狂歌を作った。なんと、その狂歌は、敵の中核、毛利家の陣へ届けられることになる。

両川《れうかわ》が一つになりて流《なが》るれば毛利《もり》・高松は藻屑《もくづ》にぞなる

これが、秀吉の詠吟した狂歌（Qioca. ＊おもしろおかしい歌、すなわち、その文句とか機智とかによっておもしろがらせる歌）である。吉川、小早川という両川（＝両氏）が一つにまとまって秀吉軍についたので、毛利勢がいかに死守する構えであっても、盛土《もりど》にすぎない（あるいは、「もうり」をつづめて「もり」に近い発音をしているところから「森」にかけたとも）高松城はあと少しで水面に没して藻屑《もくず》と化すのだよなあ——という、すごみのある狂歌である。笑いの文芸に包んで、敵をマインド・コントロールしようというのである。さすが秀吉と感心せざるをえない。

敵軍から見える位置で、伴回りをぐんと減らしているのは、吉川、小早川を味方に引き入れたから、もう重装備は不要というパフォーマンスであったのである。また、別の角度から見ると、わが主君信長の死に対する秘められた「喪《も》」をも表わしている。秀吉の「賢意」の奥深さである。

私注三　さるほどに城主清水長左衛門

高松城の城主《しろぬし》清水長左衛門（清水宗治《むねはる》、一五三七年生まれ）は、「三本の矢」のエピソードで後世知られるようになる毛利家・吉川家・小早川家の堅い結束が、秀吉の知謀によってくずされたことを、例の狂歌により察知した。そこで、清水長左衛門は、

「腹《はら》を仕《つかまつ》り候はん間《あひだ》、そのほかの士卒《じそつ》、御助け候やうに」（私が全責任をとって自害いたしますので、籠城していた他の兵たちの命を助けてやって下さい）

と、秀吉に嘆願してきた。当時の文章には会話を示す「カギカッコ」（「　」）はなく、「○○申やう」「○○申やうには」などという語を添えて、会話を示す。ここは、「○○申やうには」の「は」が添えられない形である。『大かうさまぐんき』の本文と密接な関係をもつ『天正事録』（『続群書類従30上』）では、「清水長左衛門申やう」の形をとっている。

秀吉は、待ってましたとばかり、その申し出に「御同心」した。すると、すぐ、清水長左衛門は筏に乗って堀を越し、秀吉の前にやって来た。

そして、死を前に、次のような辞世の歌を詠む。後日、『大かうさまぐんき』としてこの部分を記すことになった牛一は、その最期の律義さにあらためて心打たれたらしく、「清水長左衛門辞世之歌也」と漢文調で格の高い文を挿入している。

君《きみ》がため　名《な》を高松《たかまつ》に残《のこ》しをき　さはりもなくて清水流《しみずなが》るゝ

歌の意味は、

「秀吉さま、あなたの度量の大きさをもちまして、私も、〝多くの部下の命とひきかえに大将として自決した高松城主〟として、後代に名を残すことができそうです。もはや今生《こんじょう》に思いのこすこともなく、澄《す》みやかな心で冥土《めいど》におもむくことができます」

となる。歌の末尾「清水流るゝ」は、清水長左衛門というわが姓と懸《か》け詞《ことば》になっており、壮絶な辞世の句にしてはジョークっぽいなと感じられる向きもあろうが、中世という時空のふところは深い。特に、ユーモアにつながる道は聖から俗、虚から実まで幅広く通っていたことを思いおこせばよいであろう。

なお、この歌は別視点からも読みとくことができる。〝君〟は、毛利家の当主毛利輝元をさす。あなたさまのために、私は、この高松城で自害いたします。私の死をもって、籠城などの形で対抗した科《とが》は許され、毛利・吉川・小早川、共同の中国支配は支障なくつづけられていけそうですよ。だから、決して、秀吉に再び戦いをいどまれぬように――こう、この歌は毛利輝元らを諭《さと》してもいるのである。

清水長左衛門は、兄の月清《げっせい》聖《ひじり》入道（『天正事録』は「月聖入道」とする）とともに、兄弟して切腹をし、秀吉ひきいる織田軍に長期間はむかった責任をとった。齢《よわい》、四十六。惜しき武将の死であった。ただし、現実には、この二人の死の贖《あがな》いだけでは済まなかった。毛利右馬守輝元の元より難波伝兵衛《なんばのでんびやうゑ》が、小早川左衛門佐隆景の元より末近左衛門尉が、同盟軍の証《あかし》として高松城警固《けいご》のため入城していたのであるが、彼ら二人も、籠城の責任をとらされて切腹した。秀吉のけじめの厳しさと見てよいであろう。次なる語「此上《うへ》にて」は、これら〝けじめ〟を見こんだ表現である。

私注四　此上にて……御和談なされ

「此上にて」――つまり、このような経過があって、秀吉方より蜂須賀彦右衛門《はちすかひこへもん》（家政《いえまさ》。一五五九年生まれ）が、毛利方の代弁者として安国寺恵瓊《あんこくじえけい》（生年未詳。安芸に生まれ、天文十年、安芸守護武田氏滅亡の時に安国寺に逃れて出家。天正七年、京都東福寺退耕庵主(注5)）が進み出て、両人の知恵を結集させて（「才覚をもつて」の「才覚」について『日葡辞書』は、「Saicacu. ＊物事を工夫する才、賢明さ、など」と説明する）、中国地方にある五か国を秀吉に進上して、それによって残る領地の安堵《あんど》と身の安全を保証してもらって配下となるという堅い約束（Qenyacu.）をとりつけ、ここに「和談」が成立。「和談」は、現在でもあらゆるもめごと・訴訟のおだやかな解決法として使われるが、高松城主清水長左衛門を矢面《やおもて》に立てて信長に反抗した毛利・吉川・小早川の生命と中国五か国が同価値として取り引きされたわけである。

牛一は、「和解」の直接の功労者として、蜂須賀彦右衛門、安国寺恵瓊をあげるが、結局、敵将たちに〝もはやこれまで〟という覚悟をさせるほどの戦《いくさ》攻めをした秀吉の作戦勝ちなのであり、「御神妙《しんびトう》の御働《はたら》き、御名誉《めいよ》是非《ぜひ》に及《およ》ばず」の文章がそれを語っている。

ここの牛一のことばづかいに〝妙な感じ〟を持つ人は多いのではないだろうか。それは、「是非に及ばず」という表現である。この語は普通、ある言動をいたしかたのないものとして認定する時に使う。その言動が「是《ぜ》」

か「非《ひ》」か論じている場合じゃない、もっと切迫した事態なんだというニュアンスを根底にもつ。そこで、ここも、牛一の深層を探る必要がある。秀吉のこういう闇取引《やみとりひき》――現実には、信長は本能寺の変で死亡したので、信長の真意のもとでの「和談」ではない。あくまで、秀吉個人の取り引きであり、中国の土地も、秀吉個人に提供されたとみなされる――を、信長の臣下であることを生涯誇りにする太田牛一は、快く受け入れたくない気持ちがあった。なぜもっと早く和談をとりつけられなかったのか。早く和談が成立し、秀吉軍が京や近江に戻って来ていたら、あんなにあっけなく本能寺の変で信長父子は滅したであろうか。「本能寺の変」の勃発と、毛利・吉川・小早川家との余りにスピーディーな和談の成立は、できすぎてはいないだろうか。牛一の心を、その当時から執筆現時点までとらえていたある種の疑心が渦を巻きはじめる。

しかし、本能寺の変を起こした張本人は明智光秀であるのだし、秀吉が京に戻るにはこの和談という方法しかなかったわけである。ましてや、秀吉の生存時（秀吉没後の秀頼生存時でも）、秀吉を批判できないし、本書『大かうさまぐんき』の大義名分から言っても、秀吉の事跡は賞めたたえねばならない。

そこで、「とにかくすごいもんだ」というプラス・マイナス両面にうけとられる語を選んで、牛一は本件を閉じようと試みる。もし、この部分をつかれれば、「御名誉が論じられないぐらい莫大《ばくたい》であることを表現して」と逃げればよいのである。「秀次謀反事件」を描いた際の牛一の視線《まなざし》は、ここでも消えていない。戦国乱世を生きぬいた八十余歳の老人牛一の末期《まつご》の眼は、天下人にもすっくりと立ち向かっていると言ってよい。ことばを武器として、気づかれぬ形で。

釈文【本文五―四の③】

これより、すぐに、御弔《とぶら》ひ合戦《がせん》なさるべきの由《よし》にて、一騎《き》がけに夜《よ》を日に継《つ》ぎ、六月十三日、山崎《ざき》に至《いた》つて御参陣《さんぢん》。

折ふし、明智日向光秀《あけちひうがみつひで》、津《つ》の国《くに》へこころざし、人数《にんじゆ》をいだし、天《てん》の与《あた》ふるところの由《よし》候て、切《き》りかゝり追《お》い崩《くづ》し、数多《すた》打《う》たせられ、明智《あけち》は、正(勝)龍寺《りうじ》の城《しろ》へ逃《に》げ入《(いり)》、すなはち、取《と》り巻《ま》かせられ、道通《みちとを》りを開《あ》け候て、駆《か》け落《お》ち候はゞ、打《う》ち止《と》め候へと、上意《い》候ところに、道筋《みちすぢ》へはまかり出《い》でず、雨夜《あまよ》の紛《まぎ》れに、脇《わき》の深田《ふかだ》の中を、はいづりいで、坂本《さかもと》の居城《ゐじやう》をこころがけ、まかり退《の》き候を、醍醐《だいご》、山科辺《しなへん》の百姓《せう》ども、落人《をちうど》ゝ《(と)》見及《およ》び、棒打《ぼうう》ちに打《う》ちとめ候き。天罰《ばつ》遠《とを》からず、十二日めに、むげに相果《あひは》て、又、脇大将《わきだいしやう》にまかりなり、とりもち候

齋藤内蔵助《さいとうくらのすけ》　生《い》け捕《ど》りまいり候。

すなはち、帝都《ていと》を車《くるま》にて引《ひ》かせられ、明智日向《あけちひうが》ゞ《(が)》首《くび》をつがせ、両人《〈れうにん〉》一所《しよ》に、粟田口《あわたぐち》に磔《はつつけ》に架《か》け置《を》かせられ、紫野《むらさきの》に一院《ゐん》、御建立《こんりう》あつて、信長公《のぶながこう》、中将殿、御父子《ふし》、御弔《とぶら》ひ、おぼしめすまゝの御手柄《てがら》、御名誉《めいよ》、あげて数《かぞ》ふべからず。明智《あけち》が有様《ありさま》、天道恐《てんたうおそ》ろしき事。

私注五　これよりすぐに御弔ひ合戦

備中高松で、本能寺の変の報を受けた秀吉は、いそぎ毛利輝元・小早川隆景と「和談」を成《な》したというところまで、私注四で扱った。

秀吉は、「今からすぐに信長の弔い合戦をするのだ」と宣言し、馬を早め「夜を日に継《つ》ぎ」（夜行軍をものともせず）、六月十三日に山崎に到着。即、参陣ということである。

なお、「一騎がけ」であるが、『結城氏新法度《ゆうきしんはっと》』（注6）に、

《何たる急之事成《なりとも》共、素肌《すはだ》にてかけべからず。すゝどきふりたてで一きがけにまかるべからず。まちそろへまちそろへかけべく候》

とあるように、本来的には隊伍を組んで進軍すべきものであった。それを秀吉は、後続を待ちきれず、大将おん自ら先走《さきばし》りをすることによって、風雲急をつげる事態であることを全身で表現しているのである。

このような「一騎がけ」を、信長もおはことしていたことが、同じく牛一の手になる『信長記』を読めばよくわかる。信長の思い立ったら性急な性格とカリスマ性がよく表われた行動である。

さて、ちょうどその頃、明智日向（守）光秀は、摂津国《つのくに》を目ざして進軍していた。

原文「こころざし」（こころざす）は、「心」という語を含んでいる分、「目ざす」よりも意図や意向を強くうち出したニュアンスとなる。つまり、光秀の心では、摂津国の有岡城主池田恒興、茨木城主中川清秀、高槻城主高山重友（右近）などを味方に引き入れて秀吉をおさえきる自信―勝算が十分あったのである、この時点では、牛一は、『大かうさまぐんき』という物語の構成上からも秀吉側から叙述していくが、こういう形で光秀の心理や心づもりを書きとめることができた。中世の文献は、中世語で深く味わい解かねばならないというのは、ここである。

秀吉は、「天の与ふるところ」と公言して、明智軍に切りかかり、追っては敵陣の囲みをくずし、かなりの兵の首を取った。

私注六　天の与ふるところの由候て

「天の与ふるところ」――本書『大かうさまぐんき』はひらがな主体で記されているが、変体漢文的色彩の強い『信長記』（『信長公記』も）では、この語は「与㆑天」あるいは「与天」と漢文的表記がなされている。中国から伝わった天道思想にもとづく概念を表わすには、この表記の方がよりふさわしく思われたのであろう。

『信長記』における「天の与ふる所」については、千《せん》草子《そうこ》「信長・光秀・マクベス」（『歴史ピープル』平成九年一月号）（注7）でふれているが、戦国武将が、敵を攻めるにあたって、この戦《いくさ》は「天」からの啓示《けいじ》だと体感（直感でもある）する時、この表現を使う。したがって、信長の「長篠合戦」（巻八。「今度間近く寄合候事、与㆑天所候間」）、「石山本願寺攻め」（巻九。「今度間近く寄合候事、与㆑天所之由御諚候て」）、「中国高松攻め」（巻十五。「今度間近く寄合ひ候事、与天所候間）などの戦《いくさ》は、（　）内に本文を示したように「与㆑天」あるいは「与天」なのであった。

「天の与ふる所」の戦《いくさ》は、負けることがない。秀吉が、謀反者《もの》で主殺しとなった明智光秀を討つ戦《いくさ》は、〝聖戦〟なのである。利己欲などはあるはずもない――「天の与ふる所」は、こういう表現効果をもつ。ただし、この語をここに入れこんだ牛一の深層は隠されている。「天の与ふるところなれば」とは記さず、「〜の由候て」としているところが、そのかすかな手がかりであろうか。

私注七　明智は正龍寺の城へ逃げ入

秀吉軍に行く手を阻《はば》まれた明智光秀は、後退して「正りうじ」の城へ逃げ入った。原文の表記は「正りうし」

であるが、これは、京都府長岡京市にある「勝龍寺城」のことである。信長の存命中は、いったん細川藤孝に与えられていたが、彼が丹後国に任じられた天正八年（一五八〇）八月からは、京都所司代村井貞勝の被官である矢部善七郎・猪子兵介の二人が城番にあたっていた。本能寺の変後、西国街道と久我畷《こがなわて》を同時に押さえうる要衝として、光秀はいち早くここを占拠した（平凡社『京都府の地名』〈勝竜寺城跡〉項参照）。

六月二日未明、本能寺にて信長を討ってから、勝龍寺城にたてごもるまで光秀の行動を、ルイス・フロイスの『日本史』（中央公論社）によってドキュメントすると、次のようになる。

◇明智は、信長とその嗣子、およびかの奇襲で殪《たお》れた他の人々を殺害し終えると、その軍勢を率い、ただちに午前八時か九時に出立し、都《ミヤコ》から四里の地にある彼の城に入るべく坂本の方向へ立ち去った。

既述のように、都から安土までは十四里であるが、同日の十二時にはさっそくこの悲報がかの地に飛んだ。その市《まち》に生じた大いなる動揺をここに説明することはできない。我らは真実に惹起した事柄を正確に知らずにいたし、それに異国人であったので、自分たちはいかにすべきか、なおさら判りはしなかった。いな、その日はまだ、それを正確に知らなかったのである。なぜならば、都から五里のところに、信長がしばらく前に作らせたばかりの、日本随一といわれる瀬田の橋《セタノハシ》と称する美しい橋があり、その下をかの二十五里の湖水（琵琶湖の水）が奔流しており、橋際に監視だけを使命とする指揮官と兵士がいる砦があったが、（指揮官）は、信長の訃報に接すると、明智の軍勢があまり迅速に、安土に向かって通過できぬように、異常な注意深さをもってただちに橋梁を切断せしめたからである。そのために、次の土曜日（邦六月五日）までに通行できなかったが、明智の優秀な技能と配慮により、ただちに修理復旧された。瀬の深さと、同所を流れる水足がきわめて速いことから、それは不可能事と見られていたのである。

◇司祭たちが上記の島に向かって出発した直後の土曜日（邦六月四日、あるいは五日）に、明智は安土に到着したが、彼に抵抗を試み得る者はすべて逃亡してしまうか、またはおらなかったので、彼は反抗されなかった。そのため、彼はただちに信長の居城と館を占拠し、最高所（天守閣）に登り、信長が財宝を入れていた蔵と広間を開放すると、大いに気前よく仕事に着手し、まず彼の兵士たちに、ほとんど労することなく入手した金銀を分配した。（略）この分配に従事していた際、突如、敵の軍勢が非常な早さで接近しつつあるから、万事を差しおいて駆けつけるように、との伝言が都から飛脚によって届けられた。そこで明智は城と市《まち》をまったく焼くことなく、若干の守備兵を率いた指揮官を残し、同所に三日以上は留まらず、かねて覚悟していた戦争に向かうべく、ただちに都に隣接した津の国《ツノクニ》と河内国へ引き返した。

◇明智は都から一里の鳥羽と称する地に布陣し、信長の家臣が城主であった勝竜寺《ショウレンジ》と称する、都から三里離れた非常に重要な一城を占拠していた。彼はその辺りにいて、自分の許に投降して来る者たちを待機するとともに、羽柴の出方を見きわめようとした。彼は用心深く抜け目のない勇敢な司令官であったし、そのなした悪行と残酷さはあまりにもひどく、自らの敗北の原因でもあった若干の絶好の機会を失ったので、すべてのことが彼にとり、裏目裏目に出て来るのをただちに明瞭に看破した。当時、彼は八千ないし一万の兵を有していたであろう。そして津の国の者たちが、予期したように、自分に投降して来ないのを見ると、彼は若干の城を包囲することを決意して、高槻に接近して行った。

このあと、山崎の合戦に突入するのであるが、ルイス・フロイスはキリシタン大名であった高山右近の活躍を述べることに気を取られ、合戦そのものの流れをうまく伝えることができないでいる。そこで、『山崎合戦記』

（加賀市立図書館聖藩文庫蔵。和泉選書『畿内戦国軍記集』に影印・翻刻が収録されているが、平成八年（一九九六）十月、原本を直接披見する機会に恵まれた）から補うことにしよう。

《明智方ニモ、秀吉山崎表エ発向ヲ聞テ、居淀城而手分手配ヲナス。先陣ハ、斎藤内蔵助、柴田源左衛門、其勢《そのぜい》二千騎、近江ノ兵三千騎副之。山手ノ先陣ハ、松田太郎左衛門、並河掃部、其勢二千騎。右備《みぎぞなへ》ハ、伊勢与三郎、諏訪飛騨守、御牧三左衛門、其勢二千騎。左備《ひだりぞなへ》ハ、津田与三郎、其勢二千。明智旗本ノ従兵五千騎也。

秀吉ノ方ニハ、先陣高山、其兵二千騎。二陣ハ中川、二千五百。三陣ハ勝入父子、五千騎。四陣ハ丹羽長秀、三千、江州佐和山城主也。五陣ハ三七信孝、四千、勢州神戸城主。六陣ハ秀吉、其勢二万騎、播州・作州・但州・因州・伯州五箇国ノ主也。

十三日ノ早旦ニ、光秀、松田太郎左衛門ヲ呼テ、
汝ハ登天王山、直下《ミヲロシ》山崎而弓・鉄炮ヲ打懸《うちかけ》ヨ
ト申ケレバ、率七百人而登ル。

堀尾茂助吉晴、及ビ、堀久太郎秀政、松田ニ先立テ彼地ヲ取敷居《とりしきゐ》タレバ、登モタテズ矢玉《やだま》ヲ打カケ射カケケレバ、松田、即《すなはち》、敗走ス。

高山ハ、山崎ノ南門ヲサシカタメテ不通。他兵シテアリシが、能《よき》時分ゾト下知《げち》シテ、先サキニ兵ヲ進テ、光秀が先陣、伊勢与三郎、諏訪飛騨守、御牧三左衛門、同弟勘兵衛ト入乱《いりみだれ》テ、太戦フ時、中川清秀登坂、其《その》右《みぎ》ヲ遮《さえぎ》リ討《うつ》。池田父子、川ヲ渉リ、衝《ツク》其左。

明智方太破、近江之兵、早《はや》、乱走。伊勢、諏訪、御牧、討死ス。光秀ガ旗本、ヲンボウ塚ニ備居《そなへゐ》タリケル

ガ、早、裏崩《うらくず》レシケレバ、光秀不及力、入勝龍寺》

私注八　雨夜の紛れに

すぐさま秀吉は勝龍寺城をとりまき、「道や通りをわざとあけておいて、敵兵がそこを通って駆け落ちするようならば、つかまえろ」と命令しておいた。

ところが（原文の「……ところに」という語は、逆接の接続助詞の働きをしているが、便宜上、いったん文を切って解釈）、光秀は、「道筋」（Michisugi. ＊道路）の方向には向かわず、雨の降る夜であったことを幸いに、城脇の深田《ふかだ》の中を這《は》うように進んで囲みを抜け、近江坂本のわが居城を目ざして動いていった。

「雨夜《あまよ》の紛《まぎ》れ」、これは『信長記』(注8)にも、

・（天正二年）四月十三日、雨夜之紛に、佐々木承禎父子、甲賀口・石部之城退散也。（巻七・7ウ）

・穴山玄蕃（略）甲斐國府中ニ、妻子を為二人質一被置候を、（天正十年）二月廿五日、雨夜之紛にぬすミ出し候。（巻十五・22ウ〜23オ）

など見られるものであって、敵にさとられず、ある行動をとる際に使われる表現であった。もちろん、現実の背景として、どしゃぶりの暗い暗い夜という気象条件が必要とされる。「まぎれ」という語が「暗《くら》まぎれ」と同様、うまく効《き》いている。

「深田」というのは、水の深い、あるいは、深く泥でぬかるんだ田んぼである。はす池になるような所をさすと言った方がよいかもしれない。六月中旬——今の暦《こよみ》でいえば七月中旬ぐらい。当時の稲作は、現代よりやや遅れがちの日程であったと思えば、田に水は十分張られていたとみてよい。

稲は十分に伸びている。それを隠れみのに、深くぬかる泥の中を激しい雨にうたれながら手さぐりでつき進むのだから、本人の体力消耗も激しい。

夜がしらみ始めて雨が止みかけると、どろんこの様相がかえって人目をひく。そこを、醍醐、山科あたりの百姓たちに発見される。彼らは、泥まみれの光秀を、「落人《をちうど》」と「見及《みおよ》ぶ」。「見及ぶ」とは、「＊見てそれと知る」ことである。そして、手棒《てぼう》――具体的には、鍬《くわ》や鋤《すき》の柄《え》でもよい――で打《う》ち扣《たた》いて光秀を撲殺したのであった。

原文「うちとめ候キ」の「キ」は、過去の事実をあざやかに描きだす助動詞で、牛一は、片仮名表記をすることを常としている。

光秀の最期について、ルイス・フロイス『日本史』は、

◇　哀れな明智は、隠れ歩きながら、農民たちに多くの金の棒を与えるから自分を坂本城に連行するようにと頼んだということである。だが彼らはそれを受納し、刀剣も取り上げてしまいたい欲に駆られ、彼を刺殺し首を刎ねたが、それを三七殿に差し出す勇気がなかったので、別の男がそれを彼に提出した。

と記し、『山崎合戦記』は、

《光秀、夜半ニ坂本城エ心懸テ、勝竜寺ヲ出テ伏見エカヽリ、小栗柄(栖)ニ赴時、野伏蜂ノ如クアツマリ、藪ノ中ヨリ以鑓光秀ヲ突ク。右ノ脇ヲ傷ラル。三町計、逃行テ馬ヨリ落ツ。従兵、驚キ騒ケレハ、光秀曰、吾、野伏ノ為ニ傷ラル。斬我首深クカクスヘシト云テ、即、死ス。従兵、取其首、馬センヲ以テ包テ溝ノ中ニ蔵シヲキ、死骸ヲバ田ノ中ニ埋テ逃散ス》

と記す。

一揆的な百姓か、欲にくらんだ農民か、はたまたアウトロー的な野伏《のぶし》か、秀吉側の賞金がからんでいるだけ

に、殺害の動機や道具まで微妙にくいちがっている。『山崎合戦記』の場合、光秀の自立的な死の選択がなされており武将の美学が貫徹している。それゆえ、かえって、物語的な手を感じるし、ルイス・フロイスの伝えるところは、生命に固執する哀れな光秀の姿が強調されており、これまた全てには従いがたい。私としては、やはり、「深田の中を、はいづりいで」という初動をおさえた牛一の筆を信じたいと思う。

醍醐、山科辺の百姓どもが、「光秀」その人と思うよりも、「落人《おちうど》」の一人と思って徹底的に棒で打ちのめした結果が、総大将光秀の死であったという方が、戦国の無常を強く感じさせる。

私注九　天罰遠からず

恩ある主君を殺したことに対する天罰が、光秀に下ったのである。

その下った時期が、因をなした日より「遠からず」なのである。すぐにではなかったが、十二日めに謀反人光秀は死ぬ。「むげに」という副詞が、光秀の行為の「むなしさ」を一手に象徴している。

「又、脇大将《わきだいしやう》にまかりなり、とりもち候」――脇大将（副大将）になって万端とりおこなっていた斎藤内蔵助を生け捕《ど》って秀吉の所に送ってきた。

ここの牛一のことば選び「まかりなり」、「とりもち」に注目すると、斎藤内蔵助利三が脇大将にしゃしゃり出て、光秀に天下人の器用があるとおだてあげ謀反に走らせたのだというニュアンスが伝わってくる。牛一の深層に、明智光秀を愛惜する思いがあるから、このようなことばとなって、目に見えないつっかかりをなしているのである。

《斎藤内蔵助ハ逃テ江州堅田ヱ来ルヲ、里人捕エテ献秀吉》

これは、『山崎合戦記』の伝える情報であるが、牛一は深層にたゆたう分、生け捕り地点や生け捕った人に筆が及ばなくなっている。

すぐさま、秀吉は、内蔵助を縛ったまま荷車に乗せ、都中を引かせた。これは、謀反人を人目にさらし、京童の罵詈雑言《ばりぞうごん》をあびせて、内蔵助の心を傷つけいたぶろうというのである。ついで、刑の執行となるのであるが、牛一の文章は微妙である。

と言うのは、一度も文を区切らない流れに乗ると、内蔵助を斬首して、その胴体に光秀の首を継がせて、両人一体となし、粟田口に磔《はっつけ》として架け置いたと読めるからである。

もちろん、内蔵助は生きたまま、すでに死して首と胴の離れた状態の光秀はそれを継いだ上で、二人並べて粟田口で磔刑《たっけい》に処したと読むことも可能で、小瀬甫庵の『太閤記』はこの情景を描く。

しかし、私は、「醍醐《だいご》、山科辺《しなへん》の百姓《せう》ども、落人《をちうど》ゝ見及《およ》び棒打《ぼうう》ちに打《う》ちとめ候キ」として、そのあと首を取ったとか、胴をどうしたとかの記述をしない牛一の気持ちをくむと、微妙なままで置いておきたいと思う。それは、牛一が『信長記』において、信長の最期をベールに包まれたように描いた(注9)のと同じである。

私注十　おぼしめすまゝの御手柄

さて、「車にて引かせられい」「磔に架け置かせられい」の敬語から知られるように、これらの動作の主体は、秀吉である。牛一の文章の息は長く、主語が同一であることを利用して、さらに、秀吉のめざましい働きを書きたてていく。光秀を愛惜するわが心を悟らせまいとするかのように。

謀反人の処刑をすますと、紫野に一院を建立なさって、信長公、中将殿（信忠）御父子の葬儀をとりおこなったことを記す。つまり、大徳寺総見院の建立、そこでの葬儀を述べて、「おぼしめすまゝの御手柄《てがら》、御名誉《めいよ》、あげて数《かぞ》ふべからず」と、文をおさめる。

本能寺の変を聞きつけ、中国高松からとんぼがえりを行ない、光秀をわが手で討ち、主君の葬儀をとりおこなう――これらは、まさに秀吉の独壇場であり、秀吉の思い通りに事《こと》を運ぶことができたわけである。それらが、他人より「御手柄」と公認されたところで、秀吉の全ての行為は「名誉」（名声）を獲得してゆく。

これと比べるに、明智光秀のありさまは、なんともはや「天道恐ろしき事」の一言につきる。万感の思いを、牛一は、この語に凝縮させて、沈黙するのである。

注

（1）本能寺の変については、「ノブナンガ殿の凶変」（秋田書店『歴史と旅』平成四年三月号。のち、小林千草・千草子『原本「信長記」の世界』に、「ドキュメンタリー本能寺の変」として収録）、「織田信長――本能寺の変」（『歴史法廷4』平成六年四月世界文化社刊。のち、千草子『室町万華鏡　ひざかりの女と残照の男たち』（一九九七年五月集英社刊）に収録）参照。また、『原本「信長記」の世界』172～173頁には、本能寺の変の報に接した吉田兼見《かねみ》、山科言経《ときつね》、津田宗及等の記録（日記）を引用している。

（2）「水攻め」について、『日葡』は、「Mizzujeme. ＊水による責苦。¶Mizzujemeuo suru. 水で責苦を加える」と記し、敵城の飲料水を断ったり、敵城を河川を利用して孤立させるなどの方法に関する言及はない。『日国』では、「水責め」と「水攻め」に項目を分け、「水攻め」の方に①山城など水の乏しい城郭に敵がこもっている場合、城への水の補給手段を断って、城中の兵馬を涸渇させ降伏させるもの、②水はけの悪い低地の城を攻める方法で、城の周囲に堤を築き、付近の湖川の水を導入して城を水浸しにするもの　という二つのブランチを設けている。②の用例として、

◎浅野家文書（天正一〇年）1582 一〇月一八日・豊臣秀吉披露状写（大日本古文書一〇）「重而高松と申城は名城にて、三方ふけを抱、其上堀ひろく、たけたち不申付而、力責成不申、可致水責と、筑前見及」

を挙げる。この例は、まさに、今扱う高松城水攻めに関して羽柴筑前（つまり、のちの豊臣秀吉）が発した披露状であり、傍線部に高松城の地勢が端的に述べられている。

（3）注2の◎例参照。◎の文章中、「ふけ」につき、『日葡』は「Fuqe. ＊泥の深い所、あるいは、泥濘。¶Fuqeni famaru. 泥の深い所にはまり込む」と説明するが、当然、「深田《ふけだ》」（深田《ふかだ》）も含んでいる。なお、本書「おわりに」四参照。

（4）『日葡』の「Fiyaxi, su, aita.」「Fiye, uru, eta.」には、〝美〟に通じる説明がなく、原義にとどまる。『日国』でも、「ひやす」項には〝美〟に通ずる転義が記されていないが、「ひえる」項のブランチ4で「能で、芸に淡々とした中に深い味わいがあり、冴えている」という転義を立て、『申楽談儀』（1430年）序、『ささめごと』（1463～1464年頃）下、「玉塵抄」（1563年）五五の例を挙げている。『時代別国語大辞典　室町時代編』では、「ひゆ」のブランチ4で「かもしだす雰囲気に、いかにもさえざえとした冷やかな情趣が感じられることをいう」として、「物まねも義理《ぎり》もさしてなき能の、さびさびとしたる中に、なにとやらん感心のある所あり。是を冷たる曲とも申也」（花鏡）などを挙げている。また、「ひえさぶ」（冷寂ぶ）の項に、同趣の語釈をほどこしている。「ひやす」とは、「わび」「さび」に通ずる趣きのあるもので、秀吉が文禄二年三月五日付で北政所お禰に宛てた消息では「のふ十はんおほへ申候。（略）右ののふをよく〳〵からし候て、かさねならい可ㇾ申候」（桑田忠親『太閤書信』〔地人書館〕243頁）のごとく、「からす」の語を用いている。

（5）備中高松城水攻の際の講和以後、「毛利氏の使僧としてより豊臣氏の直臣として働くようになり、（略）豊臣政権下の一大名でもあった。（略）秀吉の死後、文吏党の石田三成らと結び徳川家康を討つため毛利輝元を味方にするが、毛利家内部の広家らに裏切られ関ヶ原の戦に敗北し捕えられる。慶長五年十月一日、石田三成・小西行長とともに京都六条河原で斬られ三条橋に梟首される。（『国史大辞典』巻一　376頁参照）。

（6）岩波書店刊『中世法制史料』三に拠る。

（7）「時刻到来候て――悲劇の東西」と改題して、千　草子『戦国絶唱　いのちなりけり』（一九九八年三月講談社刊）に収録。

（8）『信長記』の雨に関するエッセイとして、「雨に想う――信長とおさな子」（「信濃毎日新聞」平成四年六月二十日号　文化欄）があり、それは後、『原本「信長記」の世界』に収録。

（9）本章注1参照。

二・六章　柴田勝家

はじめに

本章は、『大かうさまぐんきのうち』（一冊。太田牛一自筆。慶應義塾図書館蔵）における「条々、天道恐ろしき次第」という章題でくくられた具体的条々のうち、「柴田勝家」についての「釈文」と「私注」（注釈・考察）からなる。

釈文【本文五―五】

一、柴田修理亮勝家《しばたしゆりのすけかついゑ》、信長公《のぶながこう》の内《うち》にては、武辺《ぶへん》の覚《おぼ》え、その隠《かく》れなし。越前《ゑちぜん》へ、信長《のぶなが》、度々《どゞ》御乱《らん》入候て、御粉骨《ふんこつ》を尽《つ》くさせられ、つゐに、一国平均《こくへいぎん》に仰《おほ》せつけられ、柴田《しばた》に大国《たいこく》を預《あづ》け置《を》かせられ候間《あひだ》、忝《かたじけな》く存《ぞん》じ奉《たてまつ》り、此時《とき》、明智《あけち》に対《たい》し御弔《とぶら》い合戦致《かせんいた》すか、しからずは、秀吉《〈ひでよし〉》公《こう》、朝敵《てうてき》を御退治《だいぢ》なされ候間《あひだ》、忝《かたじけな》きと崇《あが》め申べきことにて候を、正《〈せう〉》義《ぎ》にあらず、あまつさへ、神戸《かんべ》三七殿を相語《あひかた》らひ、天下《てんか》へ切《き》つて上《のぼ》り、江北賤《こうほくしづ》が嶽《たけ》、桑《くわ》山修理城主《しゆりじやうしゆ》として置《を》かせられ候ところに、能登《のと》、加賀《かが》、越前《ゑちぜん》、三ケ國《〈こく〉》の人数《にんじゆ》、打《う》つ立《た》ち、攻《せ》められ候。

すなはち、秀吉公《〈ひでよしこう〉》、御後巻《うしろま》きとして駆《か》け向《む》かわせられ、賤《しづ》が嶽《だけ》にて取《と》り合《あ》ひ、御一戦《せん》を遂《と》げられ、数多《すた》討《う》ち取《と》り、柴田敗軍《しばたはいぐん》候て、越前居城北《ゑちぜんゐじやうきた》の庄《せう》に至《いた》つて逃《に》げ入、追いかけ御取《と》り巻《ま》き候。かなひがたく見およぴ、一門《もん》、親類《しんるい》、三十余人《よにん》、腹《はら》を切《き》り、天守《てんしゆ》に火《ひ》を懸《か》け焼《や》け死《し》に候。天道《てんたう》、恐《おそ》ろしきの事。

私注一　柴田修理亮勝家

柴田修理亮勝家は、信長公の「内《うち》」（臣下）の中で、「武辺《ぶへん》の覚《おぼ》え」――勇猛果敢な武の達人であるとして、周《あまね》く知られていた。

「武辺」に関する『日葡辞書』の訳は、「＊武芸・武力。また、戦いにおける勇敢さと意気」であるから、戦国時代、いかに価値の高い評価〔注1〕であったかが知られるであろう。

「覚え」（Voboye. ＊名声。Voboyeuo toru. 名声と評判を得る）とは、人々の記憶にとどまることであるが、勝家自身も、そのことに自信をもっていたにちがいない。

越前方面へ信長は度々「御乱入」した。「乱入」とは、「＊大勢の者が不意に、または、どやどやと入ること」であり、早い話が「侵略」である。戦国時代を正直に反映することばだと思う。もちろん、天下一統へ向けての大義名分があったにしろ、相手がふっかけてきた戦《いくさ》に対する正当防衛以上のものがあったことを、この語は示している。

元亀四年（一五七三。七月二十八日に改元して天正元年）八月十三日、江北の浅井軍を援護していた朝倉軍が撤退を始めた。信長は、滝川一益・柴田勝家・丹羽長秀・蜂屋頼隆・羽柴秀吉・稲葉良通（一鉄）らに先んじてその気配を察して追撃。信長に不明を叱責された彼らは、名誉挽回とばかりがんばって朝倉軍を打ち破る。

この間の様子は、同じく太田牛一の手になる『信長記』巻六に記されており、

「信長、御武徳両道御達者之故、案之内之大利を得させられ、十四、十五、十六日、敦賀に御逗留。所々、人質執固《とりかため》、十七日、木目峠打越、国中御乱入」（六・35オ）

となっていく。

八月十八日に、信長は府中竜門寺《りゅうもんじ》に陣を据えて、朝倉左京大夫義景《よしかげ》の館《たち》のあった一乗谷を攻め破る。そして八月二十四日、同族の手によって自害においつめられた義景の首が届き、「越前一国平均《へいぎん》」が成立。

しかし、まもなく、「越前国一揆持《いっきもち》」――越前国が一揆の支配する国となったので、信長は兵を送る。

そして、天正三年（一五七五）、八月十二日、信長は再び「越州へ御進発」。八月十五日などは、「以外《もってのほか》風雨」であったが進軍を決行。このあたりも、『大かうさまぐんき』に言う「御粉骨《ふんこつ》を尽《つ》くさせられ」(注2)の一つである。

その成果あって、八月十九日あたりでは、「生捕《いけどり》と誅させられたるとハ、凡《（およそ）》可レ及二三、四万一ニモ」（八・39ウ）という信長軍の圧勝となる。

九月二日には、信長は北庄《きたのしょう》に至り、要害としての築城を指図するとともに、平定後の治政面の責任者を発表した。その筆頭に、柴田勝家が入っているわけで、冒頭の「信長公《こう》の内《うち》にては、武辺《ぶへん》の覚《おぼ》え、その隠《かく》れなし」がここに効《き》いてくる。越前平定に最も武功のあった人が、勝家なのである。

私注二　柴田に大国を預け置かせられ候間

『信長記』巻八、天正三年九月二日条は、このように続く。

「　越前國わけ
八郡　柴田修理被下、
大野郡　三分二、金森五郎八被下
三分一、原彦二郎被下

二郡　府中まハり、不破彦三、
佐々内蔵佐、
前田又左衛門、
両三人二郡被下在城候也
敦賀郡　武藤宗右衛門、在地候也」
（八・41オ〜ウ）

今ここに引く原本『信長記』（岡山大学池田家文庫本）と角川文庫『信長公記』との間には、微妙な辞句の相違があるが、太田牛一の初期メモにいくほど、右のような形態であったのである。

「越前國わけ」を見ると、たしかに、信長が、「柴田に大国を預け置かせられ」たことがわかる。

『延喜式』以来、越前は「大国」扱いであるが、信長が、柴田勝家の「目付《めつけ》」（監視・監察者）として任命した不破河内守・佐々内蔵助・前田又左衛門宛《あて》の「掟　条々」(注3)においても、

一、大国を預置之条、万端に付て、機遣、由断有ては曲事候。第一、武篇簡要候。（以下略）

のように、「大国を預け置く」という認識が見られる。

であるから、勝家は、信長に対して「忝《かたじけな》く存《ぞん》じ奉《たてまつ》」らねばならないはずである。

牛一が『大かうさまぐんき』で言う前に、当の信長自身、「掟　条々」の中で、こう述べている。

「とにもかくにも我々を崇敬して、影後《かげうしろ》にても、あたにおもふへからす　我〱あるかたへハ、足をもさゝさるやうに、心もち簡要候　其分ニ候へハ、侍の冥加有て、長久たるへく候　分別専用之事」

天正三年九月日の日付のあるこの掟の写しを牛一は所持し、今は亡き主君信長を痛みながら、『大かうさまぐんき』のこの箇所を記したのである。越前平定に手こずった信長の、再び越前を乱さないための〝掟〟がここに

ある。単なる個人崇拝でもない、平和を保つための〝脅《おど》し〟である。このような脅しを本気で「掟」に入れこんだ信長の若さ――未熟さと背中あわせのもの――を、八十余歳に達した牛一は静かに見つめている。

そして、苦労して手に入れた大国を、わが身内にではなく、部下勝家に与えた信長の大きさに、あらためて牛一は感じ入る。すると、「忝く存じ奉り」ということばが、すなおな音色で響いてくる。

私注三　此時明智に対し御弔い合戦致すか

しかし、次から言おうとする事《こと》をひかえて、牛一の胸の静かさやすなおさは、すぐ消え去ってしまった。主君信長の御厚情をありがたく存じあげて、「此《この》時《とき》」、つまり、本能寺の変の直後、明智光秀に対して弔い合戦をするか、そうでなければ、秀吉公が朝敵明智光秀を御退治なさったのだから、どうもありがとうございましたと秀吉公をあがめ申しあげなければならないのに、「正義」（現在「せいぎ」と読むが、当時は「しょうぎ」（注4））にのっとらないで、次のようなことをしたと牛一は報告する。

「しからずは」以下、「崇《あが》め申べきことにて候」まで、秀吉に過度の敬語が使われている。これは、牛一が、勝家側にいろいろ理由があったにしろ、「朝敵を退治」したということ、裏返せば勝家が「とぶらい合戦」できなかったという事実故に、秀吉に従ってほしかったと思っている気持ちの反映である。

もし、そうしたら、後《のち》の展開もちがってきた。つまり、勝家も北の庄で自決しないですんだし、信長の第三男神戸三七（織田信孝）も死なないですんだと考えているからである。

戦国の世で、ツキのついた人物に道理でまっこうから対決しても勝ち目のないことを、牛一は十二分に知っていた。ここも、勝家を厳しく批判しているのではないのである。「とぶらい合戦」でおくれをとったから、自分がイニシャティブをとれないのはしょうがないかなというあきらめを、生きる知恵として持ってほしかったと、くやんでいるのである。牛一にくやませるほどの「武辺」（当時の表記としては「武篇」もある）の才を勝家は持っていたからである。

「あまっさへ」（Amassaye.）、これは、「＊更には、あるいは、なおその上に、何にもまして」という意味機能をもつ副詞である。すでに、本書『大かうさまぐんき』〈太閤秀吉と秀次謀反〉の段において、

「既《すで》に、宰相《さいせう》の御位《くらゐ》より、権中納言《ごんなごん》に准《じゆん》ぜられ、あまつさへ、廿六の御歳《とし》、天下《てんか》御与奪《よだつ》なされ、関白《くはんぱく》の御位《くらゐ》を進《すゝ》められ、副将軍《ふくしやうぐん》を預《あづ》かり申され」（本文三）

「鹿《しゝ》・猿《さる》・狸《たぬき》、狩《か》りいだし、中堂《どう》にて調味《ちやうび》させられ、あまつさへ、にくき事申上《あ》げたる由《よし》候て、貧僧《ひんそう》ども少《せう》分《ぶん》づゝ求《もと》めをき候塩噌《あんそ》の中へ、犬《いぬ》・鹿《しゝ》入《（いれ）》をかせられ」（本文四―八）

などと出てきていた（詳しくは、ちくま学芸文庫『太閤秀吉と秀次謀反――「大かうさまぐんき」私注――』参照）。

よりによって、勝家は信長の遺児神戸三七殿と共謀して、秀吉のもとで治安が維持されていた京へ兵を出し、戦《いくさ》をふっかけた。江北にある賤《しず》ヶ《が》嶽《たけ》には桑山修理《くわやましゆり》（桑山重晴《しげはる》 ～一六〇六）を城主として置いていたのであるが、そこへ勝家は能登・加賀・越前三ヶ国の軍勢を向かわせて攻めさせた。

原文の「攻《せ》められ候」の「られ」は柴田勝家に対する尊敬の助動詞（「らる」）であるはずがない。秀吉配下の桑山修理大夫重晴を主体にして述べようとした時の、受身形である。

私たちの感覚では、「能登・加賀・越前、三ヶ国の人数、打つ立ち、攻め候」と書いた方がよほどすっきりするように思うが、原則として、秀吉サイドに力点を置いて物語っていかなければならない『大かうさまぐんき』

において、敵を主動的に描いてはいけないのである。そこで、不本意ながら「攻める」という行為を受けざるをえなかったという風に記す。これは、軍記物語としての本書の一性格にも由来する。

さて、ここの文をふりかえるに、「越前《ゑちぜん》へ、信長《のぶなが》、度々《どゞ》御乱《らん》入候て」から、ここまで、原文は一度も切れていなかったのである。

「条々、天道恐ろしき次第」という総タイトルのもとに、天罰を受けねばならなかった人々の悪行をあげていくわけであるが、勝家については、牛一は旧《ふる》くからの知人でもあり、非難できない内部事情をもっていた。その一つが、本能寺の変直後、なぜあんなに早く秀吉が京に戻れたかである。明智光秀の信長に対する鬱積した思いを察知しつつ、中国戦を〝謀略〟としてだらだらと見せかけていたのではないかという秀吉に対する疑惑が、牛一はじめ信長旧臣にあったと私は推測する。——だから、本能寺の変勃発のよみが当たったのを契機に、毛利・小早川と和平を結び、以前からそれとなく中国路から京まで配備していた平定軍を機能的に動かして、光秀率いる反乱軍をおさめ、当然、その流れに乗って一早く大徳寺での主君葬儀のイニシャティブをとった。

信長の旧臣への相談もなく、早いものがちに進められたこれら一連の動きに対して、牛一自身、クリアでないものをみとめていたにちがいない。

だから、〝本能寺の変〟では潔白であった勝家に弔い合戦をして、勝利者になってほしかった——そういう心情をもちながらの本条執筆ではなかったか。勝家に関する非は、賤ヶ嶽の合戦を起こしたその一点を責めるしか、書きようがないのである。そのため、ここに至るまで、文としての区切れを設けることができなかったと、解析できる。

私注四　柴田敗軍候て

「すなはち、秀吉公《ひでよしこう》」の「すなはち」は、副詞「すぐさま」とも、接続詞「そこで」ともとりうる語であるが、ここは、両方が重なりあったものとして受けとっておく。

秀吉公は「御後巻《うしろま》き」[注5]（味方のこもっている城を攻める敵の背後をさらに攻撃すること）として、早速、駆け向かって、賤ヶ嶽で「取《と》り合《あ》ひ」（城を取り合うのだから、現在の「物を取り合う」よりさらにはげしいニュアンスがある）となり、勝利を得、中心となる大将を数名討ちとった。一方、柴田勝家は敗軍となって越前にある居城北の庄城を目ざして逃げ入ったので、秀吉は追いかけ、城を取り巻いた。

ここの文も、秀吉公の行為のみは、「御うしろまきとして」「かけむかはせられ」「御一せんをとげられ」「御とりまき候」と、敬語が使われている。

勝家は、もはや秀吉に手むかうことは無理と見定めて、一門（妻や部下を含む）、親類あわせて三十余人、切腹をして天守に火をかけ焼け死んだ。

「天守《てんしゅ》に火《ひ》を懸《か》け焼《や》け死《し》に候」というのは、武辺のほまれ高かった勝家の周到な死への旅を伝える部分である。

①『賤嶽合戦記』②『余吾庄合戦覚書』（ともに『続群書類従20下』所収）では、その間の事情を次のように伝える。

《①勝家。廿一日に北の庄へ帰（略）勝家。廿三日に北方にむかひ。貴殿は秀吉の方へ送り可申か。いかゝやと被申けれは。北の方の宣く。浅井方より送られ。かゝるうきめを見つるに。又人々にわらはせ給ふへきかと。泪をなかし被仰。勝家にこひかけ。廿三日夜通酒盛して。勝家手にかゝり果給ふ。（略）勝家。廿三日の通夜酒宴して。曙に自害したまふか。戸障子をあつめ焼草として火を懸。死骸は灰となりみへさりける。》

《去程ニ②。城中ニハ大将勝家。北之方ヲ始メ。小島若狭守。中村文（荷脱カ）・斎等。天守ニ上リ宵ヨリ酒宴シテ。程ナク深更ニ及ヒシ所ニ。折フシ子規。雲居ニ鳴渡リケレハ。御市之方。
サラヌタニ打寝ル程モ夏ノ夜之別ヲサソフ時鳥カナ。ト詠セラレケリ。勝家。是ヲ聞テ。
夏之夜之夢ソハカナキ跡ノ名ヲ雲居ニ上ヨヤマ郭公鳥。
カクヨミカハシテ。其夜モ既ニ明ケレハ。廿四日。小島。中村二士。諸卒ニ下知シテ。殿守ノ下ニ焼草ヲツマセ。其日ノ申ノ刻ト云々（ニカ）火ヲ放チケリ。一本ニハ暁カタ。其焼草半然ルト等シク。雑兵トモヲ悉ク追出シテ。大将ニ斯ト告ケレハ。勝家ヲ始メ男女三十九人。一同ニ自害シテ煙ノ中ニソ滅亡シケル。》

勝家は、わが亡骸《なきがら》を敵の目にさらすことなく、下火《あこ》の火とすべく「焼草《やきくさ》」（注6）を用意して死への旅立ちを行なったのである。

牛一は、この条の末尾を「天道《てんたう》、恐《おそ》ろしきの事」としているが、秀吉に刃向《はむ》かったというだけならば、余りこの結句は効《き》いてこない。

むしろ、信長の旧臣として武辺の誉れ高かった人、しかも信長の妹お市（小谷の方）を妻と迎えて数ヶ月してお市ともども死を迎えねばならなかった（注7）この人の、不運そのものを痛んでいることばとして響いてくる。

注

（1）「ぶへん」の表記については、「武篇」（広本節用）「武辺」（易林節用）「武辺」（落葉）「武辺」（周易秘抄下）が『時代別国語大辞典　室町時代編』に示されている。また、同書「ぶへんしや」項には、『醒睡笑』六の
○ある侍の指物《さしもの》に、ふへん者と書きたり。家のおとなたる人見付け、「これはさし出たる言葉さうな」と咎《とが》めければ、「いやとよ。私の心持、かくれもなき不べんしやと、述懐の旨を書きて候」とぞ。（岩波文庫　下84頁）

という小話が例として挙げられている。岩波文庫の鈴木棠三校注にあるごとく、「ある侍」とは、前田利家の兄の子で後に上杉景勝に仕えた前田慶次をさす。関ヶ原の合戦に「大ふへん者」と書いた指物をつけて出陣したと言われ、「大武辺者」とも「大不便者」（経済的に不如意なもの。大貧乏者）とも、清濁によって受け取られる機智（ユーモア、ウィット）が世に評判となった。

『醒睡笑』は元和九年（一六二三）の成立であり、徳川政権下の京都所司代板倉重宗に著者の安楽庵策伝が寛永五年（一六二八）に献呈したものである。関ヶ原の合戦では西軍についた上杉景勝の配下の前田慶次であるので、「読み人知らず」の扱い同様、固有名詞は示さず「ある侍」と記した背景が推察出来る。なお、鈴木棠三氏は「述懐」に「じゅつくわい」の振り仮名をほどこし、「本心を述べあらわすこと」と注しているが、より厳密には、「しゅつくわい」、「ぐち、不満を洩らすこと」であろう。自分はあてがいが少なく、大変貧乏をしている、だから、そのことを「大ふべん者」と内外にアピールしていたのだの意となる。

「武辺者」と自称するのは問題だが、他人より「武辺」「武辺者」と賞讃されることが武人の高い栄誉であったことが、逆に、このエピソードから推測することが出来る。

（2）「Funcot. Foneuo coni su. ＊すなわち、大きな奉公とか非常な骨折りとかの意。¶Funcotuo tçucusu. 全力を注いで働いたり、奉公したりする。」（『日葡』）
（3）原本『信長記』巻八43オ～46ウに記されている。
（4）「Xǒgui. Tadaxij gui. ＊律儀で礼儀正しいこと、または、それぞれの技芸における本義、奥儀。例、Xǒguini chigǒ. 上述のような事に欠ける。」（『日葡』）
（5）「Vxiromaqi. ＊戦争の際に敵を背後から包囲すること、または、攻めること。例、Vxiromaqiuo suru.」（『日葡』）
（6）「Yaqicusa. ＊火をすぐに燃えつかせるための枯草や焚きつけ。」（『日葡』）
（7）北庄城落城については、千　草子「柴田勝家と清原宣賢の夢の跡」（秋田書店刊『歴史と旅』一九九七年一二月号所収）の前半部でも扱っている。なお、この前半部に関しては、後、小林千草『淀殿　戦国を終焉させた女』（二〇一一年八月洋泉社刊）の第二章「淀殿の母と父」にも、当該書になじむ形で取りこんでいる。

二・七章　神戸三七殿

はじめに

本章は、『大かうさまぐんきのうち』（一冊。太田牛一自筆。慶應義塾図書館蔵）における「条々、天道恐ろしき次第」という章題でくくられた具体的条々のうち、「柴田修理亮勝家」(注1)につづく「神戸三七殿」条についての「釈文」と「私注」（注釈・考察）からなる。

釈文【本文五―六】

一　神戸《かんべ》三七殿、親子《しんし》の事に候間《あひだ》、御上洛《せうらく》なされ、秀吉公《〈ひでよしこう〉》へ御本意《ほんい》忝《かたじけ》なきと、御礼《〈れい〉》をも仰《おほ》せられ、その上《うへ》、孝養《きやうよう》の貢物《みつぎもの》を御いとなみなさるべき事に候を、柴田《しばた》に与《く》みして、無道至極《ぶたうしごく》の働《はたら》き、天道《てんたう》の冥利《みやうり》、世にそむき、無下《むげ》に相果《あひは》てられ、天道恐《てんたうおそ》ろしき事。

私注一　神戸三七殿

神戸三七――信長の三男、織田信孝《のぶたか》のことである。二男信雄《のぶかつ》（「のぶお」とも）より二十日ほど早く生まれたが、母の出自（坂氏）が、信雄の母である生駒氏より低くみなされ、三男とされたといういきさつを持つ。

太田牛一自筆の『信長記』（岡山大学附属図書館蔵池田家文庫。「原本信長記」と称される）(注2)により、神戸三七信孝の事蹟をひろってみよう。

【17歳】

① 南大嶋口攻衆
御本所公　神戸三七殿　桑名衆
（巻七　天正二年七月十五日条　尾張・伊勢の一向一揆を攻める）

【18歳】

②八月十五日、以外《もつてのほか》雖二風雨候一、先兵《つはもの》悉被二打出一、越前牢人衆御先陣也
・前波九郎兵衛　・前波孫太郎（略）
・北畠殿　・同伊勢衆　・神戸三七殿
・織田上野守殿　・津田お坊・丹波源六
初として三万余、其手〲を争、だいらこへ諸口より御乱入
（巻八　天正三年八月十五日条　賀州・越州の一向一揆を攻める）

【20歳】

③十一日、守山御参陣
・北畠中将殿　・織田上野守殿　・神戸三七殿
各《をのをの》　不残御進発

④二月十八日、佐野之郷に至て被レ移二御陣一、廿二日、志立へ御陣を寄られ（略）城介殿・北畠殿・上野殿・三七殿、二目を推付御出也
（巻十　天正五年二月十一日～二十二日条　紀州雑賀《さいが》衆を攻める）

［21歳］

⑤四月四日、三位中将殿御大将とし而、大坂表、御人数被出　尾・濃・勢州、・北畠殿　・織田上野守殿　・神戸三七殿　・津田お坊　（略）　・江州　・若州　・五畿内衆　罷立、四月五日、六日、両日、大坂へ取詰、悉麦苗薙捨御帰陣也

（巻十一　天正六年四月四日条　大坂表を攻める）

⑥五月朔日、三位中将殿・北畠殿・上野殿・三七殿・長岡兵部太輔・佐久間・尾・濃・勢州、三ケ國之御人数ニ而、御出張

（巻十一　天正六年五月朔日条　播州を攻める）

⑦六月廿六日、瀧川・維任・惟住人数、三日月山へ請手《うけて》ニ引上、

・羽柴筑前　・荒木摂津守、高倉山之人数引拂、書写まで諸勢引付、次日ハ、神吉之城取詰、北より東之山に、

・三位中将殿　・神戸三七殿　・林佐渡　・佐久間　・長岡、前後段々に取続、陣を懸させられ、

しかたの城、北畠殿、推付御陣取也　惟住五郎左衛門、若州衆、請手とし而西ノ山に陣を張　此外之御人数（略）数刻被レ攻候　神戸三七殿ハ、足軽と争レ先、御手を被レ砕、手負死人数輩在之

（巻十一　天正六年六月二十六日条　播磨神吉《かんきの》城攻め）

⑧十月廿一日、荒木摂津守企ニ逆心一之由、方々より言上候　（略）此上は不レ及ニ是非一之由候て、安土御山ニ、神戸三七殿・稲葉伊豫・不破河内・丸毛兵庫をかせられ、十一月三日、御馬を出され、二条御新造御成

⑨霜月九日、摂州表御馬を被出、其日、山崎御陣取。次日、（略）

・三位中将殿　・北畠殿　・織田上野守殿

・三七殿　・越前衆　・不破　・前田　・佐々　・原

・金盛　・日根野備中　・日根野弥次右衛門

罷立、天神之馬場に御陣を懸られ、高槻《タカツキ》へ差向、天神山御取出之御普請被申付

⑩霜月十四日、（略）

御取出所々之事、

一、貝野之郷、道より南山手ニ要害候て、

・蜂屋　・惟住　・蒲生　若州衆、居陣候也

一、をの原、三位中将殿　・北畠殿　・三七殿、御陣取候也

⑪霜月廿七日、郡山より古池田ニ至而被レ移ニ御陣一　其日之朝風吹候て、寒気不レ成ニ大形一　及レ晩、中川瀬兵衛、
御礼ニ古池田へ祗候

一、信長公より、御太刀拵之御腰物、并御馬皆具共に拝領

一、中将殿より御腰物作長光、并御馬被下

一、神戸三七殿　・御馬

一、津田七兵衛殿　・御腰物

已上

中川瀬兵衛、忝次第ニ而、罷帰候キ。

（巻十一　天正六年十月二十一日〜十一月二十七日条　荒木摂津守逆心にからむ出陣）

⑫十二月十一日、所々に御取出被仰付

信長公、古池田ニ至而被レ移二御陣一　御取出之次第、御在番衆

　塚口

・神戸三七殿　・惟住五郎左衛門　・蜂屋兵庫　・蒲生忠三郎　・高山右近

　毛馬

・北畠殿　・織田上野殿　・瀧川左近　・武藤宗右衛門

（巻十一　天正六年十二月十一日条　伊丹攻め）

〔22歳〕

⑬同三月四日、中将殿様、御本所様、上野守殿、三七殿、御京着。

（巻十二、天正七年三月四日条　中将信忠らの上洛）

⑭四月十二日、城介殿、御本所、上野守、三七、発向。

（巻十二　天正七年四月十二日条　播州への出陣）

〔24歳〕

⑮　御一家之御衆

・北畠中将殿　・織田上野守殿　・神戸三七殿　・津田源五殿　・津田七兵衛殿

（巻十四　天正九年正月八日条　御爆竹《さぎっちゃう》の事）

⑯二月十九日、　・中将殿・北畠殿・三七殿、何れも御上洛　二条妙覚寺御寄宿

（巻十四　天正九年二月十九日条　二条妙覚寺御寄宿）

⑰　御馬揃

二月廿八日、五畿内隣国之大名御家人を被二召寄一、駿馬を集、於二天下一被レ成二御馬揃一、聖王へ被レ備二御叡覧一訖《（をはんぬ）》

（略）

御連枝之御衆

・三位中将殿　・御内衆、御馬乗八十騎、　美濃・尾張衆

・北畠中将殿　・御馬乗三十騎　・伊勢衆

・織田上野守殿御馬乗十騎

・神戸三七殿御馬乗十騎

・津田七兵衛殿御馬乗十騎

・源五殿　・又十郎殿　・勘七郎殿　・周防殿　・中根殿　・竹千代殿　・孫十郎殿　・源二郎殿

（巻十四　天正九年二月二十八日条　御馬揃への事）

⑱・三位中将殿、驄《アジケ》之御馬、勝れたる早馬也　御装束事ニすくれて花やか也

・北畠中将殿、河原毛御馬。

・三七殿、糟毛御馬、足きくはや馬、達者無二比類一　此外、何れもおとらぬ名馬、いつれを何れ共申難し

（巻十四　天正九年二月二十八日条　前項のつづき）

⑲七月廿五日、三位中将殿、安土至而御上着。

御脇指、御三人へ被参候　御使、森乱

・三位中将殿へ、作正宗
・北畠中将、作北野藤四郎
・神戸三七、作しのき藤四郎
　何れも御名物代過分の由候也
　（巻十四　天正九年七月二十五日条　信長より三人への褒賞）

［25歳］

⑳四月廿一日、安土御帰陣
去程ニ、阿波国、神戸三七殿へ被㆑参候に付て、御人数被㆑成㆓御催㆒、
五月十一日、住吉ニ至而御参陣　四国へ渡海之舟共被㆓仰付㆒、其御用意半候
（巻十五　天正十年四月二十一日、五月十一日条　阿波国神戸三七御拝領の事）

二十箇所の言及について、国語学的な手法を導入してみる。
まず、呼称について。
「神戸三七殿」　①②③⑤⑦⑧⑪⑫⑮⑰⑳……計11箇所
「三七殿」　④⑥⑨⑩⑬⑯⑱……計7箇所
「神戸三七」　⑲……1箇所
「三七」　⑭……1箇所
「三七《さんしち》」は、信孝の小字、「織田三七」ではなく「神戸三七」と呼ばれるのは、

「信長は永禄十一年（一五六八）北伊勢を伐って神戸《かんべ》城主神戸具盛を誘降したとき、具盛に子のないのに乗じて信孝をその養子とし、神戸家を嗣がせた」（『国史大辞典』巻二）という経緯のためである。信孝が青年武将として活躍した『信長記』でも、また、その死後、太田牛一が「大かうさまぐんき』で言及する時も、「神戸三七」であることは、当時、この呼称が一般的であったことを示している。

「神戸」を略して、「三七」だけでも、その個人をさすことができるのは、当時も現代も同様で、狭い集団内での出来事、あるいは、すぐ直前に、フルネーム「神戸三七」が出たあとなどの文章処理として自然に生じる〝ゆれ〟である。

ここで問題なのは、敬称の「殿」を省いた例⑭、例⑲である。

例⑭は、実は、岡山大学蔵池田家文庫『原本信長記』において、『信長公記』系の本文で補った特異な「巻十二」におけるものである。その間の事情につき、福武書店刊「影印」付載の「解題」において、石田善人氏が一つの見解を記しておられる。

「巻十二」の書誌的性格を明らかにすることは、太田牛一著述の『信長記』の歴史史料としての性格を明らかにすることであるが、論証の手つづきが長くなるので別の機会にゆずり、ここでは、直接かかわる一つの私見を提示するにとどめたい。

それは、池田家文庫本『原本信長記』巻十二は、陽明文庫蔵(注3)『信長公記』巻十二の原本となったものではなく、《失われた『原本信長記』巻十二》と《陽明文庫蔵『信長公記』巻十二の原本となったもの》との橋わたし的存在——過渡期に生み出された一本であるということである。そして、その一本が生み出された時期は、「神戸三七」が柴田勝家に与《くみ》して失脚滅亡した天正十一年（一五八三）五月二日以降のことである。

明智光秀追補、信長（総見院殿）の葬儀、賤ケ岳の合戦と日を追って天下への道をかけのぼる羽柴秀吉の視線を気にしつつ記された一本では、

「同三月四日、中将殿様、御本所様、上野守殿、三七殿、御京着」

と、「殿」をつけたままの部分と、

「四月十二日、城介殿、御本所、上野守、三七、発向」

と、「殿」を意図的に省いたところを混在させ、秀吉が見ても、「神戸三七」ゆかりの人々が見ても、さしさわりのない表現を牛一は取っている。

これが、かなり時がたち、秀吉の力が絶対的なものとなると、秀吉への敵対者であった「神戸三七」への敬称は不必要となる。陽明文庫蔵『信長公記』において、

①……神戸三七
②……神戸三七信孝
③……神戸三七信孝
④……神戸三七信孝
⑤……神戸三七信孝
⑥……神戸三七信孝
⑦……神戸三七信孝、神戸三七
⑧……神戸三七

⑨……神戸三七信孝
⑩……神戸三七
⑪……神戸三七信孝
⑫……神戸三七信孝
⑬……織田三七信孝
⑭……織田三七信孝
⑮……織田三七信孝
⑯……記載なし（陽明文庫本巻十四・6ウの本文「二月十九日　北畠中将信雄卿　中将信忠卿　御上洛　二条妙覚寺御寄宿(注4)」）
⑰……同三七信孝
⑱……織田三七信孝
⑲……織田三七信孝
⑳……神戸三七信孝

のごとく、一切、「殿」を加えていないのは、実は、陽明文庫本の祖本（原本）の成立時期――牛一の自筆本としてのそれの成立時期を、奇しくも反映しているのである。「殿」を省きつつ、主君であり先君でもある信長への想いから、牛一はつらくなった。そこで「信孝」と加えることによって、信長公の御子であることを象徴したのであるが、巻を追うごとにそれでも心満ち足りなくなった。その心情を、「織田三七信孝」と「織田」を加えることによって和らげ、最後、本能寺の変を迎える直前に至って「神戸三七信孝」に戻す。

なぜか。「神戸三七」の秀吉への対抗は、本能寺の変以後の流れから生じるからである。当時のもっとも一般的な呼称でとどめていた方が『信長記』の歴史的叙述が生かされると、牛一は思った。「神戸三七」ではなく「神戸三七信孝」とすることで、呼び捨てというしろめたさは軽減されたはずである。

なお、例⑲、つまり、『原本信長記』巻十四の「殿」省略については、「三位中将殿」(織田信忠)をきわだたせる配慮として、「北畠中将」(織田信雄)、「神戸三七」の「殿」をはずした結果と考えるが、もとはその部分に「殿」が記されていたことが原本を披見して判明した。[注5] 同じ現象は、実は、例⑮にも生じていたのである。『原本信長記』巻十四・5オでは、「北畠中将殿」から「津田七兵衛殿」にいたる「殿」を抹消している。これは、その前行にある「・近衛殿　・伊勢兵庫頭殿」のうち、「伊勢兵庫頭殿」の「殿」を抹消した流れに沿うもので、公家である近衛殿に敬意を表するために採《と》られた措置(表現法)と考えられる。[注6] ただ、例⑲と異なり、福武書店刊の「影印」では、「殿」が墨のかすれ程度にしか意識されず、「抹消」の事実は一次的には把握しがたい。

私注二　神戸三七たち信長の息子の呼称とその整理表

三七信孝が出生の時よりひきずっていた信雄へのコンプレックスは、成長するにつれ、社会的認知としての順位差(格差)となり、ついに、後継者争いの対立を生み出す。

先に引用した『原本信長記』の①～⑳に、三七信孝の社会的序列ははっきり反映されているので、〈表1〉として整理しつつ、[注7] ふりかえってみることにしたい(名前右上の数字は、当該箇所における登場(記載)順を表わす)。

〈表1〉

	(嫡男)織田信忠	(次男)織田信雄	(信長の弟・信包)織田上野守	(三男・信孝)神戸三七	(四男・勝長)津田坊丸	(信長の弟)織田長益	(信長の弟信行の子・信澄)津田七兵衛
①		1 御本所公		2 神戸三七殿			
②		1 北畠殿	3 織田上野守殿	2 神戸三七殿	4 津田お坊		
③		1 北畠中将殿	2 織田上野守殿	3 神戸三七殿			
④	1 城介殿	1 北畠殿	3 上野殿	4 三七殿			
⑤		1 北畠殿	2 織田上野守殿	3 神戸三七殿	4 津田お坊		
⑥	1 三位中将殿	2 北畠殿	3 上野殿	4 三七殿			
⑦	1 三位中将殿			2 神戸三七殿			
⑦				神戸三七殿			
⑧				神戸三七殿			
⑨	1 三位中将殿	2 北畠殿	3 織田上野守殿	4 三七殿			
⑩	1 三位中将殿	2 北畠殿		3 三七殿			
⑪	1 中将殿			2 神戸三七殿			3 津田七兵衛殿
⑫				神戸三七殿			
⑬ (巻12)	1 中将殿様	2 御本所様	3 上野守殿	4 三七殿			
⑭ (巻12)	1 城介殿	2 御本所	3 上野守	4 三七			
⑮		1 北畠中将殿	2 織田上野守殿	3 神戸三七殿		4 津田源五殿	5 津田七兵衛殿

⑯	1中将殿	2北畠殿		3三七殿			
⑰	1三位中将殿	1北畠中将殿	3織田上野守殿	4神戸三七殿		6源五殿	5津田七兵衛殿
⑱	1三位中将殿	1北畠中将殿		3三七殿			
⑲	1三位中将殿	1北畠中将		3神戸三七			
⑳				神戸三七殿			

兄弟のうちでは、信忠、信雄の下で、[注8]信長の弟である信包《のぶかね》が登場する所では、この人に譲って第四位にならねばならない。しかも、信忠が「三位中将」、信雄が「北畠中将」という官位をもって呼ばれることもあるのに対し、そのような貴族的呼称で扱われることがなかった。天正五年（一五七七）に従五位下侍従に叙爵されている信孝にとって、都人《みやこびと》に対する面子《めんつ》からも口惜しいことであったと思われる。

このような信長存命時の現状を記憶にとどめて、いよいよ**本文五―六**の本文に入る。

私注三　親子の事に候間

本条に先立つ条は、柴田勝家の悪行を述べたて「天道《てんたう》、恐《おそ》ろしき事」と結んだもの[注9]である。そして、その「正《せう》義《ぎ》にあらず」の道をともに歩いた「神戸《かんべ》三七殿」を非難するのが、本条の主旨である。

しかし、牛一は、勝家とともに反乱を起こした人物ではあるが主君信長の遺児であることにかわりはないので、先の条でも、本条でも、「神戸三七殿」と「殿」の敬称を忘れない。

『原本信長記』では厳然とあった、そして『信長公記』に至る過程で〝ゆれ〟をもちつつ省いてゆき、現存する陽明文庫蔵『信長公記』では完全に省いた「殿」を、『大かうさまぐんき』のここで復活させていることは、『大かうさまぐんき』の今ある形のものが、豊臣秀吉没後に清書完了したことを推測させる。

神戸三七殿は、信長とは「親子」(注10)（Xinxi. Voyato co. ＊父や母と子どもと）の間柄なのだから、早速御上洛をし――『信長記』における例⑳で知られるように、三七信孝は、当時、四国の阿波国を名実ともに拝領すべく、摂津の住吉浦で渡海（出陣）へ向けての準備の最中であった――、秀吉に対して、「父信長を殺した賊将明智光秀を討ってくれてありがとう」と「御礼《れい》」を言い、また、父の御霊《みたま》をとむらうための「貢物《みつぎもの》」（供物や経費）を大徳寺総見院に届けたりすべきであった。

原文「きやうよう」は、「孝養」にあたる。歴史的仮名遣いでは「けうやう」とあるところを、「孝」は開音に「養」は合音に記しているのは、牛一の開音合音《かいおんごうおん》の乱れを反映したものである。「孝養」につき、『日葡辞書』は、次のように説明する。

「Qeôyǒ. ＊ある死者のために行われる法事、または、追善供養。Bumo qeôyǒno tameni suru.（父母孝養のためにする）自分の父母の霊のために何事かを行なう」

『日葡辞書』の説明では明白な指摘がなされていないが、「孝養」の原義は、「親に孝行すること」であり、ついで、「亡き親を心をこめて弔う」意となった。『平家物語』（覚一本）の巻五「富士川《ふじがは》」に、

「西国《さいこく》のいくさと申《まうす》は、おやうたれぬれば孝養《けうやう》し、いみあけてよせ、子《こ》うたれぬれば、そのおもひなげきによせ候はず」

とある(注11)のは、そのよき例である。牛一も、その意味で、ここに使った。

さて、三七信孝は、そのようなことを心がけることもなく、柴田勝家と与《く》んで、秀吉を討って天下の主となろうとするような「無道至極《ぶたうしごく》」(Butŏ. ＊非理、不正、邪悪。Xigocu. ＊完全の域に達したこと。二語が組み合わされると、「無道の極みに達する」「極めて無道な」の意味を造る)の行動をとってしまった。

そこで、「天道《てんたう》の冥利《みやうり》」(天が与えたもう利益《りやく》)が尽き、世の中の趨勢にもはずれ、むなしく滅びることとなってしまった。これも、「天道恐《てんたうおそ》ろしき事」と思わざるをえない。

牛一は、神戸三七の件についても、きまり文句「天道恐ろしき事」を最終尾にもってきているが、ここも柴田勝家の条同様、やや説得力に欠ける。

「天道恐ろしき事」に押しこめようとする無理が見られる。この〝無理〟を、ある面では気づいてもらおうというのが、著者牛一の計算でもある。

もし、神戸三七が秀吉に「御礼《れい》をも仰《おほ》せられ」「孝養《きやうよう》の貢物《みつぎもの》を御いとなみなされ」たならば、秀吉は、信長の第三男にふさわしい待遇をなしたであろうか。否であろう。結局、秀吉といつかは対立しなければならない時が来るであろうし、対立をさけようとすれば、ただおとなしく形だけのもてなしに甘んじつづけなければならないわけである。

わが守《も》り立てる三七殿がそんな立場に甘んじることなど、信長の臣下であった勝家に耐えられるはずはない。勝家と三七が手をたずさえて秀吉に向かうことは、これしかない流れがあったのである。

二人を、いや二人をこうせざるをえなく流しゆく歴史そのものを、牛一が「天道恐ろしき事」と表現したとみなせば、全てがうまく説明がつく。

単なるステレオタイプのくりかえしではなく、深い試行錯誤を経て得られた結論が、『大かうさまぐんき』には提示されている。その意味で、私は、『信長記』よりも牛一の思考の純度の高さを見るのである。

弔い合戦を含めて、神戸三七は、本当に「孝養」のふるまいをしなかったのか。そうではない。彼なりに動いたのである。そのことは、『大かうさまぐんき』が完成し、語られていた時代の人々は、みな知っていた。「孝養」の心が、後継者問題に収斂していく中で、信雄と対立し、吉法師（信忠の遺児）をかつぎだす秀吉とぶつかったのである。その経過を、ルイス・フロイスの『日本史』（中央公論社）から報告しておきたい。

私注四　ルイス・フロイス『日本史』の「三七殿」情報（その一）

◇当時、信長の三男の**三七殿**はまだ堺にいて、**彼**の父が所領として与えたかの四つの国を兵士たちとともに占領に赴く準備を終えていた。**彼**は謀叛と父および兄の訃報に接するや引き返し、その件に復讐するための準備をただちに開始し、まず従兄弟の七兵衛殿《セチビヨウドノ》を血祭りにあげて身辺を固めようと欲した。（七兵衛）は、信長の兄（弟）の息子であり、信長が父の遺産相続者になろうとしたため、その父は、数年前に殺害されたのであった。この若者は、（信長に）殺された者の息子であるとともに、明智の一女を娶っていたので、彼が義父と組んでこの謀叛を企てたと思わぬ者はなかった。この若者は、当時、信長の命令によって、丹羽五郎左衛門《ニワノゴロザイモン》と名乗る他の武将といっしょに、堺から二里半ほどのところにある大坂城を見張っていた。

信長の三男の**三七殿**の軍勢は、四国の諸国の征服に向かう**彼**に伴うべく、おのおの異なった地方から集合し編成されていたため、（謀叛の報に接するや）兵士たちの多くは**彼**から離れ去って行った。**彼**はそのため焦燥感を抱き、希望の実現が遅延することを非常に悲しんだが、自らの許に留まった軍勢を率い、信長の息子の親友である他の武将と従兄弟（信澄）がいる大坂に向かった。

従兄弟は自分が殺されはしまいかと恐れ、（三七殿）が入って来ないように内部から盛んに懇請し奔走していたが、種々交渉の末、この武将の好意によって三七殿は大坂に入った。そして二日滞在した後、三七殿は、他の武将の五郎左衛門と協議し、塔《トルレ》の最上階から決して出ようとせず、しきりに身辺を警戒していた従兄弟をいかにして殺害するかについて結論を下した。

考案した策略は、五郎左衛門が信長の息子を船まで送るというごくふつうの行為を装い、そこで三七殿と五郎左衛門の家臣の間で騒動が起るように仕組み、従兄弟の家臣らは城から出ようとせず、彼に至ってはなおさら、疑っていたことが現実になることを恐れて外に出なかったので、惹起した偽りの騒動で五郎左衛門の家臣が敗北したように見せかけて城内に逃げこんだところを、三七殿の家臣も追跡して入り、一団となって塔の内部の従兄弟がいた場所を襲撃することであった。（その策略が実行された後）同所で、ある人々は、彼が自らの手で切腹したと言い、他の者たちは、彼の若い身分のある武士たちが彼を殺害したと述べている。

これにより、三七殿が勇気と信用を獲得すると、ただちに河内国のあらゆる有力者たちは彼を訪れ、主君として認められるに至った。彼は従兄弟の首級を堺の市《まち》の近くに曝すように命じた。事実、この若者は異常なほど残酷で、いずれも彼を暴君と見なし、彼が死ぬことを望んでいたからである。

◇ジュスト（右近殿）が高槻に到着すると、キリシタンたちは皆蘇生したようになり、彼らはただちに明智の敵であることを宣言し、大急ぎで城を修築した。この修築を彼は、信長の息子の三七殿と毛利の征服者である羽柴とともに行なったが、彼らはこの復讐については団結しており、双方が集め得る最良の軍勢をもって、ともに明智討伐に望む覚悟でいた。彼らには、当地方の主要なキリシタンを有する河内と津の国の諸国のすべての武将たちが合流したが、三ケ（頼連）殿だけは、明智が彼に河内国の半領と、兵士たちに分配する黄金を積んだ馬一頭を約束していたので、彼の側に味方した。

そして羽柴は、その絶大な権力と毛利の領国を有し、万人に恐れられていたが、表面では、信長の三男の**三七殿**をきわめて大切にしていたので、民衆は、**彼**を父の座に置くであろうと思うほどであったが、彼の考えは、そうした見方とはおよそ縁遠いものであった。

◇

そこで明智方は戦意を喪失し、背を向けて退却し始めたが、敵方がもっとも勇気を挫かれたのは、**信長の息子**と羽柴が同所から一里足らずのところに、二万以上の兵を率いて到着していることを知ったことであった。だがこの軍勢は幾多の旅と長い道のり、それに強制的に急がせられたので疲労困憊していて、（予想どおりには）到着しなかった。（略）

この勝利は光栄ある童貞聖母の訪問の祝日の正午に行なわれた。そしてこの（戦）は明智の敗北の主因をなしたものであり、後日、**三七殿**は、ジュストがキリシタンであるゆえ、かくも鮮やかに明智を敗走せしめたのだと語ったほどであった。

◇

哀れな明智は、隠れ歩きながら、農民たちに多くの金の棒を与えるから自分を坂本城に連行するようにと頼んだということである。だが彼らはそれを受納し、刀剣も取り上げてしまいたい欲に駆られ、彼を斬殺し首を刎ねたが、それを**三七殿**に差し出す勇気がなかったので、別の男がそれを**彼**に提出した。そして次の木曜日に、信長の名誉のため、明智の身体と首を、彼が信長を殺し、他の首が置かれている場所に運んだ。デウスは、明智が日本中を攪乱するほどの勇気を持ちながら、残酷な叛逆を遂げた後には、十一日か十二日以上生き長らえることを許し給わず、彼はこのようにして実に惨めな最後を遂げた。しかも、かかる際、彼は異教徒の身分ある者が名誉のために行なう切腹をするための時間すらも持ち得ず、貧しく賤しい農夫の手にかかり、不名誉きわまる死に方をしたのである。それのみか、**三七殿**は、身体に首を合わせた後、裸にして、万人に見せるため、市《まち》はずれの往来が激しい一街道で十字架に懸けるように命じた。

以上は、『日本史　5』（原文第二部四三章）より抜き出したものであるが、神戸三七の、父信長への孝養としての激しい弔い合戦のありさまが彷彿とする。そして、

「羽柴は……表面では、信長の三男の三七殿をきわめて大切にしていたので、民衆は、彼を父の座に置くであろうと思うほどであったが」

という条《くだり》は、謀叛人明智光秀討伐後の三七と秀吉の離反を予告する。

予告は、現実のものとなる。

そのことは、『日本史　1』（原文第二部四七章）に記されている。
◇信長の没後、その家臣で羽柴筑前殿と称する者が天下《テンカ》の政治を司ることになった。彼は優秀な騎士であり、戦闘に熟練していたが気品に欠けていた。信長は彼をして毛利（氏）の諸国の攻撃に従事させ、すでに四、五ヵ国を武力で占領していた。
（羽柴秀吉）には、高貴さと武勲において己れに優る二人の競争相手がおり、彼は彼らを亡きものにしようと決意を固めた。そしてまず越前国の主君である柴田（勝家）殿と一戦を交えて彼を滅ぼし、五、六千名の兵を殺した。柴田自身は城に立て籠り、放火させ、城中の家臣たちとともに切腹して果てたのである。

第二の（敵）は信長の息子**三七殿**（信孝）であった。（**三七殿**）には、かつての父の家臣であった者（秀吉）に臣従することは、とうてい耐え難いことであった。**彼**は美濃国の君主であり、二度にわたって羽柴（秀吉）に対して軍を起した。ところで羽柴勢が攻撃して来たことを知ると、**彼**はそれに対抗するに足る軍勢を有しな

かったので、それまでいた兄弟にあたる殿（信雄）の城（岐阜）を捨て、身内の武将のもとへ援助を求めて逃走した。だが同行していたその家臣は、羽柴（秀吉）に忠誠を示すことによって顕著な報酬に与かろうとして、途上（**三七殿**）を殺害してしまった。

　これは明らかに我らの主なるデウスの御摂理によることを示していた。と言うのは、（先に）デウスは**彼**に（キリシタンの）教えについて大いなる喜びと光と知識を授け給い、彼自身、キリシタンになる意向をたびたび表明し、**自分**が征服した諸国では我らの聖なる教えが大いに弘まるように協力しようと言っていながら、少しく栄えるとデウスに背を向け、心はまったく悪に染まり、デウスに扶助を求めるどころか、それを拒否し、魔術師の吐物《ヴォミト》を求め、偶像を拝みに走ったのである。だがデウスは突如として**彼**との絆を断ち給い、間もなく**彼**は無残な死を遂げ、その記憶は（人々の許から）消滅してしまった。

私注五　ルイス・フロイス『日本史』の「三七殿」情報（その二）

神戸三七は、広い意味での「孝養《きやうよう》の貢物《みつぎもの》」を営まなかったわけではなかった。ただ一つ、のち「大かうさま」と呼ばれる羽柴秀吉に盾《たて》ついたことで、滅亡に追いこまれたのである。太田牛一は、この構図をわかりすぎるほどわかっていた。そして、若くして死を余儀なくされた三七殿への悼《いた》みからのがれようとして、「天道恐《てんたうおそ》ろしき事」と結んだ。

主君すじの若者を追いつめた秀吉への批判の次元を超えて、牛一は、天命——運命ということに思いをはせたのである。秀吉と対立し殺される運命であった——こう記すことによって、人智のはかりしれない生と死が、はじめて納得されるのであった。

信長の死、明智光秀の死をドキュメントしたフロイスは、

「たとえ人々の目には、リバノ山の杉の木のように高々と聳えるかに見えたとしても、ごくわずかの時が経過した後には、その権力を示すものとてはなんら残存せず、瞬時にして（彼らは）地獄に落とされたのである。日本においては、人の世のはかなさと、その流れの早さを思わすものはあまりにも多く、人々はそれらに対して、不思議な驚嘆と恐怖を覚えるほどであるが、移ろい転《まろ》ぶもろもろの営みに浸るほどに、想いを変えて行き、死に関するこれらあらゆる思考を、時を経ずにすべて忘れ去ってしまうのである[注16]」

（『日本史　5』）

と、その原文「第二部四三章」を結んでいる。訳者（松田毅一、川崎桃太）は、それに対して、

「(16)　このフロイスの感慨は、『多聞院日記』の次の一文と対照されてよい。

盛者必衰之金言、不可驚事也、諸国悉転反スヘキ歟、世上無常追日現眼前ゝゝ様躰ハ慥ニ不知、如何可成哉覧ゝゝ（三ノ二二四、二二五ページ）」

のような注をほどこしている。

キリシタンの把握（リバノ＝レバノン山の杉の木云々）、仏教思想を背景にした『多聞院日記』に代表される把握と、太田牛一の「天道恐ろしき事」を並べてみると、もっとも簡潔な牛一のことばがぐっさりと胸を突いてくるのは、私だけであろうか。

フロイスは、一旦はキリシタンに好意を示し、結局キリシタンにならなかった神戸三七の「無惨な死」に対して、

「これは明らかに我らの主なるデウスの御摂理によることを示していた」

と判断を下す。これを、三七殿を追いつめていったもろもろの存在を認めつつ「天道恐ろしき事」と結んだ牛一と比較する時、牛一の思考の方に、柔軟さを感じてしまうのである。言い切ることと言いよどむことという表現性の差以上のもので。

最後に、秀吉に敵対する以前、そしてキリシタンに好意的であった頃の神戸三七の横顔を紹介しておこう。

「三七殿《サンシチドノ》（信孝）と称する信長の次男は、ただにキリシタンになるための素質のみならず、それらの大支柱になり得る素質を備えていたが、後日、人が変り、後述するようにきわめて悲しく不運な末路をたどることになった。

信長の多くの息子の中にあって、**彼**はすべての武将たちからもっとも好かれ愛されていた。**彼**は安土の司祭らや日本人の修道士らと交際し始め、しばしばデウスの掟について説教を聞くうちに、たとえキリシタンであったとしても、それ以上望み得ないほどの愛情と親近感を（我らの）修道院に対して抱くようになった。**彼**は週に一、二度はかならず修道院に姿を見せ、ロレンソ修道士がそれに劣らぬほど、頻繁に**彼**の家に来訪することを希望した。また種々の贈物をたびたび司祭らに届け、万事において彼らに対する大いなる愛情と親切を示した。**彼**は、司祭らを自らの教師と見なしていると公言し、大物の武将たちの前で、深い尊敬をこめてデウスの掟について語り、司祭らに対しては、きわめて恭順の意を示したので、異教徒たちは驚愕した。

彼は仏僧たちの宗派が欺瞞と迷信であるとしてこれを軽蔑し、我らの聖なる掟だけが真理と道理にかなっており、事理をわきまえるいかなる者も、デウスの教えを聞いてはキリシタンにならずにはおれぬと述べ、多くの言葉をもってそれを激賞した。**彼自身**も、幾つかの事情から延期を余儀なくされていなければ、すでにキリシタンになっていたところであり、その数名の家臣は、**彼**の説得により、すでに受洗していた。**彼**は某修道士にコンタツ（ロザリオ）を求め、それで祈りたいと言い、時々それを腰に帯びていた。

彼は大きい邸と相当な封禄を付与されていたが、時節が到来するまで、**彼**の父はいまだいかなる国をも与えていなかったので、父がいずれかの領地を与えるのを、当然のこととして待機していたのであった。すでに二十五歳になっていたであろう（訳者注＝信孝は永禄元年〈一五五八年〉の生まれで、天正八年〈一五八〇〉には満二十二歳）。父から気に入られ、城中の一同から愛されていた**この若者**は、父が喜び、少なくとも悪く思わぬことを暗示するまでは、キリシタンになることを留保していた。

なぜなら信長は、その予供たちに対しても顧慮するところがなく、彼らからさえ恐れられていたので、進んで彼と話そうとする者はなく、（誰も）皆彼の気にさわるようなことは避けるように注意していた。**三七殿**は父の重臣たちと親しく交際していたが、彼らに向かっては、キリシタンになりたいと公言し、父がそれをどう思うか知ろうとして、彼がそれについて考えてくれるように手をつくしていた。（**三七殿**）は我らのことを母親に話していたので、彼女は二、三度説教を聞き、デウスの掟に愛着を感じていた。」

〝信長の多くの息子の中にあって、すべての武将たちからもっとも好かれ愛されていた〟人物が、父信長の死後、跡《あと》を継げなかった事などにもう一度思いをいたし、『大かうさまぐんき』の本条を読みなおしてみると、太田牛一の表現構造——秀吉の権力構造を直接には糾弾せずに読む者、（語りを）聞く者に深く察知させる——が、透けて見えてくるようである。

注

（1） ちくま学芸文庫では、**本文四—九**までを扱っている。それ以降、**本文五—五**までについては、(1)「条々天道恐ろしき次第——

三好実休」（新人物往来社刊「歴史研究」平成九年一月号　本書二・一章として収録）、(2)「「条々天道恐ろしき次第——松永弾正久秀」私注」（成城大学短期大学部「国文学ノート」第三四号、平成九年三月　本書二・二章として収録）、(3)「明智光秀（その一）」（「歴史研究」平成九年五月号　本書二・五章の前半部として収録）、(4)「明智光秀（その二）」（同平成九年八月号　本書二・五章の後半部として収録）、(5)「柴田勝家」（同平成九年一一月号　本書二・六章として収録）、(6)「「条々天道恐ろしき次第——斎藤山城道三」私注」（「成城大学短期大学部紀要」第二九号、平成一〇年三月刊　本書二・三章として収録）、(7)「「条々天道恐ろしき次第——斎藤山城道三」私注〈続〉」（「国文学ノート」第三五号、平成一〇年三月刊　本書二・四章として収録）などにおいて言及をしている。

（2）　小著『原本「信長記」の世界』（平成五年九月、新人物往来社刊）参照。
なお、岡山大学附属図書館蔵池田家文庫『原本信長記』については、平成一〇年九月、直接原本を披見する機会を得た。岡山大学附属図書館各位に厚くお礼申しあげる。

（3）　陽明文庫蔵本については、平成八年、九年、直接、原本を精査する機会を与えられた。名和修文庫長の御学恩に、厚く御礼申し上げたい。なお、「信長記」諸本の調査に関して、平成一〇年度成城大学短期大学部特別研究費の助成を受けており、本稿もその成果の一部を反映するものである。

（4）　建勲神社蔵『信長公記』巻十四・6ウでも「二月十九日　北畠中将信雄卿　中将信忠卿　御上洛　二条妙覚寺御寄宿」とあり、陽明文庫本に同じ。『原本信長記』にある「三七殿」がのちの手稿本で削られた理由として、三七が「二月十九日」には御上洛しなかったのか、「二条妙覚寺」に「御寄宿」しなかったのか——これらは、太田牛一のデータ処理上の意識に関わる——、あるいは、信忠や信雄と同一行動をとったこと自体はばかられる状態下——三七が柴田勝家らと与《く》み秀吉に反抗した後——に陽明文庫蔵本・建勲神社蔵本が記されたかなどが考えられよう。ただ、ここで気になることは、陽明文庫蔵本・建勲神社蔵本において長男信忠より次男信雄を先にもってきていることと、「殿」よりも格式化した「卿」を添えていることである。現存する陽明文庫蔵本・建勲神社蔵本の共通祖本が、巻十四のみに限って、織田信雄本人を含めてゆかりの人々の眼に入れることを計算されて書写された（書写者は太田牛一本人であってもよい）可能性が浮かんでくる。太田牛一は、求めに応じて必要な巻を『太平記』のように語ることができたし、書写して献呈することもできた。
なお、建勲神社蔵本に関して原本調査の機会を与えられた松原宏宮司、閲覧の際お世話になった京都国立博物館下坂守普及室長（当時）に厚くお礼申しあげる。

（5）のちの陽明文庫蔵本では、

「　七月廿五日
岐阜中将信忠　安土に至つて御上着
　御脇指御三人へ参らせられ候　御使森乱
中将信忠へ　　作正宗
北畠中将信雄へ　作北野藤四郎
織田三七信孝へ　作しのぎ藤四郎
　何れも御名物代過分の由候也」（巻十四・47ウ～48オ）

となっている。建勲神社蔵本巻十四・45ウ～46オも同文であるが、これらにおいて、信忠につけられていた「殿」まで省いている事実に注目しておきたい。

（6）のちの陽明文庫蔵本では、

「近衛殿　伊勢兵庫頭
　御一家の御衆
北畠中将信雄　織田上野守信兼　織田三七信孝　織田源五　織田七兵衛信澄」（巻十四・5オ～ウ）

となっている。建勲神社蔵本巻十四・4オ～ウも同文。「近衛殿」にのみ「殿」をつけて敬意を強調するとともに、織田「御一家」を印象づけるために、北畠中将信雄以外、全て「織田」という姓で統一もはかっている。

牛一のこのような補訂は、巻十四なら巻十四全てにわたって均一に行なわれているのではなく、たとえば、注4に引用した「北畠中将信雄卿　中将信忠卿　御上洛」のような例もあり、小さな条目内におけるバランスが優先されることもあった。

（7）例⑫には「神戸三七殿」「北畠殿」「織田上野殿」三名が見られるが、「神戸三七殿」は「塚口」の取出《とりで》預かり、「北畠殿」「織田上野殿」は「毛馬」の取出預りというように分担が異なっているので、順位的に記されたものとして扱わない。

（8）『原本信長記』において、信長の長男信忠については、もっともくずしの度合のゆるい「殿」があらわれ、次男信雄については、それよりも幾分くずしの度合が進み、織田上野守信兼（信包）や神戸三七の「殿」は雑といってよいぐらいくずしが進み、字形も小さくなっている（例⑥に関する左の原本写真参照）。（補注1）

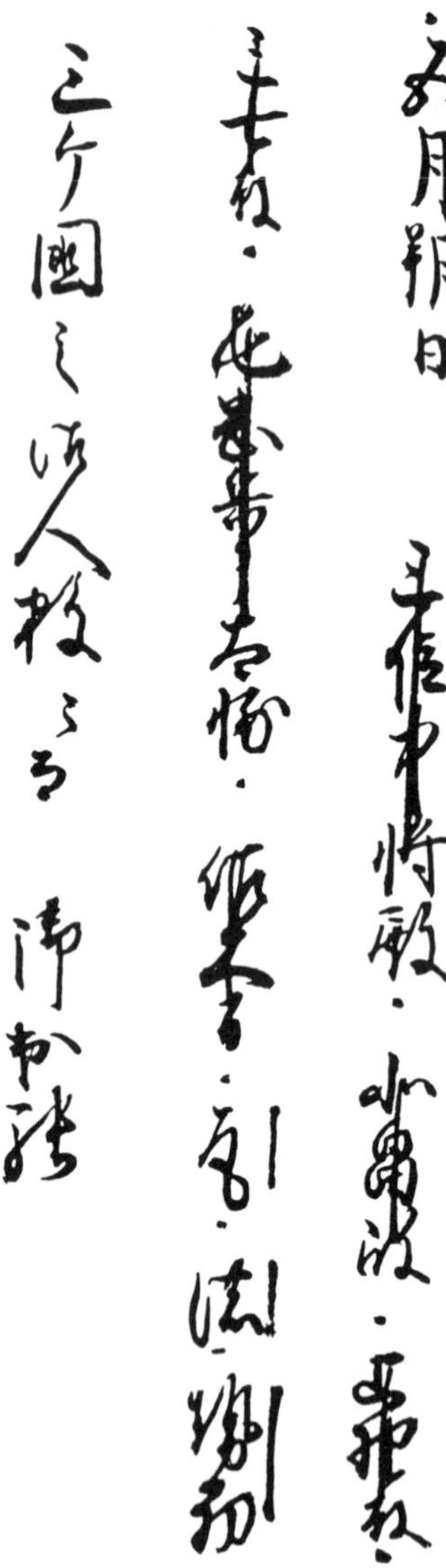

牛一が書記面においても、敬意度を反映させていたことがよくわかる事例である。

（9）注1所掲の前稿(5)参照。

（10）『日葡辞書』の引用であるが、ローマ字表記と＊印でそれとわかるので、（　）内においては書名を略する。なお、『日葡辞書』は、岩波書店刊、土井忠生・森田武・長南実編訳の『邦訳日葡辞書』に拠る。

（11）岩波日本古典文学大系『平家物語』上巻・373頁。

補注1　原本写真掲載にあたって「貴重資料掲載許可書」発行はじめいろいろお世話になった岡山大学附属図書館、および、巻十一の書誌等について御教示下さった同館・藤原智孝氏に厚く御礼申し上げます。

二・八章　北条左京大夫氏政事

はじめに

本章は、『大かうさまぐんきのうち』（一冊。太田牛一自筆。慶應義塾図書館蔵）における「一　ほうぢやうさきやうのだいぶうぢまさ　事」から「てんのみやうかつきはてゝ　むけにあひはて　天たうおそろしき事」までの一まとまりの章段（注1）についての「釈文」と「私注」（注釈・考察）からなる。ただし、その前半部であり（注2）、紙幅の都合によって後半部は別稿（本書二・九章として収録）として発表する（注3）。

釈文【本文六―一の①】

一、北条左京大夫氏政事《ほうぢやうさきやうのだいぶうぢまさ》、近年《きんねん》、諸国押領《しよこくおふりやう》せしめ、恣《ほしいまゝ》に相働《あひはたら》き、朝恩《ちようおん》を忘《わす》れ、倫命《りんめい》にも応《おふ》ぜず、公儀《こうぎ》を蔑《なひがしろ》に扱《あつか》ひ申。然《しか》りといへども、
秀吉公《〈ひでよしこう〉》、御慈悲《じひ》を思《おぼ》し召《め》され、上洛《せうらく》いたし、参内《さんだい》しかるべきと、度々《どゞ》、
津田《〈つだ〉》隼人《はやと》　富田《とびた》左近将監《さこんのせうげん》
を以《も》つて仰《おほ》せふくめられ候へども、遅々《ちゝ》いたし候。げにく〱罷《まか》り上《のぼ》らず候はゞ、御動座《どうざ》なされ、きつと仰《おほ》せつけらるべき趣《おもむき》、御《（ご）》諚《ぢやう》のところに、北条《ほうぢやう》、居《ゐ》ばからひの申《（まうす）》様《やう》、関東《くはんとう》一の木戸《きど》、箱根山《はこねやま》、丈夫《ぢやうぶ》に要害《ようがひ》を構《かま》へ、相抱《あひかか》へべきにて候、たとへば、京《〈きやう〉》勢何万騎《ぜいなんまんぎ》うち向《む》かふといふとも、由井《ゆい》、蒲原《かんばら》、境《さかひ》として、在陣《ざいぢん》たるべし。昔《むかし》も、平氏《へいし》の軍兵《ぐんびやう》馳《は》せ下《くだ》り、かの地に陣取《ぢんど》り、一戦《せん》の事はさて置《お》きぬ、水鳥《みづとり》の羽音《はをと》に驚《おどろ》ひて、数万《すまん》の軍勢《ぐんぜい》、

逃《に》げ上《のぼ》り候《さふら》ひける。又ぞろや、その先例《せんれい》たるべきなどゝ、嘲《あざけ》り候て、日数《かず》を送《をく》る。

私注一　一（ひとつ）

冒頭に「一」（ひとつ）とあるのは、本条が、大きくは、「条々、天道恐ろしき次第」という章段(注4)に含まれる「一条」であることを示している。

しかし、その章段の最後の条であるとともに、秀吉政権が本当の意味で全国規模で確立する出来事「小田原征伐」を伝える部分であり、太閤秀吉のサクセス・ストーリーの総仕上げの部分でもある。

『大かうさまぐんき』の主人公でもある秀吉の行為を正当化し、討たれし者を悪者にしてゆく論理として、牛一は、次々に「天道恐ろしき事」の思想を導入してきた。そして、北条氏政の敗北も、結局は氏政本人の天道にそむく所業の結果である、つまり、自滅であったとすることにより、牛一は、ひとまずは、秀吉の〝王道〟をアピールしようとしているのである。

その辺のところを見つめた時、本条は、形の上では「条々、天道恐ろしき次第」の一節であっても、内容的には、新たな展開となるものである。そこで、「本文六」という新たなる数字を付けてみた。

私注二　北条左京大夫氏政事

秀吉の権力とぶつかる以前の北条氏政の事蹟について、『戦国人名事典』（新人物往来社）は次のように載せる。

「一五三八（天文七）年生まれ。（左京大夫・相模守）　小田原北条氏第四代。北条氏康の長男。永禄二年（一

五五九）の末、あるいは翌三年初めに家督。上杉氏のたび重なる関東出兵を退け、上野南部に勢力を拡大。永禄十一年末からは駿河に侵攻した武田信玄と戦い、上杉氏と越相同盟を結んだ。父の死後、上杉氏と絶って再び信玄と結び、以後、北関東への勢力拡大に専念、簗田・小山氏らを服属させ、下総北部から下野に領国を拡大」

『国史大辞典』（吉川弘文館）「北条氏政」（注5）項はさらに詳細である。

「戦国時代の武将。相模国小田原城主。北条家第四代目当主。通称は新九郎。左京大夫。隠居後は相模守、また截流斎と号した。父は北条氏康、母は今川氏親の娘（瑞渓院）。天文七年（一五三八）の生まれで、相甲駿の三国同盟成立後の同二十三年十二月、武田晴信の娘（黄梅院）を正室として迎えた。

永禄二年（一五五九）十二月に父氏康から家督を譲られたとみられるが、その当時の関東は天候の不順による飢饉と疫病の流行に見舞われていたため、翌三年の二月から三月にかけて徳政を実施してこれに対処している。また同年六月には、代物《だいもつ》法度《はっと》を改定して精銭と地悪銭の法定混合比率を確立し（百文中、精銭七十文、地悪銭三十文）、これを諸商売の取引にも適用させた。

同四年三月には長尾景虎（のちの上杉輝虎、謙信）の小田原攻城を退けたが、この景虎の来襲を契機に領国内で禁止していた一向宗（浄土真宗）の布教を解除する宗教政策の変更を行なっている。

同七年正月、里見義弘の軍と下総の国府台《こうのだい》で戦い勝利を収め（第二次国府台の戦）、同年七月には太田氏資の内応とともに、その父資正の岩槻城を攻略して武蔵をほぼ平定した。同九年関東管領上杉輝虎が推戴していた足利藤氏を幽閉先の伊豆で殺したが、このころから翌十年にかけては上野の由良氏・北条《きたじょう》氏、下野の佐野氏、下総の簗田氏らが輝虎を離れて服属し、北関東でも優位に立った。

同十年八月今川氏真とともに甲斐への塩の輸送を停止する経済封鎖を行なったが、翌十一年十二月に晴信が駿河へ侵攻すると、氏政は同国薩埵山に出陣し武田軍と戦い、遠州の懸川へも援軍を派遣した。この事件によって宿敵上杉氏との講和交渉が促進され、同十二年閏五月に至って相越同盟が成立した。そのため氏政の室（晴信の娘）は甲斐へ送り帰されたが、晴信は九月上旬に上野から武蔵へ侵入、十月一日には小田原城を総攻撃し、同月六日には三増《みませ》合戦が行なわれた。

元亀二年（一五七一）十月三日父氏康の死により、氏政は名実ともに当主の座に着いたが、間もなく晴信との講和交渉を始め、同年十二月に相甲同盟が成立し相越同盟は破綻した。翌三年正月には軍役を改定して軍事力の強化を図っている。

天正五年（一五七七）正月その妹（尾崎殿）を武田勝頼に嫁がせて反織田信長の立場を示したが、翌六年に輝虎没後の上杉家継嗣紛争が起きると、間もなく相甲同盟は破れた。翌七年九月に徳川家康と和睦して勝頼を挟撃することを約し、勝頼と駿河の黄瀬川で対陣したが、勝頼と上杉景勝に対抗するため信長にも接近している。

八年八月に再び勝頼と黄瀬川で対峙したが、同月十九日に陣中で家督を氏直に譲り当主の座から退いた。ときに氏政は四十三歳、氏直は十九歳。氏政の引退は親織田、武田撃滅の具現とみられる。隠居後の氏政は、岳父晴信の花押に似通う花押を改め、父祖の型に似る花押を用い始める。同時に「御隠居様」などと敬称され、また、「有効」の印判を用いて氏直の政務を助け、その後見となった。」

これらをもとに北条氏政像を描くと、『大かうさまぐんき』の**本文六―一の①**との落差にとまどうことになるが、今、そのことには触れない。あくまで、太田牛一の著述視点から読みすすめよう。（注6）

なお、「北条《ほうぢやう》左京《さきやうの》大夫《だいぶ》氏政《うぢまさ》事」の「事」であるが、これは、山田洋次監督の寅さん映画で、車寅次郎が

「私事《わたくしこと》、この度《たび》……」と近況報告のハガキを書き出しているのと同じ手法である。この「事」により、「私は」「私に関しては」などの意味を添えているわけである。

『大かうさまぐんき』の著者太田牛一と同時代の日本イエズス会宣教師ジョアン・ロドリゲス（秀吉や家康にあって「通辞伴天連《ばてれん》ロドリゲス」とも呼ばれた）は、その著作『日本大文典』において、

○この助辞（小林注「は」をさす）がCoto（事）と結合して、実名詞の後に置かれたものは、本来、誰々に関しては等といふ意味を表す。例へば、Padre cotoua（伴天連事は）は伴天連に関しての意。Varera cotoua（われら事は）は私に関してはの意。Quiden cotoua（貴殿事は）はあなたに就いてはの意。Sono fǒ cotoua（その方事は）、等。（第二巻・534頁[注7]）

と説明している。近世に入っても、お仕置状や離縁状[注8]などにおいて当該人名の下に「事」がつけられ、その人物の所業が書きつらねられることがあった。

私注三　近年諸国押領せしめ……居ばからひの申様

氏政が「近年《きんねん》、諸国押領《しよこくおふりやう》」し、「恣《ほしいまゝ》に」行動をしていたと、牛一は記す。「押領」という語は、現代でも「公金押領」「押領罪」（ただし、表記は「横領」）などとマイナスイメージをもつが、当時とて同様である。

『日葡辞書』[注9]は、

「Vǒriǒ. Vosaye riǒzuru.（押さへ領ずる）＊力ずくで、あるいは不当に人の領地を奪い取ること。時としては、領地以外のどんな物であっても、力ずくで、あるいは、暴力をもって奪い取る意」

と説明し、「Vǒriǒna fito.（押領な人）」という熟語も紹介している。「＊力ずくで物を奪い取る人、あるいは、

無理に物事をする人」のことである。

相越同盟や相甲同盟などをめまぐるしく行ないつつ、関東の覇者にならんとする行為も、「天下一統」という名目から見なければ、「諸国押領」という現象にすぎない。『大かうさまぐんき』の立場上、牛一は秀吉側の視点を第一義的に与えられているので、このような書き方から出発せざるをえない。

氏政のこのような行為は、「朝恩《ちようおん》を忘《わす》れ」たものであると、告発する。日本の国々があくまで「朝廷」のものであり、それを「公儀《こうぎ》」（表向きは、『日葡辞書』の説明するように「宮廷、または、宮廷における礼法上の事柄や用務」であるが、関白の職権をさし、つきつめると、その職にある秀吉をさす）(注10)が司《つかさ》どっているのだという前提に立った発言である。

「朝恩《ちようおん》を忘《わす》れ」ているから「倫命《りんめひ》」（天皇の御命令）にも応じない。「倫命」は、秀吉がお願いして出してもらっているのだから、結局、秀吉のことを「なひがしろ」（Naigaxiro. ＊尊重しないこと。例、Fitouo naigaxironi suru. 他人を眼中におかない）にしていると、当時の状況を記す。

「然《しか》りといへども」――そのような状態であったけれど、秀吉公は「御慈悲《じひ》」(注11)の心がおありになったので、「上《せう》洛《らく》いたし、参内《さんだい》しかるべき」と度々《どど》、津田隼人(注12)、富田左近将監(注13)を使者として忠言したのであるが、氏政は上洛を延ばし延ばしにしていた。

ここでも「秀吉公」の行動は、「御慈悲」「思《おぼ》し召《め》され」「仰《おほ》せふくめられ」と敬語をもって遇されている。このうち、「仰《おほ》せふくむる」について、『日葡辞書』は周到な訳を載せている。

「Vôxefucume, ru, eta. ＊伝言を持って行く者とか、その他身分の低い者とかに、ある事を十分に教え込む、または、言い含める」

秀吉は頭がよい。自分に挨拶に来いとは言わず、「天皇に挨拶に来るべきだ」と勧める。当時の天皇勢力が氏政を呼びつけるほどのものであったとは誰も思うまい。しかし、上古より受け継がれてきた天皇家の象徴的な権威（ただし、現代の「象徴」とはやや異にする）については、中世の人々は多少のあいまいさはあってもそれぞれの心の中に深い敬意をいだいていた。

氏政とて例外ではない。しかし、それを秀吉にもちだされるのが許せないのである。氏政など関東に住む者にとっては、秀吉も「近来、諸国押領せしめ、恣に相働き」の一人であるからである。たまたま京入りをすませ、天皇家と蜜月をことほいでいるにすぎない――そう思えば、上洛・参内というコースに、うきうきと乗れないのであった。

「げに〳〵罷《まか》り上《のぼ》らず候はゞ、御動座《どうざ》なされ、きつと仰《おほ》せつけらるべき」

本当に上洛しないのならば、そちらに軍勢を動かして（Dōza. ＊日本全体を統治する主君、総大将が戦争へ出陣すること。例、[注14]Godôza nasaruru.（御動座なさるる））、武力でもってきっちり命令に従わさせるぞと、秀吉は言った。もちろん、この「御諚《ごぢやう》」[注15]は、使者の口上や書簡をもってなされた[注16]。

すると、北条氏政は、「居《ゐ》ばからひ」――坐ったままで頭のみ働かせて机上論的にこう言ったというのである。

「関東《くはんとう》一の木戸《きど》、箱根山《はこねやま》、丈夫《ぢやうぶ》に要害《よふがい》を構《かま》へ、相抱《あひかか》へべきにて候、たとへば、京勢何万騎《きやうぜひなんまんぎ》うち向《む》かふといふとも、由井、蒲原《かんばら》、境《さかひ》として、在陣《ざいぢん》たるべし。昔《むかし》も、平氏《へいし》の軍兵《ぐんぴやう》馳《は》せ下《くだ》り、かの地に陣取《ぢんど》り、一戦《せん》の事はさて置《お》きぬ、水鳥《みづとり》の羽音《はをと》に驚《おどろ》ひて、数万《すまん》の軍勢《ぐんぜい》、逃げ上《のぼ》り候《さふら》ひける。又ぞろや、その先例《せんれい》たるべき」

「居《ゐ》ばからひ」という語は、室町期の抄物類の索引[注17]や手元の採録カードにもなく、戦国時代あたりに生まれたと思われるが、『醒睡笑』『雑兵物語』『甲陽軍鑑』などにも見出せない[注18]。ただし、『日本国語大辞典』を検すると、

○しからずはなんぞすみやかに敵国をほろぼさざる、腰ぬけのゐばからひ、たたみ太鼓に手拍子とも、これらの事をや申侍べき（『伊曽保物語』下・一七）

○ハア腰抜けの居計（ヰバカラ）ひ、三年案じても無い智恵が何の出よ（『諸葛孔明鼎軍談』五）

の用例が得られる。これらは、おもしろいことに「腰抜け」という語と連動し、その持つイメージを浮き立たせている。牛一の場合も、氏政の〝腰抜け〟ぶりを「居《ゐ》ばからひ」の一語で読者、あるいは語りを聞く者に暗示し予測させようとした感がある。

「関東《くはんとう》一の木戸《きど》」は、「関東随一の木戸」であるとともに、京方面より関東へ入る際の最初の木戸（砦《とりで》）の意味であろう。「木戸」は『日葡辞書』が「開き戸の門」と注するごとく、原初的には木製の開き戸である。それが、城門——広く城下町へ入るための門を表わすようになると「城戸《きど》」と表記されることがあった。たとえば、戦国時代の朝倉氏の本拠地、越前一乗谷には「上城戸《かみきど》」「下城戸《しもきど》」があって、防衛上の機能を有している。[注19]

箱根山は今ではドライブウェーが通り難所という感じはほとんどなくなったが、小学唱歌「箱根の山」の「箱根の山は天下の嶮《けん》　函谷関《かんこくかん》も物《もの》ならず　万丈《ばんじょう》の山千仞《せんじん》の谷　前に聳《そび》えしりえに支《さそ》う」（作詞　鳥居　忱）は、中・近世期の箱根山のイメージをよく伝えている。天然の砦たり得た。そこで、関東警備の最前基地——「一の木戸《きど》（城戸）」と表現しているのである。

この箱根山にさらに大きな用害（Yôgai. ＊城砦、城郭、など）をこしらえ、[注20]そこを保守すべきである（Aicacaye, uru, eta. Cacaye, uru の条を見よ。→Cacaye, uru, eta. Xirouo cacayuru.《城を抱ゆる》＊城を維持し防衛する）。[注21]たとえ、秀吉に率いられた京の軍勢が何万騎、こちらに向かって来ても、由井、蒲原を境界にしてそのあたりに陣をとらざるをえない。昔、平家の軍勢が東国に攻め下って、「かの地」（蒲原・富士河をさす）に陣取り、水鳥が一斉に飛び立つ羽音を敵の急襲と勘ちがいして、驚きあわてて数万の軍勢が一気に京へ逃げていってしまった。又、きっと、その先例どおりになるよ。

氏政の内輪のことばである。途中、「一戦《せん》の事はさて置《を》きぬ」というのは、「平氏の軍勢が源氏と一戦をまじえた、そのことには今触れないけれど」という、はさみこみである。水鳥の羽音に驚いて逃げ出すようだと、実際の戦場での様子など知れたものだ、言うにおちるよという意識が先に働いて、文をはさみこませたのである。話しことばなら、こういうはさみこみはよく生じるものであるし、牛一も、ここは、氏政になりかわってことばを発し、それを筆に書き留めていっているのであるから、はさみこみも不自然なものとはならない。[注22] ただし、太田牛一の『大かうさまぐんき』を主資料としつつ小瀬甫庵がわが識見のもとに編み記した『太閤記』（岩波文庫）では、

「昔も平氏の軍勢十万余騎由井神原に陣を取て有しが、合戦の事は及《および》もなく、剰《あまつさへ》水鳥の羽音にさわぎ立て逃上りしは、不ㇾ知やなど云しろひ」（下・14頁）

となっている。「〜が、合戦の事は及《および》もなく、剰《あまつさへ》〜」という表現においては、「ついに合戦などという事にも至らず」「合戦するまでもなく」という意味であることが明白であるが、牛一の『大かうさまぐんき』では、「さて置きぬ」の主体があいまいなため、小瀬甫庵のように受け取る可能性も残されていた。

「又ぞろ」というのは、

○「アノ、身が刀が吉光の代《かわ》りに成るか。こりゃおのれ、又候《またぞろ》偽りをぬかすのじゃナ。イヤ、その手は食《く》わぬハ」（『お染久松色読販[注23]』中幕　岩波古典文学大系『歌舞伎脚本集　下』251頁）

にもあるように、一致、あるいは類似した事が次にも生じるような時に使うことばで、一種のあきれと笑いがこ

められた表現である。
太田牛一の原文では「又ぞろや」と、軽い疑問と感情の高まりを示す係助詞「や」が付加されているが、早い時期には、こちらの方が主流であったと思われる。なぜなら、『太田牛一雑記』（東京大学史料編纂所蔵）(注24)の本条と関わり深い部分に、

「又候哉可為其先例ナト、、嘲哢候テ、日数ヲ送ル」

とあり、豊臣秀吉の書簡に、

「天正十三年に、信雄尾張国に有レ之、不二相届一刻、彼むつのかみ又候哉、人質を相捨、別儀をいたし、加賀国はしへ令二乱入一城々をこしらへ候間、即被レ出二御馬一」（『太閤書信』六二　佐々成政を処罰した時の披露状〈小早川家文書〉）

があり、江戸期に至っても、西鶴の『西鶴諸国はなし』（一六八五年成立）や近松の『浦島年代記』（一七二二年成立）などに、

○我《われ》は内助殿《ないすけどの》とは。ひさ〴〵のなしみにして。かく腹《はら》には。子《こ》もある中《なか》なるに。またぞろや。こなたをむかへ給《たま》ふ（『西鶴諸国はなし』四・鯉《こい》のちらし紋《もん》『定本西鶴全集3』108頁）
○恋慕《れんぼ》の恨に女御の腹を封《ふう》じ、いざりにしたるも我なす業《わざ》。本望遂《と》げしと思ひしに、又候や勅諚とて諸宗が刃《やいば》にかかりし最後《さいご》の一念、女御が胎内の子の骸《からだ》を借《か》り、ふたゝび報《むく》ふ恨の出生（『浦島年代記』四『近松全集12』507頁）

という例(注25)が見出されるからである。語源的には、副詞「又」に「候」（「そろ」という形まで略されていることが前提。一六〇三〜〇四年刊の『日葡辞書』の「Soro. sŏrŏに同じ」「Zŏrŏ. Soro. 1, Sŏrŏに同じ」(注26)は、「ぞろ」と

いう語形の存在を考えるのに示唆的）がついて、「また……ですよ」という意味合いとして生まれたものと考えることができる。

明治期の坪内逍遙などは、『新磨妹《いも》と背《せ》かゞみ』（一八八五年成立）において、「此月《このつき》又候《またざふらゝ》なにがし君《ぎみ》より、過般《くわはん》の縁談《えんだん》は如何《いか》なりしぞ。確答《かくたふ》きゝたしとなん、いはせられける」（十一『逍遙選集　別冊1』406頁）と、古形の「さふらふ」に回帰したような使い方をしている(注27)ことがある。(補注1)

私注四　昔も平氏の軍兵馳せ下り

氏政は、箱根山に代表される関東の地勢の嶮難なことを頼みにし、また京勢を口ほどにもない弱腰とみていたことが、その言動から察せられる。これらが逆に氏政の自信をよんでいることが、「嘲《あざけ》り候て、日数《かず》を送《おく》る」で知られる。また、「日数《かず》を送《おく》る」から、上洛が「遅々《ちゝ》いたし」たわけでもある。

ここで、氏政が例にあげた事象を『平家物語』（覚一本）本文から示しておこう。

「都《みやこ》をば三万余騎《まんよき》でいでしかど、路次《ろし》の兵《つはもの》めしぐして、七万余騎《よき》とぞきこえし。先陣《せんぢん》はかん原《ばら》・富士河《ふじがは》にすゝみ、後陣《ごぢん》はいまだ手越《てごし》・宇津屋《うつのや》にさゝへたり。大将軍権亮少将維盛《だいしやうぐんごんのすけぜうしやうこれもり》、侍大将上総守忠清《さぶらひだいしやうかづさのかみたゞきよ》をめして、「たゞ維盛《これもり》が存知《ぞんぢ》には、足柄《あしがら》をうちこえて坂東にていくさをせん」とはやられけるを、上総守《かづさのかみ》申けるは、「福原《ふくはら》をたゝせ給し時《とき》、入道殿《にうだうどの》の御定《ごぢやう》には、いくさをば忠清《たゞきよ》にまかせさせ給へと仰《おほせ》候しぞかし。八ケ國《こく》の兵共《つはものども》みな兵衛佐《ひやうゑのすけ》にしたがひついて候なれば、なん十万騎《まんぎ》か候らん。御方《みかた》の御勢《せい》は七万余騎《まんよき》とは申せども、國々《くにぐ》のかり武者共《むしやども》なり。馬《むま》も人もせめふせて候。伊豆《いづ》・駿河《するが》の勢のまいるべきだにもいまだみえ候はず。たゞ富士河《ふじがは》をまへにあてて、みかたの御勢《せい》をまたせ給ふべうや候らん」と申《まうし》ければ、力及《ちからをよ》ばでゆらへたり。

さる程《ほど》に、兵衛佐《ひやうゑのすけ》は足柄《あしがら》の山《やま》を打《うち》こえて、駿河國《するがのくに》きせ河《がは》にこそつき給へ。甲斐《かひ》・信濃《しなの》の源氏《げんじ》ども馳来《はせき》てひとつになる。浮嶋《うきしま》が原《はら》にて勢《せい》ぞろへあり。廿万騎《まんぎ》とぞしるいたる。（略）

さる程《ほど》に、十月廿三日にもなりぬ。あすは源平富士河《げんぺいふじがは》にて矢合《やあはせ》とさだめたりけるに、夜《よ》に入《いり》て、平家《へいけ》の方《かた》より源氏《げんじ》の陣《ぢん》を見《み》わたせば、伊豆《いづ》・駿河《するが》の人民《にんみん》・百姓《ひやくしやう》等がいくさにおそれて、或《あるひ》は野《の》にいり、山《やま》にかくれ、或《あるひ》は船《ふね》にとりの（ツ）て海河《うみかわ》にうかび、いとなみの火《ひ》のみえけるを、平家《へいけ》の兵《つはもの》ども、「あなおびたゝしの源氏《げんじ》の陣《ぢん》のとを火《び》のおほさよ。げにもまことに野《の》も山《やま》も海《うみ》も河《かわ》もみなかたきでありけり。いかゞせん」とぞあはてける。その夜《よ》の夜半《やはん》ばかり、富士《ふじ》の沼《ぬま》にいくらもむれゐたりける水鳥《みづとり》どもが、なにゝかおどろきたりけん、たゞ一どにぱ（ツ）と立ける羽音《はをと》の、大風《おほかぜ》いかづちな（ン）どの様《やう》にきこえければ、平家《へいけ》の兵《つはもの》共、「すはや源氏《げんじ》の大ぜいのよするは。斎藤別当《さいとうべつとう》が申《まうし》つる様《やう》に、定《さだめ》て搦手《からめて》もまはるらん。とりこめられてはかなうまじ。こゝをばひいて尾《お》張河洲俣《はりがはすのまた》をふせげや」とて、とる物《もの》もとりあへず、我《われ》さきにとぞ落《おち》ゆきける。あまりにあはてさはいで、弓《ゆみ》とる物《もの》は矢《や》をしらず、矢《や》とるものは弓《ゆみ》をしらず、人の馬《むま》にはわれのり、わが馬《むま》をば人にのらる。或《あるひ》はつないだる馬《むま》にの（ツ）てくゐをめぐる事かぎりなし。ちかき宿々よりむかへと（ツ）てあそびける遊君遊女《ゆうくんゆうぢよ》ども、或《あるひ》はかしらけわられ、腰《こし》ふみおられて、おめきさけぶ物《もの》おほかりけり。

あくる廿四日卯刻《うのこく》に、源氏《げんじ》大勢《ぜい》廿万騎《まんぎ》、ふじ河《がは》にをしよせて、天《てん》もひゞき、大地《ぢ》もゆるぐ程《ほど》に、時《とき》をぞ三ケ《か》度《ど》つくりける。（龍谷大学蔵本影印〈臨川書店刊〉二・297～308頁　なお、翻刻にあたっては岩波古典文学大系『平家物語上』371～374頁を参照）

太田牛一は平家節（平曲、平家の語り）としてこの段に親しんでもいただろうが、鎌倉時代語の反映した『平家物語』を聞きつつ、脳裏では牛一の生きる室町時代語で理解していたと思われる。そこで、イエズス会日本人修道士《イルマン》不干ハビアンが室町時代語に置きかえた『天草版平家物語』(補注2)を引用しておきたい。口語としてのこれを読んでおくことは、文章語としての『大かうさまぐんき』の用語の位置づけを考える際にも重要なことである。

「都をば三万余騎で出られたれども、路次《ろし》の兵《つわもの》どもがついたによって、七万余りと聞こえまらした。

第十。平家の兵《つわもの》ども鳥の羽音に驚いて、敗軍して面目《めんぼく》を失い、京へのぼれば、
頼朝はいくさに勝って鎌倉へ帰られたこと。

VM.なう喜一、その先をもまっとを語りあれ。

QI.さらば果たしまらしょう。

先陣《さきぢん》はさうさうするうちに富士川のあたりにつけば、後陣《ごぢん》はまだ手越《てごし》のあたりに支えていたところで、大将維盛上総の守《かみ》(注28)を召して、「維盛が存ずるには、足柄《あしから》を打ち越えて、坂東《ばんどう》でいくさをしょうと思う」と言われたれば、上総の守が申したは、「福原を立たせられた時、清盛の御諚《ごぢやう》にいくさをば上総の守にまかさせられいとあった。しかれば、八《はっ》か国《こく》の兵どもがみな頼朝についたと申せば幾十万かござらうずらう。味方のをん勢《せい》は七万余りとは申せども、国々の駆《か》り武者《むしゃ》どもで、馬も人も疲れはててござる。そのうえ、伊豆・駿河の勢が参らうずることもまだ知れねば、ただ富士川を前にあてて味方の勢を待たせられい」と申したれば、力及ばいで、ひかえられたところで、頼朝は足柄山《あしからやま》を打ち越えて、駿河の国の木《き》瀬《SO》川(注29)につかれたが、甲斐・信濃の源氏どもが馳せ集って一つになるほどに、浮島が原で勢ぞろいをせらるるに、二十万騎《ぎ》としるされた。(略)

さうして十月《ぐわツ》の二十三日のあくる日、源氏平家富士川で矢合わせとさだめられて、夜《よ》に入って平家方から

源氏の陣を見渡いたれば、伊豆・駿河の百姓どもがいくさに恐れて、あるいは野に入り、山に隠れ、あるいは船に乗り、海川《うみかは》に浮かみ螢火《ほたるび》(注30)の見ゆるをも平家の兵どもは、「ああらをそろしの源氏の陣の篝火《かがりび》や！　げに野も、山も、海も、川もみな敵ぢゃよ！　これは何《なん》としょうぞ」と騒ぐところに、その夜半《やはん》ばかりに富士の沼にいくらも群れいた水鳥《みづとり》どもが何に驚いたか、たった一度にぱっとたった羽音が、大風《たいふう》や雷《いかづち》などのやうにきこえたれば、「すわ！　源氏の大将、実盛が申したにたがはず、さだめて搦手《からめて》にやまわらうずらう、取り籠められてはかなうまい。ここをば引いて、尾張の洲俣《すのまた》を防げとゆうて、とるものをもとりあえず、われ先にと落ちゆくほどに、あまりにあわて騒いで、弓を取る者は矢を知らず、人の馬にはわれ乗り、わが馬をば人に乗られ、つないだ馬に乗って走らかせば、ぐるりぐるりと株《くいぜ》をまわることはかぎりがなかった。さうしてあくる卯の刻に源氏の大将押し寄せて鬨《とき》をつくれども、平家の方には音もせず。」(原本(注31)148〜153頁)ひるがえって、氏政のとりまきは、みな、『平家物語』に描かれた場面を思いうかべつつ、秀吉率いる京勢をあざ笑っていたのである。

釈文【本文六―一の②】

御無念《むねん》に思《おぼ》し召《め》され、翌年《よくねん》、三月一日、秀吉公《〈ひでよしこう〉》、御動座《〈ごどうざ〉》なされ、御対治《(ご)たいぢ》候はんの由《よし》、仰《おほ》せ出《いだ》され、御人数《(ご)にんじゅ》、大《だい》軍《ぐん》にて候間《あひだ》、二月一日より、五日づゝ間《あひだ》を置《を》かせられ、一頭《かしら》づゝ、御先陣《(ご)せんぢん》いたされ候。筑紫《つくし》、鎮西《ちんぜひ》、中国《〈ちうごく〉》、五畿内《きなひ》、北国《ほっこく》、南方《なんばう》の御人数《〈ごにんじゅ〉》、まかり立《〈たち〉》、先《さき》は富士《ふじ》のねかたに在陣《ざひぢん》候へば、後陣之勢衆者《〈ごぢんのせいしゅハ〉》、播州《〈ばんしう〉》室《むろ》、高砂《たかさご》、須磨《すま》、明石《〈あかし〉》、兵庫《ひやうご》、西《〈にし〉》の宮《みや》、京《〈きやう〉》まはりに、さしつかえて、これあり。

私注五　御無念に思し召され

上洛・参内を呼びかける秀吉の声を無視する氏政に対して、秀吉は「無念」に思った(注32)(Munen. *恨み、または、くやしさ。Munenna. *くやしく思われる［こと］、あるいは、恨みに思はれる［こと］)。「残念だ」という個人的感情レベルではもうおさまりきれない公的な見解であり、「翌年」、つまり、天正十八年(一五九〇)三月一日をもって、秀吉自身、氏政征伐のために小田原へ軍を動かすことを公表した(注33)。

牛一の書き方から逆に言うと、「げに〳〵罷《まか》り上《のぼ》らず候はゞ、御動座《どうざ》なされ、きつと仰《おほ》せつけらるべき」趣《おもむき》を秀吉が「御諚《ごぢやう》」として出したのは、天正十八年三月一日以前であることが判明する(なお、「天正十八年」という年記は、これ以前の段にも見当たらず、次の段(**本文六―一の③**)の冒頭が、はじめてとなる。牛一の考えぬいたうえでの手法と思われる)。

歴史的に、その「御諚」は、『真田文書』の一つとして、現存する。天正十七年十一月二十四日付け、「北条左京大夫どの」宛で、翻刻が『太閤書信』(桑田忠親著、地人書館刊)に、「六六　小田原征伐に際しての宣言書」と題して収録されている。

本書(『大かうさまぐんき』)の内容と深くかかわる文書なので、次に原文をあげる。

「　条々

一北条事、近年蔑二公儀一、不レ能二上洛一　殊於二関東一任二雅意一狼籍之条、不レ及二是非一。然間、去年可レ被レ加二御誅罰一所、駿河大納言家康卿、依レ為二縁者一、種々懇望之間、以二条数一被二仰出一候へば、御請申付而、被レ成二御赦免一、即美濃守(北条氏規)罷上、御礼申上事。

一先年家康被二相定一条数、家康表裏之様に申上候之間、美濃守被レ成二御対面一上者、境目等之儀、被二聞召届一、有様に可レ被仰付一間、家之郎徒指越候へと、被二仰出一之所、江(坂部岡融成)雪差上訖。家康与北条国切之約諾之儀如何と御尋之所、其意趣者、甲斐・信濃中城々は、家康手柄次第可レ被二申付一、上野中者、北条可レ被二申付一之由相定、甲信両国者、即家康被二申付一候。上野沼田之儀者、北条不レ及二自力一、却而家康相違之様に申成、寄三事於二左右一、北条出仕迷惑之旨申上歟与被二思食一、於二其儀一者、沼田可レ被レ下候。乍レ去、上野之中、真田持来知行分三分二、沼田城に相付、北条へ可レ被レ下候。三分一は、真田に被二仰付一之条、其中に有レ之城をば、真田可二相拘一之由被二仰定一、右北条に被レ下候三分二之替地者、自二家康一真田に可二相渡一之旨被レ成二御究一、北条上洛可レ仕との一札出候者、即被三指‐遣御上使一、沼田可レ被二相渡一与被二仰出一、江雪被二返下一候事。

一当年極月上旬、氏政可レ致二出仕一之旨、御請一札進‐上之一候。因レ茲、被三差‐遣津田隼人正・富田左近将(知信)監一、沼田被二渡下一候事。

一沼田要害請取候上者、右相‐任一札一、即可二罷上一と被二思食一之所、真田(昌幸)相拘候なぐるみ(名胡桃)の城を取、表裏仕候上者、使者に非下可レ被レ成二御対面一儀上候。彼使雖レ可レ及二生害一、助レ命追遣候事。

一秀吉若輩之時、孤と成て、信長公属二幕下一、身を山野に捨、骨を海岸に砕、干戈を枕とし、夜はに寝、夙におきて軍忠をつくし、戦功をはげます。然而自二中比一蒙二君恩一、人に名をしらる。依レ之、西国征伐之儀被レ仰付一、対二大敵一争二雌雄一刻、明智日向守光秀以二無道之故一、奉レ討二信長公一。此注進を聞届、弥彼表押詰、任二存分一、不レ移二時日一令二上洛一、逆徒光秀伐レ頸、報二恩恵一雪二会稽一。其後柴田修理亮勝家、信長公之厚恩を忘、国家を乱し反逆之条、是又令レ退‐治之一訖。此外諸国、叛者討レ之降者近レ之、無下不レ属二麾下一者上。就レ中、

秀吉一言之表裏不レ可レ在レ之。以二此故一相‐二叶天道一者哉。予既挙二登龍揚鷹之誉一、成二塩梅則闕之臣一、関二万機政一。然所、氏直背二天道之正理一、対二帝都一企二奸謀一。何不レ蒙二天罰一哉。古諺云、巧詐不レ如二拙誠一。所詮、普天下逆二勅命一輩、早不レ可レ不レ加二誅伐一。来歳必携二節旄一令二進発一、可レ刎二氏直首一事、不レ可レ回レ踵者也。

天正十七年

十一月廿四日　朱印（秀吉）

北条左京大夫どのへ

」（167～170頁）

『太閤書信』170～173頁には、この文書の解説もなされているので、再説は省き、『大かうさまぐんき』（「本書」と略称）との関わりに焦点を絞る。

文書第一条「北条事、近年蔑二公儀一、不レ能二上洛一、殊於二関東一任二雅意一狼籍之条」は、本書「北条左京大夫《ほうぢやうさきやうのだいぶ》氏政《うぢまさ》事、近年《きんねん》、諸国押領《しよこくおふりやう》せしめ、恣《ほしいまゝ》に相働《あひはたら》き、朝恩《ちようおん》を忘《わす》れ、倫命《りんめひ》にも応《おふ》ぜず、公儀《こうぎ》を蔑《なひがしろ》に扱《あつか》ひ申」に当たる。「然間、去年可レ被レ加二御誅罰一所……被レ成二御赦免一」は、本書「然《しか》りといへども、秀吉公《ひでよしこう》、御慈悲《じひ》を思《おぼ》し召《め》され」に当たる。

文書第二条末尾「北条上洛可レ仕との一札出候者、即被三指‐二遣御上使一、沼田可レ被二相渡一与被二仰出一、江雪被二返下一候事。」と第三条「当年極月上司、氏政可レ致二出仕一之旨、御請一札進‐二上之一候。因レ茲、被三差‐二遣津田隼人正・富田左近将監一、沼田被二渡下一候事」は、本書「上洛《せうらく》いたし、参内《さんだい》しかるべきと、渡々《どゞ》、津田隼人《つだはやと》　富田《とびた》左近将監《さこんのせうげん》を以《も》つて仰《おほ》せふくめられ候へども、遅々《ちゝ》いたし候」に当たる。もっとも、本書「仰《おほ》せふくめられ候へども、遅々《ちゝ》いたし候」は、より厳密には、文書第四条「沼田要害請取候上者、右相二任一札一、即可レ罷上一と被二思食之処、真田相拘候なくるみの城を取、表裏仕候」と対応する。
当年、つまり、天正十七年十二月上旬（「極月」＝Gocuguet. Qiuamatta tçuqi. すなわち、Xiuasu.［陰暦］十二月）には今まで何やかやと理由をつけて引き延ばしていた「上洛」「出仕」（秀吉への臣従の儀式）を北条氏政が実行するという「一札」（Issat. ＊一通の書状[注34]）が出されたので、秀吉は、北条が「上洛」「出仕」と交換条件にもち出していた上州沼田八万石を「渡し下し」た。ところが、十二月上旬の至る前の十一月二十四日以前、沼田城主として派遣されていた北条氏邦[注35]が真田昌幸の保持していた名胡桃《なくるみ》城を奪い取るという事件が発生。名胡桃城は沼田にあったが、真田家累代の菩提地であるとして、文書第二条の和議にもとづき、真田昌幸のものであり、北条氏が手を出してはならぬ筋合いのものであった。

この行為を、秀吉は、「表裏仕候」と非難し、北条よりの使者には対面しない、殺したいところだが使者は生かして追い戻すという処置に出た。

「表裏」について、『日葡辞書』は次のように説明する。

「Fiôri. Vra, vomote. ＊うそつきで、今ある事を口に出して言ったかと思うと、すぐに反対の事を言うような人の虚偽。

Fiôrijin. 1, fiôrimono, 1, fiôrixa. すなわち、Fiôriuo yŭ fito.（表裏を言ふ人）＊陰険で悪意のある人、または、うそつきで、口ではこれこれだと言いながら、心では別の事を考えている人。」

文書第二条にも、「先年徳川家康が間に入って和議調停を相《あい》定めたが、家康がその条々を誠意をもって履行しないなどと北条方が言った、秀吉は直々に美濃守（北条氏規）に対面して境目論などにつき言い分を聞いた」という部分で「表裏」が使われている。戦国時代も終盤になると、無血による城明け渡しが評価されるようになり、その際、和議の条件を互いが遵守することが最大の眼目になる。相定《あいさだ》む条々を遵守する人が「表裏なき人」であり、政治家として高く評価される。したがって、「表裏人」「表裏者」と風聞されるのさえ、当時の人々は嫌い恐れた。

その心理を逆手にとって、秀吉は北条氏を「表裏仕候」と断定し、「その上は」（原文「～上者」）と報復手段に出ることを予告。

文書第五条――この部分は、菊亭晴季の草案を一見した秀吉が、自ら書き加えた[注36]と伝えられており、秀吉らしさの出る部分である――においては、「就レ中、秀吉一言之表裏不レ可レ在レ之」と自負し、このことをもって、「天道に相叶《あひかな》ふ」と断言する。「表裏を仕た」氏直（父氏政も含む）は、「天道の正理」に背き、「その本心は帝都」（＝京＝公儀＝秀吉）に「奸謀」（Canbô. Cadamaxij. Facaricoto. ＊すなわち、ある人に悪事を働こうという策略、欺満）を企《くはだ》てるつもりであると糾弾する。そして、天罰が下るにちがいないとたたみこむ。

第五条末尾の「所詮、普天下逆二勅命一輩、早不レ可レ不レ加二誅伐一。来歳必携二節旄一令二進発一、可レ刎二氏直首一事、不レ可レ回レ踵者也」は、まさに、本書「げに〴〵罷《まか》り上《のぼ》らず候はゞ、御動座《どうざ》なされ、きつと仰《おほ》せつけらるべき」に該当する。

この文書は、『言経卿記』（大日本古記録）の天正十七年十二月十六日条に、「一、殿下ヨリ北条ニ対シテ条々仰分如此、去月廿四日也云々」（三・323～325頁）として全文引用されていたり、[注37]『伊達家文書』にも入っているので、京の公卿間や秀吉配下の有力武将たちには広く回されたものと推測される。したがって、松丸《まつのまる》殿（秀吉の側室で、京極高吉の娘）づきとして秀吉の「臣下」に名をつらねていた[注38]太田牛一もそれらの一つを実見する機会もあり、かつ、控えを写すこともできた。

私注六　翌年三月一日秀吉公御動座なされ

北条のやり方を「無念」に思った秀吉が、「翌年《よくねん》、三月一日」に「御動座《ごどうざ》なされ、御退治《ごたいぢ》候はんの由《よし》、仰《おほ》せ出《いだ》され」た日時が問題となるが、実は、私注五に引用された文書（天正十七年十一月廿四日付、北条左京大夫宛）(注39)ではなく、その一ヶ月余前の十月十日に出された廻文が、それにあたる。

天正十三年に四国征伐、天正十五年に島津義久が降伏して九州征伐が完了、同十六年四月には聚楽第行幸をあおぎ、公儀＝秀吉、上洛・出仕＝秀吉臣従という図式を成しおえた秀吉は、その間自分を無視しつづける北条父子（氏政・氏直）に対して、使者を通じておだやかに仰せ伝えるとともに、一方では、その現状を理由に、小田原北条征伐の準備を着々と進めていた。北条本人への最後通告が、十一月二十四日付けのものならば、十月十日付けの廻文は、内輪へ向けてのものであった。

「五畿内半役中国四人役并四国同坂より尾州に至て六人役　北国六人半役遠三駿甲信此五ケ国七人役
右任二軍役旨一《みぎぐんやくのむねにまかせ》来春三月朔日令二出陣一攻二平小田原北条一《しゅつぢんせしめをだはらのほうでうをせめたひらげ》可レ有二忠勤一《ちうきんあるべき》者也。仍如レ件《よつてくだんのごとし》。
天正十七年己丑十月十日　　秀吉御判」

これは、甫庵『太閤記』巻十二「来春関東陣御軍役之事」条に引用された廻文である。この「国々へ廻文《くわいぶん》」（下・15頁）されたものの中に、「来春三月朔日」（朔日＝一日）という一致が見出され、牛一のさす所と同じと考えられる。

さらに『太閤記』には、「兵粮奉行之事」という条があって、年内に代官を通じて総計二十万石の米を請取り、来春（天正十八年）早々より舟積みし、駿州江尻清水で水揚げして蔵に収めた上で総軍勢に分配すること、黄金一万枚で勢・尾・三・遠・駿五ケ国において兵粮を買いととのえて小田原近辺の舟着き場に届けることなどが、秀吉によって命じられていたことがわかる。

半ば隠しつつ、半ば北条方が洩れ聞いて民心不安になるのを計算した秀吉の作戦である。中世という時空で、最大限、情報を利用した人物であると感嘆のほかはない。お主《しゅう》であった織田信長に学んだとは言え、秀吉自身の天性の才も否定できない。

秀吉の軍勢は、「大軍」（『日葡辞書』は「Taigun」のみを立項するが、牛一は「だいぐん」と濁点を付す(注40)）であった。だから、二月一日より、五日ずつあいだをおいて、「一頭《かしら》」ずつ区切って出発させていた。これらは、「先陣」をつかまつる要員である。

「一頭《かしら》」とは、

○宗徒の一族四十余人（略）外様の大名百六十頭《かしら》（『松井本太平記』一六・尊氏卿上洛之事(注41)）

○あれへ大名一かしら。瓜ざね顔の旦那殿（『丹波与作待夜の小室節』中）

の例で知られるように、「頭たる人」という意味から発展して、「大名」を数える単位となっていた。『大かうさまぐんき』の朝鮮出兵の段にも、

「日本国《ほんごく》大名《だいめう》小名《せうめう》打《うっ》立《た》ち、猛勢《もうぜひ》の事候間《あひだ》、二月一日より五日づゝ間《あひだ》を置《を》き、ひとかしらづゝ、思《おも》ひ〳〵の奇羅《きら》を磨《みが》き、光《ひか》り輝《かゝや》き参陣《さんぢん》也。」

という表現が見出せる。なお、『日葡辞書』は、

「Fitocaxira. ＊瓜を十個ずつ数える言い方。また、下（*Ximo*）では、*Vodori*（踊）と呼ばれる舞や踊りを数えたり、またさらには、鹿を五匹まで数えたりする言い方。また、ある地方では（*alicubi*）、稲藁を結びか

らめた束など［を数える言い方］。」
と記し、「大名」を数える単位への言及がない。大名を「一かしら」と数えられる人物はきわめて限定されてくるため、数詞としても一般的でなかったことが背後に考えられる。

先陣を拝命したのは、

「筑紫《つくし》」〈Tçucuxi. ＊Saicocu（西国）に同じ。日本西部の九か国〉
「鎮西《ちんぜひ》」〈Chinjei. ＊Saicocu（西国）に同じ。下（Ximo）の九か国をいう（注42）〉
「中国《ちうごく》」〈『日葡辞書』記載なし。山陽道と山陰道に属する十六か国をさす〉
「五畿内《きなひ》」〈Goqinai. ＊日本の主要な地方で、五か国を含む。／Qinai. Goqinai と言う方がまさる（注43）〉
「北国《ほつこく》」〈Foccocu. Qitano cuni. ＊北の地方の国々〉
「南方《なんぱう》」〈『日葡辞書』は「Nanbŏ. Minamino Cata. ＊南の方」という説明のみで、国名に言及なし。『信長記』や『易林本節用集』などより、南海道六ケ国をさすとみられる（注44）〉

などの軍勢であり、彼らが次々と出発するので、先頭は「富士《ふじ》のねかた」（「富士山の裾野」の意味であるが、『信長記』では、「諏訪より富士之根かたを被レ成二御見物一、駿河・遠江へ御廻候て」のように広範囲での呼称と、「富士之根方、三枚僑にあし懸り拵」〔巻十二〕「富士乃根かた、かミのか原、井手野ニ而、御小姓衆、何れもみたりに御馬を責させ御覧し被成二御狂人一……同根かた乃人穴御見物」〔巻十五〕のように駿河国に限定した用法が見られる。本書は、後者と同じ用法）に陣をとっているのに、後続は、まだ、播州室《ばんしうむろ》、高砂《たかさご》、須磨《すま》、明石《あかし》、兵庫《ひやうご》、西《にし》の宮《みや》、京《きやう》周辺に、前が詰まって進めない状態であった。

氏政が小田原で、「水鳥《みづとり》の羽《は》音《をと》」のたぐいとあなどっている京勢——実は、勇猛な九州・中国・北国・四国・

南紀の武士団をまじえた大軍が、ミクロ的に表現すると蟻が大行列をしてくるようにじわじわと近づいてきていたのである。

なお、この「先《さき》は……後陣（の勢衆）は……」という対比の妙を楽しむ言い方は、本章の私注四で引用した『平家物語』にもあったし、『太平記』にも、

○……都合《ツガフ》二十万七千六百余騎、九月廿日鎌倉ヲ立《タツ》テ、同《オナジキ》晦日《ツゴモリ》、前陣《ゼンヂン》已ニ美濃・尾張両国ニ着《ツケ》バ、後陣《ゴヂン》ハ猶未《イマダ》高志《タカシ》・二村《フタムラ》ノ峠《タウゲ》ニ支ヘタリ（巻三　一105頁）（注45）

○……此等《コレラ》ヲ始《ハジメ》トシテ、宗《ムネ》トノ大名《ダイミヤウ》百三十二人、都合其勢《ツガフソノ》三十万七千五百余騎、九月廿日鎌倉ヲ立《タツ》テ、十月八日先陣《センヂン》既ニ京都ニ着《ツ》ケバ後陣《ゴヂン》ハ未ダ足柄《アシガラ》・筥根《ハコネ》ニ支《ササ》ヘタリ（巻六　一197頁）

のように見られる。また、戦国期の軍記にも、

○諸国の大名小名も、夜を日についで走上。侍には……都合其勢弐拾万余きとて聞ける。先陳（陣）は京伏見に付しかば、後陳（陣）は漸江戸しな川にさゝゐたり。江戸伏見の其間百弐拾里の程は、さながら人馬みち〳〵て駒の立どもふみわかず。（『大坂物語』上　和泉書院刊『畿内戦国軍記集』180頁）

○十八年の春二月　去年の定のごとく。兵ども次第に東に向らる。先陣すでにきせ川沼津に着ぬれば。後陣の人はいまだ美濃尾張にみち〳〵たり。（注46）（『豊鑑』四　『群書類従20』570頁下）

などの例をひろうことができる。

一方、小瀬甫庵の『太閤記』では、

「去年十月、小田原への御陣ぶれ有し時は、多くの日数有やうに覚えて、たしかにも思はざりしが、天正十八年の正月も祝《ことぶき》の紛《まぎれ》に、はやくも日数立衣更着《きさらぎ》中の五日もやう〳〵過ければ、おどろき初めて三月朔日之日限《にちげん》

頓《には》かなるやうに周章《あはて》ぬる人多かりけり。五畿、南海、山陰、山陽、北陸、并《ならびに》江州、濃州《ぢよしゆう》、伊賀、都合其勢二十二万騎、勢尾二州は信雄卿の兼領なり。一万五千騎、甲信駿遠三は家康卿分国其勢二万五千騎、三月朔日に打立、其国々の便《たより》に随ひ宿陣し、泊々《とまり〴〵》さし合《あふ》事もなく、先陣は富士の根かた由井蒲原辺に充満せしかば、後陣は尾濃之間に扣へてけり」（巻十二　下16頁）

とあり、「大軍」の内分け数がわかる。近世以降、版本の普及とともに、『大かうさまぐんき』よりも「太閤記」が信頼されてゆく理由がここにもうかがわれる。

釈文【本文六―一の③】

天正十八年、

三月一日、関白秀吉公《〈くはんばくひでよしこう〉》、都《〈みやこ〉》をたゝせられ、御大将《〈をんたいしやう〉》軍《ぐん》、其《〈その〉》日の御出立《いでたち》、いつにすぐれて華《はな》やか也。御馬廻《むまはり》り、金銀《きん〴〵》を以《もつ》て色《いろ》どり、唐縫《からぬい》、唐錦《からにしき》、豹《ひよう》、虎《とら》、様々《さま〴〵》、ありとあらゆる御巧《たく》み、光《ひか》り輝《かゝや》き、心《こゝろ》も言葉《ことば》も及《およ》ばれず、夥《おびたゝ》しき次第《しだひ》、上古《しやうこ》、末代《まつだひ》の見物《けんぶつ》、

帝《みかど》も御叡覧《ゑひらん》なされ、面白《おもしろ》く思《おぼ》し召《め》し、御歓喜《くわんぎ》斜《なゝ》めならず。上《゛》下《〈げ〉》万民《ばんみむ》、興《けう》を催《もよほ》すはかり也。

私注七　関白秀吉公都をたゝせられ

以前の所（**本文六―一の②**）には、「翌年《よくねん》、三月一日」とあったのであるが、ここでは、はっきり「天正十八年、三月一日」と書き出す。**本文六―一の②**は、あくまで、秀吉の「仰《おほ》せ出《いだ》され」た内容を伝える部分であり、ここは、秀吉の現実の動きを記す部分である。したがって、日記然と語られる。

その日、関白秀吉公は、都をお立ちになった。「条々天道おそろしき事」という章段において、謀反や悪行のために滅んでいった戦国大名・武将の系譜を述べてきて、北条氏政の条に至り、はじめて「関白秀吉公《くはんぱくひでよしこう》」という名称が出てきた。もちろん、太田牛一は、本書を『大かうさまぐんきのうち』と名づけ、冒頭より「さるほどに、太閤秀吉公《ひでよしこう》」と言い、ついで豊臣秀次に対比させて「故関白秀吉公《こくはんぱくひでよしこう》」などと言っているから、この名称のみはことあらたなことではない。しかし、「天正十八年三月一日、関白秀吉公《くはんぱくひでよしこう》」とつづけられると、天正十三年（一五八五）七月に関白宣旨を受けたことを公式情報として我々は思い浮かべねばならないのである。

御大将軍（Taixŏgun. ＊頭に立つ大将、すなわち、総大将）秀吉の当日の出立《いでたち》ちは、日頃にまして華やかであった。秀吉の親衛隊である御馬廻り衆までも、その出立《いでたち》はというと、金銀をふんだんに使い、唐縫《からぬい》（中国風の刺繍）、唐錦織、豹や虎の皮など個性豊かな工夫がなされており、それらが光り輝いてきらきらしく、何と表現してよいか、とにかく、数といい質といいすばらしいものであった。上古にも末代にも、こんなすごい見物《みもの》（注47）はないと思われた。

この状況を、甫庵の『太閤記』は次のように描写する。

「かくて秀吉公三月十九日都を立《たゝ》せ給ふ。其日の出立《いでたち》作り鬚にかねくろなり。御太刀さしぞへなどことゞしく、わかやかに物し給ひしよそほひなれば、御伽衆《おんとぎしう》御傍衆などは云にも及ず、異形なる出立中々言端《ことのは》の可レく及《ぶ》も覚え侍らず。各《おのく》善《を》尽くしたる結構当《あた》りを撥《はらひ》し故、洛中の人々は申にや及ぶ、奈良堺の津大坂などより見物に上りつどひ、さじきを打て見物せしかば、秀吉公も御心よげに見えにけり。」（巻十二　下17頁）

『大かうさまぐんき』と本文上関連深い『天正事録』には、この部分がなく、直接、次の「三月廿九日。太閤様箱根山へ人数ヲ打上ラレ懸廻見給フ」（『続群書類従30上』132頁下）につづいている。『天正事録』は、『大かうさまぐんき』の草稿の系統をひき、（注48）のちにことばを補ったのが『大かうさまぐんき』であると考えられるから、太田牛一としては、小田原征伐を語るこの条における陣立ちの描写はこれで必要かつ十分であったとみられる。秀吉の「いつにすぐれて華《はな》やか」なる姿は、同じく太田牛一の手になる『信長記』巻十四の「御馬揃」（天正九年二月二十八日）における織田信長の描写によって想像が可能である。

「御内府之御装束、御眉而きんしやを以て御ほふこふめされ候　今度、京都・堺にて珍敷《めづらしき》唐織物被成御尋、各《おの〳〵》御枝葉之御衆、御装束と被仰出處、近国隣國より我不劣と上品の唐綾・唐錦・唐繡物等尽其員、備上覧奉る者也　此きんしやと申すは、昔、唐土か天竺而、天子帝王の御用に織たる物と相見候て、四方に織止有而、真中人形を結構織付たり　今又、天下納而内裏仙洞御ほふこふの御用に可罷立為参りたり　態《わざと》為被織如く、御ほふこふ似相申也　上古之名物拝見難有次第也

御頭巾とうかむり、御後之方に花を立させられ、高砂大夫之御出立歟。折梅花挿首、二月雪落衣此心か

御膚めさせられ候御小袖、紅梅に白のだん、段々にきり唐草也　其上に

蜀江之錦の御小袖、御袖口にハよりきんを以てふくりんをめされ候　是ハ昔年、大国より三巻本朝へ渡りたる内之其一巻也　永岡余《与》一郎、都にて尋捜求進上　古今之名物共《ども》参集、御名誉無申斗

御肩衣、へにどんすにきりから草也

御袴同前

御腰にぼたんの作花《つくりばな》をさゝせられ、是ハ禁裏様より参りたる由也

御腰蓑《こしみの》白熊　御太刀御のし付
御はきそへハさや巻ののし付也
御腰に鞭をさゝせられ、
御ゆかけ、白草にきりのとうの御紋あり
御沓ハ猩々皮、立あけハ唐錦
花やかなる御出立にて、御馬場入之御儀式、さなから住吉明神御影向《やうがう》もかくやと、心もそゝろに各《おの〳〵》神感をなし奉り訖」（『原本信長記』巻十四・15ウ～19オ）

御内府《だいふ》（信長）の場合は、能「高砂」の翁あるいは「住吉明神」をイメージしたものでその辺のところや、「ほふこふ」をつけたあたりは、この時の秀吉と相違しようが、金銀・唐繍・唐錦や珍しい動物の皮を使った装束・副飾品・馬飾りなどが「花やか」であったことは共通する。

『信長記』はつづいて、御馬廻衆の出立も描く。

「然ハ、隣國之群集《くんじゆ》晴かましきニ付て、爰を専と思《おもひ》〳〵の頭巾、出立ハ我不レ劣とあらゆる程之御結構各《おの〳〵》手を尽し、面〳〵の衣装、下ニハ、過半、紅梅・紅筋、上着ハ薄絵・唐繍物・金襴・唐綾・狂文《きやうもん》之小袖、側《そば》次《つぎ》、袴同前、各腰蓑付られ候　或きんへい、或紅の糸・縫物を切さきにして被付たるも有、馬具、押懸・鞭・三尺縄　各《おの〳〵》上品之紅の糸を以て、大房にくませられ、又金幣段子《どんす》を以てつゝませて、大房にきんへい・紅之糸を付たるも有　又五色之糸ニ而くませたる鞭もあり　蹈皮・草鞋等まて、皆五色之糸ニ而作らせ、太刀ハ過半のし付也。生便敷《をびたゝしき》御立結構と申ハ中々愚《おろか》也」（『原本信長記』巻十四・19オ～20オ）

『大かうさまぐんき』における「御馬廻り」の様子も、このようであったことであろう。

さて、天正十八年三月一日の秀吉軍の陣立を、「帝《みかど》」（後陽成天皇）も御覧になり、興趣尽きなくおぼしめされ、御歓喜《くわんぎ》（Quangui. Yorocobi, u. ＊喜び）がなみたいていではなかった。身分高き方々も、下々の者たちも、全て興を覚えるものであった。

本文六―一の③では、「御馬廻《むまは》り」から「催《もよほ》すもの也」まで一文でつづき、全て現在時制でつづられてゆく。これをこのままの形で現代語におきかえると不自然な文調となるので、一、二度、切らざるをえない。しかし、原文のままに声を出してゆくと、パレードの実況中継のような心のたかまりが生じてくる。牛一の語りのリズムがしのばれる。

なお、「上古《しやうこ》、末代《まつだひ》の見物《けんぶつ》」「上下《〈げ〉》万民《ばんみむ》、興《けう》を催《もよほ》す」について、実録の補強をしておこう。

「三月小

二日、昨日御出馬在之、大津御泊ト云々、人数六千計云々、奇麗金銀唐和財宝事尽タル事、中々不及言語之由各語了、消肝式也」（増補続史料大成『多聞院日記　四』天正十八年三月二日条　223頁下）

「殿下東国へ御出陣也云々、美麗前代未聞、言語道断也云々」（大日本古記録『言経卿記　四』天正十八年三月一日条　31頁）

「一日。はるゝ。（略）くわんはく殿けふちんたちにて。さしきまて御いとまこひに御まいりあり。めてたし。一たんと人しゆ見事也。御所〳〵ならしまして御けんふつあり」（続群書類従補遺三『お湯殿の上の日記　八』天正十八年三月一日条　298頁下）

特に、末尾の例は、「帝」側の史料である『お湯殿の上の日記』であり、「めでたし」「一だんと人数《じゆ》見事也」「御見物《けんぶつ》あり」の語が印象深い。

釈文【本文六―一の④】

今度《こんど》は、奥州日《おふしうひ》の本《もと》まで、歳《とし》月を経《へ》て、仰《おほ》せ付《つ》けらるべく候。さだめて、国《〈くに〉》々所々《しよく》にて御手間《てま》入《(いる)》べきの間《あひだ》、諸卒《しよそつ》も、兼々《かねぐ》、身《み》を呼《よ》び退屈《たいくつ》なくその覚悟存《かくごぞん》じ候やうにと、思《おぼ》し召《め》され候か、北《〈きた〉》の御方《〈をんかた〉》、佐々木京極《〈さゝききやうごく〉》さま、御《(ご)》同陣《〈どうぢん〉》なされ候晃《〈さふらふける〉》。御輿数《〈をんこしかず〉》三十余丁《〈よてう〉》、馬乗《〈ばぜう〉》の御女房衆《〈にやう〉ぼうしゆ》六十余騎《〈よき〉》也。

供奉之衆《〈ぐぶのしゆ〉》

新庄駿河守《しんぜうするがのかみ》　草野《くさの丶》二郎右衛門《ゑもん》

大野木《の(ぎ)》甚之丞《じんのぜう》　一《〈ひとつ〉》柳越後守《やなぎゑちごのかみ》

御伴《とも》申され候也

御物奉行《〈ごもつぶぎやう〉》

稲田清蔵《いなだせいざう》　荒川《あら〈かわ〉》銀《ぎん》右衛門《ゑもん》

〆

かやうに仰《おほ》せ付《つ》けられ、路次《ろし》すがら御《(ご)》警固《けいご》にて、関白殿《〈くはんばくどの〉》、御あとより御参陣《さんぢん》候也。

私注八　今度は奥州日の本まで

「今度《こんど》は、奥州日《おふしうひ》の本《もと》まで、歳《とし》月を経《へ》て、仰《おほ》せ付《つ》けらるべく候。さだめて、国《〈くに〉》々所々《しよく》にて御手間《てま》入《(いる)》べきの間《あひだ》、諸卒《しよそつ》も、兼々《かねぐ》、身《み》を呼《よ》び、退屈《たいくつ》なくその覚悟存《ぞん》じ候やうに」

これは、秀吉の「思《おぼ》し召《め》され候」た内容であるとともに、朱印状のような雰囲気をただよわせたものである。「仰《おほ》せ付《つ》けらる」「御手間《てま》」など、太閤文書（書信）では秀吉の自敬語と称されるものがちりばめられているのも、それらしき環境を作っている。

秀吉が、わが「思《おぼ》し召《め》し」を口にする。それを右筆が書く――その過程で右筆が秀吉への敬語を入れこんで書記するということと同時に、秀吉自身、右筆が書記する文体で語るということが、この自敬語の背景には考えられる。

なお、牛一は時に「右筆」と記されることがあるが、信長臣下時代・秀吉臣下時代を通じて、「右筆」としての正式な職にはついていないと想定される。常任の「右筆」の職につくには、漢文表記にやや難が見えるし、第一、自由な視点で『信長記』や『大かうさまぐんき』が綴られなくなる。「右筆」ならば、政治上・軍事上の下工作などの微細な情報も手に入れられるだろうが、ひょっとして公になるかもしれない書物（『信長記』『大かうさまぐんき』）にそれらを書き並べるわけにはいかないはず。また、牛一は、内部の中層部のやや脇正面に位置して、目に見、耳に聞いたことをドキュメント風に記していくことに、わが文筆の生き方を求めている。(補注3)

「この度は、小田原のみでなく、奥州、その奥にある〝日の本〟まで、じっくり年月をかけて、平定しようと思っている。おそらく、国々のあちこちで苦戦や気苦労なことがあるであろうから、兵上たちも、前もって、身《み》内《うち》(注49)（つまり、妻）を陣中（さしあたっては、小田原）に呼び寄せ、退屈《たいくつ》（Taicut. ＊ある物に飽きること、あるいは、嫌気を感ずること。Taicut Suru. 飽きる）などなく、がんばりぬく覚悟をかためておくように」

右は、現代語に訳したものである。

「日《ひ》の本《もと》」は、『日葡辞書』では、「Fino moto. ＊日本」というぐあいに「日本」を表わす名称の一つとして扱

われているが、『信長記』の、

「此《この》御馬と申すハ、奥州津軽日本まて大名・小名によらす、是そと申名馬、我も〳〵とはる〳〵牽上せ進上仕候　余多之名馬の其中ニ而、勝れたる御馬也」（『原本信長記』巻十四・13オ）

や、本書の他の部分における、

「三大将《たいしやう》、三手《みて》に分《わか》つて、奥州津軽日《おふしうつがる》の本《もと》まで差《さ》し遣《つか》はされ、その上《うへ》、国々《くに〳〵》、御《ご》検地《けんち》仰《おほ》せ付《つ》けられ、御《ご》名《めい》誉《よ》の次第《しだい》、中々《〈なか〉》申《〈まふす〉》にあきたらす」（汲古書院刊影印本160～161頁）

などを合わせると、当時、日本の最北端をさす地名であると考えざるをえない。

中世の「退屈」は、（　）内に引用した『日葡辞書』のいうがごとき意味をもっていた。

大塚光信氏は、角川文庫『キリシタン版エソポ物語』の補注において、

「惣じて、人は実《み》もなき戯言《たワむれごと》には耳を傾け、真実の教化《けうけ》をば聞くに退屈するによって」（『エソポ物語』序）

から発して、中世語としての「退屈」を次のように整理されている。

物事にイヤになる、ウンザリする
→ コマル→不安
→ ツトメナイ状態

それぞれに貴重な例が示されているが、「ツトメナイ状態」の例としてあげられている「自然於退屈者、関白殿御自身被成御座候ても可被仰付候（秀吉朱印状〈天正十八年〉福島県史・㈦八八九九）」は、年代的にも、「秀吉朱印状」ということでも、『大かうさまぐんき』と深い一致を有する。

世帯をかまえる妻を呼び寄せると、日常生活の上でも生理的な面でも困らないし、不安定な気分にならなくて

すむ。内がおさまると、外で存分働くことができ、ツトメナイ状態など起こりうべくもない。『大かうさまぐんき』における当該例（全体でこの例のみ）は、そのように解釈される。

秀吉が遠征で恐れたのは、諸卒の「退屈」であった。ここをせんどという時、兵が逃亡したら、そこを敵につかれてしまう。残る忠実な兵がいくら他の場所でがんばっても、いくさ全体の流れは負けとなる可能性が強いからである。敵前逃亡を防ぐには、所帯を持たせておくにかぎる。妻や乳のみ子を見捨てては逃げられないだろうし、逃げれば、妻や子は死刑である。

「諸卒《しよそつ》も、兼々《かねぐ》、身《み》を呼《よ》び」と、とても家庭思いのようであるが、別視点からみれば「人質」である。それをそれと感じさせないのが、秀吉のうまさであろう。

しかも、自分に対しても同じようにしている。ただ秀吉の場合、性的管理上という意味合いが強く感じられるのは、「女くるひにすき候事、秀よしまね、こわあるまじき事」（『本願寺文書』[注50]）と自らを把握した秀吉の言辞ゆえであろうか。

もちろん、先の「諸卒」の場合も、近隣の婦女子に暴行などの危害が及んで周囲の民心が秀吉軍に敵対しないように（そうなると、勝ったあとの治政がやりにくい上、最悪の場合、反乱されることになる）、あるいは、湯《ゆ》女《な》などの遊女が増えすぎて起こる頽廃が、戦意を喪失させないようにとの配慮がなされていたものと思われる。

私注九　北の御方、佐々木京極さま御同陣

「諸卒《しよそつ》も、兼々《かねぐ》、身《み》を呼《よ》び、退屈《たいくつ》なくその覚悟存《かくごぞん》じ候やうにと、思《おぼ》し召《め》され候か」と、牛一は秀吉の心づもりを推量したにすぎないことを示す疑問の助詞「か」を挿入している。そうして導かれた文は、次の「北《きた》の御方《をんかた》、佐々《さゝ》木京極《ききやうこく》さま、御《ご》同陣《とうぢん》なされ候晃《〈さふらふける〉》」に至ってはじめて一文として終止する。

視覚的にも、原本二行目「候やうにとおほしめされ候か」の下、六、七字分の空白をあけて、「北《きた》の御方《をんかた》佐々《さゝ》木京極《ききやうこく》さま御同陣《とうちん》なされ」と三行目を記し、四行目冒頭に「候晃《さふらふける》」と来、二字分ほど空けて「御輿数《をんこしかず》」云々が始められているので、この部分が鮮明に浮き立っている。係助詞「か」の伝統的結びとしての連体形「ける」、しかも、それを漢字一字の「晃」を使ったあたり、著者太田牛一自身の文体上・表記上の計算も、うかがうことのできる箇所である。

ここに一つの問題がある。秀吉が小田原陣中に自分の「身《み》」（妻）として呼んだうちの一人は佐々木京極さま（のちの松丸殿。牛一は、この人づきであったと言われている（注51））で問題がないが、「北《きた》の御方《をんかた》」は誰をさしているのか。一般に、秀吉の「北の方」（正室）というと、お禰《ね》であるが、お禰は小田原に下向していない。下向したのは、淀殿である。そのことは、

(A) 返々、はや〳〵てき《（敵）》をとりかこ《（鳥籠）》へいれ候ておき候間、あふなき事はこれなく候まゝ、心やすく候へく候。わかきみ《（か君）》こいしく《（恋）》候へとも、ゆく〳〵《（行々）》のため、又はてんか《（天下）》おたやか《（穏）》に申つく可候と存候へは、こいしき事もおもいきり候まゝ、心やすく候へく候。我等もやいとう《（灸）》まていたし、み《（身）》のようしやう《（養生）》候まゝ、きつかい《（気遣）》候ましく候。おの〳〵へも申ふれ、大めう《（名）》ともににうほう《（女房）》をよ《（呼）》はせ、小たわら《（田原）》にありつき候へと申ふれ、みきとう〳〵り《（右通）》のことくになかちん《（長陣）》を申つけ候まゝ、其ためによとの物《（淀者）》をよひ候はん間、そもしよりもいよ〳〵申つかわせ候て、まへかと《（前廉）》によをい《（用意）》させ候へく候。其も《（し脱カ）》につゝき《（続）》候ては、よとの物《（淀者）》我等のきにあい候ように、こまかにつか《（使）》れ候まゝ、心やすくめしよせ候よしよとへも、其もしより申やり、人をつかわせ《（遣）》候へく候。我等としをとり可レ申候とも、としの内に一とう《（度）》は其方へ参候て、大まんところ《（政所）》、又はわかきみをも

み(見)可レ申候まゝ、御心やすく候へく候。

（桑田忠親『太閤書信』所収〈六七　小田原陣中女房五さに与へた自筆の消息（高台寺文書）〉。日付は、「四月十三日」とあるのみだが、「天正十八年」と推定されている）

(B)　追而申候。いなた(稲田)清蔵火急に遣候間、つき(継)馬を以、可レ送レ之候。不レ可レ有二油断一候。以上。

淀之女房衆召下候付而、為レ迎稲田清蔵差越候。然者、下向之日限重而可レ令二案内一旨申付候条、新庄駿河守(直頼)・稲田清蔵左右次第、伝馬夫令二用意一相待、早速可レ送候。次泊々賄等之儀、清蔵可二申渡一之間、馳走可二悦思食一候。猶以、路次無レ滞様に可レ入レ精事肝要候也。（〈六九　小田原陣中吉川広家に与へた朱印状（吉川家文書）〉。日付は、「五月七日」とあるのみだが、「天正十八年」と推定されている）

という秀吉の書簡で明白である。

すると、牛一がここにいう「北《きた》の御方《をんかた》」はどうしても「淀殿」ととらざるをえない。牛一が『大かうさまぐんき』を執筆する時点での淀殿の権勢の反映とも見られるし、お禰の統率する〝内向き〞（江戸の大奥的概念）は「淀の者」[注52]であっても秀吉と家臣団という系列から見ると後継ぎ鶴松（当時）の母上という意識で「北の御方」と称されることもあったと考えなければならない事例であろう。平安貴族的な「北の御方」という古風な呼称は、お禰の当代的呼称「北政所《きたのまんどころ》」とうまく色合いと音調を異にしている。

(B)の朱印状において、秀吉が淀殿のことを「淀の女房衆」、つまり、「淀に住まわせている奥様」と公的に明言していることは、右の推論を支えるものとなる（なお、「淀の者」「淀の女房衆」など、淀殿に関する呼称の変化と権力の問題は、平成八年〈一九九六〉九月二八日フォーラム　ジェンダー・ヒストリー第五回において報告する機会を持った）。[注53][補注4]

秀吉の「身《み》」（妻）として女人が小田原へ出発なさる時に数えてみると、輿の数が三十余り、馬に乗った「御女房衆」（上臈・中臈にあたる侍女）が六十余騎もあった。女人に供奉《ぐぶ》（Gubu. ＊伴をすること。Gubuno fito. 伴をして行く人）した者は、新庄駿河守《しんぜうするがのかみ》、草野《くさのゝ》二郎右衛《ゑ》門《もん》、大野木《の（ぎ）》甚之丞《じんのぜう》、一柳越後守《ひとつやなぎゑちごのかみ》である。

また、女人の衣裳、化粧道具、食器などの荷物を管理運搬する奉行として、稲田《いなだ》清蔵《せいざう》、荒川《あら〈かわ〉》銀《ぎん》右衛《ゑ》門《もん》が命じられた。「御物奉行」の「御物《ごもつ》」について、『日葡辞書』は、「Gomot. ＊貴人の着物などを納めておく四角な大箱の一種。また、貴人の家具、あるいは、財物」と説明する。

「供奉之衆《ぐぶのしゅ》」や「御物奉行《ごもつぶぎやう》」の人選は、京を出立つ前に秀吉が行なっていたもので、「かやうに仰せ付《つ》けられ」は、そのことを示す。

これらの人々によって、「京より小田原まで厳重に警固されて、女人は関白殿のあとから参陣なされたのである」と、牛一は、この段をしめくくる。

秀吉の出発前の手配・命令と、現実の進行をうまい具合に混ぜあわせた牛一の文体である。このような文調を〝あいまい〟〝混同〟とみなすと、『太閤記』凡例にあるような小瀬甫庵の評言「彼泉州、素生愚にして」に至る。多くの情報を、印象的に縮約する牛一の手法は、それとして評価されねばならない。

さて、引用した太閤文書(A)(B)と牛一の記述は重なりあう。

(A)における「おの〳〵へも申ふれ、大めうともににうほうをよはせ、小たわらにありつき候へと申ふれ、みきとう〳〵りのことくになかちんを申つけ候まゝ」は、「諸卒も、兼て、身を呼び、退屈なくその覚悟存じ候やうに」および、その前にある「歳月を経て、仰せ付けらるべく候」に該当する。

牛一の文では、「諸卒」であるから「身《み》」ですんだが、秀吉は「大名」と記したから、それに見合う敬意を含んだ「女房」（表記は「にうほう」）が使われている。

秀吉自筆文書における「ありつく」という動詞につき、『日葡辞書』は、

「Ariçuqe, uru, eta. ＊ある人に対して、ある場所に座を占めるようにしてやる、または、生活の方法が立つようにしてやる。また、人を結婚させ、家を持たせる」

と説明する。「小田原に家・所帯をもつ」ということで、最後に示された意味が最も近い。

(A)では、「……なかちんを申つけ候まゝ、其ために」、淀殿下向の必要なことを論じている。その流れは、『大かうさまぐんき』も同じである。(A)は結局、正室お禰あて（女房五さは取次）[注54]であるので、お禰の機嫌をそこねないような工夫（「其もにつゝき候ては、よとの物我等のきにあい候ように、こまかにつかれ候まゝ、心やすくめしよせ候」）をしつつ、お禰からも「小田原下向」の許可を与え、その件をとどこおりなく進めてくれと頼みこんでいる。おそらく、同じ内容の文面が「佐々木京極さま」に関しても出されたと思われるが、今のところ、伝存しない。

(A)は天正十八年四月十三日、小田原軍を「鳥の籠」状態にしてから発されている。しかし、淀殿や佐々木京極（松丸殿）を同行することは、秀吉出立の三月一日以前に決められていたことである。ただし、世継ぎ（鶴松）の母親である淀殿を危険な状態では呼びよせられないので、様子を見計らってのお迎えとなった。

松丸殿に関するお迎えの文書は残っていないが、(B)は淀殿に関するそれである。

淀殿お迎えの使者は、稲田清蔵。『大かうさまぐんき』に「御物奉行」として名のあがっている人である。「供奉之衆」として名のみえる新庄駿河守は、いまだ近江坂本城を預っており、淀殿を警固しつつ小田原に参陣する予定になっていたと推察される。(B)文書は、三河国岡崎城を守備していた「吉川侍従」（広家）宛てであるが、

『太閤書信』の解説によると、「新庄直頼と一柳越後守とに対して、これと殆ど同文で命令を出してゐる。その朱印状は、近江の八相神社に伝わってゐる」とあるから、一柳越後守などの供奉の衆は京近郊で待機していたことになる。

淀殿は、小田原城が落城したのちの七月十五日、京へ戻る。それは、「七月十二日」付けの北政所宛ての自筆文書の追って書きで判明する。

「かへす〲、十七日にあいつ《(会津)》へ参候間、やかて〱ひま《(隙)》あけ候て、九月中にはかならす〱上可レ申候まゝ、御心やすく候へく候。それにつき、はやよと《(淀)》の五《(御)》おも十五日に上申候。めてたく、かしく。まんところ《(政所)》殿。てんか」(『太閤書信』〈七三〉(箱根神社文書))

最新の予定、情報を内々を守る重鎮であり糟糠の妻である北政所お禰に伝えたものである。〝淀殿〟が、「淀の物」から「淀の五《(御)》」へと、グレードアップされた呼称になっているのは、小田原陣戦勝における淀殿の果たした内助の功を、正室お禰も認めてくれているはずという秀吉の計算によっている[注55]。

小田原の陣の詳細については、**本書本文六―一の⑤**(本書二・九章所引)で語られるので、本稿では、これ以上触れない。

なお、**本文六―一の④**に記された内容は、『天正事録』『太田牛一雑記』にはなく、『大かうさまぐんき』として清書される段階になって入れられたものと考えられる。本書の読み手・聞き手の一人として、「佐々木京極さま」(松丸殿)が想定される所以でもある。また、『太閤記』に言及がないのは、女人の参陣の件など戦国武士道の本筋ではないとする小瀬甫庵の姿勢によるものと、私は考えている。

注

（1） 私にほどこした『大かうさまぐんき』の段落を表わす区切り番号では、「本文六―一」となる。

（2） **本文六―一の①～本文六―一の④**。

（3） これ以前の章段については、以下のものを発表している。(1)「条々　天道恐ろしき次第——三好実休」（新人物往来社刊「歴史研究」平成九年一月号。本書二・一章として所収）、(2)「「条々天道恐ろしき次第」私注」（成城大学短期大学部「国文学ノート」三四号、平成九年三月。本書二・二章として所収）、(3)「明智光秀（その一）」（「歴史研究」平成九年五月号。本書二・五章前半部として所収）、(4)「明智光秀（その二）」（「歴史研究」平成九年八月号。本書二・五章後半部として所収）、(5)「柴田勝家」（「歴史研究」平成九年一一月号。本書二・六章として所収）、(6)「「条々天道恐ろしき次第——斎藤山城道三」私注」（成城大学短期大学部紀要」二九号、平成一〇年三月。本書二・三章として所収）、(7)「「条々天道恐ろしき次第——斎藤山城道三」私注〈続〉」（成城大学短期大学部「国文学ノート」三五号、平成一〇年三月。本書二・四章として所収）

（4） 豊臣秀次謀反の段は、「天道《てんたう》、恐《おそ》ろしき事」と結ばれていた。その直後から、「条々《ぢやう〳〵》、天道恐《たうおそ》ろしき次第《しだひ》」の章段が始まり、「一、三好実休《よしじつきう》……」「一、松永弾正久秀《まつながだいじやうひさひで》……」「一、美濃国《みのゝくに》、斎藤《さいとう》山城道三《しろだうさん》は……」「一、明智日向守光秀《あけちひうがのかみみつひで》……」「一、柴田修理《しばたしゆりの》亮勝家《すけかついえ》」「一、神戸《かんべ》三七殿……」と、順次、小さなまとまりのある条々が並べられている。詳細は注3所掲前稿群参照。ただし、「神戸三七殿」の条は、別稿（本書二・七章として所収）として発表予定である。

（5） 佐脇栄智氏担当執筆。

（6） 小瀬甫庵の『太閤記』巻第十二（岩波文庫『太閤記（下）』所収）の冒頭は、「相模国小田原氏政家伝之事」と題し、「抑《そも〳〵》、北条左京大夫氏政が由来を委《くはしく》尋ぬるに、平相国之八男助盛の末裔伊勢新九郎と云し人、是其元祖也。於備中《びっちうのくに》国《において》本知三百貫之領主にて有しが、立身之励み尽思惟《しゆゐをつくし》観《み》侍れ共、事之行べき道もなし。其国之守護を可《き》犯《す》は理に非ず。隣国を謀りみんは力乏しとて、三百貫之地を同姓の富家に売授け、路次のあしなどを求め、武略且備《そなはり》し士《さぶらひ》三十余人召具し、康正三年之春関東さして武者修行に出けるが、先《まづ》天照大神を奉《ら》頼《み》ばやと思ひ、至《つて》山田《に》三七日誠を尽し祈念し了《をはつ》て立にけり。其比《そのころ》駿河国之大守今川殿とて殷富なる人有。新九郎駿府に逗留し、国之仕置《しおき》軍法等を聞侍るに、起るべき家と覚えければ、此大守に事へみんと思ひ、近習に便り臣たらん事を望しかば、即相調《あひしらべ》扈従之臣と成にけり。新九郎大器の程を大守見給ふて、三百人之勢を付給ふ。漸《やうやく》武勇之功も出《いで》きしかば、長録《（マヽ）》二年十月、伊豆国韮山之城主《しろぬし》となしてけり。今川殿此節やう〳〵韮山近辺をのみ知給ひて、其外は他領也。毎物《ものごと》の制法等《せいはふとう》無私心《ししんなく》さたし侍りければ、民も親しみ士卒も四体の相随ふが如し。

然るにや、翌年豆州《とうしう》之大敵を亡し、一国平均に退治したりけり。即仮《かりの》之守護職に輔せられてより、飛龍在天《てんにある》が如く、佳運《かうん》成じきて、今此氏直までは五代なり、新九郎万幸《よろづきいはひ》心のまゝなるに因て、才勇兼備りし士を撰挙《えらびあげ》しかば、羽翼《うよく》成ぬ。七十にしてかみおろしし侍りて、早雲と申せしが、長子氏綱に家督有て、安閑無事之境界に住し終りき。氏綱之息氏康其子氏政其子氏直如レ此連続し、五代にして亡《ほろび》たり」

のごとく、氏政の先祖から説いている。

なお、伊勢新九郎、のちの北条早雲については、家永遵嗣氏に興味深い論（「伊勢宗瑞（北条早雲）の出自について」「成城大学短期大学部紀要」二九号所載）がある。

（7）三省堂刊の土井忠生博士訳本に拠る。

（8）「理いん状之事　／一　我等妻きさ事勝手ニ付、／理いんいたし候上は、何方えいん付／候共、かまへ無御座候、以上／久蔵印／未十月十日／きさとの」（井上禅定『東慶寺と駆込女』有隣新書92頁より引用）。

（9）土井忠生・森田武・長南実編訳『邦訳日葡辞書』（岩波書店）に拠るが、論述の流れ上、＊印を付して直接引用することがある。

（10）太田牛一の『原本信長記』（岡山大学池田家文庫本。巻十二以外は、自筆。福武書店刊の影印に拠る）巻一では、

「公儀御酌にて御盃并御剱御拝領」（13オ）

「公儀御酌ミ而御盃被下」（15ウ）

など、「公儀」で「室町将軍」をさした例が見られる。

（11）『日葡辞書』には、

「Iifi. ＊ミゼリコルヂヤ（*Misericordia*）、あるいは、慈善。Iifiuo mopparato suru. 慈善を施すことを非常に必要な大事なことと考える。Iifiuo taruru, 1, suru. 慈善を施す。Iifiuo Vquru. 慈善を受ける」

とあるが、キリシタンのミゼリコルヂヤの意識が強く出た説明となっている。

漢語本来の意味は、仏教語で、「衆生をいつくしみ、楽を与える慈と、衆をあわれんで、苦を除く悲。喜びを与え、苦しみを除くこと」（『日本国語大辞典』）であり、そのような心の持ち主の形容として中古以来、ひろまってゆく。

『大かうさまぐんき』のこれまでの部分でも、

○且《かつう》は御慈悲《じひ》、且《かつう》は天下《てんか》の御為《ため》、ありがたき綸命《りんめい》也（2頁。頁数は、汲古書院刊『大かうさまくんきのうち』影印頁数）

○太閤秀吉公《ひでよしこう》、御慈悲《じひ》もっぱらにましく候ゆへ、路頭《ろたう》に乞食《こつじき》、非人《ひにん》、一人もこれなし。こゝをもつて、君《きみ》の善悪《ぜんあく》は知《し》られたり。御威光《いくわう》ありがたき御代《よ》也（5〜6頁）

○大閤は（略）政道《せいたう》、軍法《ぐんぱう》、正《たゞ》しく仰《おほ》せつけられ、御慈悲広大《じひくわうたい》にましく、邪《よこしま》に人を御成敗《せいばい》なされ候事、いさゝかもつて、これなし（28頁）

○関白殿《くわんぱく》（小林注。豊臣秀次をさす）は（略）第《だい》一に、御慈悲《じひ》かつてもつてこれなし（30頁）

と使われていたが、天皇・太閤・関白など本来的に民《たみ》をあわれみ慈しむべき立場にある人につき、それのあり・なし、またそのあり様を述べた部分にあたる。

（12）津田隼人正《はやとのしょう》。織田左馬允《さまのじょう》のこと。

「織田信長の一族。『織田系図』は、織田駿河守重政の弟とする。信長の尾張統一に協力し、永禄十二年（一五六九）正月には足利義昭を守って京都にいた。ついで所領問題で信長麾下から追放とも脱走ともいわれ、天正九年（一五八一）、羽柴秀吉に召し出されて家人となり、外峯氏に改めた。同十二年、小牧の役などに従軍し、同年、従五位下隼人正に叙任。このときは津田氏。さらに九州の役などに従軍し、文禄二年（一五九三）没」（『戦国』参照）

（13）『大かうさまぐんき』における太田牛一の表記は、

○とびたさこんのせうげん（23頁）……豊臣秀次謀反事件の穿鑿役人として

○とびたさこんのせうげん（141頁。つまり、当該部分）

○とひたさこん（210頁）……唐入《からいり》御進発《しんぱつ》の人数《にんじゅ》として、「十二番　御はなし衆《しゅ》」のうち。

と、全て、「とびた」と読ませるもの。一般には「とみた」で知られ、『戦国』の立項も「とみたいっぱく」でなされている。ミ（mi）とビ（bi）は調音点が同じなので、混同されやすかったとみられる。

「信濃守助知の子。幼くして織田信長に仕え、天正十年（一五八二）、本能寺の変ののち秀吉に仕え、先鋒の五奉行となる。同十二年の小牧・長久手の役では織田信雄との講和に奔走し秀吉から名馬星崎を授かる。文禄の役（一五九二）では千三百名の兵を率いて渡海する。文禄四年（一五九五）、伊勢国安濃郡に五万石を領し、うち、二万石は嫡男信高に分知し、同郡安濃津城を居所とする。慶長四年（一五九九）致仕し、同年十月二十八日死去する。京都南禅寺の瑞雲庵に葬られた」（『戦国』参照）

（14）このローマ字表記により、原文「御どうざ」の「御」の読みが「ご」と確定する。

（15）『原本信長記』巻三に、

「是より、明智十兵衛　丹羽五郎左衛門　両人若州へ被㆓差遣㆒、武藤上野　人質取候て可参之旨、御掟候」（7ウ）

とあり、原文「御ぢやう」は「御掟」の表記でよいことがわかる。

（16）『太閤書信』（桑田忠親著、地人書館刊）所収「一二九　稲荷大明神に奉った朱印状（前橋旧蔵聞書）」でも、「若此旨相背、むさとしたる儀於㆑有㆑之者、日本之内年々狐猟可㆑被㆓仰付㆒候」と記した上で、末尾に「委曲吉田之神主可㆓申渡㆒候也」と、口上者の名前を明記し、「くわしくは彼を通じて申し渡す」ことになっている。

（17）清文堂刊『抄物集成』『続抄物集成』索引篇など。

（18）各索引を利用。

（19）平凡社『福井県の地名』・『眠りからさめた戦国の城下町』（福井県立一乗谷朝倉氏遺跡資料館刊）など参照。また、数回、現地におもむき実地踏査を行なっている。

（20）原文「よふがひをかまへ」であるが、『日葡辞書』にも、「Yôgaiuo camayuru.」の例文が示されている。

（21）原文「たとへは、京《きやう》ぜいなんまんぎうちむかふといふとも」と、逆接の接続助詞「とも」を伴っているので、これ全体で逆接の仮定条件を表わしている。意味的には、「仮に」「よしんば」となる。帰結句は、「又ぞろやそのせんれいたるべき」で、間に三文ほどの挿入がなされている。北条氏政の話しことばのリズムを、牛一が文章として再現しているためである。

（22）原文「一せんの事ハさてをきぬ」について。「さて置く」という熟語は、「ある事をそのままの状態に放置すること」を表わす。大蔵虎寛本狂言「武悪」に、「蟻のはふ迄も見へまするが、武悪が事は扨置、人影も見えませぬ」という例があるが、この用法に近いか。「一戦の事」「武悪が事」を目下の関心の対象外に置こうという点で共通している。

（23）鶴屋南北作。一八一三年成立。

（24）前嶋深雪『『大かうさまくんきのうち』文節索引』（私家版）付載本文に拠る。なお、同索引は、当該箇所を「ソロ」で立項。「文節」として扱うなら、「マタゾロ」とあるべきものである。

（25）『西鶴諸国はなし』『浦島年代記』の例は、『日本国語大辞典』参照。

（26）「補遺篇」所載。

（27）「又ざふらふ」の例は、同じく坪内逍遙の『内地雑居未来之夢』（一八八六年成立）にも出る。『妹と背かゞみ』には、「已《すで》に令《さい》閨《くん》（お辻《つじ》をいふ）の一條《でう》でも、彼是《かれこれ》評判《ひやうばん》が悪《わる》かつた所《ところ》へ、又候《またぞろ》そのやうな風説《うはさ》があつては、頗《すこぶ》る足下《そこもと》の不利《ふり》といふもの。」（第十四回）のように「またぞろ」の例もあり、この形は、現代語でも、次のように使われている。

○（略）年が明けて一月なるとふたたび不穏な嘘が流れはじめ、協定はたちまち拘束力を失ったのである。私はまたぞろ夢の開発を命じられた。（開高健『巨人と玩具』二）

○あんなことで一体屋根が崩れてこないものかという猜疑心に一杯になって、またぞろ職人の邪魔をしに歩み寄ってゆく。（北杜夫『楡家の人びと』二・四）

○いつも二カ月ほどで良くなって退院するが、一年も経つと、またぞろ金は濫費する、あちこちの知人には迷惑をかけるというわけで（同二・七）

(28) 天草版平家物語のローマ字表記「Cazzuʃa no cami」（149頁）によって、覚一本平家物語の「上総守」も、やはり、「かづさのかみ」と読まねばならないことがわかる。規範的には、「上総」は「介《すけ》」でなければならないのであるから、この呼称は誤認といえる。しかし、前稿(6)（本書二・三章の私注七にあたる）30頁で言及したように、信長も太田牛一も「かづさのかみ」と記したこともあり、当時の流布形は、かえってこの方であったことを推測させる。

(29) 天草版平家物語のローマ字表記は「Qiʃoga-ua」（150頁）で、「Qiʃega-ua」（木瀬川）の誤植。

(30) ローマ字表記「fotaru bino」（152頁）。伝存する『平家物語』諸本は、「螢火」系（慶應大学斯道文庫蔵百二十句本平家物語・平松家本平家物語）と「いとなみの火」系（先掲の龍谷大学図書館蔵覚一本平家物語・鍋島本百二十句本平家物語など）に分かれる。「螢」と「営」の字の似よりが書写・転写の際の〝ゆれ〟を生じさせたものだが、天草版平家物語がどの平家物語を原拠にしたかについて、重要な鍵を提供する一事例となっている。亀井高孝・阪田雪子『ハビアン抄キリシタン版平家物語』札記参照。

(31) 原本は、勉誠社文庫の影印に拠る。翻字にあたっては、注30紹介本を参照。なお、天草版平家物語では、この段は巻第二に収められているので、厳密に言えば、覚一本平家物語の本文は〝従的立場〟であり、〝直接依拠された〟本文は、慶應大学斯道文庫蔵百二十句本平家物語の祖本の第四十七句末尾〜第四十八句であった。「螢火」については、百二十句本と覚一本とは相異していたが、「上総守」については両本同一表記をとっている。

(32) 原文「おほしめされ」に対して、「思し召され」と当てたが、これは現代表記を多分に意識したもので、『信長記』における太田牛一の表記としては「思食」が多い。また、『太閤書信』の漢字表記を検しても「思食」が優勢である。どちらを採るか、翻字のむずかしさを感じる。

(33) 甫庵『太閤記』は、

「只関白秀吉は大気者にて侍るよな。それは畿内辺の事にて有べし。当国などにおいては用ゐまじき物をと、心のそこより存知候し故、何事もおろかに両使を、もてなしけり。然間《しかるあひだ》津田富田も其有増《あらまし》を推察し、帰り上て右之旨言上しけり。秀吉公聞召、扨は昔平宗盛が、きせ川より逃上りたるやうに、某を心あてすよな。春は令二進発《しんぱつせしめ》一其虚実を見せしめん物をと、怒りおぼさるゝ行衛のほどこそおそろしけれ」（下　14～15頁）

と、「嘲《あざけ》り候て」の具体的内容、および、それを伝え聞いた秀吉の怒りのさまを描いてさらに読み物的である。

（34）「一通の書状」ではあっても、約束事にからむものが多かったので、近・現代になると、

○島田は当人の彼から一札《いっさつ》入れて貰ひたいと主張したので（夏目漱石『道草』九六）

のように、「一札《いっさつ》を入れる」という表現が生じる。

（35）「一五四一（天文十）～一五九七（慶長二）（新太郎・安房守）武蔵鉢形・上野箕輪城主。北条氏康の三男。武蔵天神山城主藤田康邦（重利）の養子として鉢形城に入り、藤田新太郎と称す。永禄十一年（一五六八）末から越相同盟交渉の北条方責任者として尽力、翌年、これを成功させた。天正十年（一五八二）以後、北条氏の上野侵出の先鋒となる」（『戦国』参照）

（36）『太閤書信』172頁参照。その根拠は西笑承兌の日記『日用集』に求められている。

（37）主たる校異を示すと、次のようになる（行間に記した①～⑤は条数の目安である）。

①然間（『太閤書信』引用 真田文書の本文）‥而（『言経卿記』の本文）　懇望之間‥懇望候間　御礼申上事‥御礼申候事　②申上候之間‥申上候間　可レ被二仰付一
間‥可被仰付候間　御尋之處‥御尋候處ニ　上野中者‥上野之中ハ　沼田之儀者‥沼田儀ハ　上野之中‥上野のうち　真田持来
知行‥真田持来候知行　北条へ可レ被レ下候‥北条ニ可被下候　被二仰付一之條‥被仰付候条　有レ之城をは‥有之城ハ　真田可二
相拘一‥真田ニ可相拘　右北条に被レ下候‥右之北条被下候　自二家康一‥家康より　可二相渡一之旨‥可相渡旨　一札出候者‥一
札出之　指遣‥差遣　沼田可レ被二相渡一与被二御出‥沼田可相渡旨被仰出　③御請一札‥御請之一札　因レ茲‥依之　沼田被二渡
下一候事‥沼田被罷下候事　④右相任一札一‥右之一札ニ相任　被二思食一之處‥被思食候処　表裏仕候上者‥表裏仕上ハ　助命追
遺候事‥助命返遺候事　⑤夜はに寝‥夜ハにいね　自二中比一‥中比より　依レ之‥因茲　西国征伐之儀‥西国征伐儀　此注進を聞
届‥此注進聞届　令レ退二治之一訖‥令退治了　相二叶天道一者哉‥相叶天命哉

「候」の有無（どちらかというと、『言経卿記』所収分が添加傾向）、「之」の有無（どちらかというと、『言経卿記』所収分が少ない）、ひら仮名表記の度合、国語史的にも問題となる「へ」と「に」の対立など、書写者の言語介入などおもしろい問題を含んでいる。

(38) 岡山大学池田家文庫本『信長記』巻十二奥書や蓬左文庫蔵『大田和泉守記』(太田牛一自筆)の奥書には、

「　　自元
内大臣信長公之　臣下也　其後
太閤秀吉公　　　臣下　　今又
右大臣秀頼公　　臣下也
将軍家康公
関白秀次公
五代之軍記如此且世間之笑草綴置也」

と記されている。

なお、『大田和泉守記』には、「太閤秀吉公」のあとに「之」の字が添えられている。

(39) この場合の「北条左京大夫」は、息子の北条氏直をさす。

(40) この「大かうさまぐんき」において、太田牛一は、「たいくん」二例、「だいぐん」一例の表記形態をとっているが、「たいぐん」「だいぐん」本人の中でも〝ゆれ〟ていたと思われる。

(41) 本例と次例は、『日本国語大辞典』参照。

(42) 『日葡辞書』正篇に「Chinjei」を入れたのち、同じく九州をさす「Tçucuxi」を補遺篇に補ったものと考えられる。清原宣賢(一四七五〜一五五〇)の講義を聞き書きした『古活字版日本書紀抄』に「筑紫ハ九州ノ名、日向ハ一國ノ名ゾ」(一46ウ)とあるのは、補遺篇と同じ解釈である。太田牛一の感覚としては、「筑紫」で筑前国・筑後国のみをさし、島津氏の薩摩国などは「鎮西」としてとらえたものであろうか。

(43) 『大かうさまぐんき』には、「五きなひ」の表記で二例出る。「きなひ」の例はないので、『日葡辞書』編集者の感覚でいうなら、「まさる言い方」を使っていることになる。

(44) 『易林本節用集』(『日本古典全集』影印所収)に対照させると、

「筑紫」「鎮西」=西海道　九ケ国　筑前・筑後・豊前・豊後・肥前・肥後・日向・大隅・薩摩

「中国」=山陰道　八ケ国　丹波・丹後・但馬・因幡・伯耆・出雲・石見・隠岐　山陽道　八ケ国　播磨・美作・備前・備中・備後・安芸・周防・長門

「五畿内」＝五畿内　五ケ国　山城・大和・河内・和泉・摂津
「北国」＝北陸道　七ケ国　若狭・越前・加賀・能登・越中・越後・佐渡
「南方」＝南海道　六ケ国　紀伊・淡路・阿波・讃岐・伊予・土佐

ただし、「南方」については、まだ不安が残る。というのは、太田牛一の手になる『原本信長記』巻三には、「八月廿日南方表御進発」「廿五日　南方へ御働。淀川をこさせられ枚方」「南方諸牢人」「南方三好衆の事」というように、大坂方面をさして「南方」と記しているからである。また、『太平記』巻三十五（大系㊂所収）の「京勢重《ネテ》南方発向《ハツカウノ》事付仁木没落《ボツラク》事」では、「天王寺」へ向かうことを「南方発向」と称している。このあたりのことについては、将来の課題としたい。

(45) 岩波日本古典文学大系に拠る。

(46) 本書と同場面を記した部分である。

(47) 『日葡辞書』に「Iendaimimonno qenbut nari.」という例文があり、「＊これは、今まで見たこともないし、そのように聞いたこともない見物である」と説明されている。

(48) 水戸彰考館蔵・東京大学史料編纂所蔵『太田牛一雑記』ともからむ問題である。

(49) 『日葡辞書』補遺篇には「Mi」（身）が立項されるが、「Miuo motta.」「Miuo motasu.」の例文をあげ、身分の低い女が夫を持つ（持たせる）ことだと説明している。しかし、広く、所帯をもったつれあいを、たがいに「身《み》」と称する現実があったものと思われる。

(50) 中央公論社『フロイス日本史　2』202頁所引。小著『太閤秀吉と秀次謀反』（ちくま学芸文庫）227〜228頁参照。

(51) 『大かうさまぐんき』の醍醐花見条に、

「三番　まつの丸殿　　くつ木かわち
　　　　　　　　　　　いしたもく
　　　　　　　　　　大たいつミ」（影印本274頁）

とある。

(52) 「者」を「物」と記す中世例は多い。

(53) 報告書でのタイトルは、「ことばが映す女性の地位――淀殿の場合」。

(54) ジョアン・ロドリゲスは、その著『日本大文典』において、「女子の消息に就いて〝充所〟（Atedocoro）は〝御局〟

(Vontçubone) とするか、固有名詞を書くかするが、地位の重い人にはその方に仕へてゐる女の誰かの名を置いて、先方の人へSugumi(直ぐに)書くことはしないのである。」(724頁)と、当時の実態を報告している。

(55) 注53所掲小論参考。

補注1 現代における「またぞろ」の使用状況については、小林千草一九九九・一二「気になることば「またぞろ・こわもて」」(明治書院刊『日本語学』平成一一年一二月号)参照。

補注2 『天草版平家物語』がいかに作られ、いかに語られた(朗読された)か等については、小林千草二〇一五・七『『天草版平家物語』を読む 不干ハビアンの文学手腕と能』(東海大学出版部刊)参照。

補注3 常任の右筆でなくとも、自分の職務上、公的に手紙を書く必要はあるわけで、それらが残されている可能性を考えてはいたが、金子拓氏が『織田信長という歴史 『信長記』の彼方へ』(二〇〇九年一一月勉誠出版刊)の「第二章 軍記作者太田牛一」において、藤田恒春「上賀茂神社所蔵 太田牛一発給文書について」(『古文書研究』六三)の成果や自らの調査結果を、まとめて示された。賀茂別雷神社(上賀茂神社)に現存するそれらの文書群は、太田牛一の事蹟のみならず書記活動を知る上で貴重な発見である。ただし、金子拓『織田信長という歴史 『信長記』の彼方へ』も、金子拓編『『信長記』と信長・秀吉の時代』(二〇一二年七月勉誠出版刊)も、本書初校時に手に入れた本であり、かつ、内容的には、筆者小林の旧稿群や前嶋深雪『『大かうさまくんきのうち』文節索引』など国語学分野の研究を知らずに言及されている事項も多く、日本中世史学と国語学分野の今後の密なる交流が望まれる。

補注4 のち、小林千草二〇一一・八『淀殿 戦国を終焉させた女』の第三章二「ことばが映す女性の地位――淀殿の場合」(64~78頁)として組みこんでいる。

二・九章　北条左京大夫氏政の最期

はじめに

本章は、太田牛一著『大かうさまぐんきのうち』（一冊。太田牛一自筆。慶應義塾図書館蔵）における「一ほうぢやうさきやうのだいぶうぢまさ　事」の章段のうち「三月廿九日　関白秀吉公《くハんはくひてよしこう》はこね山へ御人数《にんじゆ》うちあけられ」から「てんのミやうかつきはてゝ　むけにあひはて　天たうおそろしき事」まで(注1)の部分についての、「釈文」と「私注」（注釈・考察）からなる。(注2)

釈文【本文六―一の⑤】

三月廿九日、関白秀吉公《〈くはんぱくひでよしこう〉》、箱根山《はこね》へ御人数《〈にんじゆ〉》うち上《あ》げられ、懸《か》け回《まは》し御覧《らん》じ、中村源兵衛《〈なかむらげんびやうへ〉》、御螺《かひ》を吹《ふ》き立《〈たて〉》候へば、御先《さき》、中納言殿《〈ちうなごんどの〉》御人数《〈にんじゆ〉》、どつと山中《〈やまなか〉》の城堀《しろほり》へ飛《と》び入《(いり)》、先《さき》を争《あらそ》ひ、塀《へい》・柵《さく》を引《ひ》き崩《くづ》し、一旦《たん》に攻《せ》めさせられ、こゝにて、一柳伊豆守《〈ひとつやなぎいづのかみ〉》討《う》ち死《じ》に候也。

すでに乗《の》り入《(いれ)》、城主《しろぬし》、松田《〈まつだ〉》右兵衛大輔《うひやうへのたゆふ》、間宮豊前守《まみやぶぜんのかみ》、初《はじ》めとして、究竟《くつきやう》の兵《つわもの》、数《かず》を知《し》らず討《う》つ取《と》り、此勢《いきおひ》をやすめず、大納言家康卿《〈だいなごんいゑやすけう〉》、御先懸《さきが》けなされ、北条《はうぢやう》が館《たち》小田原《〈おだ〉わら》を押《お》し詰《つ》め、海手《うみて》は、九鬼《くき》大隅《すみ》、加藤左馬助《かとうさまのすけ》、大将《たいせう》として、能島《のしま》、来島《くるしま》、因島《ゐんのしま》、熊野浦《くまのうら》、伊勢《〈いせ〉》浦《うら》、熱田浦《あつたうら》、浦〱《〈うら〉》の大船《たいせん》をもつて推《お》し付《つ》け、海陸《かいろく》ともに、鳥《〈とり〉》のかよひもなきやうに、近《ちか》〱と取詰《〈とりつめ〉》させ、石取山《〈いしとりやま〉》を御大将陣《たいせうぢん》に御用害《よふがひ》丈夫《ぢやうぶ》に綺羅《きら》を瑩《みが》き、光《ひか》り輝《かかや》き、結構《けつこう》に仰《おほ》せつけられ、北条《ほうぢやう》が城《しろ》、御目《め》の下《〈した〉》に御覧《らん》なされ、北条美濃守《はうぢやうみのゝかみ》は、端城韮山《はじろにら》に楯籠《たてごも》る。これ又、取《と》り巻《ま》き攻《せ》めさせられ、諸軍勢《しよぐんぜい》悉《こと〱》く御人数《〈にんじゆ〉》ありのまゝ、馬《むま》の飼料《かいれう》まで、三枚橋《まひばし》にて、長束大蔵大輔《なつかくらのだゆふ》、御奉行《ぶぎやう》にて、御扶持方渡《ふぢかたわた》し下《くだ》され、忝《かたじけ》なき題目《だいもく》也。夜《よ》〱に攻《せ》め寄《よ》り、少々《せう〱》、餓死《がし》に及《およ》ひ、迷惑致《めいわくいた》し、城《しろ》を渡《わた》し進《しん》上候はんと歎《なげ》き候へども、佞人懲《ねいじんこ》らしめのため、干殺《ひごろ》しになさるべきの由《よし》候て、御承引《せうゐん》これなし。

私注一　関白秀吉公箱根山へ御人数うち上げられ

天正十八年（一五九〇）三月二十九日(注3)、関白秀吉公は、箱根山に軍勢を進められた。箱根山は高所なので、「うちあげられ」という表現がふさわしい。『大かうさまぐんき』に先行し、太田牛一も〝語り〟という芸能で楽しんだと思われる『太平記』に、次のような例がある。(注4)

○ここに備前国《びぜんのくに》の住人《ぢうにん》、中吉十郎《なかぎりらう》と摂津国《つのくに》の住人《ぢうにん》に奴可《ぬかの》四郎《らう》とは、両陣《りやうぢん》の手分《てわ》けによつて、搦手《からめて》の勢《せい》の中にありけるが中吉十郎《なかぎりらう》、大江山《おほえやま》の麓《ふもと》にて、道《みち》より上手《うはて》に馬《むま》をうちあけて、奴可《の》四郎《らう》を呼《よ》びのけて云《い》ひけるは

（土井本〈かながき〉太平記　巻九　上259頁）

○その翌日《よくじつ》、高豊前守《かうのぶぜんのかみ》、大津《おほつ》へ使を立てゝ、「(略)敵《てき》を山上《さん》に追《を》ひ上《あ》げ、東西両塔《とうざいりやうたう》の間《あひだ》にうちあけて煙《けぶり》を上《あ》げられ候はゞ、大嶽の敵ども前後に心を迷はして、進退定めて度を失ひつと覚え候ふ。その時こなたより同《おな》じく攻《せ》めのぼり、戦ひの雌雄《しゆう》を一時《じ》に決《けつ》すべし」とぞ、牒《てう》せられける。（同右　巻十七　上610頁）

土井本〈かながき〉太平記の第一例は、馬、第二例は、人が対象となっているが、『大かうさまぐんき』の場

合、「御人数《にんじゆ》」(注5)とあっても、兵と馬両方が意識にのぼっていたと思われる。それは、軍勢の中心勢力が騎乗の武士であることのほかに、つづく語である「懸《か》け回《まは》し」が、秀吉の行動ではあっても、馬を使っての行動だからである。

「かけまはす」というのは、『日葡辞書』(注6)「Caqemauaxi, su, aita.」にあるように、「＊馬を走らせて敵の軍陣や城などの回りをぐるぐる回る」ことであり、戦《いくさ》の際、総大将のするべき行為の一つである。すでに部下たちから得ていた情報と現地の状況を一つに合わせて、最も効率のよい攻め方を決定し、それを部下たちに命令として伝え、一気に攻めるためである。『大かうさまぐんき』には、「かけまはす」の語は、ここ一例だけであるが、同じく太田牛一の手になる『信長記』(注7)（首巻以外は、岡山大学附属図書館蔵池田家文庫『原本信長記』(注8)を底本とする）では、

○人馬之休レ息ヲ、十一日、愛御川《エチカハ》近辺ニ野陣を懸させられ、信長懸まハし御覧じ、わき〳〵数ケ所之御敵城へハ御手遣もなく、佐々木承禎父子三人楯籠られ候観音寺並箕作《ミツクリ》山へ、十二日ニ懸上させられ（巻一・6ウ～7オ）

○是より、わき〳〵小城へハ御手遣もなく、直に奥へ御通候て、国司父子被楯籠候大河内之城取詰、信長懸まハし御覧じ、東の山に御陣を居られ（巻二・8ウ）

○信長川之上下懸まハし御覧じ、馬を打入、川を可渡之旨、御下知之間、悉乗入候處、思之外川浅く候て、かち渡ニ雑兵無レ難打越候キ（巻三・27ウ）

など、巻ごとの主要なる戦さ場において用例が見《み》られ(注9)、「かけまはし御覧《らん》ず」の熟語で、一つの、重要な戦場用語となっている。

中村源兵衛[注10]が法螺《ほら》貝を高らかに吹くと、それを合図として、先発隊である中納言殿（豊臣秀次。この時、二三歳）の一隊が、どっと山中城の外堀へ飛び入った。山中城は、伊豆国田方郡山中新田（現三島市山中）にあった城で、「今度上方勢を可《べき》ニ相防《ぐ》一最初なる」（『太閤記』巻十二 309頁）[注11]要害として、北条勢の期待を担っていた。

牛一は、あえて水の描写をしていないので、山城の空堀《からぼり》であったろうか[注12]。ただし、箱根山の西南麓のけわしい凹凸を利用したものであろうから、地下水や雨水がたまってもおり、飛び入って次に向こう側にはいあがるのは、並大抵のことではない。それを、軍兵は「先《さき》を争《あらそ》ひ」と、記されている。秀次軍団の勇猛果敢な様子が、このことばに象徴されている。

堀からはいあがれた者も、次に用意されている塀、柵という要害を越えねばならない。そこで、これら木・竹を主体とされた構造物を「ひきくづす」（「Fiqicuzzuxi, su, uita. ＊ある物、たとえば、家などをばらばらにする、あるいは、取りこわす〈『日葡辞書』補遺篇〉という作業が入ってくる。困難なこの作業をすませて、しばらく敵陣深く攻めゆくうちに、一柳伊豆守が戦死する。

原文「一たんに」は、「一段に」という副詞――つまり、今までより激しくの意に取る可能性も残されているが、『大かうさまぐんき』と本文上関連深い『天正事録』[注13]や『太田牛一雑記』[注14]には「一旦ニ」「一旦」とあるので、これに従う。「一旦《いったん》」と「一端《いったん》」の原義を越えた混同例や、「一旦《いったん》」の行為のもつ一時性（および、言外の行為のもつ永遠性）については、『時代別国語大辞典　室町時代編』一 490〜491頁が詳細かつ卓見に満ちている。この説に拠ると、「塀《へい》・柵《さく》を引き崩す」行為が一時的なもので、本来の目的、つまり永続性を求められている行為とは、城内へ乗り入れての戦闘であることが判明する。副詞一つで、言語表現者の力点が明らかとなる好例であると思われる。

「一柳伊豆守《〈ひとつやなぎいづのかみ〉》、討《う》ち死《じ》に候也」――一柳伊豆守（一柳直末《なおすえ》　一五四六〜一五九〇）という、古くからの秀吉の家臣で播磨攻略・賤ヶ岳の合戦・小牧長久手の闘い・紀伊雑賀攻め・四国征伐などで軍功世に聞こえた[注15]名将の戦死をあげることによって、ここにおける戦いのはげしさを読む者・聞く者に想像させる手法である。

　長々とここを描写するわけにはいかない。戦《いく》さは刻々と激しく流れているからである。牛一は、「すでに乗《の》り入《いれ》」と、次には記している。「乗《の》り入《い》るる」とは、「Noriire, uru, eta. ＊馬に乗っている人が、馬を或る場所に入れる」（『日葡辞書』）であり、画面は、もう敵城の内部にとんでいる。

　なお、小瀬甫庵の『太閤記』は、渡辺勘兵衛尉に焦点を当てて、その活躍を詳細に描写している。冗舌なその文章の中に、一柳伊豆守の討ち死にの情報はない。甫庵と牛一の心の眼が異なっているからである。傷む対象、賞讃する対象がこのように異なっている以上、甫庵が牛一の『大かうさまぐんき』を読んで物足りなさを感じ、増補取捨する形で『太閤記』を編んだのも無理からぬことである。

　秀次軍は、箱根中山城の城主松田右兵衛大輔[注16]（松田康長《やすなが》　天文六年〈一五三七〉生まれ。松田康定《やすさだ》の子）、[注17]間宮豊前守（間宮康俊《まみややすとし》　永正十五年〈一五一八〉生まれ）をはじめとして北条氏政配下の究竟（Cucqiŏ ＊または、Cuqiŏ とも言い、むしろその方がまさる。[注18]完全の域に達したこと、または、すぐれたこと）の兵士を数知らず討ち取った。甫庵『太閤記』は、「従二小田原一頭《カシラ》分之士山中へ三人遺事」「間宮《マミヤ》豊前守松田兵衛大夫事」条において

「（松田）兵衛大夫籠城之事兼て可レ致二忠死《チウシ》一に相究《キハ》め」

「取分間宮は老武者故にも在が、極二忠死一云やうは、何様にも可レ抜二忠義一之条、御心を安んじ給へと、ふ

つゝかに中立《タツ》たりしは、あつぱれ其器《キ》に堪《タヘ》たりと満座《マンザ》噇《ドツ》と感《カン》じ出ぬ。」

「兵衛大夫・豊前守山中之城にての動《ハタラキ》共、危《アヤウ》き節《セツ》を救《スク》ひ死を善道に守りしも、亦類鮮《スクナ》き節義之士也」と、エピソードを混じえつつ人となりを描写するが、牛一は、「松田右兵衛大輔《まつだうひやうへのたゆふ》・間宮豊前守《まみやぶぜんのかみ》、初《はじ》めとして、究《くつ》竟《きやう》の兵《つわもの》」とすることで、十分賞讃の意は籠めたものとみてよい。省略法によって、逆に浮き立ってくるものを、牛一は見つめていたと言えるのである。

さて、ここまでの主語は、「中納言殿　御人数」とみてよいが、最終的には、秀吉軍となる。「此勢《いきおひ》をやすめず」——このいきおいにのって、大納言家康卿は、先頭きって北条の本城小田原に攻めこんだ。攻めこんだ結果、敵兵が城に追い込まれた形となったから、「押《お》し詰《つ》め」(注19)という動詞が使われている。牛一は冗舌ではない分、ピシッピシッとことばを選びきめている。

『日葡辞書』は、「Voxitçume, uru,eta. ＊締めつける、または、力ずくで入れて押し込む。比喩。Fitouo voxitçumuru. 人を窮地に追い込む、または、人に難儀をさせる、など」と記し、特に戦場用語としての説明を加えていないが、牛一は、『信長記』において、

〇三月十一日、志賀郡へ御働　和邇ニ御陣を居させられ、木戸・田中推詰、御取出被ニ仰付一（巻五・2オ）

〇十七日、野田原ニ野陣を懸させられ、十八日、推詰、志多羅之郷極楽寺山に御陣を居させられ（巻八・10ウ）

のごとく、要所要所で用いている。

なお、ここで、〔本文六—一の①〕(注20)にあった小田原城主北条氏政のことばを思い出しておこう。

「関東《くはんとう》一の木戸《きど》、箱根山《はこねやま》、丈夫《ぢやうぶ》に要害《よふがひ》を構《かま》へ、相抱《あひかか》へべきにて候。たとへば、京勢《きやうぜい》何万騎《なんまんぎ》うち向《む》かふといふとも、由井《ゆい》、蒲原《かんばら》、境《さかひ》として、在陣《ざいぢん》たるべし。昔《むかし》も、平氏《へいし》の軍兵《ぐんびやう》馳《は》せ下《くだ》り、かの地に陣取《ぢんど》り、一戦《せん》の事は

さて置《を》きぬ、水鳥《みづとり》の羽音《はをと》に驚《おどろ》ひて、数万《すまん》の軍勢《ぐんぜい》、逃《に》げ上《のぼ》り候《さふら》ひける。又ぞろや、その先例《せんれい》たるべき」（『大かうさまぐんき』影印本142〜143頁）

関東一の城戸《きど》である箱根山の用害は、秀次軍によって破られてしまった。そして、家康の軍勢が小田原の本城を襲って来た。氏政の運命は風前のともしびである。

私注二　海手は九鬼大隅、加藤左馬助大将として

小田原は海に面している。陸で追いつめられた北条軍が海路逃げ去る可能性がある。そこで、すでに手が打ってあった。牛一は次にそれを描写する。

「うみて」を「海で」と解釈する可能性は、『天正事録』『太田牛一雑記』の表記「海手」や、次に示す、『信長記』における類似表現によって、しりぞけることができる。

○（元亀四年）二月廿九日、辰剋、今堅田へ取懸、明智十兵衛、囲舟を構、海手の方を東より西に向て被レ攻候。丹羽五郎左衛門、蜂屋兵庫頭、両人は、辰巳角より戊亥へ向て被レ攻候。終に午剋に明智十兵衛、攻口より乗破訖。（陽明文庫蔵『信長公記』巻六・13ウ。建勲神社蔵本の該当箇所表記は、「海手《うみて》の方《かた》を」。岡山大学附属図書館蔵池田家文庫『原本信長記』は、「舟手の方を」とする）

○（元亀四年）七月廿六日、御下　直に江州高嶋表彼大船を以て御出馬　陸ハ御敵城木戸・田中両城へ取懸被攻、海手ハ大船を推付、信長御馬廻を以て可被攻之処ニ降参申罷退（『原本信長記』六・23ウ〜24オ。陽明文庫蔵本巻六・27オ「海手者」、建勲神社蔵本巻六「海手者《うミてハ》」）

「海手《うみて》」とは、海から攻める軍隊のことであり、原本信長記との〝ゆれ〟（第一例）から、「舟手《ふなて》」とも言われ

ていたことが知られる。
海からの攻撃軍としては、九鬼大隅（九鬼嘉隆《くきよしたか》　一五四二～一六〇〇）[注21]、加藤左馬助（加藤嘉明《よしあき》　一五六三～一六三一）[注22]を大将として、能島《のしま》・来島《くるしま》・因島《いんのしま》[注23]・熊野浦《くまのうら》・伊勢浦《いせうら》・熱田浦《あつたうら》など[注24]、浦々《うらうら》（港々《みなとみなと》）から呼び寄せられた大船がびっしりと待機している。「おしつけ」（原表記）というのは、海岸線に沿って互いの船腹を押し付けるように舟がびっしりと並んでいる形容でもあり、「敵」を「おしつける」意味も兼ねている。[注25]
『信長記』にも、「推付」の表記で例が見られる。先に引いた元亀四年七月廿六日条の〰〰線がそれであり、他に、

○（元亀四年）四月十一日、（略）公儀右之不ㇾ被ㇾ休二御憤一、終に為二天下御敵一之上、定而湖境として可ㇾ被二相塞一候　為二其時一、大船を拵、五千も三千も一度二推付、可ㇾ被ㇾ越之由候て（『原本信長記』巻六・16オ）

○（元亀四年）七月六日、信長彼大船にめされ、雖二風吹候一、坂本口へ推付、御渡海。（『原本信長記』巻六・17ウ）

○（天正二年）（七月）十五日に、（略）今嶋に陣取、川手[注26]ハ大船を推付、被攻族。（『原本信長記』巻七・18オ）

など、「大船」（安宅船[注27]が有名）を用いて軍団を組んだ際の必須用語となっている。

こうして、秀吉は、「海《かい》」「陸《ろく》」ともに鳥も通《かよ》うことができないように厳しく、敵近く布陣させていた。

「鳥《とり》のかよひもなき」は、一般的には、「鳥も自力で飛んでいけないほどの遠い所」の形容であるが、視線を水平から上下に移すと、「鳥も飛べないほどの高くけわしい所」の意味が派生する。それをさらにおし進めると、「監視が厳しく、鳥さえ飛んで入りこめない所」の意となる。ここは、まさに、それである。類例として、

「備中ニハ庄《シヤウ》・真壁・陶山《スヤマ》・成合《ナリアヒ》・新見《ニヒミ》・多地部《タチベ》ノ者共、勢山《セヤマ》ヲ切塞《キリフサイ》デ、鳥モ翔《カケ》ラヌ様《ヤウ》ニ構ヘタリ」（『太平記』巻十六　日本古典文学大系35　133頁）

があげられようか。

「御先懸《さきが》けなされ、北条《ほうぢやう》が館《たち》小田《〈おだ〉》原《わら》を押《お》し詰《つ》め」た主体は徳川家康であるが、「海手《うみて》は」からは、やはり主体は、秀吉に移ってきたとみてよい。

先ほど本章私注一に「おしつめ」とあったが、ここは、「近《ちか》〳〵と取詰《とりつめ》」とあり、敵が逃げ出さないように至近距離で敵を囲いこむことであることがわかる。

○（元亀四年）七月廿一日、（略）山本対馬守、静原山に取出を構、御敵として居城也　明智十兵衛、被二仰付一取詰をかせられ（陽明文庫蔵『信長公記』巻六・25ウ　岡大『原本信長記』は、該当個所を「取籠被置」とする）

○（元亀四年）九月四日、直に佐和山へ被成御出、鯰江之城可二攻破一之旨、柴田ニ被仰付候　則、取詰候処、降参申退散也（『原本信長記』巻六・39ウ）

○（天正二年）七月十三日、（略）今度ハ諸口より取詰、急度可レ被二討果一之御存分ニ而（『原本信長記』巻七・12ウ～13オ）

○（天正二年）（七月）十五日に、（略）四方より長嶋へ推寄、既諸口取詰られ、一揆致二癈忘一、妻子を引つれ〳〵長嶋へ逃入也（『原本信長記』巻七・16ウ～17オ）

など、信長記にも「推詰」より多用されており、戦場用語としての度数の高さを反映してか、『日葡辞書』も、「Toritçume, uru, eta. ＊窮迫した状態に追い込む。Xirouo toritcumuru. 城を窮迫した状態に追い込む」

のごとく、説明している。

秀吉は石取山《いしとりやま》を「御大将陣《たいせうぢん》」に定め、用害（砦としての城）を丈夫に作らせる。「石取山《いしとりやま》」（原表記も、この通りふりがなが添えられている）につき、地名大系『神奈川県の地名』を検索するに、索引に該当項目なく、「石《いし》垣山城《がきやまじよう》跡」がそれに当たる。現在の、小田原市早川で、「早川《はやかわ》集落の西北、箱根外輪山の東端、標高二六一・六メートルの石垣山山上にある豊臣秀吉の小田原攻めの本営として築かれた城の跡」（720頁）と、説明されている。『天正事録』も「石取山」、『太田牛一雑記』も「石取山」であり、当時、このように呼ばれたものと思われる。おそらく、築城にあたっての大石が取れる山という命名であり、「石垣山」という呼称は、秀吉の築いた城が近世初頭焼失したのち、城壁としての石垣だけが取りのこされた形態を見て、近世以降に付けられたものではないだろうか（ただし、その際、『北条記』に「城の西南の角石垣山と申は」とあることから、『北条記』の叙述年代が関わってこよう）。

秀吉が「御大将陣」に築いた「御用害」は丈夫なだけではなく、「綺羅《きら》を瑩《みが》き、光《ひか》り輝《かかや》き、結構《けっこう》に」作らせられていたとある。砦としての、単なる山城ではない。金銀をちりばめ、重厚な瓦屋根をもち、趣向をこらした城の誕生である。秀吉の財力・建築工学上の卓抜なブレーンと匠《たくみ》たちの存在を、見せつけるとともに、この戦《いくさ》を持久戦としてのぞむという意思表示である。

「城の規模は東西三四〇メートル、南北二〇五メートル。石垣山山頂を削った平地の中央付近に東西一一四メートル、南北一〇二メートルの本丸があり、その西に天守台、西端には二ノ丸に相当する西郭、東に厩郭・馬出郭が続く。東端には深い谷間を野面石積みで堰止めた井戸郭があり、石垣内側は天端より九メートル深く、さざえの井戸とよばれ、また淀君化粧井戸とも伝承される。井戸郭北側と本丸南側に櫓台跡がある。天守閣は天守櫓敷坪の規模などより、二層ないし三層と考えられ、瓦の出土より瓦葺屋根であったと推定されている。全域が野面石積みによる城郭としては、関東最初の築城例という。」

右は、地名大系『神奈川県の地名』720頁よりの引用であるが、太田牛一の簡略な描写の中に、近代考古学などの知見による推定に見られるエッセンスがとりこまれていることに驚かされる。牛一が、「綺羅《きら》を瑩《みが》き、光《ひか》り輝《かかや》き、結構《けっこう》に」と記す場合は、天守閣に金色の鯱鉾《しゃちほこ》がそびえ、黒瓦が陽光に反射し、瓦の紋が金泥で塗られているのが常である。(注28)

「北条《ほうぢやう》が城《しろ》、御目《め》の下《した》に御覧《らん》なされ」——秀吉は、この城塞より、北条氏政の小田原城を眼下に見おろしていた。『北条記』にも、「石垣山と申は。嶮難の地。屈竟の要害なり。筥根山の前より樵夫の通ふ路の候。それより竊に御人数を被上。御陣を被召。小田原を目の下に御覧候はゝ」(注29)とある。

敵城を眼下に見おろす位置に布陣することは戦略上の要《かなめ》であり、『信長記』にも、

○(天正三年)四月八日、(略)伊藤加賀守息伊藤二介、度々先懸にて、数ケ所之被レ疵討死　此時、信長者駒ケ谷山より御目之下ニ被レ成二御覧一、晴かましき働也(『原本信長記』巻八・5ウ～6オ)

○(天正三年)五月廿一日、(略)信長ハ家康公之陣所ニ高松山とて小高キ山之御座候に被一取上一、御敵之働を御覧シ、御下知次第可仕之旨被レ仰含一(『原本信長記』巻八・14ウ)

○(天正六年)十一月九日、(略)信長公ハあまと申所、山ノ手に四方を見下し御陣を居せられ(陽明文庫蔵『信長公記』巻十一・42オ　岡大『原本信長記』には、「四方を見下し」の語、欠)

などとある。第二例、第三例には、「目の下に」という語はないが、ある方が動作主の行動、あるいは視線を含む顔面までクローズアップされてくる。

私注三　北条美濃守

「北条《ほうぢやう》美濃守《みのゝかみ》は端城《はじろ》韮《にら》山に楯籠《たてごも》る」――氏政の八歳下の弟で「美濃守」と呼ばれた氏規《うじのり》は、端城《はじろ》（根城《ねじろ》である本城に対して、枝分かれ的に築かれた要塞としての城）である韮山城にたてこもっていた。

韮山は、静岡県東部にあたり、伊豆半島の基部にある地で、北条氏の祖・北条早雲（伊勢新九郎　一四三二～一五一九）の居城でもあった所で、北条氏政軍にとっては、特に重要な意味をもっていた。

秀吉軍は、「これ又、取《と》り巻《ま》き攻《せ》めさせられ」るのであるが、箱根中山城へ攻め入った後、徳川家康先導による小田原本城攻め、海上からの小田原攻めの様子、石取山に秀吉が本陣を敷いたことを、牛一は〝文〟としての休みを一回もとらず、つづけて、この文言に至っている。したがって、「北条《ほうぢやう》美濃守《みのゝかみ》は端城《はじろ》韮《にら》山に楯籠《たてごも》る」という文は、一種のはさみこみとして、TVドラマで言うと、流れゆく画面脇の文字テロップのように添えられたものである。

はさみこみではあるが、語り手牛一の心づもりとしては、読者・聞き手の記憶に強くすりこんでおきたい人名を含んでいた。逆に言うと、この人名を持ち出したいがために、文の流れが一旦とんでしまったと言ってもよい。

その名は、「北条美濃守」。牛一の同時代人、あるいは、口承伝承を考慮すると、五十年～百年ほどのちの人でも、「ああ、あの人」と、これから先の流れが読めるはずの人であった[注30]。それほどのキーパーソンであるこの人は、北条氏康の四男で、幼き日、駿府の今川氏に人質として出されている。そこで、やはり人質に出ていた幼き家康（当時、竹千代）と出会い苦労をともにしている。今は敵味方と分かれているが、氏康と家康は、心の深いところで互いを許し合っているのかもしれないのである。

さて、本文のドキュメント時点にもどろう。秀吉軍は、韮山城をも取り巻き攻めに攻める。攻められる側は大変であろうことは察しがつく。牛一は、こちらをわざとくわしく描写せず、カメラのアングルを一八〇度変えて、攻める側――つまり秀吉軍をアップにとらえる。「筑紫《つくし》、鎮西《ちんぜひ》、中国《ちうごく》、五畿内《きなひ》、北国《ほつこく》、南方《なんばう》」（本文六―一の②）(注31)などから、秀吉の命を受けて馳せ参じた大将たち、その大将たちの軍団だけで「諸軍勢《しよぐんぜい》」にあたる。その「諸軍勢」にそれぞれ付き従う小者・雑兵・人夫などの数を申告させ、それらの食費・人件費等を、秀吉は現金で渡した。「馬《むま》の飼料《かいれう》まで」とあることで、末端に及ぶまでゆとりある配分を行なったことが知られる。

なお、「ありのまゝ」について、『日葡辞書』は、「Arino mama. 1, arino mamani. ＊副詞。かっきりと正しく、付け加えも差し引きもしないでそのままに、または、事実あるがままに」と説明する。この副詞一つによって、次に示される奉行長束《なつか》大蔵大輔の秀吉の命を遵守し役目を厳正に遂行する姿、また、末端の兵や人夫にまで目を配る秀吉の大将軍としての力量がうかがわれる。

軍事費配分の奉行をつとめるのは、「長束《なつか》大蔵大輔《くらのだゆふ》」とある。『天正事録』『太田牛一雑記』には、「諸軍勢《しよぐんぜい》悉《こと〳〵》く御人数《にんじゆ》ありのまゝ〜忝《かたじけ》なき題目《だいもく》也」の文章が欠けており（つまり、この文章は、草稿本にあたる『天正事録』『太田牛一雑記』以降に付け足されたもの）当たれないが、『大かうさまぐんき』のさらにのちの部分にも「なつか大くらのたゆふ」（原表記）とあり、それに対応する『天正事録』『太田牛一雑記』部分では「長束大蔵大輔」と記されているので、太田牛一は「大蔵大輔」と記憶していた。また、『太閤記』の小瀬甫庵も後に引くように「長束《ツカ》大蔵大輔」と記している。『戦国人名事典』（新人物往来社。。印略称）581頁は、どの文書に拠ったか示されていないが「大蔵少輔」とするが、『国史大辞典』（吉川弘文館。。印略称）巻10「なつかまさいえ」項は、「大蔵大輔」と記す。これだと、牛一や甫庵の記憶と一致していることになる。

長束正家は、生年未詳であるが、丹波長秀・長重の部下から、天正十三年（一五八五）、秀吉に仕え、七月、奉行の一人となっている（『戦国』581頁参照）。現代でも「大蔵省」は財政面をつかさどる省庁であるが、長束正家の名にも、その職権を象徴する語がくみこまれている。

「三まひはし」（原表記）は、『大かうさまぐんき』の描写の流れにある韮山でも小田原でもなく、現沼津市三枚橋町で、狩野川下流に架かる橋であり、家康方の松平康次が預かる三枚橋城（沼津城）のあった所である（岩波新古典文学大系『太閤記』311頁の脚注二一[注32]参照）。

太田牛一の視点が急に飛んだのは、草稿本を読みなおした時、この件が抜けていたことに気づき、どこかに補入をと考え、「取り巻き攻める」→軍勢→軍勢の「御扶持方《ふぢかた》」という連想を経て、今の形におさまったためと推定される。さらに一つ、ここに、この件がはさみこまれる必然性については、「忝《かたじけ》なき題目《だいもく》也」に関連してのちに述べる。

長束正家による諸軍勢御扶持方については、小瀬甫庵の『太閤記』における「兵粮《ヒヤウラウ》奉行之事」が詳しいので、以下に、引用する。

「長束《ナツカ》大蔵大輔を首《カシラ》として其下之小奉行十人被二仰付一、年内に代官がたより二十万石請取、来春早々より船に積《ツミ》、駿州江尻《エジリ》清水に令二着船一蔵を立入置、惣軍勢に可二相渡一旨也。并黄金壱万枚被二相渡一、勢尾三遠駿五ヶ国にをゐて兵粮を買調、能に令二沙汰一小田原近辺の船着へ可二相届《トヾク》一旨被二仰出一、何も十一月初旬より方々之催し急なりけり。諸卒路次中狼籍《ラウゼキ》等なきやうにと奉行を出され、宿などもさしあはざるやうに制《セイ》し給ひし故、寔《まことニ》廿六万余の多勢なれ共、軍法正しければ聊の口論もなく、をだやかなりし事共なり。」（307～308頁）

牛一は、「長束《なつか》大蔵大輔《くらのだゆふ》、御奉行《ぶぎやう》にて、御扶持方渡《ふぢかたわた》し下《くだ》され、忝《かたじけ》なき題目《だいもく》也」と、秀吉の部下に対するやさしさ、いたわりを賞揚する。

なぜほめておかなければならないかと言うと、鬼となって攻めぬく姿ばかり描いておくと、ほろびゆく北条氏に人情が味方するおそれがあるからである。それでは、「天道おそろしき事」として北条氏政をはじめとする北条一族の自滅を描くこの条が破綻してしまう。

裏返せば、途中でこんなことを牛一に思い出させ、文章に入れこませざるをえないほどの非情さが、攻撃の総大将の秀吉にひそんでいたからである。

牛一の文章構成をときほぐすことは、太閤秀吉の真実に迫る道だと筆者が主張するのは、まさにこのあたりのことをさしている。

私注四　夜〱に攻め寄り少々餓死に及び

昼間だと攻めにくいので、夜になると秀吉軍がじわじわと責め寄る。朝になって小田原城より見渡すと、包囲網がさらに縮まって身近に敵勢が迫り寄っているという恐怖感を相手に与える工夫でもある。

さすが、秀吉軍を「あざけり候[注33]」（本文六―一の①）ことのできた氏政がかかえる小田原城だけあって、三ヶ月、四ヶ月ともちこたえてゆく。しかし、外から新しく兵粮を補充できないわけだから、「少々《せう〱》、餓死《がし》に及《およ》び」という事態が生じて来る。「少々」の中には、病人・老人・女・こどもが当然、カウントされてこよう。大切な人を失ってゆくと、人心は動揺する。

籠城していた北条軍のリーダーたちは「迷惑致《めいわくいた》し」——ほとほと困り果てた。この「迷惑」は、現代語のような〝他人からかけられた精神的・物質的損害〟を表わすよりも、精神的にも肉体的にも困惑し、にっちもさっちもいかなくなった本人の苦悩の状態を表わす。漢字を訓ずればわかりやすい。「まよい、まどう」のである。

　そこで北条軍は、「開城し、城・領地・領民ともども秀吉にさしあげる」と、申し出た。

「歎《なげ》き候」とある。今ある自分たちの状態を悲しく見つめるとともに、秀吉に助けてくれとすがったのである。『日葡辞書』が、「Nagueqi, u, eita. *悩み、心痛する、または、切望する」と訳をあてた全てが、ここに含まれている。(注34)

　戦国大名の名門北条氏としての、また、武士としての面目を投げすてて切望したのに対し、秀吉は許さなかった。

　その理由は、「佞人懲《ねいじんこ》らしめのため、干殺《ひごろ》しになさるべきの由《よし》」である。北条氏政のような佞人（Neijin. Fetçurŏ fito. *追従をして偽りだます人）を二度と出したくないから、全員が餓死するまで攻撃の手をゆるめないと言うのである。

　それほどまで秀吉は怒り心頭に発していたともいえる。先の文章に、「御無念《むねん》に思《おぼ》し召《め》され」（本文六―一の②冒頭。本書二・八章所引）ともあった。また「御無念」の根拠をさかのぼると、「秀吉公《ひでよしこう》、御慈悲《じひ》を思《おぼ》し召《め》され、上洛《せうらく》いたし、参内《さんだい》しかるべきと、度々《どゝ》、津田隼人《つだはやと》　富田左近将監《とびたさこんのせうげん》　を以《も》つて仰《おほ》せふくめられ候へども、遅々《ちゝ》いたし候（略）嘲《あざけ》り候て、日数《かず》を送《をく》る」（本文六―一の①。本書二・八章所引）とあったことは、この場における秀吉の非情さを聞く者に納得させるプロットでもあった。

　氏政が、「近年《きんねん》、諸国押領《しよこくおふりやう》せしめ、恣《ほしいまゝ》に相働《あひはたら》き、朝恩《ちようおん》を忘《わす》れ、倫命《りんめひ》にも応《おふ》ぜず、公儀《こうぎ》を蔑《ないがしろ》に扱《あつか》ひ申」（本文六―一の①冒頭）たことは、まさに「佞人」の行動である。だから見せしめをしなければならないという秀吉側の論理があった。

この小田原の陣から秀吉が京都聚楽第に残った身内の女性たちに送った自筆文書が現存している。そのうち、

○小たわら二三てうにとりまき、ほりへいふたへつけ、一人もてき出し候はす候。ことにはんとう八こくの物ともこもり候間、小たわらをひころしにいたし候へは、大しゆまてひまあき候間、まんそく申におよはす候。（桑田忠親『太閤書信』（注35）175頁 No.67 （天正十八年）四月十三日付 北政所の侍女「五さ」を宛名にし、実質、正室の北政所お禰に与えた消息）

○いよ〳〵小たわらかたくとりまかせ候により、はや〳〵、くに〳〵十の物八つほと申つけ候て、百せうともまてめし出し、ゆくと申つけ候。小わたら（マヽ）の事は、くわんとうひのもとまてのおきめにて候まま、ほしころしに申つく可候間、としをとり可レ申候。（同右177頁 No.68 （天正十八年）五月一日付 秀吉の母である大政所に送った消息）

○いよ〳〵こたわらほりきわ、一てうの内そとにしより申しつけ候により、一たんめいわくいたし、わひ事申、たかいノ事せひなく候へとも、ほしころしに申つけ候わては、かなわさる事にて候まゝ、とりやい不レ申、はや〳〵ては大しゆの物まて、このおもてへしゆつしいたし候。（同右180頁 No.70 （天正十八年）五月十四日正室北政所お禰に与えた消息）

には、秀吉自身のことばとして「ひごろし」「ほしごろし」という表現が見られる。

戦況を奥向きに伝えることによって、京聚楽第の留守を守る、ひいては、京を含めて五畿内・西国の治安を預

る部下たちにもプロパガンダできる性格をもつ文書であるから、聞いた時の反響をも計算に入れた秀吉の筆致である。

なお、最初の和議を受け入れずしぶとく反抗した敵を干殺しにすることは、戦国時代の覇者道の常であり、『信長記』にも、

○（永禄十二年）九月九日、瀧川左近被仰付、多藝谷国司の御殿を初として、悉焼拂、作毛薙捨《ナギステ》、忘国にさせられ、可レ被レ成二干殺一御存分二而御在陣候處、既籠城之者及二餓死一、種々様々御侘言申（『原本信長記』巻二・13ウ〜14オ）

○（元亀二年）九月十二日、叡山へ御取懸候子細ハ（略）則、逢坂を越、越北衆に懸向、つほ笠山へ追上、可レ被レ成二干殺一御存分二而（『原本信長記』巻四・6ウ〜7オ）

○（天正二年）七月十五日、（略）勢州之舟、大船数百艘、乗入、海上無レ所、諸手大鳥居・しのはせ取寄、大鉄炮を以て、塀・櫓打崩、被攻候處、両城致二迷惑一、御赦免之御侘言雖レ申候、迚モ不可有程之条、佞人為二懲干殺になされ、年来之緩怠狼籍、可レ被レ散二御欝憤之旨二而、御許容無之處（『原本信長記』巻七・19オ〜ウ）

のように、しばしば見うけられる。特に、第三例は、「佞人為懲（注36）」など〰〰線部に共通文脈が見られる。

釈文【本文六―一の⑥】

こゝにて、家康卿《いゑやすけう》を憑《たの》み入（いり）、北条《ほうぢやう》、腹《はら》をいたすべく候間《あひだ》、諸卒（しよそつ）御助《たす》け候やうにと申あげ、

七月十二日、北条左京大夫氏政《ほうぢやうさきやうのだいぶうぢまさ》　北条陸奥守《ほうぢやうむつのかみ》　松田尾張守《まつだおはりのかみ》　笠原新六郎《かさわらしん》　大道寺駿河守《だいだうじするがのかみ》

初《はじ》めとして、家臣《かしん》の者《もの》ども、腹《はら》を切《き》らせられ、よだけからず御退治《たいぢ》なされ候ける。これらは皆《みな》、朝恩《ちやうおん》を蒙《かふ》むつて、その徳《とく》を思《おも》はず、正理《り》を背《そむ》くの故《ゆへ》に、天《てん》の冥果《みやうがつ》尽き果《は》てゝ、無下《むげ》に相果《あひは》て、天道恐《たうおそ》ろしき事。

私注五　ここにて家康卿を憑み入

「こゝにて」ということばが冒頭にきて、膠着した状態が転回されたことが知られる。

韮山城主北条美濃守氏規《うじのり》が、北条家の意向を代弁して幼なじみの徳川家康に「憑《たの》み入」った。

「私北条が全責任をとって腹を切り自害いたしますので、他の兵たちの命を助けて下さるように」

これは、まず、口火を切った北条氏規のことばであるとともに、最終的には、北条左京大夫氏政のことばであった。

このことばは、家康を通して秀吉に申しあげられる。「憑み入る」というのは、ことばを伝える仲介役として頼む以外に、ことばの伝える内容の実現を依頼することである。

先の段にあった「城《しろ》を渡《わた》し進上《しん》候はん」という申し出については、秀吉は、「全員干殺《ひごろ》しにするつもりだから」と言って、承知しなかった。しかし、家康を通して、北条氏政から自らの切腹による和平の申し出があると、了承する。

そこで、天正十八年（一五九〇）七月十一日（太田牛一は、『大かうさまぐんき』において「七月十二日」と記す。『天正事録』『太田牛一雑記』も「七月十二日」）、北条左京大夫氏政（五三歳）、北条陸奥守氏照《うじてる》（一五四一年生まれ。北条氏康の二男。当時、八王子城主　五十歳）松田尾張守(注37)、笠原新六郎、大道寺駿河守政繁《まさしげ》（一五三三年生まれ。北条氏康・氏政・氏直に歴任し諸戦に参陣。当時、松井田城主　五八歳）をはじめとするおもだった家臣たちが腹を切らせられた。

主体は、もちろん秀吉である。秀吉にとって北条の家臣は、みくだす相手であるので、「家臣《かしん》の者《もの》ども」と「ども」待遇をとっている。

『大かうさまぐんき』があげる家臣のうち、松田尾張守憲秀《のりひで》は、「しかし六月、豊臣方の堀秀政の誘引をうけ、伊豆・相模両国の知行を条件に豊臣方に内応しようとして露見、氏直に捕えられる。翌月、北条氏降伏後、秀吉の命によって殺された」(『戦国』731頁)、笠原新六郎[注38]は、「松田憲秀の長男。笠原氏の養子となり、伊豆戸倉城主。小田原の役に際して父憲秀とともに秀吉に内応、弟秀治の密告で発覚し、六月十六日、殺された」(『戦国』239頁)とあるから、ここの記述は、太田牛一の誤った情報ということになろう。小瀬甫庵は、牛一の誤りを正すべく、その著『太閤記』に、「松田尾張守謀反之事」条を設け、かなり詳細にそのいきさつを記している。

なお、『太閤記』は、「氏政氏照兄弟切腹之事」条において、

「雨雲のおほへる月も胸の霧もはらひにけりな秋の夕風　北条左京大夫氏政
我《わが》身いま消《きゆ》とやいかにおもふべき空《クウ》より来りくうに帰れば　同
天地《アメツチ》の清き中より生れ来てもとのすみかにかへるべらなり　舎弟陸奥守氏照」
(新大系338頁)

という辞世の歌を載せている。

太田牛一の『大かうさまぐんき』は、そのような試みを避ける。なぜなら、氏政・氏照は「佞人」として自業自得の切腹をするという話の筋道が当初から用意されており、しめくくりのことば「天道恐《たうおそろ》しき事」に収斂していかねばならないからである。牛一の傷みの心は、わが生命に代えて「諸卒《しよそつ》御助《たす》け候やうに」と申し出た氏政

のことばを、書きとめることで十分こもっているとみなしたい。『大かうさまぐんき』は、あくまで、太閤秀吉を善として、あらゆる事件が記されるものであり、その前提のもとに書き進める牛一の筆のたゆたいやさしはさまれた一語に、我々は、牛一の真実を読み解かねばならないのである。

「よだけからず御たいぢなされ候ける」――「よだけからず」は難解である。「よだけし」（彌猛）という形容詞は、程度のはなはだしいことを表わすものとして、『源氏物語』にも出ており、鎌倉時代の例も拾うことができる。また、同じ文献に、気分がものういという意味もある。その「よだけし」をク活用からカリ活用化して、打消の「ず」をつけてみると、どのような意味となるのだろうか。

『大かうさまぐんき』の草稿本としての性格を有する『天正事録』は「思召ノ儘ノ退治」、『太田牛一雑記』は「思食儘被成御退治候」とし、「よだけからず」の語を用いない。「おぼしめすまま」と「よだけからず」が対応するとするなら、見せかけの打ち消しをとっているが、「よだけからず」は「よだけく」と同じ意味機能（――線部）をもっているとみなさなければならない。意味を「きたなくていとわしい」と変化させてしまったケースではあるが、方言として、高知県渭南840に「よだけない」という語形がある（『日本国語大辞典』〔小学館。第二版〕参照）のが注目される。このケースにあって「よだけい」「よだけない」両語形が共存していることから、右の推論は可能性がなくはない。しかしながら、中世の類例が見つかるまでは、課題としておきたい。

かくして、秀吉は、北条氏政を退治した。牛一は、ここを「御退治なされ候ける」と、詠嘆をこめて過去を叙述する機能のある「けり」を使い、その上、連体形終止にして、さらに余韻を残そうとこころみている。それもそのはず、「条々、天道おそろしき次第」として書き出した大きな章の、ここは、その末尾に該当するのである。また、「本能寺の変」直後からはじまった秀吉の天下取りへの道の最後の大仕事であったことも思いおこす必要があろう。

「これらは皆《みな》、朝恩《ちやうおん》を蒙《かふ》むつて、その徳《とく》を思《おも》はず、正理《り》を背《そむ》くの故《ゆへ》に、天《てん》の冥果《みやうが》尽《つ》き果《は》てゝ、無下《むげ》に相果《あひは》て、天道《たう》恐《おそろ》しき事。」——これらの者は、みな、朝恩をありがたく受けているのにその徳（御恩）を思わず、正理（注39）（人の踏みおこなうべき正しいすじみち）にそむいたので、天の冥果（天の御加護・天の守り）もつきはてて、むなしく滅亡してしまって、まことに天道の裁《さば》きはおそろしいことだ。

このように、牛一はしめくくる。「これらはみな」は、直接には、七月十一日に腹を切らされた北条左京大夫氏政・北条陸奥守・大道寺駿河守、そして、それに準じて牛一がとらえていた松田尾張守・笠原新六郎などをさすのであるが、それ以前の文章を知る我々には、さらに、前々の人々にと、想いをいたさせる効果をもつ。

私注六　無下に相果て天道恐ろしき事

天正十八年七月十二日付で（ただし、年次は、現実には欠く）、京都聚楽第の北政所お祢に与えられたと推測される秀吉自筆消息（箱根神社文書）に、次のような文章が見られる。

「はやはや小たわらとり、うちまさ、同六つのかみ両人のくひさしのほせ候。さためて此文よりさきにのほり可」申候。わかきみ殿より給候いきひたまのかねまいり候おりふし、ほうてうくひも同ひまいり候間、其さしきにい申物ともに一まいつゝとらせ申候。とりはけめてたく候。かしく。

七月十二日

（『太閤書信』188〜189頁）」

氏政・陸奥守（秀吉は「六つのかみ」と表記）が切腹したのが七月十一日、すぐ首が秀吉の元に届けられ、その翌日、秀吉はこの消息を記したことになる。

小瀬甫庵は、『太閤記』に、

「両人之面を秀吉公へ家康卿御持参有しかば、不レ恐二天命一者の事なれば、洛之戻橋《モドリバシ》に掛《カケ》置可レ申旨、石田治部少輔に被二御付一にけり」（338頁）

と記す。牛一とて、この情報は得ていたはず。しかし、記さないことが、北条氏政・氏照を哀悼することにもなるのである。豊臣秀次を傷んだ時のように、全てを、「天道恐ろしき事」につつむことによって。

さて、「むけにあひはて天たうおそろしき事」は、『大かうさまぐんき』の79丁ウにあたっている。奥書きをのぞくと全154丁の約半分に位置する。逆に言うと、4オより始まった「文禄四年《きのとのひつし》　七月三日　こんと、日ほんこく、すてに、あんやにならんとほつするのしさい、てんたうおそろしきしたひ也」から、ここまで、牛一は、一旦は民心を集め栄華をほこった人々の滅亡を、「天道おそろしき事」のテーマのもとに、さまざまなケースを語りつづけてきたのである。

このあと、「会津御動座道作奉行の事」(注40)「御知行割の事」「聖都聚樂に御凱陣の事」が一連の〝語り〟としてつづき、「天正十九年鷹狩の事」「秀吉公太閤と称する事」「天正二十年聚樂御行幸の事」とめでたい事がつづき、「朝鮮征伐の事」が41丁ほどかけて語られる。その重くるしさを和らげるように、「醍醐の花見」が華やかに楽しげに報告されている。

「醍醐の花見」条の末尾——そして、『大かうさまぐんき』の末尾でもある——は、

「てんきのさわりもなくする〳〵とくわんぎよ、ちんちやう〳〵」（154オ）

と結ばれる。

この花見の五ヶ月後、八月十八日に秀吉は他界するわけであるから、この結びの「ちんちゃう〳〵」（珍重〳〵）は、生前の最期の〝思い出〟（中世的意味をこめたい）をことほぐものである。

牛一は、『大かうさまぐんき』の中で、「珍重〳〵」を二例用いている。その最後の例が154オの例であり、最初の例は、84オ〜ウ、秀吉が本稿で扱った北条氏政を切腹させたのち、会津へ出征し、奥州平定をなして京都聚楽へ戻った時に、「ちんちよう〳〵」と記されている。

秀吉の人生航路の上からも大きな節目であるところに、しかも、秀吉の生涯を語る本の中間と末尾に、「珍重〳〵」ということほぎを入れこんだ著者牛一の、巧みさに、言いかえれば、計算を超えた〝語り〟のリズムの見事さに、今あらためて筆者は気づかされている。

注

（1）私にほどこした『大かうさまぐんき』の段落を表わす区切り番号では、「本文六―一の⑤」「本文六―一の⑥」にあたり、これをもって、「一　ほうぢやうさきやうのだいぶうぢまさ　事」の章段は終了する。

（2）「一　ほうぢやうさきやうのだいぶうぢまさ　事」の前半部（「本文六―一の①」〜「本文六―一の④」）を含めて、『大かうさまぐんき』に関する筆者の取りくみを順次示すと、次のようになる。

（略号）　　（書名・論文名）

小林千草一九九六・一〇　『太閤秀吉と秀次謀反――『大かうさまぐんき』私注』（ちくま学芸文庫）

小林千草一九九七・一　「条々　天道恐ろしき次第――三好実休」（新人物往来社刊「歴史研究」平成九年一月号。本書二・一章として所収）

小林千草一九九七・三　「条々天道恐ろしき次第――松永弾正久秀　私注」（成城大学短期大学部「国文学ノート」三四号。本書二・二章として所収）

小林千草一九九七・五　「明智光秀（その一）」（「歴史研究」平成九年五月号。本書二・五章前半部として所収）

小林千草一九九七・八　「明智光秀（その二）」（「歴史研究」平成九年八月号。本書二・五章後半部として所収）

小林千草一九九七・一一　「柴田勝家」（「歴史研究」平成九年一一月号。本書二・六章として所収）

小林千草一九九八・三a　「「条々天道恐ろしき次第――斎藤山城道三」私注」（「成城大学短期大学部紀要」二九号。本書二・三章として所収）

小林千草一九九八・三b　「「条々天道恐ろしき次第――斎藤山城道三」私注〈続〉」（成城大学短期大学部「国文学ノート」三五号。本書二・四章として所収）

小林千草一九九九・三a　「〈神戸三七殿〉『大かうさまぐんき』私注」（成城大学短期大学部「国文学ノート」三六号。本書二・七章として所収）

小林千草一九九九・三b　「〈北条左京大夫氏政事〉『大かうさまぐんき』私注」（「成城大学短期大学部紀要」三〇号。本書二・八章として所収）

（3）　岩波書店刊新日本古典文学大系（以下、「新大系」と略称）『太閤記』（桧谷昭彦・江本裕校注）の本文には、「廿八日至二三嶋一可レ令二参陣一之条」とあり、脚注一四には、「三嶋は長久保城（静岡県駿東郡長泉町長窪）のこと。秀吉は三月二十八日沼津（三枚橋城）から入城（家忠日記）。」と注記されている。

（4）　語彙検索にあたっては、『土井本太平記　本文及び語彙索引』（勉誠社刊）の恩恵を受けた。なお、本稿中に本文を引用する際は、かながき太平記である特性に鑑み、『大かうさまぐんき』を筆者が翻字する時の凡例を適用した。ただし、当面の問題語については、原文の表記のままを記している。

（5）　漢字の右上に濁点（濁音符）を添えたものとして、他に次のようなものがある。なお、『大かうさまぐんき』は原文の書記状態を見るために、複製本頁数ではなく、丁数にあらためて表示する。

御゛せいばひ（41オ）　あた木゛（44オ）　御゛ぢやう（71ウ）　御゛たひぢ（72ウ）　御゛にんじゆ（72ウ）　御゛せんぢん（72ウ）　上゛下《げ》（74オ）　御゛同陣《とうちん》（74ウ）　大の木゛（75オ）　御゛けいご（75ウ）　御゛人数《にんじゆ》（75ウ）　御゛よふかひ（77オ）　御゛人数《にんしゆ》（77ウ）　御゛たいぢ（79オ）　御゛動座《とうさ》（79ウ）　御゛どうざ（80ウ）　あさのだい正゛せうひつ（80ウ）　御゛けんち（81オ）　御゛めいよ（81オ）　御゛ちぎやうわり（81オ）　御゛ぶん（83オ）　御゛かいちん（83ウ）　御゛一らん（83ウ）　御゛ようい（85オ）　御゛くはんぎ（86ウ）　御゛じたい（87ウ）　御゛くわほう（88オ）　御゛はんゑい（90ウ）　御゛とうりう（91オ）　御゛ちんしよ（93ウ）　御゛ざところ（93ウ）　御゛いくわう（94オ）　御゛

かしんしゆ（94オ）御゛ふちかた（94ウ）御゛ひようらう（94ウ）御゛せいたう（95ウ）御゛とかい（111ウ）御゛ほんい（112ウ）御゛きちやう（113オ）御゛ゑんゐん（114オ〜ウ）御゛いくわう（117ウ）御゛ふんこつ（118オ）御゛ちやうきう（118オ）御゛くわほう御゛みやうか（118ウ）御゛まんそく（119オ）御゛ぜん（119ウ）御゛ちやくざ（120ウ）御゛とうりう（120ウ）御゛とうりう（121ウ）御゛きうそく（122オ）御゛ちさう（123オ）御゛さんちやく（123ウ）御゛きつさう（123ウ）御゛まんぞく（124オ）御゛ぞうたん（125オ）御゛ふれい（125ウ）御゛ぞんぜう（125ウ〜126オ）御゛ようしやう（126オ）御゛ぞんねん（126オ）御゛せんげ（126ウ）御゛ちうしん（126ウ）御゛ゑいか（127オ）御゛ゑいぎん（127オ）御゛へう（127ウ）御゛さいかう（127ウ）御゛ぞふしん（127ウ）御゛さんちやく（128オ）御゛しうせう（128オ）御゛さうれい（128オ）御゛ちぎやう（128ウ）御゛きしん（128ウ）御゛こんりう（128ウ）御゛せうらく（131ウ〜132オ）御゛ざ（132オ）御゛かいぢん（133ウ）御゛ぢん（133ウ）御゛ぢん（133ウ）御゛やうにん（136オ）御゛ぜん（138ウ）御゛めいよ（144オ）御゛ふしんしゆ（144ウ）御゛ざところ（146オ）御゛てん（146ウ）御゛ぜん（147オ）御゛しゆゑん（147ウ）御゛ゆふけう（147ウ）御゛もつ（150ウ）御゛らんずれば（150ウ）御゛ゑいらん（151ウ）御゛ほつく（152オ）御゛らんじて（152ウ）御゛ほうび（153オ）

人名（姓）で連濁した「木」（ぎ）を読ませるための、「木゛」二例、官職名で連濁した「正」（じやう）を読ませるための「正゛」一例、「じやうげ」を読ませるための「上下《げ》」をのぞくと、全て「御゛」を「ご」と読ませるための工夫である。このような例は、中世の他文献にもまま見られるが、個人にあっても〝ゆれ〟が見られることが、太田牛一の書記状況からうかがわれる。特に、第1丁目より40丁目までは、「御゛」を使わず、二箇所ほどで使ったものの、また30丁ほど使わない状態がつづく。そして、その後は最終丁の154丁まで使っているが、極度に使用が集中するところと、そうでない丁とが入り混じる。

太田牛一など当時の人々にとって、漢字に濁点をふることは、変体仮名「志」（し）「本」（ほ）「者」（は）のそれほどくずし度合いの進んでいないものに濁点をふることと、それほどのちがいはなかったのではないだろうか。「御」の前後にある「志」「本」「者」を見ていると、そのように推察される。

（6）勉誠社刊の原本複製と、岩波書店刊『邦訳日葡辞書』（土井忠生・森田武・長南実編訳）を併用。訳は、『邦訳日葡辞書』に拠る。なお、論の流れ上、『日葡辞書』の記述のみを引用したものについては、＊を付している。

（7）首巻は、後に添えられたもので、初期形態を反映する『原本信長記』（岡山大学図書館蔵池田家文庫本）にはない。首巻の最善本は、陽明文庫蔵本である。

（8）底本には、福武書店刊『信長記』影印十五冊を使用するが、平成十年九月、原本を精査させていただいた折の結果を反映させ、引用本文は、原本丁数で示す。

なお、巻一に関して、原文を翻刻し、一部注記を加えたものとして、拙稿「『原本信長記』巻一の原文と表記・用語考（一）——個人における「情報」の文章化と表現の実態を追って——」（成城大学短期大学部「国文学ノート」第三七号　平成一二年三月刊）がある。

(9)『大かうさまぐんき』においても、太田牛一は、「かけまハし御らんじ」のごとく、「ハ」をカタカナ表記している。本書第一章一・三に示した翻字の基本方針一により、このような仮名の異体字まで、「釈文」には反映されていない。

(10)「生没年不詳　はじめ織田信長・豊臣秀吉家臣で越前敦賀城主である蜂屋頼隆の家臣、のち秀吉に仕え二百石。天正十二年（一五八四）、池田輝政の家臣となる。」（『戦国』576頁）　中村源兵衛の子に「中村閑斎（源三郎）」がおり、「天正十八年（一五九〇）、池田輝政に仕えたが再び秀吉に復仕した」（『戦国』575頁）とある。これに従うかぎり、中村源兵衛は、池田輝政配下として参陣し、「御螺《かひ》を吹《ふ》き立《たて》」たことになるか。

「中村源兵衛《なかむらげんびやうへ》」が、『太閤記』「山中之城落去之事」条にその描写があり、山中城攻めをしたことの明らかな「中村一氏《かずうじ》」（式部少輔）を太田牛一が混同したものでないことは、小田原征伐につづく条「御ちぎやうわり」に、「一　するか一ゑん　中《なか》むらしきぶのしやう」（82オ）のごとく、別人としての名称表記があることで、判明する。

池田輝政配下であっても、ほら貝の名手であれば、秀吉直参の武士と同じく抜擢され、名誉ある〝進軍フッパ〟を吹く可能性は出てくるわけで、その誉れを、牛一は、「中村源兵衛《なかむらげんびやうへ》、御螺《かひ》を吹《ふ》き立《たて》候へば」として記し遺したのかもしれない。

(11) 今までは、岩波文庫を底本としていたが、本稿では、注3ですでに引用したように、新大系を底本とする。

(12) 山中城の城内に内堀としての水堀があったことは、『太閤記』「三之丸と二之丸の間に大なる水堀波たう〳〵たり。是に十間餘の橋有しを渡り進み行時は、敵と打交《マジ》り追《ヲヒ》すがつて追込《ヲツコミ》し故、二之丸の門をば立させず付人に乗《ノリ》入見れば」（巻十二　314頁）で知られる。

(13)『続群書類従30上』所収の本文に拠る。

(14) 前嶋深雪『『大かうさまくんきのうち』文節索引』（私家版）付載本文に拠る。

(15)『戦国』652頁参照。

(16) 太田牛一の原表記は、「松田《まつだ》うひやうへのたゆふ」。「う」が添えられているので、「右兵衛」と翻字しておいたが、「たゆふ」の表記は微妙。牛一の手が想定される『天正事録』は「大輔」、『太田牛一雑記』は「太輔」とする。「大」と「太」は、当時、個人にあっても折々の〝ゆれ〟が見られるのでおくとしても、『戦国』（731～732頁）は「兵衛大夫」と記している。小瀬甫庵の

『太閤記』は、本稿本文の引用例でも知られるごとく、「松田兵衛大夫」であるので、これらに従ったものであろうか。

(17) 太田牛一の原表記は、「まミやぶぜんのかミ」。『天正事録』『太田牛一雑記』ともに、「馬宮豊前守」であるので、牛一は、一時期「馬宮」として認識していた可能性が強い。しかし、甫庵『太閤記』では、本稿本文の引用例でも知られるごとく、「間宮豊前守」であり、『戦国』737頁は「間宮」で立項している。また、何よりも、牛一自筆の『原本信長記』巻十三に「間宮豊前守」とあるので、老齢から来る固有名詞の表記上の〝ゆれ〟とみておきたい。

(18) 『日葡辞書』は、「くっきゃう」より「くきゃう」の方が〝まさる言い方〟(excelente)であることを述べているが、太田牛一は「くつきやう」という、力強く――ゆえに俗な語感のある方を使用している。

(19) 『天正事録』は「押詰」、『太田牛一雑記』は「推詰」表記をとるが、『信長記』の例を示すように、牛一の表記としては「推詰」がスタンダードなものと思われる。

なお、原文の形態にして、その二行前の「此いきおひをやすめす」(76ウ)の「いきおひ」に対して、『天正事録』は「此競ヲ不休」、『太田牛一雑記』は「不休此競」とする。東京大学史料編纂所蔵『太田牛一雑記』には、明治年間の書写の際に入れられたと思われる朱筆による「マ、」が傍記されている。

『天正事録』『太田牛一雑記』の「競」は、歴史仮名遣いで示すと「きほひ」にあたるもので、『日葡辞書』の「Qiuoi 人が新たに奮い起こす元気や血気」と説明するものである。この種の「競」は、太田牛一も、『信長記』において、

「今度之競に　家康公　駿州へ御乱入　國中焼拂御帰陣」(岡山大学蔵本　太田牛一自筆　巻八・18ウ)

と使っている。紙質がやや新しく感ぜられるのと、筆のふるえが余り規則的であるがゆえに太田牛一自筆と断定することのためらいが若干残る建勲神社蔵『信長記』巻八18ウを検すると、「今度之競《キヲイ》に」と振り仮名がふられており、読みの参考となる。

巻八の例以外にも、

「しかれは、三木ニ楯籠人数、此競に罷出、谷の大膳取出へ攻かゝり、既大膳を討はたし候」(岡山大学蔵本　巻十二　ただし巻十二は自筆本ではなく他筆で補われている巻　31ウ)

「塞《ツマリ》〱に取出を三つ申付、丈夫に人数入置、此競を以て直に阿賀へ被二取懸一候」(岡山大学蔵本　太田牛一自筆　巻十三・31ウ)

「六月六日　此競を以て、因幡・伯耆両國境目に至而相働」(岡山大学蔵本　太田牛一自筆　巻十三・39オ)

など、「きほひ」の例は出、牛一のこのような文脈にあっては使われやすい表現であったことが知られる。

『大かうさまぐんき』の原表記「此いきおひをやすめず」も、意味的には「此競を以て」と同じてあるが、「やすめず」という動詞を用いた上に、「いきおひ」とあるので、翻字としては、「勢」を当てておき、『信長記』の「勢」字を精査することを課題としておきたい。

(20) 私にほどこした『大かうさまぐんき』の段落を表わす区切り番号で、注2所掲の小林千草一九九九・三bを参照。

(21)「志摩田城《たしろ》城主九鬼定隆の子。織田信長の京都進出のころからその配下に属し、志摩七島の兵士を率いて長島願証寺の一向一揆と対立した。天正六年（一五七八）、信長の石山本願寺攻撃の際、摂津木津川口で六百艘からなる毛利氏の水軍を破り、本願寺を孤立させて信長軍の優位を決定的にした。この戦功により信長から志摩七島・摂津野田・福島など七千石を加増された。このあと鳥羽に城を築き伊勢・志摩両国のうち三万五千石を領した。信長の死後は豊臣秀吉に仕えて所領を安堵され、秀吉水軍の大将格となり、同十五年の九州征伐、同十八年の小田原征伐の際には船手として従軍した。」（『戦国』298頁）

(22)「近江国水口藩加藤氏の祖。会津若松城主。岸三丞教明の男。少年のとき豊臣秀吉に仕え、天正十一年（一五八三）の賤ヶ岳合戦では七本槍の一人。同十三年以後、水軍を指揮し四国征伐、九州征伐、小田原役に参加。」（『戦国』249〜250頁）

(23) 伊予の能島・来島・備後の因島は、南北朝から戦国時代にかけて一大勢力のあった瀬戸内水軍の一つ村上水軍の本拠地（『国史』の「村上水軍」項参照）。

太田牛一の『原本信長記』巻九にも、

「七月十五日之事候、中国、安芸之内、能嶋・来嶋・児玉大夫・粟屋大夫・浦兵部と申者、七八百艘大船を催、上乗候而、大坂表乗出し、兵粮可入行候」（10ウ）

のごとく、名が見える。

なお、『大かうさまぐんき』におけるつづく語、「熊野浦《くまのうら》」「伊勢浦《いせうら》」は、熊野水軍の本拠地を示したものであろう。

(24)「あつたうら」を、『天正事録』は「勢田」と誤記し、『太田牛一雑記』は、「熱田」とあるものの、「浦」の字を欠いている。「浦《うら》」の語のありなしは、太田牛一自身の〝ゆれ〟の範囲であり、『原本信長記』には、

「（七月）十五日に（略）其外浦〳〵之舟を寄られ、蟹江・あらこ・熱田・大高・木田」（巻七・16オ）

が見られる。

(25)『日葡辞書』では、「Voxitçuqe, uru, qeta.」に、「＊手で下へ押さえつける、または、抑圧する」以下 若干の説明を加えているが、船に関する文脈の説明はない。ただ、「貼り付ける」「くっつけたり」の語釈が、船に関する表現につながってこようか。

(26)「海手」に対して、「川」を意識した場合、「川手」となる。
(27)『原本信長記』より例を示すと、次のようである。

「十五日に　九鬼右馬允　あたけ舟
　　　　　　瀧川右近　　あたけ舟
　　　　　　伊藤三丞　　あたけ舟
　　　　　　水野監物　　あたけ舟
　　　　　　林佐渡守　　かこひ舟
　　　　　　嶋田所助　　かこひ舟」
（巻七・15ウ～16オ）

なお、、点部は、『信長記』に登場する九鬼大隅（嘉隆）〔注21参照〕の姿である。
(28)『太閤書信』No.70「小田原陣中北政所に与へた自筆の消息　其一（小山文書）」の追って書きの部分に、「かへすく\、こなたの事、心やすく候へく候。はや御さところのしろも、いしくらてき申候間、大ところてき申、やかてひろま・てんしゆたて可レ申候。」（180頁）のように、石取山城（石垣山城）の造営の様子が語られている。自筆消息の日付は、（天正十八年）五月十四日となっている。
(29)『続群書類従21上』530～531頁。
(30)北条美濃守氏規は、「天正十六年（一五八八）、北条氏直に代って上洛、豊臣秀吉と北条氏の和睦に努力した」（『戦国』684頁）人物であり、小林千草一九九九・三b（本書二・八章として所収）における「私注五」に引用した太閤文書にも名前が見える。
(31)私にほどこした『大かうさまぐんき』の段落を表わす区切り番号で、注2所掲の小林千草一九九九・三b参照。
(32)なお、太田牛一は、『原本信長記』巻十二において、北条氏政の行動に関連して、

「（天正七年）十月廿五日、相模の氏政御身方之色を被立、六万はかりニて打立、甲州へ差向、木瀬川を隔、三嶋ニ氏政在陣之由、注進　武田四郎も甲州之人数打出し、富士之根方三枚橋にあし懸り拵、対陣也　家康も相州への手合として、駿州へ相働、所々ニ被挙煙之由候」（巻十二は、太田牛一自筆ではなく、他筆で補われた巻。40ウ～41オ）

と記すが、この部分に「三枚橋」の地名が見られる。なお、この文章において、信長時代の天正七年、北条氏政と家康が盟友を結んでいたことが判明する。

太田牛一が、『信長記』を書き終え、『大かうさまぐんき』へと筆を運んでいった際、このような〃過去のいきさつ〃は太田牛一の史観に深い陰翳を落としたものと推察されるから、今、『大かうさまぐんき』を読み解く際も、牛一に近い追体験がなされるべきであると考える。

『信長記』巻十二において、氏政に対して、「被立」（立てられ）と敬語を用いていること、巻十三において、氏政の使者笠原越前守、舎弟氏直の使者間宮若狭守に対して信長が厚遇している様子を描写していることなどから、牛一の氏政に対する厚意的なまなざしを知り、その上で、本稿で扱った『大かうさまぐんき』における秀吉治世下の〈北条氏政の最期〉を読むことが必要なのである。その過程を踏んではじめて、章段末尾の

「これらは皆《みな》、朝恩《ちやうおん》を蒙《かふ》むつて、その徳《とく》を思《おも》はず、正理《り》を背《そむ》くの故《ゆへ》に、天《てん》の冥果《みやうが》尽《つ》き果《は》てゝ、無下《むげ》に相果《あひは》て、天道《たう》恐《おそろ》しき事。」

という文言の背後にある牛一の亡びし者への哀悼が把握されてくるのである。

（33）『北条記』巻六には、

「此秀吉。日本開闢以来不思議の者也。昔の伝聞入鹿の臣か振舞もかくや覧。世末代なり。天照大神。春日大明神。国家を守り給しも空くや成ける。加様の者。天下をくらます事よ。され共。日本神國にて。下剋上の罰のかれ難し。秀吉。天下に不久。今天運つき。関東下向し。長陣兵粮つき果て退屈の時分。此方与突て出合戦せは。偏に維盛が源氏追罰に下り。水鳥の羽に驚きたる様に。上方衆敗軍無疑とあさ笑給へり。（『続群書類従21上』525頁）

とあり、「あざ笑給へり」を含めて----線部は、太田牛一の『大かうさまぐんき』の表現と類似する。両者の情報源の共通性、さらには、『北条記』の作者が、『大かうさまぐんき』を参照した可能性が考えられる。

なお、『北条記』の成立については、岩波書店刊『日本古典文学大辞典』巻五巻「北条記」項の、「作者・成立年未詳。織田信雄（寛永七年（一六三〇）没）を「織田の内府と申せし、是也」と追想しているので、その死後、おそらく十七世紀後半、明暦・万治・寛文（一六五五～一六七三）ころの成立であろう。」（430頁）が参考となる。

（34）キリシタン文献『こんてむつすむん地』の「なげく」については、拙稿「天の甘味・甘露・値遇・ひとしく――『こんてむつすむん地』の用語より」（『近代語研究』第一〇集　平成一一年一〇月武蔵野書院刊　所収）参照。

（35）昭和一八年七月地人書館刊。平成三年、東洋書院より複刻版が出されている。

（36）この表現は、『信長記』の他の巻にも、次のように見られる。

「此由被レ及二聞召一、不便に雖ド被二思食一候上、佞人為レ懲人質御成敗之様子、山崎にて条々被仰出」（陽明文庫蔵本　巻十

二・63オ）

なお、『原本信長記』巻十二は、太田牛一自筆本欠本のため早い時期に他筆で補われて一セットの要を成しているが、その写本巻十二においては、「佞人為懲」の語がない。このことから、この部分の「佞人為懲」の語は、〈原本信長記〉⇩岡大本巻十二の反映する自筆本段階⬇陽明文庫蔵本や建勲神社本の反映する自筆本へと、文章が増補手なおしされるうちの、⬇の過程で入れられたことが判明する。

（37）「後北条氏の重臣。左馬助顕秀の子。相模大庭氏の一族で、早雲以来の譜代として重用。天正十八年（一五九〇）、豊臣秀吉の小田原攻めに対して籠城策を氏直に献言。」（『戦国』731頁）なお、事蹟の後半部は、本稿本文の方に引用。

（38）笠原新六郎は、松田尾張守憲秀の長男であったが、「笠原氏の養子」となる。『戦国』239頁には、養父の名を明らかにしないが、笠原越前守康明《やすあき》ならば、北条氏政の使者として『信長記』巻十三に三回ほど名前が載せられている。

牛一にとって、笠原越前守康明の将来を嘱望された養子ならなおさら、また、その一族であったにしろ、信長と氏政との友好期間を書きとどめていただけに、笠原新六郎の死は、感ずる所大であったと思われる。

死者の名を一行書き記すだけで、万感の哀悼の意をこめる手法をここに見出す。それは、『信長記』巻十三において、北条氏直の使者として活躍する「間宮若狭守」（牛一は、『信長記』では「間宮」と表記。のちの『天正事録』『太田牛一雑記』の「馬宮」は、本人表記の〝ゆれ〟のうちか。注17参照）の死を、『大かうさまぐんき』本文六―一の⑤にて、

「松田《まつた》うひやうへのたゆふ　まミやぶぜんのかミ　はしめとして　くつきやうのつわもの　かすしらす　うつとり」（76オ〜ウ）

という形で、時《とき》を越えて伝えようとした姿勢と共通する。

（39）『大かうさまぐんき』では、この例のみ。「Xŏri, Masaxij, cotouari. ＊本来の正しい道理」（『日葡辞書』）。

「正リ」（正理）によく似た意味の語として「正路《しやうろ》」がある。『大かうさまぐんき』でも一例、

「よそのとかをも　くハんばく殿　おハせられ　はんたん　正ろ　御ざなきゆへニ候」（7オ）

のように見出せるが、ひらがな主体の書記環境の中で、「正」のみは漢字表記しているところに共通性が見出せる。

なお、土井本〈かながき〉太平記に「しやうり」（正理）の例はなく、「しやうろ」（正路）二例が見られる。

（40）以下、「〜の事」は、汲古書院刊『大かうさまくんきのうち　翻字篇』（大沼晴暉氏御担当）の「目次」を利用させていただいた。

第三章　「天道おそろしき」表現の系譜

――『信長記』から『大かうさまぐんき』へ――

三・一　「条々、天道おそろしき次第」の表現構造

今回取り扱った『大かうさまぐんき』の「条々、天道恐ろしき次第」(注1)では、

①〔本文五―一〕

一、三好実休（略）三月五日に、讃州を無下に生害候。その後《のち》、実休、（略）月日もかはらず、三月五日に腹を切られ、天道恐ろしきの事。（82～84頁）(注2)

②〔本文五―二の①～②〕

一、松永弾正久秀（略）三国隠れなき大伽藍奈良の大仏殿、十月十日の夜《よ》、既に灰燼となす。その報ゐ、たちまち来たつて、十月十日の夜《よ》、月日時刻も変わらず、松永父子・妻女・一門歴々、天守に火をかけ、平蜘《ひらぐもの》釜《かま》うち砕き、焼け死に候。まことに、欲火胸をこがすとは、此節也。天道恐ろしき事。（84～92頁）

③〔本文五―三の①～⑤〕

一、美濃国、斎藤山城道三は（略）。これより後、新九郎、范可《はんか》と名乗る。昔、唐《もろこし》に范可といふ者、親の首を斬る。それは、父の首を斬って孝となる也。今の新九郎義竜は、親の首を斬って、恥辱、不孝となる也。道三は、名人の様に申候へども、慈悲心なく、五常をそむき、無道《ぶたう》盛んなるゆへに、諸天の冥加にそむき、子に故郷を追い出《いだ》され、子に鼻をそがれ、子に首を斬られ、前代未聞の事ども也。天道、恐ろしき事。（92～115頁）

④〔本文五―三の⑦〕

さるほどに、斎藤新九郎義竜妻女は（略）つゐに、平癒《へいゆう》なく、父子三人病死。天道、恐ろしき事。

⑤〔本文五―四の①～③〕

一、明智日向守光秀、（略）いくほどなく御厚恩を忘れ、欲にふけり、天下の望みをなし、信長御父子、御一族、歴々、甍《いらか》を並べしも、京本能寺におゐて、六月二日に、情《なさ》けなく、討ち奉り訖《をはむぬ》。（略）折ふし、明智日向光秀（略）天罰遠からず、十二日めに、むげに相果て（略）。明智が有様《ありさま》、天道恐ろしき事。（120～121頁）（122～134頁）

⑥〔本文五―五〕

一、柴田修理亮勝家（略）此時、明智に対し御弔《とぶら》い合戦致すか、しからずは、秀吉公、朝敵を御退治なされ候間、忝きと崇め申べきことにて候を、正義にあらず（略）天下へ切つて上り（略）かなひがたく見および、一門、親類、三十余人、腹を切り、天守に火を懸け焼け死に候。天道、恐ろしきの事。（134～138頁）

⑦〔本文五―六〕

一、神戸三七殿（略）秀吉公へ御本意忝なきと、御礼をも仰せられ、その上、孝養の貢物を御いとなみなさるべき事に候を、柴田に与《く》みして、無道至極の働き、天道の冥利、世にそむき、無下に相果てられ、天道恐ろしき事。（138～139頁）

⑧〔本文六―一の①～⑥〕

一、北条左京大夫氏政事（略）これらは皆、朝恩を蒙《かふ》むつて、その徳を思《をも》はず、正理を背《そむ》くの故に、天の冥果尽き果てゝ、無下に相果て、天道恐ろしき事。（140～158頁）

のような文段構成（表現構造）をとっていた。つまり、「条々、天道恐ろしき次第」と最初に銘打った通り、松永弾正久秀・斎藤山城道三（その息、斎藤新九郎妻子を含む）明智日向守光秀・柴田修理亮勝家・神戸三七殿・

北条左京大夫氏政の行状を時系列順にあげて、一旦は成功したかに見えたその覇道も、結局、最後にもろくも崩れ、本人を含む一族の死滅で終わったことを伝え（著者太田牛一の得た事実を情報として記し）、作者太田牛一の感慨を「天道恐ろしき事」でしめくくった形態をとる。

この表現構造では、太田牛一の感慨「天道恐ろしき事」の直前に、

A②′その報ゐ、たちまち来たつて

③′諸天の冥加にそむき

⑤′天罰遠からず

⑦′天道の冥利、世にそむき

⑧′天の冥果尽き果てゝ

と記されたり（波線部）、

B①′月日もかはらず、三月五日に腹を切られ

②′十月十日の夜、月日時刻も変わらず（略）焼け死に候。

と記されたりする（点線部、・点部）。

Aは、「天道恐ろしき事」、つまり、「天道がその者に与えた恐ろしい事態」が生じた過程《プロセス》――つきつめると、その最大の要因を述べている。③′に「諸天の冥加」とあることから、「天道」にも「諸天」があり、あるいは、戦国乱世ゆえに事情もあろうから〝救う「天」〟もあったが、これだけ悪行がつみ重なったのでついに「諸天」も見捨てたというニュアンスを汲みとることが出来るし、⑧′の「天の冥果尽き果てゝ」においても、戦国乱世ゆえに許容量のあった「天運」もついに尽き果てたという意味合いを汲みとることが可能である。

また、B には、仏教的概念の強い「因果応報」からの日時の一致が強調されている。それ以外に、⑥⑦の。点部「〜べきことに（て）候を」の部分では、もしそれを当事者がしていたら、柴田勝家も神戸三七殿も死に至ることはなかったという、太田牛一のその死を悼み惜しむ心がしのばれる。しかしながら、牛一個人としては秀吉政権下でも何とか生きながらえてほしい人も、「無下に相果て」たからこそ、牛一は「天道恐ろしき事」を、身にしみて感じているのである。このような際、柴田勝家・神戸三七殿の亡き魂に向かって、全ては人間のレベルをこえた「天道」のおはからい――運命なのだから、どうか現世の人々を恨まないで成仏して下さいという〝祈り〟が言外にこめられている。

秀吉が、全国征服の要《かなめ》として行なった小田原攻めの最大の敵であり結果として犠牲者となった北条氏政に関して、「朝恩を蒙むつて、その徳を思はず、正理を背く」⑧という理由だけで自滅したのだとはいまだ整理のつかない牛一が、氏政やその一族の魂の平安をもこめようとして発したことばが「天道恐ろしき事」であるとみなしたいのである。

単なる勧善懲悪の慣用句として、「天道恐ろしき」という表現は、牛一に選びとられたのではない。

三・二 「秀次謀反」の段における「天道恐ろしき」

今回取り扱った『大かうさまぐんき』の「条々、天道恐ろしき次第」に入る前、太田牛一は、

⑨文禄四年きのとのひつじ　七月三日
今度、日本国《ほんごく》、既に、闇夜《あんや》にならんと欲《ほっ》するの子細、天道恐ろしき次第也。（7頁）

として、当関白――豊臣秀次の謀反事件の段を語り出す。「条々、天道恐ろしき次第」となっていないのは、原

本丁数で言えば4オから始まり41オで終わるこの件が、全て当関白豊臣秀次謀反事件に集約されるからである。時系列で言えば、41ウから始まる「条々、天道恐ろしき次第」よりも後、79ウから始まる「宍津御動座」、86ウから始まる「唐入り」(朝鮮出兵)よりも後、134オから始まる「慶長三年《つちのへいぬ》　今度御花見の事」として書き出される醍醐の花見の前に位置する「秀次謀反事件」を、時系列を無視してなぜ冒頭近くにもってきたかについては、一九九六・一〇『太閤秀吉と秀次謀反』(ちくま学芸文庫)に詳細を述べている。

⑨で始まった文章は、「当関白殿、御行儀の次第」と題して次々に秀次の悪行が記されゆき、謀反発覚に至る。その際、

⑩太閤の御運《うん》の強きにまかせて、洩れ聞こへ　(22頁)

とあることに注目したい。秀吉が「御運」が強いということは、「天道」が味方しているということになる。では、なぜ「天道」が秀吉に味方するのかを、牛一は説明する必要がある。そこで、

⑪太閤は、(略)[a]今日《こんにち》に至るまで、御胸《きやう》中の御辛労、寸隙《すんげき》御座なし。政道《せいたう》、軍法、正しく仰せつけられ、[b]御慈悲広大にましく〵、[c]邪《よこしま》に人を御成敗なされ候事、いさゝかもつて、これなし。かるが故に、御冥加つゝがなく、貴賤上下ありがたく存じ奉り、崇《あが》め敬ひ候い訖《をはんぬ》。(略)

関白殿は、[a′]御辛労もこれなく、御若《じやく》年の御時より、太閤の御譲りを受けさせられ、天下無双《ぶそう》の階級に上《あ》がらせられ、第一に、御恩を御恩と知ろしめされず、第二に、[b′]御慈悲かつてもつてこれなし。第三に、[c′]悪行ばかり御沙汰候て、ずい、がひに御働き也。その道違《たが》ふ時は、意ありと言へども、久しく保たず。天道、恐ろしきの事。　(27〜31頁)

のごとく、秀吉を善とし、秀次を悪として、対照させる。傍線を付したa↕a′、b↕b′、c↕c′がその対照であ

り、点線部は、たとえ秀次にそれなりの意図——つまり、言い訳、申し立てがあったにしろ、政道・軍法の不正が積み重なり長期化すると自滅せざるを得ない普遍律を示し、最後に天道の裁断が下ることを述べる。

⑪における現関白秀次の大罪三つのうち、第一の「御恩を御恩と知ろしめされず」は、a′の後につづく「御若年の御時より、太閤の御譲りを受けさせられ、天下無双の階級に上がらせられた」その御恩は全く秀吉のお陰であるのに、その御恩を自覚しなかったと、責めているのである。⑪のすこし前には、

⑫太閤の御恩の高きことは、須弥山《しゅみせん》也。（25頁）

とあり、さらに前には、

⑬御拾様《おひろいさま》へ御世《よ》を渡され候事、全《まつた》くもつて御分別《ふんべち》参るところに候。（20頁）

と、牛一は記していた。とりまきの木村常陸守《ひたちのかみ》や粟野木工頭《あわのもくのかみ》などの佞人がいくら誘ったからと言って、⑫を自覚して、自発的に⑬を実行していたら、秀次は⑪における「御恩を御恩として知る」人となり、第二や第三がたとえあったとしても、高野山での自刃、そして三条河原での悲惨な妻妾子女の処刑はまぬがれたのではないかという牛一の思いが、間にいくつかの事柄をはさみつつ、ここまで流れ来たっての「第一に」なのである。

⑪のあと、七月十三日に行なわれた秀次に「与《く》みつかまつり候悪行《あくぎやう》人」の御成敗の様子を列挙し、その小段の最後を、

⑭当座かやうに候て、いづれも御成敗。品々多きその中に、木村常陸守妻子、三条河原に磔《はつつけ》にかゝり、都にて諸《しよ》人に恥をさらす事、一年《とせ》、越前府中にて味噌屋《みそや》が戸口に科《とが》なき者を磔《はつつけ》にかけ候むくゐ、たちまち、感《かん》ぜん。天道恐ろしき事。（38〜39頁）

と結ぶ。一年前の報いがたちまちやって来た（因果応報）ことを記した上で「天道恐ろしき事」とするのは、②

②′と同様である。

⑭のあと、七月十五日に行なわれた秀次とその御小姓衆・御相伴人数《じゆ》の最期を述べるが、すぐ「天道恐ろしき事」とまとめず、牛一はBの①′②の様な〝日〟の一致に思い至る。その〝思い起こせば〟の文法機能は「さるほどに」という接続詞にゆだねられる。

⑮さるほどに、院の御所、崩御と申に、鹿狩《ししがり》を御沙汰候。（略）

六月八日、関白殿、比叡山へ女《をんな》どもを召しつれられ御上《あ》がりなされ、根本中堂院内に馬を繋《つな》がせられ、鹿狩《しゝがり》を御張行《ちやうぎやう》。（略）放埓《らつ》の御働き、似合《にあ》わざる御事也。（略）世は澆季《ぎやうき》に及ぶと言《い》へども、日月《じちげつ》いまだ地に落ちず。日こそ多けれ、七月八日、高野山へ御登山《とうざん》にて憂き目を御覧じ、

又、六月十五日、北野天神へ御成《な》り。座頭一人参りあふ。あはれなる有様にて、なぶり斬りに誅せられ（略）七月十五日、高野山青巌寺におゐて、その刀《かたな》にて御自害。因果歴然の道理、天道恐ろしき事。

（44〜51頁）

⑭の「むくゐ、たちまち、感ぜん」とリフレーンするように⑮でも「因果歴然の道理」と記すのであるが、「八日」と「十五日」の二回の一致と、科なき座頭をなぶり斬りにした刀で秀次自身が自害するという因縁に、牛一は、天道の裁きの不思議をひしひしと感じている。

この段階では、牛一は、秀次謀反の真偽はともかく、六月八日、六月十五日の件はやはり許されざる行為であったとして、秀次が自滅したのは「因果歴然の道理」として「天道恐ろしき事」を受け入れようとした。しかし、その後、三条河原で秀次の御寵愛の衆《しゆ》（妻妾）三十九人および若君・姫君たちが処刑されたことを述べる段になると、

⑯かゝる憂き目を見る事は、いかなる因果、報《むくゐ》ぞや。さて、あさましき有様也。（75頁）

と、秀吉の処罰の理不尽さ、むごたらしさに正直とまどっている。

⑰貴賤群衆《きせんくんじゅ》の見物も、しばらく、なりを静めつゝ、哀《あは》れと感じ、悲しみて、袖を絞《しぼ》らぬ者もなし。（80～81頁）

という描写は、牛一を含めた全ての人の思いである。

『大かうさまぐんき』という太閤秀吉を賞揚する書物の中で、⑰の後をどう収めるか、牛一の筆にかかっている。

　牛一は、まずは、客観的描写に戻る。

⑱かやうに、いづれも、根を断ちて、葉を枯らしつゝ御成敗。御憤《いきどを》りは、余儀《よぎ》ぞなし。（81頁）

傍線部では、それほど秀吉は、秀次の悪行そして謀反に憤っていたのだと説明する。そして、

⑲一陣破れて残党全《また》からずとは、此節也。

と、『平家物語』や『太平記』にも出る諺[注3]を引用し、女子《おんなこ》どもであっても謀反者の一族は根絶やしにされるものだという一般論で、この三条河原処刑の段を閉じようとする。⑲の直後に、「天道、恐ろしき事」が来るのであるが、非情なる天道の裁きであるがゆえに、「天道、恐ろしき事」にこめられた〝恐ろしさ〟がひしひしと伝わって来る。と同時に、「秀次謀反」の段の最終尾にあたる語でもあるので、秀吉の厚恩を忘れ謀反を起こした秀次およびその妻子、配下の武将たちへの厳しい処罰は、全て「天道」の成すわざであったのだと牛一は書き記していることになる。

三・三　『原本信長記』『信長公記』に見る「天道おそろしき」型表現

太田牛一の著作『大かうさまぐんき』を、「条々、天道恐ろしき次第」⇩「秀次謀反」へと流れを逆に辿って、「天道おそろしき」表現を見てきたが、現存写本の書写年代の遅速はひとまず置いて、(注4)草稿本（〈　〉で表示）あるいは第一次清書本（〈　〉に含める）の概念を導入すると、牛一の執筆時期が最も早いのは〈原本信長記〉十五巻であり、ついで〈信長公記〉十五巻であり、その後、〈信長公記〉首巻、そして、〈大かうさまぐんき〉の順(注5)となるであろう。

以下、〈原本信長記〉と〈信長公記〉を上下で対照させつつ、巻ごとに「天道おそろしき」型表現の分布を見、特殊な事情をもつ巻十二と、〈信長公記〉首巻の様相については、それぞれ節をあらためて考察することにしたい。

〈原本信長記〉

岡山大学附属図書館蔵池田家文庫本を具体的調査対象とする。福武書店刊の影印を用いるが、原本調査も行なっているので、原本丁数を記す。

○巻一……例なし

○巻二……例なし

○巻三

⑳杉谷善住坊と申者、（略）無レ情信長を十二三間隔、

〈信長公記〉

陽明文庫蔵本を具体的調査対象とする。角川文庫の翻刻を参照するが、原本調査も行なっているので、原本表記を生かし原本丁数を記す。

○巻一……例なし

○巻二……例なし

○巻三

⑳′枚谷善住坊と申者（略）無レ情十二三間隔信長公を

差付打申候　され共、天道照覧二而、御身ニ少ツ、
打かすり、鰐口御遁候て目出度、五月廿一日濃州岐(注6)
阜御帰陣　(10オ～ウ)

○巻四

㉑時刻到来之砌候欤、山門山下僧衆雖レ為二王城鎮守一
行躰行法出家之不レ拘《カヽハラ》二作法一ニモ、天下嘲哢をも不レ
恥不レ顧二天道恐一ヲモ、婬乱魚鳥令二服用耽テ二金銀賄一
而、浅井朝倉令二贔屓一恣ニ相働之条、（略）御無念
ながら御馬を被納候キ　可被散其御憤ため今日　九
月十二日、叡山を取詰根本中堂三王廿一社を（略）
焼拂（略）其外美女小童（略）是者被レ成二御扶ケ一
候へと声〱ニ雖二申上候中〱御許容なく一〱
ニ頚を被二切目も當られぬ次第也　数千之屍算ヲ乱シ
哀成有様也、年来之被レ散二御胸朦一訖
（7ウ～9ウ）

㉒抑　禁中既御廢壊就レ無二正躰一御修理之儀御冥加之
御為ヲ被二思食一（略）天下安泰往還旅人御憐愍御慈
悲甚深ニシテ御冥加モ御果報モ超レ世ニ、弥増御長久之基

差付二ツ玉にて打申候　されとも天道照覧にて御
身に少つゝ打かすり鰐口御遁候て目出度　五月廿一
日　濃州岐阜御帰陣　（11ウ～12オ）(注7)

○巻四

㉑′時刻到来之砌候欤山門山下僧衆雖レ為二王城之鎮守一
行躰行法出家之不レ拘二作法一ニモ天下嘲哢をも不レ恥
不レ顧二天道之恐一ヲモ婬乱魚鳥令二服用一耽テ二金銀賄一而
浅井朝倉令二贔屓一恣ニ相働之条（略）乍二御無念一御
馬ヲ被レ納候キ　可レ被レ散二其御憤一為今日　九月十
二日　叡山ヲ取詰根本中道三王廿一社ヲ（略）焼拂
為ナル二灰燼之地一ト社コソ哀なれ（略）其外美女小童（略）
是者被レ成二御扶ケ一候へと声〱に雖二申上候一中〱
無二御許容一一〱に頚を打落され目も當られぬ有
様也　数千之屍算ヲ乱シ哀成仕合也　年来之被レ散二
御胸朦一訖
（9ウ～11オ）

㉒′抑　禁中既御廢壊就レ無二ニ正躰一御修理之儀御冥加之
為ヲ思食（略）天下安泰往還旅人御憐愍御慈悲甚
深ニシテ御冥加モ御果報モ超レ世ニ弥増御長久之基也

也　併学《ナビ》レ道《ヲ》立《ルモ》レ身《ヲ》被（注8）欲レ挙二御名後代一故也
（10ウ～11ウ）

○巻五……例なし

○巻六

㉓公方様（略）御手前之御一戦に取結候、今度させる御不足《モ》無二御座一処二、無程御恩を忘られ被レ成二御敵一候間、爰にて　御腹めさせ候ワんすれ共、御命を助申流し参らせられ候て、先〳〵にて人之褒貶に乗申さるへき由候て、若公様をは、被二止置一怨《アタ》をは恩を以て、被レ報之由申候て（略）
（20ウ～21ウ）

㉔一年御入洛之砌者、信長被レ成二供奉一（略）御果報いミしき、公方様哉と諸人敬候キ　此度ハ引替（略）御自滅と乍レ申、哀成有様目も當られす
（22オ～22ウ）

㉕去程に杉谷善住坊鉄炮之上手に候　先年信長千草峠御越之砌、佐々木承禎に憑まれ候て、山中二而鉄炮二玉こミ十二三間隔道通に相待、無レ情打申候　さ

併学レ道立《ルモ》レ身《ヲ》被レ欲レ挙二御名《ツ》後代一故也　珍重
（12ウ～14オ）

〳〵

○巻五……例なし

○巻六

㉓′公方様（略）御手前之御一戦に取結候　今度させる御不足も無二御座一之処無レ程御恩を忘られ被成二御敵一候之間爰にて　御腹めさせ候ハんすれ共天命おそろしく御行衛思食侭ニ有へからす　御命を助流し参らせられ候て先〳〵にて人之褒貶にのせ申さるへき由候て　若公様をば被二止置一怨《アタ》をは恩を以て被レ報之由候て（略）
（23オ～23ウ）

㉔′一年御入洛之砌者　信長公供奉なされ（略）御果報いミしき公方様哉と諸人敬候キ　此度者引替（略）御自滅と申なから哀成有様目もあてられす
（24オ～24ウ）

㉕′去程に杉谷善住坊鉄炮之上手にて候　先年信長千草峠御越之砌佐々木承禎に頼まれ候て山中にて鉄炮二玉をコミ十二三間隔無レ情打申候　され共天道照覧

れ共、天道照覧二而御身二少ツ、打かすり、鰐口御
遁候て、無事岐阜御帰陣候キ　此比杦谷善住坊
（略）思食侭二被レ遂御成敗一候てうづミ二させ頚を鋸
にて、ひかせ日比之御憤を散せられ上下一同之満足
不可過之　（39ウ〜41オ）

○巻七

㉖南都東大寺蘭奢待御所望旨（略）佛天之有二加護一
而、三国に無レ隠御名物被二召置一、於二本朝一御名誉
御面目之次第何事加レ之　（4ウ〜7オ）

○巻八

㉗今度間近く寄合候事、与レ天所候間悉可被討果之旨
信長被レ廻二御案一（略）　（13オ）

㉘御慈悲深キ故に、諸天之有二御冥利一而御家門さか
へさせ給ふと感し敬申也　（22ウ〜23オ）

㉙賀州奥郡一揆共（略）人数を出し候　羽柴筑前　懸
付及二一戦一　（43オ）

㉚御父子共、御果報御満足珎重〳〵　（57オ）

○巻九

にて信長の御身に少宛打かすり鰐口御遁候て岐阜
御帰城候キ　此比杦谷善住坊（略）思食侭に被レ
遂二御成敗一候てうづミにさせ頚を鋸《ノコキリ》にてひかせ
日比之御憤を散せられ上下一同之満足不レ可レ過レ之
（44ウ〜45ウ）

○巻七

㉖′南都東大寺蘭奢待御所望之旨（略）佛天之有二加
護一而三國無レ隠御名物被二食置一於二本朝一御名誉御
面目之次第何事加レ之　（6オ〜8ウ）

○巻八

㉗′今度間近く寄合候事与レ天所候間悉可レ被二討果一之
旨　信長被レ廻二御案一（略）　（13オ）

㉘′如此御慈悲深き故に諸天之有二御冥利一而御家門長
久に御座候ト感申也　（22ウ〜23オ）

㉙′賀州奥郡之一揆共（略）人数を出し候　羽柴筑前
与天所之由候て懸付及二一戦一　（43オ）

㉚′御父子共御果報大慶珍重々々　（58オ）

○巻九

㉛信長ハ先手之足軽ニ打ましらせられ、懸まハし爰かしこと被成御下知、薄手を被負御足に鉄炮當申候へとも、され共不苦　（7ウ～8オ）

㉜爰ニ而各御身方無勢候間、此度ハ御合戦御延慮尤之旨、雖被申上候、今度間近く寄合候事、与天所之由御諚候て、後ハ二段ニ御人数被揃　（8ウ）

○巻十

㉝十月十日之晩に（略）松永天主ニ火を懸、焼死候
奈良之大佛殿先年松永云為を以て、三国に無隠大伽藍事故なく為《ナス》灰燼《ト》、其因果忽歴然ニ而（略）日比案者ときこへし、松永無詮企し而、己《ヲノ》れと猛火之中ニ入、部類眷属一度ニ焼死候　客星出来鹿之角之御立物ニ而、責させられ大佛殿炎焼之月日、時刻不替事、偏春日明神之所為欤　（19オ～20オ）

㉞唯禍福者、在于天とハ、此節也　（24オ）

○巻十一

㉟去程に洛中四条道場、七月八日巳刻寮《リヤウ》舎より火を

㉛′信長　者先手之足軽ニ打まじらせられ懸廻り爰かしこと被成御下知薄手を被負御足に鉄炮あたり申候へともされ共天道照覧にて不苦《カラ》　（9ウ～10オ）

㉜′爰にて各御身方無勢候間此度者御合戦御延慮尤之旨雖被申上候今度間近く寄合候事与天所之由御諚候て後ハ二段に御人数被揃　（10ウ）

○巻十

㉝′十月十日之晩に（略）松永天主に火を懸焼死候
奈良之大佛殿先年十月十日乃夜炎焼　偏是松永云為を以て三國無隠大伽藍事故なく為灰燼《クワイシン》　其因果忽歴然にて（略）日比案者と聞し松永無詮企して己《ヲノ》れト猛火之中に入部類眷属一度ニ焼死　客星出来鹿之角の御立物にて責させられ大佛殿炎焼之月日時刻不易事偏春日明神の所為也ト諸人舌を巻事　（22ウ～23ウ）

㉞′只禍福者在于天とハ此節也　（28ウ）

○巻十一

㉟′去程　洛中四条道場戊刀七月八日巳刻寮舎より火を

出し回禄、時節到来也　（23オ）

巻十二は、池田家文庫本が特殊な事情を持つので、別に扱う。

○巻十三

㊱新門跡大坂退出之次第（略）抑大坂ハ、（略）家門長久之處ニ、不レ思ニ天魔之所為来而、（略）併末法時到而修羅闘諍之發《シ》ニ瞋恚《ヲ》一（略）任ニ運於天道一、五ケ年之間雖レ相ニ守時節一、身方者日々ニ衰調儀調略不ニ相叶一、（略）弥時刻到来し而、たへ松之火に甚風来而吹懸、餘多之伽藍不レ残ニ一宇一、夜日三日黒雲となつて焼ぬ　（43ウ～49ウ）

○巻十四

㊲夫巻尾寺者（略）信長御威光に恐、濁世末代となつて、観世音之力も尽果、既狐狼野干之棲とならん事を、造《サウ》次《シ》顛《テン》沛《ハイ》雖レ歎不レ叶（略）泪と共ニ、巻尾寺を立出縁〳〵に心さしちり〳〵に老若退出哀成次第目も當られす

承和二年(注9)三月廿一日大師御入定（略）今般日も

出し回禄時節到来也　（24ウ）

○巻十三

㊱′新門跡大坂退出之次第（略）抑大坂ハ（略）家門長久之処に不《サルニ》レ思《ヲモハ》天魔之所為来て（略）併末法時到而修羅闘諍之發《ヲコシ》ニ瞋恚《ヲ》一（略）任ニ運於天道一五ケ年之間雖レ相ニ守時節一身方者日々ニ衰《ヲトロヘ》調儀調略不ニ相叶一（略）弥時刻到来してたへ松の火に悪風来而吹懸餘多之伽藍一宇も不残夜日三日黒雲となつて焼ぬ　（42オ～47ウ）

○巻十四

㊲′抑槇尾寺と申者（略）信長公御威光ニ恐濁世末代となつて観世音之力も尽果當寺狐狼野干之棲とならん事を造次顛沛雖レ歎不レ叶（略）泪と共に槇尾寺ヲ立出縁〳〵に心さし散〳〵に老若退出哀成次第目も當られす

承和二年乙卯三月廿一日寅一點ニ御歳六十二ト申ニ大

多《ケレ》、今月廿一日巻尾寺退散、偏高野山も破滅之
基歟　（36オ～39オ）

㊳並、蜂屋之郷《ニ》、八と申者、つゝもたせを仕、彼寺へ若き女をしたて（略）女おとこ共に、御成敗自滅哀成次第也　（73ウ～74オ）

○巻十五

㊴抑當社諏訪大明神者、日本無双霊験殊勝七不思議神秘之明神也　神殿を初奉《リ》諸伽藍悉一時之煙となされ、御威光無是非題目也　（28ウ～29オ）

㊵この箇条、欠。

㊶信長此趣被レ及ニ聞食一、今度間近く寄合候事、与天所候間、被レ成ニ御動座一　（82オ）

師御入定（略）今般日こそ多ケレ今月廿一日槇尾寺
退散偏高野山も破滅基歟　（35ウ～48オ）

㊳′ならび蜂屋之郷に八と申者つゝもたせを仕彼寺へ若き女をしたて（略）女男共に御成敗自滅哀成有様也　（71ウ～72オ）

○巻十五

㊴′抑當社諏訪大明神者日本無双霊験殊勝七不思議神秘之明神也　神殿を初奉り諸伽藍悉一時之煙となされ御威光無ニ是非一題目也　（30ウ）

㊵′左を見右を見るに（略）国主ニ生るゝ人ハ他国《ヲ》依《テ》レ欲《スルニ》ニ奪取《ラント》一人数を殺事常《ノ》習也　自ニ信刀一信玄々々ヨリ勝頼まて三代人《ヲ》殺事数千人《と》云不レ知レ員《ヲ》一　世間之盛衰時節之転変非レ可レ捍　不レ容《イレ》レ間《ニ》ニ髪《ハツヲ》一　因果歴然此節也　不レ恨《ラミ》レ天《ヲモ》不レ尤《トガメ》レ人《ヲモ》自レ闇迷レ闇道ニ従レ苦沈レ苦ニ　噫哀成勝頼哉　（35オ～36オ）

㊶′信長公此等趣被ニ及聞食一今度間近く寄合候事与レ天所候間被成御動座　（82オ～ウ）

㊷去程に不慮之題目出来し而、
六月朔日夜二入、丹波国、亀山にて、維任日向守
（略）信長御座所、本能寺取巻勢衆、乱れ入候（略）
信長初にハ、御弓二三つ遊し候へハ、何れも時刻到
来候間、御弓之絃切（略）殿中奥深く入給ひ内より
も御南戸之口を引立無情御腹めされ候（注10）
（89ウ〜94オ）

㊸三位中将殿、御諚にハ（略）鎌田新介、無二冥加一
御頸を打申、御諚之如く、御死骸を隠置無常之煙と
なし申、哀成風情目も當られす
（97ウ〜98オ）

㊹安土御構木村次郎左衛門二、渡置それ〳〵二御上臈
衆へ警固を申付、退被申候　端〳〵之御衆ハかちは
だし二て、足ハ紅に染而哀成風情目も當られす
（106オ）

㊷′去程二不慮之題目出来し而
六月朔日　夜に入丹波國亀山にて維住日向守光秀
（略）信長公御座所本能寺取巻勢衆四方より乱れ入
也（略）信長初にハ御弓を取合二三つ遊し候へハ何
れも時刻到来候間御弓之絃切（略）殿中奥深く入給
ひ内よりも御南戸之口を引立無情御腹をめされ
（90オ〜96ウ）

㊸′三位中将信忠卿之御諚にハ（略）鎌田新介無二冥
加一御頸を打申　御諚之如くに御死骸を隠置無常之
煙となし申　哀成風情目も當られす
（98ウ〜99ウ）

㊹′安土御構木村次郎左衛門二渡置夫〳〵二御上臈衆へ
警固を申付退《ノケ》被レ申候　端々ノ御衆ハかちはだしに
て足ハ紅に染て哀成風情目も當られす
（106ウ〜107オ）

右の対照表では、例⑳〜㊹があがっているが、実は、〈原本信長記〉には、『大かうさまぐんき』と同じ用法としての——つまり、太田牛一がある事態に対して「天道恐ろしき」と感慨を表明したものは一例もない。これは、きわめて重要なことである。

「天道（の）恐」という語は、㉑（巻四）に出るが、これは、叡山僧が「不レ顧天道恐《ヲモ》一」なのであり、叙事

文の一節なのである。ただし、一例であっても、ここは〝僧侶であるなら「天道の恐れ」をかえりみるべきである〟という牛一の深層から出ている表現であり、のちの『大かうさまぐんき』へつづく萌芽となるものであろう。

「天道」を含む語に「天道照覧」がある。これは、⑳㉕において、信長が敵の鉄炮によって負傷した時に、大事に至らなかったことを述べる文脈で使われている。〝天道が信長の日頃の言動を見ていて守って下さったから〟というニュアンスがあり、「天道恐ろしき」の逆の表現である。このような天道の守り、神仏の守りについては、㉒（信長に対して）㉔（公方＝足利義昭に対して）㉚（信長と信忠父子に対して）では、「御冥加」「御果報」が両方、あるいはどちらか一方で用いられている。また、㉘では信長に対して「諸天之有二御冥利一」と「冥利」という語も同じ意味で使われている。

㊱には「運を天道に任《まか》せて」という語が見られる。これは、大坂（石山本願寺）が五年間だけ当地で繁栄したことを修飾しており、その間、「天道の守り」があったこと、「天運のあったこと」を示している。

「天」を含む表現としては、「天の与ふるところ」が㉗㉜㊶にあるが、これは三例とも信長のことばの中であり、牛一にとって「天の与ふるところ」と檄をとばして敵を攻めることが出来るのは、〈原本信長記〉メモ段階でも、草稿・清書段階でも主君織田信長以外は考えられなかったのである。

㊱には「天魔の所為」という語が出る。日本キリシタン——イエズス会が一六〇三年に出版した『日葡辞書』には、

㊺ Tenma. Demonio. ¶ Tenma fajun. Idẽ. （254 V[注11]）とある語（ポルトガル語「Demonio」は英語の「Demon」。また、「天魔波旬」も同義）であるが、仏教では「欲界六天の頂上、第六天にいる魔王とその眷属をいう。常に

正法を害して仏道を障害し、人心を悩乱して、智慧・善根をさまたげる悪魔。天魔波旬」（『日国』（注12））である。したがって、大坂（石山）本願寺がその地を撤退するにあたって、信長に強硬に武力でもって反抗した結果とは言え、信仰上の善男善女もいるのであるから、牛一はこの「天魔之所為来而」（天魔の所為来たって）という一向宗門徒を直接非難しない表現をかろうじて思いついたと言える。㊱の「末法（の）時到《ときいた》って」「時刻到来し而《て》」も、本願寺の大坂退去にあたっての正当な理由づけを求めて苦労している牛一の姿がかいま見られる。やはり、執拗に信長に反抗した「巻尾寺」〈原本信長記〉の表記。〈信長公記〉は「槇尾寺」（注13）については、㊲においては「濁世末代となつて、観世音之力も尽果《つきはて》」とし、信長が攻めたという色合いを背後に押しやろうとしている。

　信長による叡山攻めについても、㉑で「時刻到来之砌《みぎり》候欤」（注14）を使い、信長のせいではなく「自滅」をアピールする（「自滅」という語は、㉔で、信長の心に従わなかった公方足利義昭の衰微した姿を表わしてもいるし、㊳では一般男女の悪行の報いを表わしてもいる）。信長との関係では中立であった京都四条道場（時宗、金蓮寺）の焼亡についても、㉟において「時節到来也」を用いているから、これらの語は、人智を超えて天のはからいによる災を表わす語として、牛一の文体の拠り所となっている。

　なお、叡山攻めについても、㉑二重線部のように記すことによって、「目も當られぬ次第」であった残虐性に文章としてのベールをかけることに成功している。信長をねらい打ちにした杉谷善住坊の処刑（首をのこぎりで引かせる）（注15）も、㉕二重線部を入れることで、残虐性を背後に押しやっている。

　松永弾正久秀の件については、㉝において「因果忽歴然ニ而」という因果応報の普遍律を使っている。また、先年、松永が大仏殿を焼失させた日時と本人の滅亡の日時との一致も強調している。これは、のちの『大かうさまぐんき』の「松永弾正」の条（例②の波線部・点線部）につながるものである。ただ、「天道恐ろしき事」という牛一の感慨は、いまだ言辞として浮上してきてはいない。

㉞の「禍福は天に在《あ》り」という諺は、禍に注目すると、「天道恐ろしき」になるものであり、福に注目すると「御冥加」「御果報」「御冥利」となるものである。また、㉑で叡山攻めを行ない仏敵になったはずの信長が、東大寺の蘭奢待を天皇の許可によりもらい受ける際、㉖において「佛天の加護有つて」と表現されているのが面白い。当時、信長は天下一統を目ざして、日々刻々と動きを変えているのであるから、叡山攻めの悲惨さの後に、蘭奢待をいただく儀式などが入ると、叡山攻めのマイナスイメージが薄れていくのも、牛一の筆のせいだけでもないと思われる。特に、牛一は〈原本信長記〉において、信長を「信長公」とも記さず、その日々の行動を、是非の判断をする間もなく、追いかけて記録している——信長も牛一も渦中（火中でもある）に必死で生きぬこうとしている群像の一つなのである。文飾にこったり、自分の感慨を述べる心のゆとりもないし、人生を俯瞰する年齢の積み重ねもない。

巻十五の㊴は、武田攻めの際、諏訪大明神（諏訪大社）が焼失した件を伝えるものであるが、この「御威光無是非」は、「日本無双霊験殊勝七不思議神秘之明神」である諏訪大明神の御威光をもってしても、どうしようもないことが起こったと、牛一はまとめている。この「御威光無是非題目也」の「題目」は、本能寺の変を語る㊷における「不慮の題目出来して」の「不慮の題目」と同じ使い方である。『明徳記』に「近日一家の輩同意して敵になり、京都へ責上るべきよし風聞耳に満り。事実たらば、希代不思儀の題目なり」(注16)とあるように、書き手の理解・想像をこえた大事件を強調する際に使われるものである。(注17)

〈原本信長記〉における様相は、以上のようにまとめられるが、再度「時刻到来」に触れると、この語が牛一の深層に最も深く大きく響くのは、天正一〇年（一五八二）六月一日夜から二日朝にかけての「本能寺の変」である。まずは、㊷のように「不慮之題目出来し而」と書き始め、「時刻到来候間（信長が）無情御腹めされ候」と書かざるを得なかった。信長のように、初めて天下一統に乗り出した者にとって、服従しない敵は武力によって征服するほかはなく、そこで一般男女をも含む壮絶な死の現場がくり返される。それは、戦国の世の常――修羅の世界として、牛一も認めざるをえないし、自分もその一員である。しかし、一方、朝廷や公家の生活を以前よりも回復させ、橋をかけたり道路を整備したり、市（商業）の復興政策など尽力してきたのであり、それは「天道照覧」、あるいは「御冥加」「御果報」「御冥利」として捉えうるものであった。それにかかわらず、信頼し十二分に恩顧を与えて遇していたはずの明智光秀による謀反、そして、あっけなく信長父子が死ぬことは、牛一にとって、「不慮」の事故であり、〝運命としての時がやって来た〟としか、把握のしようのないものであった。「本能寺の変」における「時刻到来」の意味については、すでに歴史エッセイ等で述べてはいるが、㊷において、牛一は、風水害・地震あるいは津波などが突如として人々を襲う、その次元で信長の死を受けとめようとしているのである。信長の死の余波である信忠の死（㊸）、安土城退去の際の上臈衆やおはした衆のありさま（㊹）は、運命論をこえて、ただただ「哀成《なる》風情目も當《あて》られず」と、なげくのみである。

次に、〈信長公記〉を見ていくが、〈原本信長記〉と比べて、相異のあるものについてのみ言及する。〈原本信長記〉に対して、〈信長公記〉で増えている表現を□で囲っているが（成立時期的に増えているものが多いが、逆もたまに見られる）(注18)、論の拡散をおそれて、現在考察対象としている表現のみに絞る。

「天道照覧」については、㉛′で増えている。これは、㉕の杉谷善住坊の件と同様、鉄炮に当たって軽傷を負ったわけであるから、〈原本信長記〉を補訂しつつ〈信長公記〉を綴っていく時、㉕で使った「天道照覧」をここにも入れこんだものと見られる。

「天の与ふるところ」については、㉙′で増えている。ここの言語主体は羽柴筑前である。信長存命中には、羽柴筑前のような実力のそなわった自信家であっても、この語は口に出せなかったはずである。信長没後、羽柴筑前が秀吉として天下を掌握した以降に、〈信長公記〉が今ある形にまとめられたことを推察させる一事例である。

巻六の㉓′は、〈信長公記〉における増補が□に見られる。足利将軍家を復興してやったその恩を忘れ、取り巻きにそそのかされては信長に反旗をひるがえし、とうとう今回は一戦に及んだ足利義昭を「御腹めさせ候ハん」（自害させる）ことはたやすいが、「天命おそろしく御行衛思食侭ニ有べからず」（恩人に敵対するような者に対しては、天は恐ろしい処罰をくだすから、義昭の行末は義昭の思っているようにはうまくいかない）と信長が考えて、この際は命を助けてやって様子を見ようとした流れを、牛一が新たに叙述した部分である。信長の脳裏にあって、信長のことばとして出たものが、゜点部である。

ここに、「天命おそろしく」という「天道恐ろしき」に近いことばが見出される。〈信長公記〉が〈原本信長記〉をもとに書きなおされていく際、牛一の文字として浮上したのである。ただし、これも、〈原本信長記〉（〈信長公記〉にも）の巻四㉑にあった、あくまで〝信長のことば〟としてのものであり、『大かうさまぐんき』のような牛一の感慨として書きとめられたものではないことを記憶にとどめておきたい。

㊵′の「左を見右を見るに（略）国主ニ生るゝ人ハ……噫哀成勝頼哉」は、〈信長公記〉における長文の増補である。㊵′の「因果歴然」は、信長（家康連合軍）に反抗したという事実よりも、「自二信刀一（虎）信玄々ヨリ勝頼まで三代人ヲ殺事数千人と云不レ知レ員ヲ一」と記し、そのことが武田勝頼の自滅の最大の原因であるとしている。「祇園精舎の鐘の声、諸行無常の響あり。沙羅雙樹の花の色、盛者必衰のことはりをあらはす」という『平家物語』(注19)冒

頭の文言に似た「世間之盛衰時節之転変非レ可レ捍」ということば、また「不レ恨ラミレ天ヲモ不レ尤トガメレ人ヲモ」「自レ闇迷レ闇道ニ従レ苦沈レ苦ニ」という仏教色の強いことばは、「噫《ああ》哀成《あはれなる》勝頼哉《かな》」という最終句とともに、勝頼に対する鎮魂のことばとなっている。直接敵対し、その鎮圧に苦労した信長もすでに世にない時期に成った〈信長公記〉だからこそ、ここに勝頼へのレクイエムが可能になったものと考えられる。

三・四　『原本信長記』巻十二と『信長公記』巻十二における「天道おそろしき」型表現の問題点

〈原本信長記〉と〈信長公記〉のわずかな相異から、あたり前の事実でもある〈信長公記〉の後発性がよく納得できる。実は、そのことをさらに明らかにしてくれるのが、池田家文庫本『原本信長記』巻十二の存在である。

池田家文庫本巻十二は、石田善人氏の解説43～44頁にあるように、陽明文庫蔵『信長公記』を写したものである。厳密に言えば、〈信長公記〉を書写したもので、陽明文庫蔵『信長公記』巻十二とは表記の上からも語句の上からも微細な相異がある。

とにかく、『信長公記』巻十二が池田家文庫本『原本信長記』十五帖（十五巻）の中に何らかの理由で取り入れられて[注20]、外見上、太田牛一の綴った「信長記」十五巻の中に収まって今に伝わっている。

池田家文庫本『信長記』巻十二

㊻同九月十七日、御本所様、伊賀國へ御人数さしこされ御成敗之處、及一戦、柘植三郎左衛門討死候

〈信長公記〉巻十二

㊻′九月十七日　北畠中将信雄　伊賀國へ御人数被二差越一御成敗之処[に]及二一戦一

（略）九月廿一日信長公（略）爰にて　御本所様上かたへの御出勢ハなく、私の御働不可然之旨、被成御内書、其文言
今度於伊賀堺越度取候旨、誠天道もおそろしく、日月も未落地候哉、其子細は（略）さて〳〵無念至極候、此地へ出勢者第一天下之為、父へ之奉公、兄城介大切、且者其方為、彼是現在未来之可為働ニ、剰始三郎左衛門討死之儀言語道断之曲事之次第候
（略）
九月廿二日　信長
北畠中将殿
（35オ〜37オ）

㊼荒木妹、丹後々家城中にて此由承、うさもつらさも身ひとりと、泣かなしみいわん無甲斐身なからも、此上又如何なる憂目をか見んすらんと、あさましく思ひなけく有様哀也
（39ウ〜40オ）

㊽池田和泉、一首をつらね（略）とよみ置、其後鉄炮ニ薬をこみおのれとあたまを打くたき自害仕候

柘植三郎左衛門　討死候也
（略）九月廿一日　信長公（略）爰にて
北畠中将信雄卿へ被仰出趣上かたへ無ニ御出陣一
私之御働不可然之旨被成御内書
其御文言
今度於伊賀堺越度取候旨誠天道もおそろしく日月未墜于地　其子細者（略）さて〳〵無念至極候　此地へ出勢ハ第一天下之為父へ之奉公兄城介大切且者其方為彼是現在未来之可レ為レ働　剰始三郎左衛門討死之儀言語道断曲事之次第候（略）
九月廿二日　信長
北畠中将殿
（39ウ〜41ウ）

㊼′荒木妹《イモト》丹後　後家城中にて此由承うさもつらさも身ひとりと泣《ナキ》かなしミいわん無ニ甲斐一身なからも此上又如何成憂目をか見んすらんとあさましく思歎く有様目を當られす哀也
（45オ〜45ウ）

㊽′池田和泉一首をつらね（略）とよみ置其後鉄炮に薬をこミおのれとあたまを打くたき自害仕候　弥女房

弥々女房共心も心ならす、尼崎よりの迎をおそしはやしと、待申候、哀成次第ハ中〳〵申計も是なし
(52ウ～53オ)

㊾あまたの妻子とも、此由承り（略）もたへこかれ、声もおしますなきかなしむ有様、めもあてられぬ次第
(55ウ～56オ)

㊿荒木五郎右衛門と申者（略）女房の命ニかハり候ハんと色々懇望の歎き申候へ共、無許容けんく(注21)両共以て、御成敗哀成次第也
(57オ～57ウ)

(51)さすが歴々の上臈たち（略）鉄炮を以て、ひし〳〵と打ころし、鑓、長太刀を以て、さし殺し害せられ、百二十二人の女房一度ニ、かなしみさけふ聲、天にも響計ニて、人目《ミる》もくれ、心も消てかんるい押かたし　是を見る人ハ廿日卅日ハ、其面かけ身ニそひて、忘やらさる由にて候也
(57ウ～58ウ)

(52)此外女の分　三百八十八人（略）男の分百廿四人（略）合五百十余人　矢部善七郎御検使にて、家四

共心も心ならす尼崎よりの迎をおそしはやしと相待哀成有様中〳〵申計も是なし
(59オ～ウ)

㊾′餘多之妻子とも此趣承り（略）もたへこかれ聲もおします泣悲しむ有様ハ目も當られぬ次第也
(62オ～ウ)

㊿′荒木五郎右衛門と申者（略）女房之命にかハり候ハんと色々懇望之歎きを申候へとも中〳〵無ニ許容一結句両共以て成敗哀成仕立無是非次第也
(64オ～ウ)

(51)′さすか歴々の上臈達（略）鉄炮を以てひし〳〵と打殺し鑓《ヤリ》長刀を以て差殺し害せられ百廿二人之女房一度に悲しミ叫《サケブ》聲天にも響《ヒビク》計にて見る人目もくれ心も消てかんるい押難し　是を見る人ハ廿日卅日之間ハ其面影身に添て忘やらさる由ニて候也
(65オ～ウ)

(52)′此外女之分　三百八十八人（略）男之分百廿四人（略）合五百十余人　矢部善七郎御検使にて家四つ

つ取籠、こみ草をつませ被焼殺候、風のまハる堕て魚のこそるやう、上を下へとなみより、焦熱大焦熱のほのほにむせひ、おとり上飛上悲しミの聲、煙につれて空に響、獄卒の呵責のせめ、是なるへし、肝魂を失ひ二目共更ミる人なし、哀成次第中〳〵難申尽

（58ウ～59ウ）

⑤③十二月（略）十六日、荒木一類の者都にて可被成御成敗之旨被仰出候　去程にこし方行末の物語承、哀成次第申尽しかたし、去年十月下旬、あら木蒙天罰御敵仕候（略）此上ハ更に、荒木をもうらみす先世の因果あさましきと、はかりにて（略）荒木一人之覚悟にて、一門親類上下の数を知らすしてうの別をなし血の涙をなかす、諸人乃恨おそろしやと、舌を巻ぬ者もなし　兼てたのみし寺〳〵の御僧、死後を取かくし申さるゝ莫太敷御成敗、上古より初なり

（59ウ～78オ）

に取籠こミ草をつませられ被焼殺候　風のまハるに随て魚之こぞる様に上を下へとなミより焦熱大焦熱之ほのほにむせびおとり上飛上悲しミ乃聲煙につれて空に響獄卒之呵責之攻も是成へし　肝魂《キモタマシイ》を失ひ二目共更に見る人なし　哀成次第中〳〵不申足

（65ウ～67オ）

⑤③′十二月十六日　荒木一類之者都而可被成御成敗之旨被仰出　去程越方行末之物語承哀成次第無申計去年十月下旬に荒木蒙天罰御敵仕候（略）此上者更に荒木をもうらミす先世之因果浅間敷と計にて（略）荒木一人之云為《シワザ》にて一門親類上下之数を知らす　してう乃別れ血之涙をなかす　諸人之恨おそろしやと舌を巻ぬ者もなし　兼て頼ミし寺〳〵之御僧達死後を取隠申さるゝ　生便敷御成敗上古より乃初也

（67オ～81オ）

上段が、池田家文庫本『原本信長記』巻十二、下段が、陽明文庫蔵『信長公記』巻十二である。三・三章同様、□は『原本信長記』より増えているもの（たまに逆も生じている[注22]）を表わしているが、本件に関わらぬ

場合、言及を省く。

これを見ると、㊻に「天道もおそろしく」が出ている。太田牛一「信長記」系での初例である。しかし、ここは、信長が次男北畠中将信雄(注23)にあてた手紙文の中のことばであって、牛一の感慨をあらわすものではない。この手紙は、おそらく、〈原本信長記〉巻十二にもあったものと思われるので、信長もまた「天道おそろしきこと」という感慨を常識的(注24)にはもっていたし（三・三章における例㉑㉑′における「不レ顧天道恐ヲモ一」を想起したい）、それは、信長のみならず戦国武人が共通して有していた思い（あるいは自他を律する規律）であることがわかる。ただ、それを、親が子に、主君が臣下に対して諭《さと》しとして格言（金言）的に引用するのではなく、一個人が、いわば自分より身分も高く大物であった人物の事蹟を評価する語として公に使うこととの間には、大きなへだたりがある。牛一がそのへだたりを超えることが出来たのは、戦国乱世を七十歳、あるいは八十歳まで生きのびて多くの事例を体験として見つめてきたからにほかならない。

〈原本信長記〉で芽吹いたものが〈信長公記〉で若葉となり、〈大かうさまぐんき〉で花開いたのが、〈天道おそろしき事〉という人生観であり、運命観であり、歴史観であったのである。

巻十二の㊸では、「天罰」という語が使われているが、牛一のひねりが加えられているので要注意である。本文は「あら木蒙二天罰一御敵仕候」とあり、〝荒木村重が天罰を蒙って信長の敵に回った〟と記されている。つまり、信長の敵となり、前後に記されているような「上古より（の）初」と言われるほどの大量の惨忍な処刑が「一門親類上下」女子どもに加えられたのは、荒木村重のそれまでの所業に対して天が与えられた「天罰」なのだという文脈（解釈）が、ここにある。信長の下した「御成敗」は、「天罰」の成されゆく現象面でしかないのである。

ここは、牛一の苦悩の深層が生み出したトリックである。㊼㊽㊾㊿(51)(52)の波線部は、それら御成敗の一場面一場面での牛一の所感である。「哀」（あはれ）という語が㊼㊽㊿(52)(53)にはっきり記され、「目も当てられぬ」（それに準じた表現）という語が㊾(51)(52)に記され、荒木村重に関する一連の出来事は、牛一にとって、やはり〝ひどすぎる〟という感慨を起こさせるものであった。しかし、信長を「信長記」で責めたり批判することはできない。そこで、「あら木蒙二天罰一」という構図を描いたのである。その構図の中で、妻であるだしたち(注25)は、「荒木をもうらみず」（(53)）と決心し、「先世の因果あさましき」（(53)）と決定して、個々人の死へといさぎよく臨んでいくのである。

(53)の後半部にある「荒木一人之覚悟にて(注26)」「諸人乃恨おそろしや」は、成敗を下した信長の姿を全く背後におしやり、死にゆく諸人の恨みは、やはり、荒木一人に向かっていくので、それは「おそろしや」と舌を巻くほどのことであると、表現していることになる。

だしなどのようには諦感が定まらない多くの処刑者たちは、自分たちを見捨て死に追いやった主君荒木村重に恨みをいだいて死んでいったということを、「諸人乃恨おそろしや」に牛一はこめたのである。

このような文飾は、信長生存時のメモをもとにした〈原本信長記〉で既に成されていた可能性が高いが、「哀」（あはれ）という語を含む記述、「目も当てられぬ」（それに準じた表現）が、㊼〜(53)のように密度濃くくり返されていたかどうかは疑問である。

たしかに、このような牛一の同情的表現は、巻十二以外の、巻四㉑、巻六㉔、巻十四㊲、巻十五㊸㊹でも出ていたが、巻十二の荒木関連条における集中は目立っている。おそらく、信長没後、〈原本信長記〉を〈信長公記〉として補訂していく際に、密度濃く補われたとみたい。だし・おちい・隼人女房・おぼて・ぬし・荒木与兵衛女房・さいなど女人たちが詠じた辞世の歌を丁寧にあげ、とりわけだしの見事な最期を述べている段（(53)で「略」として略した部分）は、後の『大かうさまぐんき』における秀次の妻妾処刑の段の〝雛形《ひながた》〟をなしたと考えられる。

ものを書く動機が、〈原本信長記〉全巻に平均に及んで巻一から補訂していくとは限らず、たとえば、心の強く動かされただしたち処刑の条を含む〈巻十二〉から補訂の手を加えることは十分考えられる。(注27) 注23で触れた巻十二における「御本所様」「御本所」の混入も、いまだ人名について統一のとれぬ状態のままの清書の一本が、池田家文庫本『原本信長記』巻十二として取りこまれたことを予想させる。

なお、下段の〈信長公記〉は、陽明文庫本を例に引いているが、□のあり方を見ても、全体的に、上段より語句も整備された形で記されていることがわかる。傍線部や波線部については、上段の池田家文庫本『信長記』と根幹的には相異がないので、池田家文庫本で言及したことがそのまま通用する。

三・五　『信長公記』首巻における「天道おそろしき」型表現の存在について

これからその詳細を記すように、〈原本信長記〉では登場人物のセリフ（手紙文も含む）としてしか発されていなかった「天道おそろしき」型表現が、牛一の見解として〈信長公記〉首巻には出てくる。

(54)主従と申なから無筋目御謀叛思食たち(ア)佛天の無ニ(ウ)加護一か様に浅猿敷無下〱と御果候　若公一人毛利十郎生捕に仕候て那古屋へ送進上候也　(イ)御自滅と申なから(エ)天道恐敷次第也　（29オ〜ウ）

(55)武衛様逆心雖ニ思食立与《と》一譜代相傳の主君を奉レ殺其因果忽歴然にて七日目と申ニ各討死　(オ)天道恐敷事共也　（31オ）

(56)其年の霜月廿六日(カ)不慮之仕合出来して孫三郎殿御遷化　(キ)忽誓帋之御罸(ク)天道恐哉ト申ならし候キ　併《しかしながら》　上総
(ケ)介殿御果報之故也　（37ウ）

(57)勘十郎殿御舎弟喜六郎殿馬一騎にて御通り候之処を（略）矢を射懸候へ者(コ)時刻到来して其矢にあたり馬上より
落させ給ふ　（38オ）

(58)林佐渡守　餘におもはゆく存知候歟　三代相恩乃主君をおめ〳〵と爰にて手に懸討可申事(サ)天道おそろしく候
とても可被及御迷惑之間今ハ御腹めさせましきと申候て御命を助ケ信長を帰し申候　（42オ〜ウ）

(59)是を見て義元か戈先にハ(シ)天魔鬼神も不可忍《タマル》　心地ハよしと悦て緩〳〵として謡をうたハせ陣を居られ候
信長御覧じて（略）爰にての御諚にハ各よく〳〵承候へ（略）其上莫小軍ニ怖ルヽコト大敵ニ　(ス)運ハ在於天　此
語ハ不知哉（略）只励へしと御諚之処に　（61オ〜62ウ）

(60)毛利新介義元を伐卧頸をとる　是偏に先年於清洲之城武衛様を悉攻殺候之時御舎弟を一人生捕助ケ被申候
(セ)其冥加忽来て義元の頸をとり給ふと人々風聞候也　(ソ)運之尽たる験にや（略）　（64ウ）

(61)世者雖及澆季(タ)日月未墮于地　今川義元山口左馬助か在所へきたり鳴海にて(チ)四万五千の大軍を靡かしそれも
不立御用　千が一乃信長纔及二千人数に被扣立迯死に相果てられ(ツ)浅猿敷仕合因果歴然(テ)善悪二つの道
理(ト)天道恐敷候也　（66オ〜ウ）

(62)信長公御(ナ)運のつよき御人にてあまか池より直に御帰也　忽別大将ハ万事に御心を付られ御出断有ましき御事ニ
而候也　（77ウ）

(63)一　五月十三日　木曽川飛弾(驒)川之大河舟渡し三つこさせられ西美濃へ御働（略）御敵洲の俣より長井甲斐守
日比野下野守大将として森辺口へ人数を出し候　信長与(ニ)天所之由御諚候てにれまたの川を越かけ向ハせられ

合戦に取むすひ　（90ウ～91オ）

「天道恐ろしき」という語は、(54)（ウ）(55)（オ）(56)（ク）(58)（サ）(61)（ト）の五ケ所に登場する。このうち、(58)（サ）は、林佐渡守が「三代相恩乃主君（信長をさす）をおめ〳〵と爰にて手に懸討可申事天道おそろしく候」と述べた、セリフ中のものである。また、(56)（ク）は、織田孫三郎が急死したのは、誓紙まで書いて忠誠を誓った守護代織田彦五郎を謀殺した天罰によるもので、「天道恐哉」と人々が言い合った事実を述べたものである。「申《まうし》ならす」そのものは『日葡』にないが、類語としての「申《まう》し習《なら》はす」「言い習はす」については、

(64) Mŏxinarauaxi, su, aita. ＊話として流布する。¶ Xejŏni mŏxinarauasu. ある事が民衆の間に広まる。

(65) Iynarauaxi, su, aita. ＊言い伝えによって言う、または、話として広く行き渡る。¶ Benqeiuo voni, camino yŏni fito iynarauaita. 弁慶（*Benquei*）は悪魔、あるいは、神（*Cami*）のようであった、と人々の言うのが普通である。

とあるので、織田孫三郎殿の死去について世間の人々は「忽誓帋之御罸天道恐哉」と噂したということになり、やはり、セリフ中のものとなる。

この「天道おそろしき」を口にする前に、(58)（サ）の場合は、「三代相恩乃主君をおめ〳〵と爰にて手に懸討可申」ということ、(56)（ク）の場合は、「忽誓帋之御罸」（キ）ということが、天道の恐ろしい裁断の因となったことが明示されている。

(58)（サ）や(56)（ク）を見ると、戦国時代の武人ならず世間の人々も、「天道恐ろしき」という感慨を有していたことになる。ただ、口で言うのと、歴史的事実を列挙しつつ、それを統括するようなことばとして書き手が「天道恐ろしき」と記すのとは、かなりのへだたりがある。

⑭（ウ）、⑮（オ）、㊏（ト）三例が、純粋に牛一の感慨としての「天道恐ろしき」である。

⑭（ウ）では、武衛様（斯波義統）は主従の信頼関係は絶大であると思うべきなのに臣である信長を裏切った⇩そのため仏天の加護が無くなった（ア）⇩御自滅（自業自得）である（イ）と論理立てた上で、最後に「天道恐敷次第也」と結んでいる。それだけ、牛一は慎重になっている。

⑮（オ）は、⑭からつづく一連の事件――武衛様の件を述べるものであるが、いくら武衛様が信長に敵対したからとは言え、その部下である坂井大膳たちが主君である武衛様を殺したのは倫理（天理）に反する⇩其因果忽歴然にて（エ）⇩たった七日目にして各々討死と論理立てた末に、「天道恐敷事共也」と牛一はまとめている。

㊏（ト）は、まず、「世者雖及澆季日月未レ堕レ于レ地」（タ）という諺を引用することで、今川義元が自分に味方してくれた山口左馬助を裏切ったことを、天理にそむいたこととして天が裁くであろうことを予告する。大軍をもってのぞんだ戦さに、たった二千の信長軍に敗れ、逃走中に義元が相果てたことを、次に「浅猿敷仕合」（チ）と評し、先の山口左馬助などの一件にからめて、「因果歴然」（ツ）「善悪二つの道理（から裁かれた）」（テ）ともってきて、最後に「天道恐敷候也」とまとめている。ここも、論理立てた構造をとるが、今川義元に信長が勝利したことを、そこまで「天道恐ろしき」と結論づける背景には、兵の数では義元が絶対優利であった戦さで、信長が勝ち、義元が負けたことへの不思議さが牛一にあるからである。この不思議な勝利は、義元の身に降り積もった「因果歴然」「善悪二つの道理」の結果であると、牛一が考えたからである。それを裏づけるように、㊾で義元は「義元か戈先にハ天魔鬼神も不レ可レ忍《タマル》」（シ）のように天道を恐れぬ自信を表明し、天道の恨みをますますかっていることを自覚せず、一方、信長は、「運ハ存レ於レ天」（ス）のように個人をこえて天に全てをまかそうとしていた。つまり、どちらが天道に対して謙虚であったかが、桶狭間《おけはざま》の勝利を決したのである。

このように牛一は、⑸⑹で解き明かそうとしたのである。

「因果歴然」という語については、「天道恐ろしき」と共存するものばかりで、すでに触れている。〃運命の時が来た〃という「時刻到来して」は、⑸（コ）に出る。御舎弟喜六郎殿（つまり、信長にとっても弟にあたる）の〃事故〃のような不慮の死の形容であり、この表現形式はすでに「原本信長記」にもあり、特に本能寺の変の信長の最期が印象的である。

「因果歴然」に似た表現として、「冥加忽来て」⑹がある。これは天が味方することを「冥加」と捉えた上での表現であり、毛利新介が旧年「武衛様の御舎弟」の生命を助けたその〃果報〃により敵大将（今川義元）の頸をとるといった大功を成したという解釈が根底にある。しかも、その解釈は、牛一の成したものではなく、世間の人々が「風聞」（噂）として流しているものである。⑹の「運之尽たる験にや」（ソ）は、文脈的には「義元の運が尽きたる験にや」と受けとらねばならないものである。

「運の尽きたる」の逆は、「御運のつよき」であり、これは、⑹（ナ）で信長に関して使われている。⑸（ケ）にも、ライバルであった織田孫三郎殿が遷化したことを「上総介殿（信長）御果報之故也」とある。

「天の与フル」については、⑹（ニ）に信長の「御諚」（セリフ）として登場する。

三・六　まとめ

以上、「天道おそろしき」表現の系譜として、『大かうさまぐんき』から『信長記』へと逆に辿りつつ、最後に、〃『信長記』首巻〃と呼ばれるものにおける「天道おそろしき」型表現の出現状況を報告してきたが、牛一の感慨としての「天道恐敷次第也」(54)（ウ）「天道恐敷事共也」(55)（オ）「天道恐敷候也」(61)（ト）三例の存在は、〈原本信長記〉を補訂新写して、〈信長公記〉を完成させたのち、「是ハ信長御入洛無以前の双帋也」として新たな一冊を構想していく中で、牛一の文体として、歴史観として確固たる形をとった表現形式であり、表現様式であることが判明した。

　それが、さらに後の『大かうさまぐんき』では、エピソードごとの「一ツ書き」の徹底化とともに、各条末尾を「天道恐ろしき（の）事」と結ぶ様式美とさえなってきたのである。

注

（1）原本表記を示すと、「ちやう〳〵天たうおそろしきしたひ」であり、漢字を適宜あてた「条々、天道恐ろしき次第」を用いる。「恐ろしき」の表記については、本書第三章の表題としては「おそろしき」を用いるが、釈文や論述上の用語としては「恐ろしき」を用いる。『信長記』『信長公記』引用の場合は、それぞれの底本の表記を反映させている。

（2）『大かうさまぐんき』の影印本の頁数である。三・一節で原文を引用する場合、元々原文にあった振り仮名や原ひらがなに漢字をあてたことを示す振り仮名は適宜略しているが、本書の第二章の釈文〈本文五―一〉～〈本文六―一の①～⑥〉を参看すれば、原文の状態が判明する。

（3）小著『太閤秀吉と秀次謀反　『大かうさまぐんき』私注』（ちくま学芸文庫）238～239頁参照。

（4）岡山大学蔵池田家文庫『信長記』複製本に付された石田善人氏の「解説」では、十五帖の書写年代について、精緻でかつ興味深い指摘がなされている。

（5）小島広次氏は、「牛一本「信長記巻首」の性格について」（一九六九年清洲町史編さん委員会編刊『清洲町史』所収）において、「松田氏や田中氏が指摘しているように、牛一は後年、『太田牛一雑記』に典型的にあらわれているような天道的因果史観ともいうべき思想に到達している。巻首には「天道恐敷事」と因果応報をといている箇所が六カ所（田中氏は五カ所としているが誤り）である。これに対して十五帖では殆ど見られないと田中氏はいっているが、これは誤りである。「天道の恐れ」・「天道照覧」・「因果歴然」など一連の天道的因果史観とよびうる語が、原本信長記十五帖に一〇カ所みられる。天道因果の語句で巻首を後年のものとすれば、十五帖も同様である。」（551頁）

として、松田修氏や田中文夫氏の〝『信長公記』首巻の成立は原本信長記十五帖成立より後〟という説を否定しておられる。そして、いくつかの事例を丁寧に検証されつつ、

「以上、考察の論点の第一は、巻首が諸本のうち成立のおそいものに付加されているだけの理由では、巻首そのものの成立がおそいとは考えられないこと。第二は、巻首は十五帖に比較して、素材的要素もしくは「語りもの」的な影響があること。第三は、十五帖の日記風の体裁は次第に整えられていったものであって、原型の信長記は逆に巻首のような形態であったのではないかと推測されることの三点である。」（565頁）

と結論づけておられる。

しかしながら、〝天道的因果史観〟と一くくりにする前に、「天道恐ろしき事」という語が作者太田牛一の感慨として発されたものか、太田牛一の感慨として発されたものならば牛一の深層心理はどのようなものであったか、登場人物の会話文として発されたものか、その場合、誰が誰に対して発したものか等を、国語学的・表現論的に分析検討する本稿において、この小島広次氏の説は否定されてくるであろう。

（6）岡山大学蔵池田家文庫本を可能なかぎり忠実に引用する。ただし、原本の句読点は、「、」のみを反映し、句点については一マスアケで対処する。丁数は、旧年原本調査をしているので、本章では原本丁数で表示する。

（7）陽明文庫蔵『信長公記』には丁の裏の綴じ目部分余白下に丁数表示があるので、その丁数を記す。ただし、その丁数は、目次より1オと数えられている。

（8）牛一は、最初、「身ヲ△欲レ挙二△名後代一」と記し、後で△の部分に小字で「被」「御」を補っている。つまり、信長への敬語表現の補いである。『信長公記』では、はじめからこの二語が入っている。

（9）原本は、「承和二年」の下、二字ほど空白となっている。牛一の初稿時、甲支がはっきりせず、のちに「乙卯」とわかって書き入れたものが、陽明文庫蔵本の状態である。

（10）岡山大学附属図書館蔵池田家文庫『信長記』巻十五では、このあと、「女共此時まで居申而様躰見申と物語候」となっている。しかし、のちの陽明文庫蔵『信長公記』では、この部分を削っている。

牛一は、本能寺の変の際、その場に居なかったので、全て聞き書きによってここを書いていったのであるが、実は、女たちは

信長に「女ハくるしからす急罷出よ」と追い出され、それぞれ逃げたので、それ以降のことは、結局「見中す」ことは出来なかったと思いあたり、のちの『信長公記』で削ったのである。

(11) 勉誠社刊のオックスフォード大学 Bodleian Library 所蔵『日葡辞書』影印複製に拠る。訳にあたっては、UNGAR 社刊の『MICHAELIS PORTUGUÊS E INGLÊS DICIONÁRIO』を使って、英語を介して行なっている。

(12) 『日国』の仏教書を除く一般的な初出は、「いかなる天魔が二人の心に入りかはりけん」という『平治物語』（一二二〇年頃か）の例である。

(13) 平凡社「日本歴史地名大系28」『大阪府の地名II』における「槇尾山」「施福寺」項に引用された古文書を見ると、中世では「巻尾寺」の表記が優勢である。したがって、牛一が『信長記』で「巻尾寺」と表記しているのは誤りではない。秀吉の晩年の頃から江戸初期にかけて、「槇尾寺」の表現が一般化したものか。

(14) 「時刻到来之砌ニ而」あるいは「時刻到来之砌候而」とせず、「欤」の疑問形を用いたところに、全体のトーンをやや和らかくしようとした意図が感ぜられる。

(15) 死に至るまで時間がかかるということで、本人の苦痛をます極刑である。中世の説経節「山椒太夫」下における山椒太夫の処刑もこれで、「大夫を取って、引っ立て、国分寺の、広庭に、五尺に、穴を掘りて、肩より、下《しも》を掘り埋《うず》み、竹鋸《のこぎり》を、こしらえて「構えて、他人に引かするな。子どもに引かせ、憂《う》き目を見せよ」との、御諚なり」と描かれている。

(16) 『時代別国語大辞典　室町時代編』（三省堂）所引。

(17) 『時代別国語大辞典　室町時代編』「題目」のブランチ③に「どうしても取上げて言っておくべき事柄の意で、問題となるその事柄を強調していうのに用いる」とあるのを参照。

(18) たとえ〈信長公記〉で削られたケースにおいても、〈原本信長記〉の後、〈信長公記〉が選述されたという順番は変わらない。

(19) 覚一本の龍谷大学蔵本を翻刻した岩波古典文学大系『平家物語』の本文に拠る。

(20) 石田善人氏は、その「解説」で、「池田光政が題簽を書いた時点には、すでに第十二は失われたまま欠けていたらしいことを推測させる」「少なくとも寛延三年（一七五〇）季夏初秋のころに池田家文庫本『信長記』を忠実に書写した内閣文庫本『原本信長記』が巻十二をそのまま写しとっているのであるから、それ以前に補写されていたことだけは確実である。」「つまり、光政が題簽を書いた段階ではすでに失われており、その後、寛延三年までの間に補写されたということのみが、現在のところ断言できる。」（25頁）と論じている。

(21)「けんく」は「けつく」(「けっく」)を表わし、、点部の「ん」は促音便表記の一パターンである。同じ太田牛一の自筆『大かうさまぐんき』でも「まんまるになんて」(釈文〔本文五—三の④〕)と、類例が生じている。釈文〔本文五—三の④〕は、本書二・四章にあり、その「私注一」本文、および、補注2を合わせ読まれたい。

なお、工藤力男『日本語に関する十二章』(二〇一二年一〇月和泉書院刊)の「五の章 八ッ場ダム」では、「ッ」の拍、あるいは「ッ」で書かれる促音を、撥音「ン」と読むこと」に言及する節(「五 促音と撥音」)がある。その中で、工藤氏は、濱田敦「促音と撥音」(大阪市立大学文学部の紀要『人文研究』第一巻一・二号合併号、一九四九年刊)を引用されている。濱田氏の論考であげられている「キンカン(橘柑)、キントン(橘飩)、クンズ(屈す)、カンバン(甲板)、ナンド(納戸)」などの例が、池田家文庫本『信長記』巻十二の「けんく」(結句)や『大かうさまぐんき』の「なんて」(なって)の促音表記につながってくる。

(22) たとえ〈信長公記〉で削られたケースにおいても、〈原本信長記〉の後、〈信長公記〉が選述されたという順番は変わらない。

(23) 手紙の宛先は「北畠中将殿」であるが、例㊻でも知られるように、いわゆる「地の文」において牛一は「御本所様」を用いている。㊻以外にも、巻十二には「御本所様」があと一例出る。小林千草一九九九・三「〈神戸三七殿〉「大かうさまぐんき」私注」(『国文学ノート』第三六号。本書二・七章として所収)において、

それは、池田家文庫本『原本信長記』巻十二は、陽明文庫蔵[3]『信長公記』巻十二の原本となったものではなく、《失われた『原本信長記』巻十二》と《陽明文庫蔵『信長公記』巻十二の原本となったもの》との橋わたし的存在――過渡期に生み出された一本であるということである。そして、その一本が生み出された時期は、「神戸三七」が柴田勝家に与《く》みして失脚滅亡した天正十一年(一五八三)五月二日以降のことである。

という巻十二に関する私見を述べておいたが、「過渡期に生み出された一本」に何故「北畠中将信雄」系の名称ではなく「御本所(様)」の名称が出る(「巻一」には「御本所公」あり)のか、今後の課題としておきたい。

(24) その常識を超えようとしたのも、また信長である。

(25) だしの生んだ子のうち、最も幼い男子は、乳母の手により難をのがれて、のちに絵師岩佐又兵衛となる。岩佐又兵衛の生涯については、小説形態ではあるが千《せん》草子《そうこ》『南屏屏風の女と岩佐又兵衛』(二〇一〇年一二月清文堂出版刊)がある。

(26) 池田家文庫本「覚悟」に対して、陽明文庫本では「云為《しわざ》」とある。「云為《しわざ》」は、「行為」であるが、現代では悪い行為に限定していくように、当時も、どちらかというとプラス評価ではない。

ところが、「覚悟」の方は、『日葡辞書』の語釈「Cacugo. Aparelbo, preparação. ¶ Cacugono maede gozaru. O eſtar aparelbo do, ou aduert do para a algũa couſa.」のように、「[1]ある事を見通して、それに対処する心構えを事前に持つこと」「[2]事のなりゆきを見通し、不利な事態に対してまで心づもりのできていること」（[1][2]は、三省堂『時代別国語大辞典　室町時代編』の「覚悟」項より）である。そのことは、東京大学国語研究室蔵『和漢通用集』の「覚悟《かくご》分別の定る也」でも知られる。

信長のやり方に対して「否」を申したてることが必要であり、自分がその矢面に立つ分別（心構え）——覚悟が出来たからの荒木村重の謀反であり、結末（結果）が〝負（敗）〟であっても信長に反旗をひるがえさざるを得ない状況が積みかさなっていたことが、「荒木一人之覚悟にて」で知られる。

つまりは、村重謀反の契機となった信長のやり方に対して、村重への同情も牛一にあったからこそ、〈原本信長記〉の段階、および、巻十二に関するその改稿本の段階で「覚悟」を用い、のちの『信長公記』では、明智光秀と同じ〝謀反〟として、「云為《しわざ》」を用いるように改めたのである。

(27)　これは、分身の千　草子として作家活動をする者としての実体験である。たとえば、日本イエズス会修道士《イルマン》不干ハビアン（一五六五～一六二一）の生涯を描いた三部作——『ハビアン　藍は藍より出でて』（一九九一年一月清文堂刊）・『ハビアン落日羽給《た》べ若王子』（一九九一年一〇月清文堂刊）・『ハビアン平家物語夜話』（一九九四年六月平凡社刊）——、あるいは、室町の儒学者清原宣賢（一四七五～一五五〇）とその妻の生涯を描いた三部作——『翠子　清原宣賢の妻』（一九九九年四月講談社刊）・『洛中洛外　清原宣賢の妻』（二〇〇三年一二月講談社刊）・『北国の雁　清原宣賢の妻』（二〇〇四年二月講談社刊）——という歴史ドキュメント小説において、草稿の段階では短編集成であったものを大きな物語として取りこむ際、やはり心を動かされた事件・事態を含むものから補訂の手を加えていった。

第四章　『大かうさまぐんき』〈条々天道おそろしき次第〉以降の物語展開に触れて

太田牛一の『大かうさまぐんき』は、「条々天道おそろしき次第」の次に、

i　会津御動座
ii　御知行割
iii　武蔵岩付にて萩の当座
iv　天正十九年鷹狩り
v　関白秀次聚楽渡御
vi　聚楽再行幸

という段取りで、進行する。[注1]

iでは、小田原を制圧し、北条氏政の一族を潰滅させた豊臣秀吉が奥州征伐のために会津へ陣を移す様子を記し、iiでは、戦功褒賞としての領地分配が記されている。iiiでは、「関東御警固」として江戸城に大納言徳川家康を置いた秀吉が、天下統一を成しえた感慨をもって、岩付（岩槻）の萩を目にして当座の和歌を詠み、京の聚楽邸に戻ったことを伝える。iiiの段の最後は、「天正十八年　《かのへとら》　九月一日　せいとじゆらくにいたつて御きらく　ちんちょう〳〵」と、秀吉の凱旋を賞《め》でることばで結ばれている。

ivでは、天正十九年十月初めより十二月まで三ケ月間、秀吉が尾洲や三洲で催した鷹狩りと、聚楽第への帰路の行列とその見物衆のことを記す。「みかとも御ゑいらんあつて」という条《くだり》は、秀吉の日本国での最高栄誉を映し出す。vでは、中納言秀次への「与奪《よだつ》」（後継者として全権を譲る）を伝え、秀次が関白職につき、秀吉が「太閤」となったことを記す。そして、秀次の改築された聚楽第わたましを報告する。

viでは、天正二十年正月廿六日に後陽成天皇が聚楽第に再行幸された様子を伝える。しかし、太閤秀吉は大津

へ鷹狩りに出て不在で、文使いをもって天皇と歌のやりとりをしたことが記されている。viの段のラストは、「かす〳〵めてたかりける御よとかや」で結ばれている。

v・viの段の反映する〝時〟、秀次は何事もないように〝健在〟であり、「数々のめでたかりける御代《みよ》」を支える一人でもあった。

以降、「唐入り」を四一丁ほどかけて記した牛一は、慶長三年三月十五日の「醍醐の花見」を二一丁ほどかけて記し、その最後――『大かうさまぐんき』のラストでもある――を、「てんきのさわりもなくする〳〵とくわんぎよちんちやう〳〵」とまとめる。

iiiの「ちんちょう〳〵」と、ここの「ちんちやう〳〵」は響き合い、秀吉の御代のことほぎとなっている。「唐入り」と「醍醐の花見」の間に入りこむ「秀次謀反」事件に関しては、すでに『大かうさまぐんき』の最初に済ませているからこそ、i～vi、そして「唐入り」「醍醐の花見」と、めでたづくめで『大かうさまぐんき』を語り進めることが出来るのである。

『信長記』のように年次順に出来ない事情がここにあったと見てよい。

『原本信長記』や『信長公記』、そして「是は信長御入洛なき以前の双紙なり」（『信長公記』首巻とみなされているもの）を通して、戦国における覇者とは何か、覇者に味方する「天道」とは何かについて、考えつづけてきた太田牛一にとって、秀次事件は、あらためて「天道とは何か」を歴史的に順を追って考えなければならない（見なおさなければならない）内的要因となったのである。それだけ、牛一自身にとって、納得のいきかねる（注2）「秀次の最期」であったからである。そして、結局、「天道恐ろしき事」という人智をこえた〝結果〟のみを受け入れざるをえなかったというのが、真実に近いものではなかったか。

しかし、太田牛一の深層心理は、本書で扱った章段のはしばしに、また、本章で触れた『大かうさまぐんき』の章段構成・物語展開の中に、かすかではあるが確実に反映されている。歴史学ではかえりみられることのない、国語学的、表現論的手法でのみ可能なアプローチによって、作者太田牛一の真実は把握可能なのである。

注

（1） i〜viについては、すでに次のような形で論文を発表している。

i・ii……小林千草二〇〇二・一二「国語史的注釈試論『大かうさまぐんき』〈会津御動座・御知行割〉」（武蔵野書院刊『近代語研究』第一一集）

iii……小林千草二〇〇一・一二講演「戦国文書と狂言――「萩大名」と「首引」」（於 青山学院大学日本文学会秋期大会 一二月八日） のち、ひつじ書房刊『日本近代語研究』第四集に「戦国文書『大かうさまぐんき』と狂言「萩大名」――『大かうさまぐんき』の国語史的注釈から――」と題して論文化（小林千草二〇〇五・六）。また、二〇〇九年一月武蔵野書院刊『ことばから迫る狂言論』に狂言論の立場から収録。

iv・v……小林千草二〇〇四・一一「国語史的注釈試論『大かうさまぐんき』〈天正十九年鷹狩り・関白秀次聚楽渡御〉」（武蔵野書院刊『近代語研究』第一二集）

vi……小林千草二〇〇五・三「『大かうさまぐんき』〈聚楽再行幸〉の研究――国語史的注釈と表現論的アプローチ」（『東海大学紀要文学部』第八二集）

（2） 「秀次謀反」「秀次の最期」に関する牛一自身の〝納得いきかねる〟心情（深層心理）は、文章のねじれや表現のたゆたいとして、反映されている。その詳細については、ちくま学芸文庫『太閤秀吉と秀次謀反』（一九九六年一〇月刊）参照。また、豊臣秀次の〝人となり〟については、千　草子「豊臣秀次はほんとうに悪人だったのか――文化としての秀次像発掘」（『正論』平成九年一月号。一九九七年一月産経新聞社刊）において、通説・俗説の背景を分析し、悪人説に否定的ないくつかの検証を行なっている。千　草子「絶唱・関白秀次をめぐる女たち」（『季刊歴史ピープル』平成八年盛夏号。一九九六年八月講談社刊。のち、一九九八年三月講談社刊『戦国絶唱いのちなりけり』に所収）においては、連座して処刑された妻妾たちの辞世の和歌を分析し、彼女たちの一人一人が秀次の身の潔白を信じて彼岸に旅立ったことを報告した。なお、

1小林千草二〇〇七・一一「『謡抄』における「不審」の注釈をめぐって――能の詞章との関連・注釈者の文体的識別など――」（『國學院雑誌』平成一九年一一月号）

2小林千草二〇〇八・三「『謡抄』における「不思議」の注釈をめぐって――能の詞章との関連や注釈書の文体的識別など」（『東海大学紀要文学部』第八八集）

3小林千草二〇一〇・九「『謡抄』における重複抄文の文体・用語と注釈者〈龍大本巻一～巻三より〉」（『東海大学紀要文学部』第九三集）

4小林千草二〇一〇・一〇「『謡抄』における〝謡〟の注釈意識と用語」（『近代語研究　第一五集』武蔵野書院刊）

5小林千草二〇一一・三「『謡抄』における重複抄文の文体・用語と注釈者〈龍大本巻四～巻六より〉」（『湘南文学』第四五号）

6小林千草二〇一一・三「龍谷大学蔵『謡抄』欠巻部における注釈文体と用語――守清本『謡抄』の考察を通して――」（坂詰力治編『言語変化の分析と理論』おうふう刊）

7小林千草二〇一二・三「『謡抄』と日葡辞書の語釈をめぐって〈「高砂」「老松」「難波」「呉服」より〉」（『湘南文学』第四六号）

等、豊臣秀次編『謡抄』に関する一連の考察により、秀次が日本語・日本文学・漢文学・仏教学そして能という芸能を力学的に総結集させて、新しい〝注釈書〟を世に残そうと、当時の学者・学僧・文化人を総動員させた志の高さの跡がしのばれた（この『謡抄』に関する一連の考察は継続中である）。

おわりに

一　本書をふりかえって

本書の中心をなすのは、『大かうさまぐんき』〈条々天道おそろしき次第〉を対象とする具体的考察であり、それらは、第二章に収めた二・一章〜二・九章にあたる。しかし、二・一章〜二・九章の根幹をなす牛一のことば——「天道おそろしき」という表現は、太田牛一の先んずる著作〈原本信長記〉〈信長公記〉〈「是は信長御入洛なき以前の双紙なり（注1）」〉にまでさかのぼって、検証されるべきものであった。

〈原本信長記〉の一写本、岡山大学附属図書館蔵池田家文庫本『信長記』巻十三の奥書に、「不レ顧ニ愚案一ヲ、（注2）心緒浮所、染ニ禿筆一訖　予毎篇日記之次イテニ（注3）昼載スルモノ　自然成レ集ト也　曽非ニ私作私語一ニ、直不レ除レ有ヿヲ不レ添レ無ヿヲ」と記した朴訥な記録者である太田牛一は、〈信長記〉を経て（その間、年齢も重ねて）、〈信長公記〉巻一〜巻十五を作り出し、「是は信長御入洛なき以前の双紙なり」一冊を著述した。

一般には『信長公記』の首巻として扱われる「是は信長御入洛なき以前の双紙なり」一冊において、老境に到った牛一は、「天道恐ろしき」という感慨を、自己の感慨として明白に表現することが出来るようになり、それが本書で扱った『大かうさまぐんき』では色濃く表われていた。

本書の二・一章〜二・九章では「太田牛一の深層心理と文章構造」を、前著『太閤秀吉と秀次謀反——『大かうさまぐんき』私注』（ちくま学芸文庫）同様、明らかにしつつ、今回、正面切って、文体としての「天道恐ろしき」表現について、その系譜を牛一自身の作品にそって分析・整理することが出来たかと思う。書名の「文章構造」の中には、文体としての「天道恐ろしき」表現の解明も含まれている。

二 「母を想う心と秀吉——太田牛一の視点より」

『大かうさまぐんき』の歴史的・文学的有用性については、本書のテーマ上、充分解説する紙幅がなかったので、すでにＮＨＫ出版刊『豊臣秀吉　戦乱が生んだ天下人』（一九九五年一二月刊）に発表した「母を想う心と秀吉——太田牛一の視点より」を再掲(注4)して、補いとなしたい。

母を想う心と秀吉——太田牛一の視点より

泣きに泣く太閤

老いのしのびよるのを感じることは、わが身のことでもすずろ寂しい。まして、わが親に、はっきり老いの影を認めた時など、胸せまりくるものがある。若き時なら、「たわむれに母を背負いて」と詠《うた》った啄木のように、甘ずっぱい涙を胸の奥にころがすこともできようが、負うことさえもはや無理になった年代の子にできることは何であろうか。

この共通の思いを、時空を四百年ほどつっ切って、豊臣秀吉という人物の胸に凝集させてみよう。太《お》田牛一《おたぎゅういち》自筆のドキュメント『大かうさま軍記のうち』（慶應義塾図書館蔵）を手がかりに。

本朝（日本）をすみずみまでとどこおりなく支配下におさめたと実感した秀吉は、文禄元年（一五九二）三月一日「入唐《にっとう》」を指令。世界史、人道的視野からは批判の多い「文禄・慶長の役《えき》」への突入である。

四月十二日、高麗（朝鮮）の釜山海《ふざんかい》に着岸した友軍より、「楯籠《たてごも》り候賊徒《ぞくと》、ことごとく討《う》ち果《はた》し、そのうち生捕《いけど》り一人進上」などという戦勝報告が届けられたものの、ルイス・フロイスの『日本史』や韓国側の資料『懲毖録《ちょうひろく》』『看羊録《かんようろく》』などを合わせ読むと、何のための戦《いくさ》なのかと思わせる〝むなしき殺《さつ》戮《りく》〟のくりかえしで一進一退の状態がつづく。

しかし、日本における前線基地名護屋《なごや》城の「御数寄屋《すきや》」では、七月二十日の夜など、のんびりと四方《よも》山《やま》の噂話や艶話《つやばなし》、笑話に楽しい一時《ひととき》が過ごされていた。

急に、一陣の風が一座の灯《ひ》をゆらす。

老いても機転のきく秀吉は、早速、当座《とうざ》（即興歌）を詠じる。

夕ざれに誰《た》そやすずろに訪《ことと》ふは窓《まど》の辺《あた》りの山おろしの風《かぜ》

太閤殿下が風流きわまりない歌を詠まれただけでなく、それをさらさらと窓の障子に書きつけられたものだから、一座が一層「しみ申候て」（＝盛りあがって）夜の更《ふ》けるまで歓談はつづいた。

ところが、その暁《あかつき》、大坂より、秀吉の母である大政所《おおまんどころ》が「もってのほか御不例《ふれい》」（＝予断を許さぬ大病）だという連絡が入る。

秀吉は、先の歌が、風流心などではなく、虫の知らせであったことに驚く。山おろしの風―嵐―死。もともと実行力のある速断の人であるから、しばし動転ののちは、ある結論に達する。

《母上はご高齢でいらっしゃるし、医師《くすし》たちは、今度の病気は全快がほとんど望めない様子であると報告している。だから、すぐさま母上の住む京の聚楽第《じゅらくてい》におもむき、せめてお元気の時お会いして心残りなく話もし、少しでも長生きしていただくために万全の医療態勢を命じてこよう》

ここ名護屋陣、および敵地高麗《こうらい》における軍律や策戦（原文「掟《おきて》」）を徹底し、二日後には秀吉は母のもとへ。「夜《よ》を日につぎ御急ぎなさるるところに、周防《すおふ》のうち、山中といふ所にて、大政所様《さま》、御遷化《せんげ》なされたる由《よし》、御注進《ちうしん》。」

山口県の山中において、母の死を告げられた秀吉は、「本意《ほい》なくおぼしめされ、御落涙《らくるい》なのめならず」であったと、牛一は記す。「本意なく」とは、現代語の「不本意」「残念」にあたることばであるが、先にカッコ内（《　》）に記した「本意」がききとどけられなくなったことも、リアルにさし示している。

泣きに泣く太閤。亡くなった母上は八十歳であった。

急げども会はで甲斐なき世の中のつれなきものは涙なりけり

御座舟《おざふね》で人目かまわず泣く猛将の涙をおしとどめたのは、歌の力である。

牛一は、「まことに、生死無常《せうしむじやう》の道理をおぼしめし候事、希代《きたい》、不思議の御事也《ことなり》」とつづいて記しているが、生死無常の道理をわきまえるのは、ある程度の年齢にきた者なら誰だってできることである。それを、「希代、不思議の事」とほめあげる背景こそ、問題にしなければならない。

やさしく寂しげな秀吉

私は三年ほど前から、『歴史研究』（新人物往来社）という雑誌で、『大かうさま軍記のうち』の注釈を牛一の深層心理を読みとく形で行っており、その辺のところも大きくからむことであるが、実は牛一は、年代的には後《あと》に生じる秀次謀反《ひでつぐ》事件（文禄四年）を、朝鮮出兵などより先にもってきている。これは、牛一の作家としての心の整理が秀次事件を先に書かずしてはできなかったためと見られる。それほど、秀次事件は不透明で、関係者への処罰は冷酷無残であった。最終的に秀吉が下《くだ》した処罰の妥当性を求めて、牛一は大いに苦しむ。あれこれ筆をついやしたあげく、彼のつきあたった結論は、「天道《てんとう》おそろしきこと」という運命論であった。

また、牛一の執筆時点の頃になると、あからさまには言えないけれど、朝鮮出兵のむなしさと非人道性が気づかれ出していた。それを命じたピラミッドの頂点、秀吉という人間への評価にもかげりが見いだされ始めたということである。そのような牛一の心理背景があったからこそ、「へえっ、珍しいこともあるもんだ……やはり秀吉も人の子、心の痛みがわかるんだ」という表現に、文勢が結集していったものと推測される。

「希代、不思議の事」は、ほめことばでも皮肉でもなく、牛一の心の軌跡をすなおに映《うつ》す一種の感動表現なのである。

戦国の夜を「武」で平定するためのいたしかたのない残酷性は考慮するにしろ、晩年の秀吉は、どこか人間的にゆがんできている。それを彼の肉体をひそかにむしばんでいた病巣に帰することも可能であろうが、和歌や連歌を詠じる時には、ぴりっと本来の秀吉にもどる現状をもふまえて、これから追跡してゆかねばならないテーマだと考えている。

そのガイド役は、もちろん太田牛一。若干のちの小瀬《おぜ》甫庵《ほあん》は、牛一をさして「素生愚にして直なる」と評したが、なんのなんの。不器用に文章をあやつるそのひたむきさの中に書き手牛一の、また、牛一を含む時代の最大公約数がほの見えて、私にとっては、一言一句が宝物である。

秀吉をつかの間《ま》でも本来の秀吉にもどす契機となった母の死に、話をもどそう。


高野山《たかのやま》かたみの髪を送りぬる土《つち》よりいでて土《つち》に帰《かへ》れと

これは、秀吉が母の菩提寺である高野山《こうやさん》の青巌寺《せいがんじ》に送った歌の一つである。「土よりいでて土に帰る」と人の一生を詠じた視線を少し上に移すと、彼の辞世の句、

露《つゆ》と落《を》ち露と消へにしわが身かななにわの事も夢の又《また》夢

に至る。

中世の「無常」を、変転きわまりないエネルギーとしてプラス方向にがむしゃらに活用しつづけた大偉人の本音《ほんね》は、不思議にやさしく寂しげである。

三　「狂言「獅子聟」と信長の聟入り」

本書二・三章、特に私注七で触れた「信長の聟入り」については、旧著『原本「信長記」の世界』（一九九三年九月新人物往来社刊）でも扱い、その際、室町狂言の「聟《むこ》狂言」に反映される当時の「聟入り」の慣習（習俗）を歴史研究でも念頭に入れて解釈しなければ、斎藤道三と織田信長の真実のかけひき（心理戦）を把握することは難しいことを指摘した。その後、さらに、狂言「獅子聟」を舞台で鑑賞した際に啓発されて「狂言「獅子聟」と信長の聟入り」（『國文学』二〇〇三年九月号　二〇〇三年九月學燈社刊）を執筆した。それを、二・三章の理解を深めるために、ここに再録（注5）する。

狂言「獅子聟」と信長の聟入り

一

狂言のうち、「聟《むこ》入《い》り狂言」と言われるジャンルが、織田信長（一五三四～八二）と斎藤道三（一四九四～一五五六）の出会いを描く『信長公記』（太田牛一著。陽明文庫蔵）首巻を深く理解する上できわめて有益であることを、『原本「信長記」の世界』（平成五年九月新人物往来社刊）Ⅰ－［一］**信長と道三**で指摘してから、ほぼ十五年が経つ。[*1]

その折は、狂言「鶏聟《にわとりむこ》」[*2]を例に引き、

「聟はいとしい、しかし、娘を取られたという父親の心情もある――これは、古今変わらぬ〝花嫁の父〟の姿であろう。だから、狂言では、一つのジャンルをなし、父親と聟との悲喜こもごものかけひきを見せてくれている。

たとえば、「鶏聟」では、第三者に聟入りの際には『には鳥のけよう《蹴合》ごとくにして、よろづにはとりのごとくせよ』と入れ知恵された聟がそれを実践する。舅は当初驚くが、

『いやあれは、またうど《全人》じやときひたほどに、たれ《誰》ぞなぶつて、むこ入には、しつけがあるなど丶いひて、おしへておこいたものじやあらふが、さりながら、あのごとくにあひしらはひでは、りちぎ《律儀》な人じやと見えた程に、しうとは物もしらぬといふて、はらたて《腹立》られうほどに、あのやうにしたひが』

と思い、闘鶏の真似《まね》につき合う。この舅は、自らが怪我をする前に内に引っ込むが、聟は、「聟入りしすまして、かちどきつくつて帰」って行く。

聟入りは、庶民にとっても舅と聟との心理的な〝勝負〟であった。舅が聟より度量が広いと、この対面はまず成功する。鶏聟の場合は、花を聟に持たせてやっている（。点部注目）ところなど、心にくい。

さて、道三の場合であるが、

〝道三存分にハ、実目に無き人の由取沙汰候間、仰天させ候て笑はせ候はんとの巧《たくみ》にて、古老の者七、八百、折目高なる肩衣・袴、衣装公道なる仕立にて、正徳寺御堂の縁に並び居させ、其まへを上総介御通り候様に構へて、先《まづ》山城道三は町末の小家に忍居て、信長公の御出での様躰を見申し候。[*3]〟

という次第であった。信長を〝たわけ者〟ではないと見定めつつ、実目《じちめ》な（Iichimena[*4] 重厚で素直で誠実な）人ではないと聞き及んでいたから、こちらの威儀仰々しくして武人として時にあるべき姿を、驚かしついでに教え――その鼻っ柱をへし折ってやろうぞ。そして、実見が〝たわけ〟ということに落着したら、衆目の前で笑い、恥をかかせてやろうずる。それが、道三の〝存分《ぞんぶん》〟であった。対面所（Taimenjo）は聖徳寺――中立の空間、しかも京・大坂への連絡の密なるところ、うまくすれば信長の政治生命を太刀をも抜かず断つことが可能である。」

（15〜18頁）

と、記した。これは、文献としての大蔵虎明《とらあきら》（一五九七〜一六六二）の狂言台本をもとに述べたことであるが、今回、大蔵流山本東次郎家の「獅子聟《ししむこ》」を観たことでさらに確認できたこと、明らかになったことを、本稿で報告していきたい。

二

大蔵流山本家による「獅子聟」の鑑賞日時は、平成一四年一月二〇日、ハゲマス会主催の「第五回狂

言の会」である。「獅子聟」のストーリーを、当日のパンフレットから引用すると、

「今日は夫（聟）が結婚後初めて妻の実家に招待され挨拶をする日です。おしゃれをした聟は、引き出物を持ち、供の又六を連れて舅の家に出かけました。対面の挨拶、祝いの杯の交換も無事済んだところで、舅は『この地の重要な規則で、聟は獅子舞を舞うことになっているんです』と、聟に獅子舞を所望します。さて、獅子舞の装束を付けた聟が橋掛かりから登場し、囃子にのって勇壮な獅子舞を始めました。それを見た舅は……。」

となっている。

配役は、シテの聟が山本則俊《のりとし》師、その従者（又六）が山本泰太郎《やすたろう》さん、舅が山本東次郎《とうじろう》師、その家の太郎冠者が山本則孝《のりたか》さんであった。則俊師は、一九九九年一二月三一日のカウントダウン能（横浜能楽堂主催）において、〝山本家の秘曲中の秘曲〟とされる「獅子聟」を初演されている。したがって、今回は二度目ということになる。大患後の御本人も期するところ大であったと思われるし、私にとっても初めての曲目であり、期待感はことばに表わせないほどのものであった。

実は平成四年（一九九二）、和泉流の野村萬斎《まんさい》さんがいまだ武司《たけし》さんだった頃、和泉流の「越後聟」を観ている。[*5] 流派を異にするために題名が大きく異なるが、内容的にはかなり似通っている。

越後の聟がはじめて能登の舅の家に出向いて挨拶をする。めでたい宴席において、先客としての姉聟の勾当は舞を舞ったり平家を語ったりする。越後の聟は獅子舞を所望されて舞うというものであった

が、この獅子舞は、バク転《てん》を含めて体育会系のアクロバットを売り物にするものであった。それまで、武司さんは数回これを演じていたが、体力的にはこれが最終と言われるほど、体力の消耗する芸である。

大蔵流山本家「獅子聟」の方は、結論から言うと、激しく印象的な舞ではあっても、アクロバットと言うよりは、舞の中に、舅との心理的かけ引きが随所にあり、かなり高度な心理劇に映《うつ》った。それゆえ、私には、信長と斎藤道三の出会いを思いおこさせた。

三

まず、各演者の出立《いでた》ちから示そう。

アドの舅は、侍《さむらい》烏帽子《えぼし》・素《す》袍《おう》上下《かみしも》出立ちである。素袍は紺地に白い梅あるいはかえで様《よう》の紋様が入っている。胸紐や菊とじは黄土色（くちなし色）で黒塗りの小サ刀《ちいがたな》とともに、舅の、『信長公記』で言えば、「折目高なる」「衣装公道なる仕立」に、さらに、ワンポイントの美意識を添えている。

また、町末《まちずえ》の小家に忍び居て、信長の出立ちを盗み見ようとした道三の行動を、かつて予想していたかのように、

「髪ハちやせんに遊し、もゑぎの平打《ひらうち》にてちやせんの髪を巻立、ゆかたびらの袖をはづし、のし付の大刀・わきざし二つながら、長つかにみごなわにてまかせ、ふとき苧なわうでぬきにさせられ、御腰のまはりにハ猿つかひの様に火燧袋・ひようたん七つ、八つ付させられ、虎皮・豹皮四つ

かはりの半袴をめし」　（陽明文庫本首巻17ウ〜18オ）[*6]

のごとき〝異形〟〝たわけ〟姿で道行《みちゆき》してきた信長が、聖徳寺の一宿坊に着くや、「屏風引廻《めぐら》シ」て（つまり、信長家中の衆にも秘密裏に）、

「一、何染《いっそめ》置かれ候を知《しる》人なきかちんの長袴めし
一、ちいさ刀、是も人に知らせず拵《こしらへ》をかせられ候をさゝせられ」　（首巻18ウ）

た変身後の、まさにその姿を、狂言「獅子聟」の舅から看取することができる。「かちん」は、「褐色《かちいろ》・搗色」で、濃紺色である。「勝色《かちいろ》」に通ずるとして、武具の染め色として中近世愛好され、またMEでたい席でのフォーマル・カラーであった。

舅は、素抱上下に段熨斗目《だんのしめ》を着付けている。この段が、紺と白地に紺格子とで構成されており、東次郎師演ぜられる舅の品《しな》高さを、さりげなく、しかし、奥深く印象づけていた。

舅に仕える太郎冠者の出立ちは、縞《しま》熨斗目を着付けて、狂言上下《かみしも》という一般的な太郎冠者出立ちである。ただし、舅との舞台上の美のバランスが取られていた。つまり、舅の胸紐の黄土色よりさらに濃いこげ茶色地の肩衣《かたぎぬ》を若い則孝さんに着せていたのである。短《みじか》袴は、紺より濃い黒。縞《しま》熨斗目は、黄黒格子で胸元に明るい緑がのぞく。肩衣の背模様は、芭蕉の葉が大胆に描かれている。

この芭蕉の絵柄に、舅の知性が象徴されているのである。能「芭蕉」（金春禅竹作。『元和卯月本謡曲

百番』にも所収）の詞章を味わえばわかるように、芭蕉は異国情緒豊かな木というほかに、無常観を観想するための手立てであり、王維や列子のエピソードを連想させる高度の文芸的な存在なのである。斎藤道三が、「古老の者七、八百、折目高なる肩衣・袴、衣装公道なる仕立にて、正徳寺御堂の縁に並び居させ」た心意気が、このたった一人の舞台上の太郎冠者に凝縮されているように見えた。

四

次に、シテの聟であるが、侍烏帽子・素袍上下出立ち。黒地の素袍上下には、金の大輪の御所車《ぐるま》が描かれ、袴の前部中央、両袖の袂脇に松を思わせるさ緑の雲型《くもがた》が入っており、『信長公記』に描かれた〝たわけの信長〟ではない、「折目高なる」「公道なる」「実目な」聟であることを表わしていた。伴《とも》の又六も、舅の所の太郎冠者よりはややひなびた色合せにしてはあったが、みやげとしての赤鯛と酒樽を荷ない棒に荷なって登場し、聟が礼儀を知った御仁《おひと》であることを表わしている。

盃《さかづき》ごとも無事終わり、聟の所望で、まず、舅が一さし舞う。ついで、舅より、「このところの大法で……むこ入りには獅子を所望いたしまする」ということばが出る。受諾して引きさがる聟に、舅は、「ゆるりとみごしらえをなされい」と声をかける。ことばはやさしげで、舅の人徳をしのばせるが、顔はいまだ笑っていない。『信長公記』では、斎藤道三は最後まで「附子《ふし》をかみたる風情《ふぜい》にて」と記されているが、狂言「獅子聟」の舅も、ここまではそうである。

聟が身支度をととのえている間に、又六が舅に獅子舞を舞う子細を尋ねる。舅は、「不審もっともな」と言って、その子細を語って聞かせる。

「わが子を谷におとし、その獅子の子の勇気をみるという。さるによって、このところで、むこ入りに獅子を所望するも、むこ殿の勇気をためさんがためなり」

いわゆる〝獅子の子落《お》とし〟の話であるが、中世における武士の縁戚関係は政略結婚の色合いをもつことが多いから、聟の勇気――武人としての力量を計ることが舅の最大の関心事であった。『信長公記』における信長の聟入りを伝える最終の条に、

「其時、美濃衆の鑓はみじかく、こなたの鑓は長く扣立《ひかへたち》候て参《まいり》候を、道三見申候て、興をさましたる有様にて、有無《うむ》を申さず罷帰候」(首巻19ウ)

とあるのは、〝勇気〟くらべで、舅側が負けたことを伝えている。

狂言「獅子聟」の舅は、「こう申すそれがしも、むこ入りの時分、ところの大法にまかせ、かの獅子を舞《も》うたことじや」と、はじめてニッコリする。これは、聟に向けられた笑《え》みではない。自己への自信であり、誇りである。

太鼓がトントントンと打ちならされ、金襴の厚板《あついた》小袖を被《かず》いた姿で聟が登場。しばらく舞い働きがあって、聟は坐し、小袖に両腕を通す。すると、自然、獅子頭《ししがしら》が目に入る。金扇を二枚合わせて、獅子の口を象徴した以外は、毛も布も全て赤色である。

小袖を壺折《つぼおり》に着付けた状態で、長袴で激しい舞を舞うのであるから、演者の体力と気力の充実、そして技《わざ》の高みが要求されている。則俊師は、これに十分こたえておられた。山本東次郎家の舞は、型《かた》を重視される。型をキビキビと守りつつ、全体のダイナミックな流れを維持させてゆく。

聟の獅子舞を、過去の自己の舞と比べつつ冷静に見ていたはずの舅が、いつしか、聟の舞のリズムに引かれ、我を忘れて立ちあがり、舞い出していた。

この時間にして数分が、私にとって、聟と舅の心理劇の山場となった。勇気をすなおに認めたいが、娘をとられた父親としては、そう簡単にはゆかないぞ、しかし、見事じゃ、娘はいい男を夫《つま》にもったものじゃ、でかした……ゆれ動く舅の心理と、無心に舞う聟。二人の息が芸能という心豊かな世界で同じリズムをとり出す。ついに、舅は舞い出した。しかし、添《そ》え舞《まい》ではない。競《せ》り合《あ》うような舞であった。一度は、腕をからめるように二人が一回転するところがあり、どちらかが相手を引き倒すのではないかという気迫に満ちていた。

五

セリフがあるわけではない、この舞におけるかけ引きに、私は、多くのことを学んだように思う。和泉流の「越後聟」にしろ、大蔵流山本東次郎家の「獅子聟」にしろ、近世にできたものらしく、池田廣司氏の「狂言曲目所在一覧表」でも知られるごとく、古い台本には記載がない。しかし、お人よしの聟殿の聟入りを描く中世より伝来の聟入り狂言とは別に、中世、特に戦国期の聟入りをその気質（気性）を汲んで描いた狂言があってもよい。能「望月」と深くかかわると見られる「獅子聟」は、藤堂家に伝わる秘曲で、初代山本東次郎が明治一七年（一八八四）、「栄照皇太后行啓能」の折、一代に限り上演を許されたものと聞く。その後、昭和四七年、現東次郎師の尽力により山本家の秘曲となる。武家式楽における狂言を伝承する山本東次郎家にあってはじめて、斎藤道三と信長の心理的かけ引きを思わせる曲として熟成されたものと言えよう。

狂言「獅子聟」を「獅子聟」として鑑賞しない私のような観客は〝異端〟であろうが、セリフだけでなく、室町ごころを「心」として伝承している狂言を観つつ、中世——特に戦国文書の一コマ一コマを重ね合わせるのが最近の私の観方《みかた》である。ビジュアルな生きて動く人物のしぐさの向こうにあるものと、たとえば、朴訥な太田牛一のドキュメントした『信長記』『信長公記』の文表現とをつき合わせ、立体的な解釈が可能にならないかなどと考えている。そして、このような試みは、私にあって、国語史的解釈の一翼をになっているのである。

注

＊1　『原本「信長記」の世界』に収録した「信長と道三」の初出は、『歴史読本』平成四年一月号である。『月刊言語』平成四年七月号掲載の「本を重ねると何が見える？」でも関連テーマを扱う。

＊2　臨川書店刊『大倉家傳之書古本能狂言』二17～27頁に収められている。

＊3　先年調査させていただいた陽明文庫蔵『信長公記』首巻に拠る。

＊4　ローマ字は、『日葡辞書』（一六〇三～〇四年刊）の引用であり、訳は、岩波書店刊『邦訳日葡辞書』に拠る。

＊5　その時の感想については、千《せん》 草子《そうこ》「野村萬斎論」（『海燕』平成八年四月号）参照。

＊6　名和修文庫長の御厚意により、数次にわたって原本調査をさせていただいているので、以下、原本丁数を表示する。

四　備中高松城実地踏査報告

歴史研究のみならず、文献学的研究や本書のような国語学的・表現論的研究を主視点として含むものにあっても、原文に記された地名や地勢・景気（景色）描写把握のために、現地調査（現地踏査）は不可欠である。二・六章に関わる越前北の庄については、二〇〇四年の発掘作業時を含めて三、四回足を運んでいる(注6)が、二・五章に関わる備中高松城については、文献や図録掲載写真のみの知識であったので、二〇一六年三月、実地調査に出向いた。その折の報告を、本節で行なって、本書「おわりに」をしめくくりたい。

ＪＲ岡山駅より吉備線を用い、三門、大安寺、一の宮、吉備津を経て、備中高松にて下車。駅そのものには丁寧な案内図がなく、駅を出て線路ぞいに左の方向へ道を進むという方角のみを頼りに歩く。事前の知識では徒歩10分（高松城址公園資料館でいただくことになるパンフレットにも「徒歩10分」ということであったが、まず、踏切を渡るかどうかで少々迷ってしまい、通りがかりの人を待って、確認する。

線路を渡ると一本の道しかないのであるが、前方を見るかぎり、高松城址の片鱗も見とめられない。ふと脇を見ると、左手に石塔三基が簡単な屋根囲いをなされ、「日蓮堂」という額が打ってあった。

そこを通過して、静かな住宅街をぬける感覚で進むと、小川があった。川にそって田畑が見とめられたので、農業用水かと思ったが、後で地図を見たら「立田川」という名前が付いている。足守川とは、ＪＲ吉備線をはさんでかなり離れて並走しており、直接合流はしていないようである。

小川にかけられた橋のきわに、「史跡舟橋」と記された高松城址保興会による説明板がある（写真①参照）。

「高松城は平城で三方を堀で囲まれていたが、この南手口には具足の武士がようやくすれちがう程の細い道があったが開戦直前に八反堀を掘り外壕とした。そこへ舟を並べて舟橋（長さ約六十四米）となし、城内より進攻の際はこれを利用し又、退く時は舟を撤去出来る仕組で城の西北の押出式の橋と共に大きく防備の役を果たしていた。」

これを見て、高松城址はすぐだと思ったのであるが、また、かなり歩くことになる（その時、冷静に説明板を読みこなせていたなら、少くとも「約六十四米」ほどは歩かされることが予測できたはずであるが）。ある所で、左手の住宅がとぎれた。そこが、高松城址公園への入口であった。駐車場には車が数台とまり、中から今しも降りる人たちもいた。私のように徒歩で来る人は、近所の方々以外、いないようである。

現在の高松城址公園への整備は、昭和四九年度から始まり平成五年度に完成した由である。公園には、「高松城址公園資料館」（岡山市。入場無料。毎週月曜日休館）があり、来館者はここで「高松城水攻め」や「清水宗治」について基礎知識を得られる。特に、昭和六〇年（一九八五）六月二五日の洪水の写真パネルからは、梅雨時の大雨によって足守川があふれ、あたり一面水没した中に、浮島のようにとり残された高松城址の木立ちがのぞまれ、天正一〇年（一五八二）六月四日、秀吉に水攻めされ湖水のようになった状態が彷彿とする。自然災害でこのようになるのであれば、地形（地勢）分析に秀でた軍師の指導で、城の三方を取り巻くように堤（土手）を築き、大雨を見はからって増水した足守川の水流を高松城めがけて流しこめば、まさに〝水攻め〟は成功することが納得される。吉備路観光ツアー実行委員会刊のパンフレット「高松城水攻め　驚天動地の奇策」には、「最近の説では、蛙ヶ鼻から備中高松駅付近までの約三〇〇m、高さ二mの堤坊だったのではという説が有力である。この規模の堤坊なら、引き連れてきた武士だけの動員で一二日間程度の工期も現実味を帯びる。」

とある。確かに高さは、甫庵本『太閤記』の伝えるように一律、約七メートルほどではなく、場所によっては二、三メートルでもよかったであろうが、花房助兵衛や山内一豊の陣を水没させないためには、現在「水取口跡」として残る所まで堤は延びていた方が安全であろう。花房助兵衛や山内一豊の陣は、北西から北東まで山ぎわをかためている秀吉軍の、唯一、南側の陣地であり、ここは出来るだけ広く確保しておかないと、足守川のさらに南の丘陵地に陣をとる吉川元春陣からの襲撃に対して不利となるからである。

実は、駐車場から資料館までの一区画が「三の丸跡」であったので、少しひき返して、その説明板を撮る（写真②参照）。

「三の丸は、城の南口の要所にあたり、川舟を並べて舟橋をかけ城外と結ばれていたと伝えられる。発掘調査では、堀や井戸などが見つかった。」

この説明は、先に見た舟橋の説明（写真①）と連動する。三の丸は、北西につづく「家中屋敷」に地つづきに描く図と、一旦細い壕（掘）で切り離されて描く図とが混在するが、背後に住宅が迫り発掘に限界があるため、実体をつかみにくいのであろう。しかし、いずれにしろ、二の丸や本丸より幾分広めであったにちがいない。

資料館を出てすぐ、

「この丸は、本丸と三の丸の間に位置し、本丸とほぼ同規模の郭《くるわ》であるとみられる。発掘調査をされていないため建物などの詳細は不明である。」

という「二の丸跡」の説明板がある（写真③参照）が、背後に民有地が迫っており、実感を摑みにくい。ただ、背後に山が長々とつづいているので、高松城が北の背面を自然の要衝としていたことが理解できた。

つづいて本丸跡へ出る。歴史的には、二の丸と「ほぼ同規模」だそうであるが、史跡公園にくみこまれているのが原《もと》の半分ほどの広さであるので、やはり存在感がある。本丸跡には、城主であった清水宗治（『大かうさまぐんき』では「清水長左衛門」）の首塚がある。少し小高くなったところに見える石塔がそれである（写真④参照）。当初、秀吉の本陣の置かれた石井山に供養塔としてあったが、明治になって本丸に移されたそうである。

首塚の横には、宗治の辞世の歌、

「浮世をば今こそ渡れ
　武士《もののふ》の名を高松の苔に残して」

が彫りこまれた石碑がある（写真⑤参照）。『国史大辞典』（吉川弘文館刊）巻七の「清水宗治」項（松岡久人執筆）には、

「宗治は沼田高山城に人質となっていた長子景治に辞世の和歌三首を遺し、秀吉から送られた酒肴により最期の盃を取り交わして、同年六月四日兄の入道月清、隆景よりの検使末近信賀とともに自刃した。時に宗治四十六歳。宗治の自刃により輝元も講和に同意し高松城兵は助けられた。宗治・月清・信賀の後裔はいずれも近世毛利家中に連綿とその家名を存している。」（137頁）

とあり、右の歌は息子に送られた辞世の一つであろう。武士《もののふ》としての自分の決断をわが子に伝えるものとして、いわば〝私的〟なものである。太田牛一など遠く離れていた者——しかも織田信長臣下なので敵となる——には披見不可能なものである。ところが、『大かうさまぐんき』に「辞世之哥也」として挙げられているものは、

「君《きみ》がため　名を高松に残しをき
　さはりもなくて清水《しみづ》流るゝ」

である。この歌は、本書二・五章の私注二〜私注三に触れたごとく、余裕綽《しやく》々《しやく》たる秀吉（実は、これはあくま

でポーズであり、本能寺の変の一報を受けて、戦況打開は必須となっていた）が、敵の毛利陣につかわした、

「両川《れうかわ》が一つになりて流るれば
　毛利《もり》・高松《たかまつ》は藻屑《もくづ》にぞなる」

という〝狂歌〟への公的返事を兼ねているのである。〝狂歌〟は敵方を揶揄し侮辱する情報戦の一手段であるが、これは、水攻めの苦境に立つ備中高松城を死守している清水宗治とその主筋の毛利家への最後通告なのである。

狂歌を送る前に、「今日《こんにち》は、いかにも御冷《ひ》やしなされ、いつもの御唐傘《からかさ》、御馬《むま》じるし、御馬《むま》とりばかり、無人《ぶにん》にて御陣廻《ぢんまは》りなされ」ていることは、昨日までとは違う秀吉を強く意識させ、凄みさえある。秀吉のこのパフォーマンスの重大さに、宗治は気づいた。この機会をのがすと、高松城の自滅のみならず、主家と崇敬し従って来た毛利家の滅亡に通じる。そこで、清水長左衛門宗治は、「腹を仕《つかまつ》り候はん間《あひだ》、そのほかの士卒《じそつ》、御助《たす》け候やうに」と、秀吉に歎願したのである。進むと退《ひ》くの潮時《しおどき》をよろしく見はかれるのが大将の器《うつわ》であり、智将とするならば、宗治は聡明なる智将であった。しかも、わが生命とひきかえでという申し出であるから、その潔《いさぎよ》さは見事である。

川舟ではなく、「筏《いかだ》」に乗って湖水と化した城下に出向いたのは、切腹の際介錯の者が動きやすいようにとのはからいだし、血がたまることなく水面に流れゆくようにとの思いからである。『大かうさまぐんき』では、筏の上で宗治は辞世の歌を詠んだことになっている。湖岸の秀吉に届くような大声で詠じたのではなく、首実検の際、秀吉の元に届くことを考えてである。

秀吉の先に送った狂歌の返しとなっているから、歌の末尾「清水流るゝ」には一種の諧謔味がある。この一ひねりがあってこそ、深刻な事態に〝軽《かろ》やかさ〟が風のように吹き抜けるのである。一陣の涼風は、秀吉の心を涼

しめる。涼しめられた心は、歌の表や裏にこめられたわが思いを全て理解して、良き方向に事は落着する。そう宗治は考えて、この歌を詠んだ。秀吉がこの落着をもくろんで先の狂歌を詠んだのと、ここの宗治の辞世の歌は、まさに阿吽の呼吸でなされている。狂歌を含めて広く和歌や漢詩に親しみ、謡いの詞章が口について出る戦国武将の、文芸に託する奇跡でもある。現代若者なら〝神対応《かみたいおう》〟とも言うべき二人の狂歌のやりとりが、和平をもたらし、迅速な秀吉の光秀追討、そして、秀吉による天下統一をもたらしたのであるから、牛一にとって、公的に伝えられた宗治の辞世として、『大かうさまぐんき』のこの段に書き留めるべきものとなったのである。

「天道恐ろしき事」の一条として、明智光秀を語る条において、秀吉と宗治の歌のやりとりは、武ではなく智をもって収める和議(平和)のすがすがしい例として、太田牛一の筆に書き留められた。会ったことのない清水長左衛門宗治に牛一が寄り添い、その御魂の平安を願った瞬間である。

宗治の秀れた大将としての器《うつわ》を知るために、是非、『大かうさまぐんき』のこの条《くだり》を、資料館でも伝えていただきたいと思う。

もちろん、死におもむく前の宴《うたげ》で能「誓願寺」(注7)や「江口」「遊行柳」のクセを舞うことも風雅の士の印《しるし》ではあるが、秀吉が投げかけた矢よりも鋭い狂歌に、「君がため」という秀吉をことほぐことばを皮切りに「さはりもなくて清水ながるゝ」とすべるように歌いおさめた文才とコミュニケーション能力の高さを、牛一同様、私は顕賞したいと思う。

宗治の行動は、「水攻音頭」としても地元の人々に崇敬されている(写真⑥参照)。また、公園整備の過程で、本丸と二の丸の間にある沼を復元したところ、四〇〇年間地下に眠っていた蓮が立派な花をつけ、「宗治蓮」と呼ばれていることも、今回の実地踏査で知ることが出来た。

写真⑦は、現在「ハス池」と呼ばれるものを撮ったものである。訪れた三月初旬は、芝も枯れ、木々も芽吹きの前であったし、蓮も枯れた茎を水面に幾何学文様を映すのみであったが、宗治も秀吉も歴史の霞に遠く去った今も、生命《いのち》をこのような冬枯れを耐えて嗣《つ》ぎゆく自然の営みが胸に迫った。それは、奥州平泉にて、「夏草や兵どもが夢の跡」と詠んだ芭蕉の感慨でもあったし、牛一の『大かうさまぐんき』が今に語りかける意味でもあった。

写真①：舟橋（著者撮影。以下、同様）

写真②：三の丸跡

写真③：二の丸跡

写真④：高松城主清水長左衛門宗治の首塚

浮世をば　今こそ渡れ
武士の　名を高松の
苔に残して

写真⑤：宗治辞世の歌碑「浮世をば今こそ渡れ　武士（もののふ）の名を高松の苔に残して」

写真⑥：宗治の事蹟を今に顕彰する「水攻音頭」

写真⑦：高松城址のハス池

注

(1) 角川文庫『信長公記』においては、「首巻」として扱われる部分である。

(2) 原本に入れられた句点の・を、今、読点として付す。

(3) 福武書店により影印が刊行されているが、その「解説」を執筆された石田善人氏は、「自記」と読まれている。「日記」と読んだ方がふさわしいことについては、本書第一章注7で言及。

(4) 再掲にあたっては、初出の表記を維持している。

(5) 再掲にあたっては、初出の表記を維持している。したがって、注の表示が、本書の他とは異なり、「＊1」のごとくになっている。

(6) その一つの報告が、千　草子「発掘現場を尋ねる楽しみ――自由な発想に遊ぶ」（新人物往来社刊『歴史読本』二〇〇四年六月号）である。

(7) 能「誓願寺」は、和泉式部の霊が一遍上人（時宗開祖。一二三九～一二八九）に出会い、一遍の配るお札《ふだ》に関して「六十万人決定往生とあり、扨々六十万人より外は往生に漏候べきやらん」（以下、笠間書院刊『元和卯月本謡曲百番』の本文に拠る）と質問し、しばし宗教問答をして、後のクセ（クセ舞）部分で「笙歌遥に聞ゆ（略）わがちからには行がたき、御法の御舟のみなれざほさゝでもわたる彼岸に、いたり〳〵て楽を極る国の道なれや、十悪八邪のまよひの雲も空はれ、真如の月の西方も、爰をさる事遠からず、唯心の浄土とは此誓願寺をおがむなり」と極楽往生を謡いこむので、切腹をする清水宗治の心を涼しめる祈りとしてふさわしい。特に、点部は、筏に乗って切腹に臨む宗治の状況とも重なる。最後は同音に「袖をかへすや返々も貴き上人のりやくかな」と謡うが、ここの貴き上人はワキの一遍上人をさすが、対岸で宗治たちの切腹を見届けている秀吉をもさし、死とひきかえに宗治が呈示した条件がとどこおりなく、「誓言」＝「誓願」通りに実行されゆくことを、「秀吉の利益《りやく》」（秀吉の恩恵）と感謝のことばとして謡いあげる効果も生じている。

当時の能（能の詞章）が、この世の別れの宴《うたげ》の余興としても花をそえ、かつ、観る人・聴く人に与えるメッセージ性――コミュニケーション伝達力としてきわめて有効であったことを伝える場面である。

あとがき

本書は、折にふれ発表の機会をもった、

Ⅰ「講座『大かうさまぐんき』の世界〔一〕～〔二〇〕」『歴史研究』（新人物往来社刊）不定期連載　平成五年一月号～平成九年一一月号（各号二段組八頁）一九九三年一月～一九九七年一一月⇩本書二・一章／二・五章／二・六章

Ⅱ「「条々天道恐ろしき次第――松永弾正久秀」私注」『国文学ノート』第三四号（成城大学短期大学部）一九九七年三月⇩本書二・二章

Ⅲ「「条々天道恐ろしき次第――斎藤山城道三」私注」『成城大学短期大学部紀要』第二九号　一九九八年三月⇩本書二・三章

Ⅳ「「条々天道恐ろしき次第――斎藤山城道三」私注（続）」『国文学ノート』第三五号　一九九八年三月⇩本書二・四章

Ⅴ「〈神戸三七殿〉「大かうさまぐんき」私注」『国文学ノート』第三六号　一九九九年三月⇩本書二・七章

Ⅵ「〈北条左京大夫氏政事〉「大かうさまぐんき」私注」『成城大学短期大学部紀要』第三〇号　一九九九年三月⇩本書二・八章

Ⅶ「国語史的注釈試論『大かうさまぐんき』〈北条氏政の最期〉」『国語論究八　国語史の新視点』明治書院刊　二〇〇〇年一一月⇩本書二・九章

をそれぞれ、⇩で示した章として、取り込んでいる。『歴史研究』（新人物往来社刊）の場合、雑誌の性格上、注がつけられなかったので、今回新たに注を加えた。

第一章、第三章、第四章、そして「おわりに」の第四節は、今回、新たに書き下ろしたものである。

太閤、つまり、豊臣秀吉の全ての行動を善として綴らねばならない太田牛一が事実と事実のあいだにつかざるをえない嘘が、『大かうさまぐんき』の文章のあちこちに「文のねじれ」「主述の不統一」「舌足らずな言い回し」として表われていることを指摘し、そこに太田牛一の深層心理を読み解き、ひるがえって事件の真実へ迫ろうとした本書の試みが、国語学や日本語学、軍記文学研究者のみならず、歴史研究者や歴史に興味ある方々のお目にとまり、いつか、歴史学者と国語学者・日本語学者が自然に研究協力できる下地になればと願っている。

なお、『天草版平家物語』の著者（口訳者）である不干ハビアンも、信長に仕えた縁で『信長記』を記し後に秀吉に仕えて『大かうさまぐんき』を著わした太田牛一も、ともに慶長年間（一五九六〜一六一五）を生きている。ハビアンはイエズス会修道士であった時期は、九州に長かったと思われるが、京・大坂そして駿府にまで動いているし、牛一は尾張・美濃・安土・京・大坂と動いている。慶長期に三十代であったハビアンと既に老齢期（『大かうさまぐんき』の奥書執筆時八〇余歳）に入っていた牛一は、その宗旨の違いもあり、同じ時空を生きながら相まみえることがなかったものと思われる（ただし、京都吉田神社の吉田兼見《かねみ》を介在させると、かすかな接点の可能性がないわけではない）。しかし、この二人がこの世に残した数少ない著作の一つを、東海大学の文学部叢書の一書として、また次なる時代に伝えられることに、大いなるものの導きを感ぜざるをえない。

最後に、著者の意図を深くご理解くださり、前著『天草版平家物語』を読む　不干ハビアンの文学手腕と能』と対《つい》になる形で、また、本書の書き下ろしである第三章「「天道おそろしき」表現の系譜――『信長記』から

『大かうさまぐんき』へ――」は、在職中に東海大学よりいただいた特別研究助成の成果報告ともなることをもって、本書の刊行をお進めくださった東海大学文学部、そして、具体的な編集業務に携わってくださった東海大学出版部柴田栄則氏に心より感謝の気持ちを述べたいと思います。

二〇一六年六月

小林　千草

本書を

太田牛一老翁、および

恩師大塚光信先生に

捧げる

よ

れ

わ

ゐ

を

そ

た

ち

つ

て

と

さ

し

す

せ

き

く

け

こ

II　語句・事項索引

あ

い

う

え

お

か

む

め

も

や

ゆ

よ

ら

る

れ

ろ

わ

ち

つ

て

と

な

に

ね

の

す

せ

そ

た

か

き

く

け

い

う

え

お

索　引

凡例

(1) 本索引は、Ⅰ人名・書名・地名・文献所蔵者名・年号・歴史事項名と、Ⅱ語句・事項索引とからなる。

(2) 人名については、『大かうさまぐんき』はじめ歴史文献・歴史資料に登場する人物の他に、参考・引用論文の著者名を含む。なお、本書は著者の一連の先行論文・発表を踏まえて構成展開するという性格をもつので小林千草の項目立項がある。ご理解いただきたい。

(3) 書名については、本書の考察対象としての慶應義塾図書館蔵『大かうさまくんきのうち』を『大かうさまぐんき』と略称する他、岡山大学附属図書館蔵池田家文庫『信長記』を単に『信長記』と略称したり、「岡山大学池田家文庫本」「池田家文庫本」などと呼ぶこともある。一方、『日葡辞書』を『日葡』、『日本国語大辞典』(小学館刊・第二版)を『日国』、『戦国人名事典』(新人物往来社刊)を『戦国』、『国史大辞典』(吉川弘文館刊)を『国史』などと最も簡単な愛称(略称)を使用した場合もあるが、立項にあたり正式書名を用いた。

(4) 語句・事項については、簡便を主としており、十分なものではない。事項は、国語学(日本語学)上や書誌学上の術語を含み、本書を理解していただく上で必要と思われる語を中心としているが、論述の視点によるゆれを若干ふくんでいる。

(5) 索引の配列は、現代仮名遣いによる五十音順を基本とするが、語句に関しては、原資料の表記形態を反映させたものが多い。

(6) ⇨を用い、検索の便宜をはかった項目もあるが、十分ではない。

(7) 所在頁の表示について：人名のうち、「二・一章　三好実休」のように、章題に人名の入っている場合は、まず章全体の頁数を「17～48」のように示している。その他の3頁以上項目が連続する場合は、「159-161」のようにハイフンでつないで表示している。

Ⅰ　人名・書名・地名・文献所蔵者名・年号・歴史事項名索引

あ

著者紹介
小林千草（こばやし・ちぐさ）
博士（文学）東北大学　佐伯国語学賞・新村出賞受賞
元東海大学教授
1946 年生まれ、京都育ち
1972 年東京教育大学大学院文学研究科修士課程修了
大妻女子大学、横浜国立大学、文教大学などの非常勤講師を経て、
成城大学短期大学部助教授・教授となり、
2004 年東海大学文学部日本文学科教授
2012 年東海大学文学部日本文学科特任教授（2015 年 3 月定年退職）
著書『日本書紀抄の国語学的研究』
『幕末期狂言台本の総合的研究　大蔵流台本編』（清文堂）
『中世のことばと資料』『中世文献の表現論的研究』
『文章・文体から入る日本語学』『ことばから迫る能（謡曲）論』
『ことばから迫る狂言論』（以上、武蔵野書院）
『現代外来語の世界』（朝倉書店）『「明暗」夫婦の言語力学』（東海教育研究所）
『絵入簡訳源氏物語』全三巻（平凡社。ペンネーム千　草子との共訳）
『『天草版平家物語』を読む』（東海大学出版部）等

装　　丁　中野達彦

東海大学文学部叢書

『大《たい》かうさまぐんき』を読《よ》む　太田《おおた》牛一《ぎゅういち》の深層心理《しんそうしんり》と文章構造《ぶんしょうこうぞう》

2017 年 2 月 20 日　第 1 版第 1 刷発行

著　　者　小林千草
発 行 者　橋本敏明
発 行 所　東海大学出版部
〒 259-1292 神奈川県平塚市北金目 4-1-1
TEL 0463-58-7811　振替 00100-5-46614
URL・http://www.press.tokai.ac.jp
印 刷 所　港北出版印刷株式会社
製 本 所　誠製本株式会社

ISBN978-4-486-02119-3